"陕西（高校）哲学社会科学重点研究基地——西安外国语大学欧美文学研究中心"资助出版

纪德的
"那喀索斯情结"
与自我追寻

THE ANDRE GIDE'S NARCISSISM AND HIS SERCH FOR THE SELF

宋敏生 著

中国社会科学出版社

图书在版编目（CIP）数据

纪德的"那喀索斯情结"与自我追寻／宋敏生著.—北京：
中国社会科学出版社，2010.12
　ISBN 978 - 7 - 5004 - 9806 - 3
　（西安外国语大学）

　Ⅰ.①纪…　Ⅱ.①宋…　Ⅲ.①纪德, A.（1869—1951）- 文学
研究　Ⅳ.①I565.065

中国版本图书馆 CIP 数据核字（2010）第 084932 号

出版策划　任　明
特约编辑　乔继堂
责任校对　周　昊
技术编辑　李　建

出版发行　**中国社会科学出版社**
社　　址　北京鼓楼西大街甲 158 号　　邮　编　100720
电　　话　010 - 84029450（邮购）
网　　址　http：//www.csspw.cn
经　　销　新华书店
印　　刷　北京奥隆印刷厂　　　　　装　订　广增装订厂
版　　次　2010 年 12 月第 1 版　　印　次　2010 年 12 月第 1 次印刷
开　　本　880×1230　1/32
印　　张　11　　　　　　　　　　插　页　2
字　　数　287 千字
定　　价　30.00 元

前　言

　　安德烈·纪德（André GIDE，1869—1951）是法国 20 世纪最重要的作家之一，同时也是争议最多的作家之一。创作中，他主题多变，甚至前后作品表现出对立的思想，叫人捉摸不透；生活中，他一度恪守新教道德，达到禁欲主义的地步，但尝到肉体的快乐以后，便放纵欲望，毫不顾忌社会道德。他一生笔耕不辍，创作了风格和体裁多样的作品，有充满抒情、诗韵的散文诗，有不少说理、哲学意味的解说，有温婉、精致的叙事作品，有开"新小说"先河的长篇小说，有书写自我、记录时代的日记和游记，还有关注人性、叩问存在的剧作。最终，纪德以其"细密而富于艺术性的书写，对真理大无畏的热爱和敏锐的心理洞察力表现了人类的问题与处境"，成为 1947 年诺贝尔文学奖获得者，在生命的暮年达到他人生荣耀的巅峰。作为法国三代人的精神导师，纪德成为他那个时代在现实的压抑下苦苦地追求真诚和自由的一个代表；作为人的一个样本，他追寻自我内心的和谐统一，对自我的发现、认识和超越，给当今日益被物质所异化的人类带来启示和希望。

　　在法国，对纪德的研究从 20 世纪 20 年代开始以来，特别是在他生命的晚年，日益成为学界研究的热点，涌现出一批"纪德"专家。在中国，纪德研究开始得也很早，20 世纪 20 年代纪德的作品已有介绍和翻译。在 20 世纪 30—40 年代，纪德的《访苏归来》及其《补充》对苏联极权体制提出严厉批评，他所表现出的对真理大无畏的追寻，呼应了当时中国知识分子的心声。知识界对他的作品进行了大量的翻译和评论，掀起了第一次纪德研究的热潮。由于意识形态的缘由，直到 20 世纪 80 年代初纪德才慢慢再次进入翻译界和评论界的视野。从 20 世纪 90 年代末到 21 世纪初，短短十年的时间，三套《纪德文集》问世，几乎囊括了纪德的全部作品，并且推出了研究纪德的传记和专著，掀起了纪德研究的第二次热潮。不过，两次热潮的背后，其实都有意识形态的动因。因此，中国学者对纪德的研究有必要抛开意识形态的影响，对纪德作品和他本人所蕴涵的丰富性和矛盾性进行深入研究和挖掘。

　　本书共四章，另有引言和结语，由六部分构成。引言通过梳理纪德研究在中国的历史和现状，指出中国对纪德的研究带有意识形态的外力影响，需要抛开政治层面的解读，探究真正的纪德和他的价值。

　　第一章，确立"那喀索斯"的符号意义与纪德的自恋在其早期生活和创作中的表征。我们首先从希腊神话传说"那喀索斯"出发，通过梳理"那喀索斯"这一文化符号在神话传说、文学、心理学及纪德《那喀索斯解》（Le traité du Narcisse）中符号意义的演变，辨析出其隐含的发现自我、认识自我和超越自我的美学内涵。然后，探究纪德早年生活中表现出"被选中"、"与众不同"的自恋倾向，指出其童年时代的家庭环境和母亲的宗教禁欲教育是其自恋的根源。最后，通过剖析纪德早期作品《安德烈·瓦尔特笔记》、《爱的尝试》、《白莎佩》、《乌里安游记》、《帕吕德》和《地粮》中常出现的"逃离"主题和虚幻色彩，指出在早期创作中纪德所表现出的自恋情结。

　　第二章，论述在"那喀索斯情结"影响下，纪德对"他者"的迷恋。首先，我们剖析《背德者》、《窄门》和《田园交响曲》这三部作品中纪德所描写的不同形态的异性恋，指出这是纪德在检验其欲望正常化的可能性，认为作品中异性恋失败的根源在于纪德的异性恋是对母亲的影恋，没有摆脱幼年自恋情结的影响。

然后，探讨纪德的自传《如果种子不死》和同性恋的理论著作
《柯里东》，认为纪德公开自己的同性恋取向，为同性恋辩白，源
于新教的坦白天性，"敢于做真正的自我"的表现。最后，分析纪
德唯一的长篇小说《伪币制造者》及傻剧《梵蒂冈地窖》这两部
作品中少年寻找精神之父的主题，指出纪德借此颂扬私生子的力
量，间接为自己的"恋童癖"正名。总之，无论是异性恋、同性
恋、还是恋童癖，都是纪德对自我欲望的探究和认识。

　　第三章，论述在"那喀索斯情结"影响下，纪德对"他人"
的普爱。首先评析纪德赤道非洲之行后的两部游记《刚果之行》
和《乍得归来》，指出纪德对殖民主义的痛斥和对非洲人民的同情
引导他离开自我，关注人类。接着梳理《新粮》的写作背景，指
出非洲之行后纪德对人类苦难的体味和认识，特别是欧洲日益迫
近的法西斯分子的战争威胁，促使纪德思考如何改善未来的人性，
写出了幸福教科书式的作品《新粮》。纪德以替他人谋取幸福为使
命，抱着共产主义能为人类带来和平与解放的希望，走近苏联。
最后，着重分析《访苏归来》及《访苏归来之补充》，指出纪德批
评苏联建立在谎言和恐怖基础上的极权统治，无畏地揭露苏联的
阴暗面是忠于自我的内心感受，出于维护人类的自由和尊严的需
要，体现出对理想自我的追寻和对自我的超越。

　　第四章，论述纪德对自我的追寻。首先，探究纪德身上"我"
的多重性及纪德追寻自我的独特方式，指出纪德内心的矛盾和分
裂是导致其出现多重自我的根源，写作是他追寻自我统一的需要
和实现内心和谐的手段。接着分析纪德所独创的叙事手法纹心嵌
套结构，追溯其渊源，归纳出纪德运用这一手法时三种常见的嵌
套形式：同质同构的简单映射，同质异构的无穷映射，异质同构
的反常映射，指出这一结构是纪德观照自我、塑造立体人物，追
寻深层自我的手段。最后，总结纪德的全部书写都是在书写自我，
是对完美自我的塑造，是对自我迷恋的体现。

　　结论部分对纪德的"那喀索斯情结"与自我追寻作了总结，指出纪德的家庭环境和母亲的禁欲教育是导致纪德内心矛盾、分裂，出现多重自我，产生"那喀索斯情结"的根源。纪德一生都在追寻内心的和谐与统一，写作成为纪德生存的需要。纹心嵌套结构是纪德追寻深层自我、塑造立体人物的手段。纪德对自我的追寻，经历了自恋、他恋到普恋的发展历程，这三者是互相关联的，统一的，呈现的是纪德思想螺旋上升的过程。纪德通过写作观照自我，在观照自我中完成写作。他在文字世界里将他本人的生活和内心世界混为一体，他自己的生活和思想成为他创作的源泉。纪德一生追寻留下的是文字的丰碑，他的全部作品可以看做一种宏观上的自传体小说，纪德通过"自传性书写"，表现自我、追寻自我、塑造自我，在对自我的倾情描画中，塑造了一个完美的理想的自我形象，在表现自我的层面上升华了"自恋"，获得了对自我的超越。

　　以上是对本书的内容概述。在它行将付梓之际，如同对待要走出闺房嫁人的女儿，我既为她欣慰，也存一丝隐忧。欣慰的是她终于长成，要有自己独立的生命和未来，被人识被人解；隐忧是她可能还有些缺点，出于爱意或偏心或疏漏，未予纠正。所幸的是，她毕竟要开始新的生命历程，在下恳请方家、同仁和读者诸君，不吝赐教，以利她早日成熟。最后，我还要感谢我的博士生导师张新木教授及给予我关怀的诸位师长，正是在他们的指教和帮助下，这本小书才得以问世。在此，我向他们致敬。

目　录

引　言

> 我是一个对话体，我身上的一切相互争斗，相互抵触。
>
> 纪德，《如果种子不死》，第547页

　　"走向纪德，走向自我"①。纪德终其一生在书写自我。无论是卷帙浩繁的日记，还是大胆揭丑的自传，甚至虚构的小说、戏剧及叙事作品，都是对自我多重性的描画。通过写作，他对自己那奇特而又渊博的自我投入了前所未有的关注。纪德的一生似乎都在与一个影子互相追逐，这个影子不是别人而正是他自己；文学作品成为他映照自我的镜子，在镜中，他发现了另一个自我。他与"镜像的我"彼此对视，欣赏，对话，剖析。他要探究的就是人性的多个维度，追寻的是人的灵肉合一的和谐，追问的是存在的价值和意义。他经历了早期极度封闭的自恋，中期对异性和同性的爱恋，到后期的基督式的对人类的大爱。纪德一生多变的脸孔映现的恰恰是他对超越自我的不变追求。这一理念贯穿了作家一生的创作，他在作品中肯定人的生命本能，高扬自由和爱的旗帜，维护个体的独特价值。纪德如在时间之河上临水自照的"那喀索斯"，他专注自我、思索生存的形象幻化为以探究人类的"真理"为己任的诗人原型——大我。纪德对小我的超越，让我们每个人经由他，可以找到自己的影子。

　　纪德曾向马丁·杜伽尔袒露心迹："……我的心思全部用在宗教问题和性的问题上面；它们似乎是无法解决的，可是我觉得任

---

① 埃里克·德肖：《纪德评传》"引言"，罗湉译，花城出版社2004年版。

何别的都不值得注意。"① 宗教是关乎灵魂的叩问，它在精神层面思考生死的问题，关注的是生命的终极意义；性是关乎肉体的享乐，它关注的是欲望满足的问题。简言之，纪德所倾心的是灵与肉的问题。的确，这一问题纠缠了他一生。他的生命和写作都紧紧围绕这一主题。一方面，他在新教家庭中成长，母亲严格的清教教育让他自幼对肉体抱有拒斥的态度，视肉体为罪恶的渊薮。另一方面，作为人的基本欲望之一的性本自天生，是生命的重要"内驱力"。禁欲的教育阻碍了纪德肉体的正常欲求，让纪德的欲望对象发生了偏移。他的欲望满足方式——手淫和同性恋带有明显的那喀索斯特质，要么是自我满足，要么是求诸同质的类我同性。但新教传统中的"原罪"思想深深隐入了他的潜意识，因此在纪德身上总可以看到"赎罪"意识和"自我辩解"的倾向。他深受陀思妥耶夫斯基的影响，中了"斯拉夫"的毒：他爱在公众面前坦白，触犯社会，甘受指责；他不惜蒙受耻辱，不齿于人；他真诚热忱，为争取真理和自由不惜一切……他身上所体现出来的"自我牺牲"是他快乐的全部秘密，信奉"对自我的最高肯定寓于对自我的否定中"②。他的写作主要探讨的就是居于他自身的这一对矛盾：灵与肉；他一生的寻求便是灵与肉的和谐共生。他是"一个不得不用他的作品证实他的肉体和他的灵魂相一致的人"。于是像陀思妥耶夫斯基一样，他的作品"要在思想上站得住"，"没完没了地推论，给自己想一种辩解，建成一套理论并依照它塑造整个世界"③。

禁欲主义教育让纪德内心经受分裂之痛，灵与肉在他的体内进行着争斗和对话。在他生命的早期，这样的争斗把他折磨得精疲力竭，陷入"疯狂"的边缘。在没有摆脱母亲的控制之前，灵

---

① 《陈占元晚年文集》，人民文学出版社 2006 年版，第 66 页。
② 张若名：《纪德的态度》，周家树译，三联书店 1996 年版，第 35 页。
③ 《陈占元晚年文集》，人民文学出版社 2006 年版，第 67 页。

魂始终压制着肉体的欲望。贬低、蔑视肉体的需求以满足纯洁灵魂的幻念。因此，在他的欲念里，他所爱恋的对象成了纯洁灵魂的载体。他的爱成了灵魂之爱、观念之爱，是柏拉图式的"非性之爱"。在被"恶癖"的罪感所折磨的黑暗时期，他生命里射进来一束亮光，那是表姐玛德莱娜天使般的爱情之光。作为表白爱情的作品《安德烈·瓦尔特笔记》开启了纪德的文学之路。他第一次发现文字的魔力，写作让他逃脱了"疯狂"和"自杀"的魔爪，开始探寻生命的意义。在写作中，他可以让分裂的内心进行平和的对话，可以让人物代替自己去体验生活中的种种不可能。借此，他开拓了自己生命的深度和广度，探讨了"尽可能多的人性"。

在纪德的早期创作中，表现出极度的自恋倾向，这缘于其童年时期形成的那喀索斯情结。弗洛伊德曾对自恋进行病理学研究，认为自恋是一种未区分的精神能量，来源于力比多（libido）。当一个人不能在外部世界获得对其的肯定时，它往往回归自我，以此维护自己心理的平衡。纪德幼时的遭际令人嗟叹，虽生为大资产者家庭，却命运多舛。他幼时染有手淫的"恶癖"，发现后被学校开除。即使在学校表现良好，也被同学视为"怪物"，遭到排斥和攻击。加之体弱多病，他的学习生活时断时续。最为严重的打击来自于父亲的早逝，他落入严格奉行禁欲主义的母亲的爱的包裹。在纪德的童年时代，他在外界往往遭受打击，让他将目光回撤，投向自我；他被母亲的爱裹得太紧，同外界少有接触，形同隔绝；同时，羸弱的体质也促成了他耽于沉思的个性。根据弗洛伊德的理论，梦的预演是意欲的实现，文学创作就是作家的白日梦。纪德也做白日梦，不过梦的主角是他自己。他如同那喀索斯，只有在镜前才能写作和思考，即是说只有在欣赏和陶醉于自我时才能体味到满足，才能找回对自我的肯定和信心。而这在拉康看来，镜像中的"自我"是通过外在于自身的"形象"来确立的，看起来完整统一的"自我"之外，是分裂、不协调的肉体。镜像阶段的自我,其任务就是保持一致性和完整性这一虚假的表象,所以说,"在弗洛伊德那里,自恋是认同性地真爱自己,而非对他者的异恋;可拉康此处的镜像之我,却是对自我的谋杀",把"他者"误以为是"自我"①。

因此,在纪德的早期作品中,我们看到的都是空幻的场景,人物都不像生活在现实的此在,要么如同世外桃源,要么便是传说的仙境,或者想象出来的幻境,如《安德烈·瓦尔特笔记》中的山中小屋、《那喀索斯解》中的永恒的溪水和伊甸园、《爱的尝试》中没有人烟静谧的花园、《帕吕德》中的沼泽地、《乌里安游记》中的奇幻的大海和冰冷的北极;而笔下的人物,如果是他的爱恋对象,则她们都有类己的灵魂,如《安德烈·瓦尔特笔记》中的表姐埃玛、《爱的尝试》中的拉舍尔、《乌里安游记》中的艾莉丝,她们只不过是纪德虚构的灵魂爱人,不可捉摸;要么他的人物像他一样耽于沉思,跟世界格格不入,难以跟世界和他人沟通,如《帕吕德》中的叙事者"我"。他笔下的人物总有逃离、流浪的欲望,不想长久在一处停留,总想去探寻新的世界。因为此在的世界难以容纳自己,便想找到适合自己生存的彼岸世界。无论是伊甸园中的亚当折断智慧树枝桠的行为,还是路克抛弃拉舍尔出发旅行的欲望,还是安日尔的朋友"我"的郊游计划,还是《乌里安游记》中人们集结出海探险的航行,还是《浪子归家》中浪子对弟弟出行流浪的鼓励,直至《地粮》中鼓吹接触大地,体味旅行中生命的激情和快乐,这一切都体现了纪德逃离、流浪的欲望。流浪便是厌倦家的安逸,不堪忍受家的禁锢,出发寻找的是自我的故乡。自由的生命天生是宇宙的流浪汉,永远没有行走的句号。他的故乡和家园始终在他乡,在别处。他唯一的目标便

---

① 张一兵:《不可能的存在之真——拉康哲学映像》,商务印书馆 2006 年版,第125 页。

是不知疲倦的追寻、漂泊。这一执著的追寻如同那喀索斯对水中自我映像的欲望，似乎在触手可及的地方，但永远只能在异处，不可企及。吉登斯指出，"作为一种性格失常，自恋是一种对自我的成见，这种成见阻碍了个体在自我与外在世界之间建立起有效的边界。自恋是把外部事件与自我的需要和欲望联系起来，它只是追问'这对我意味着什么'"。显然，这样的性格对外界要求的沟通都是单向的，"自恋并不热衷于维持所要求的亲密关系，它的热情局限在尽可能地去体验自我充实时需要的各种经验。自恋把身体看做是一种感官愉悦的工具，而不是要把感受性和与他人交往之间联系起来。在自恋的影响下，亲密关系以及与社会世界的广泛联系倾向于先天地具有破坏性"①。

　　纪德早期作品中重点关注的是爱与欲融合的可能性及作家的使命。这其实是纪德一生都在探索和试图解答的问题。在《安德烈·瓦尔特笔记》中他探讨的是灵魂之爱，但真正的爱欲融合必须超越肉体，让灵魂相会。因此，表姐死了，安德烈·瓦尔特也感到自己在走向死亡。他们消失在漫天飞舞的大雪中。这白雪的背景象征着他们爱情的纯洁，雪花的飞舞是他们灵魂结合的欢欣，他们的离去让灵魂之爱走向空无。而《爱的尝试》中路克和拉舍尔的爱情则是纪德试图通过文字尝试灵肉结合的爱情的尝试。路克占有了拉舍尔的肉体，但肉体的快乐是短暂的，路克很快产生了厌倦，他要离开拉舍尔。这表明纪德对肉体之爱的否定。而在《那喀索斯解》的美学宣言中，纪德明确了艺术家的道德在于"显现"观念、真理，而不管其善恶、道德。纪德通过创作来明确自己的使命，去追寻灵肉融合的途径。但拉康镜像理论指出，自我只是"他者"的幻象，不具有实在性，本质上是分裂的。创作中

---

　　①　安东尼·吉登斯：《现代性与自我认同》，赵旭东、方文译，三联书店1998年版，第198页。

的自我书写是弥合分裂、维持自我统一性的努力。克里斯特瓦在探讨那喀索斯爱之隐喻的表征意义时，指出"爱的领域就是写作的领域"，"爱即是诗"，认为爱之主题的文学话语实际上是一种自我陶醉的不确定性和掩饰性的爱之隐喻，并相信自我之爱是永不枯竭的激情之源，是文学创作的原动力①。纪德通过写作所进行的自我追寻是寻求他者认同（identification）的努力，揭示了他对虚幻自我的执著。

如果说早期（1891—1897）的纪德偏重于灵的探问，那中期（1897—1926）的纪德则潜心于肉的辩护，为肉体的欲求正名。1893 年的北非之行让他初尝肉体放纵的乐趣，这为他打开了欲望的大门。自从圣母型的母亲 1895 年离世后，压抑纪德肉体的外在精神力量消失了，这为他追寻肉体的享乐消除了障碍。尽管妻子玛德莱娜继承母亲的位置，但少了母亲的威权，对纪德形不成足够的压抑力量。他欲望满足的方式也从自恋式的手淫②转向他者，无论是异性，还是同性。这一时期的创作，纪德主要关注的便是同性恋的问题。他一方面要论证同性恋的合法性；另一方面，便是通过自传或自撰的方式暴露心中压抑已久的性秘密，道出自己的同性恋取向。他的爱情三部曲《背德者》（1902）、《窄门》（1909）、《田园交响曲》（1919）（以下简称《田园》）主要是以异性恋的方式进行性的正常化的努力。尽管纪德刻意保持人物同自我的距离，但熟悉纪德生活的人，可以看出三位女主人公都带有纪德母亲或类似母亲的妻子的印迹：马塞琳娜的体贴温顺、任劳任怨，阿莉莎的虔诚、隐忍和爱的深沉，吉特吕德对爱的向往和

---

① 罗婷：《里克斯特瓦的纳克索斯／自恋新诠释及文学隐喻》，载《国外文学》2005 年第 1 期，第 6 页。

② 弗洛伊德在分析自恋的成因时指出，"……儿童的许多性冲动都在自己身体上寻求满足——这就是我们所谓的自淫的满足……自淫现象似乎就是里比多在自恋方向上的性的活动"。参见弗洛伊德《精神分析引论》，高觉敷译，商务印书馆 2005 年版，第 334 页。

失望（还有牧师妻子阿梅莉的冷静和清醒）。但她们的最终归宿都是悲剧性的死亡，马塞琳娜病死在路上，阿莉莎忧郁而孤寂地死在小疗养院，吉特吕德则自杀于冰冷的河水（阿梅莉同牧师之间爱的死亡）。女主人公身上母亲或妻子的暗影隐含了纪德幼时的恋母情结，但对母亲的欲望是被禁绝的，无望的。她们的离去隐含着纪德对异性恋的失望和否定，它不能带来幸福。他借此确认了对异性他者欲望的不可能性。

在这期间，纪德经历了宗教改宗危机和玛德莱娜的焚信事件，特别是后者对纪德的打击甚大。他认为玛德莱娜摧毁了他们之间最美好的部分，也剗去了他构建完美自我最宝贵的部件。自此，他与妻子之间形成了一道巨大的鸿沟。少了对妻子的顾忌，他把自己的同性恋身份公之于众，不惮毁誉。他在1920年首先发表了《如果种子不死》的片段，然后又有了为同性恋正名的模仿先哲对话式的理论作品《柯里东》，分别从自然的、历史的、文化的角度论证同性恋的合法性和优越性。而自传《如果种子不死》则直接披露了自己在非洲愉悦的同性恋经历，让世人明了他的同性恋身份。他的巅峰之作《伪币制造者》中也展示了多重同性恋，如贝尔纳与奥利维埃、奥利维埃与舅舅爱德华、帕萨旺，贝尔纳与同伴阿曼，其中纪德对长幼之恋大加赞赏。长者作为少年的精神之父，他保证了少年精神的健康成长。他悄然将"恋童癖"（pédérastie）转换成了教育（pédagogie）。纪德对"私生子"的偏爱实质是对恋童癖的宣扬，在鼓吹同性恋的另一种形式，还是在为同性恋正名。那同性恋跟自恋有何关系呢？李银河在《同性恋亚文化》中分析同性恋成因时，认为从环境与经历影响的角度来看，同性恋实际上是一种自恋主义倾向。自恋主义既表现为过分的自怜自爱，又表现为对自身之外的对象与自身相异的事物兴趣缺乏。弗洛伊德认为，在性倒错的类型中，最基本的特性似乎是自恋式的对象肛门快感区的持续作用。卡文顿在《性文明》一书中也表达了类似的观点:"同性恋者喜欢同性的伴侣,是因为他比异性伴侣更像他自己。"① "在异性恋行为中,自我从自身走向他人,对方的一切,包括肉体,是他自身所不了解、不熟悉的;而在同性恋行为中,自我仍旧留在自身之中,怀着自恋主义的激情注视着他人,而他人不过是自己的一面镜子而已。"② 可见,同性恋是自恋的变形,他的欲望对象仍然是镜中虚幻的自我。同性恋是早期的镜像阶段对"他者"的固执,是那喀索斯情结的体现。

我们知道,性(欲望)与宗教是纪德关注的核心问题,他一生的书写都是在表达自己对灵肉统一与和谐的追寻。宗教是他生命的底色,既有反抗,也有驯服。他反抗宗教的禁欲主义,对人的禁锢和压抑,他寻求的是人的自由和解放,主张享乐的宗教。宗教应该传播的是爱而不是诫令。③ 因此他认为人们所遵循的基督教是"反基督的基督教",他创造了自己的宗教,即享乐主义的宗教。个体应充分享受生命的激情和快乐,寻求自我的全面发展。基督身上所体现出来的奉献和牺牲精神,恰是纪德生命的信条。秉持着基督的大爱和"我不下地狱谁下地狱"的勇气,顶着社会舆论的压力和天主教人士的攻击,将个人的荣誉和名声置于脑后,发表了为同性恋辩护的理论著作《柯里东》,并在自传中大胆表露自己的同性恋身份。在完成巅峰之作《伪币制造者》后,赴赤道非洲旅行,在那里目睹了非洲人民在法国殖民统治下的悲惨生活,感受到非洲人民的真诚和善良,而法国殖民大公司的暴戾凶残让纪德震惊和愤怒。他回国发表了《刚果之行》和《乍得归来》,揭

---

① 李银河:《同性恋亚文化》,中国友谊出版公司2002年版,第50页。

② 同上。

③ 纪德在《田园交响曲》中,把基督同圣保罗对立,认为基督教中的许多诫令和威吓来自圣保罗的注解,而非基督的本意,基督要的是爱和快乐。如:"我读遍福音书,徒然寻找命令、威吓、禁戒……这一切都只是来自圣保罗。""对基督徒来说,快乐心境是一种义务,我们心生怀疑,心地冷酷,这影响了快乐心境。"参见纪德《田园交响曲》,马振聘译,译林出版社2002年版,第871—872页。

露和控诉殖民公司的暴行，批评政府的殖民政策，最终促使政府制定有利于非洲人民的保护劳工的政策。非洲之行让纪德把关注的目光转向了他人，转向了跟自己类同的人类。他开始思考恶的起源，思考人性的多种可能，追问如何"使未来的人性更美好"。苏联的共产主义给了他无限的憧憬，让他把人类解放的使命寄托在苏联的共产主义上。他最终变成了共产主义的"同路人"，同一帮朋友带着热望奔向东方的"理想国"。苏联之行让他看到了苏联人民所展现出来的友善和对共产主义的激情，但更让他发现了这激情背后的盲目和蒙蔽。苏联不仅没有解放人性，反而压制，甚至取消人的创造性和独特性。对领导人的盲从和崇拜，民众的闭塞无知和自满自大，特别是对个性和思想的扼杀让纪德绝望。在苏联只有集体的价值，而集体弱化了个体的生存，以普遍性压制了个体性。他怀着拯救的希望，冒着被苏联诋毁和被国内亲苏力量攻击的压力，不听朋友的劝阻发表了轰动世界的《访苏归来》及《访苏归来之补充》。他自然遭到了苏联排山倒海之势的批判，在国内无论左派还是右派对其行为均表示不满，他受到攻击和诬蔑。然而纪德只听从自己内心的声音，为了人类的事业他宁可牺牲小我，毫不顾忌自我的得失。对全人类的爱超越了对自我、对他者的迷恋，他的目光越过了瓦诺大街，越过了巴黎，越过了法国，他以基督的爱的目光俯瞰人类和人类赖以生存的世界。

如果说纪德的前两个时期分别关注的是灵和肉的问题，那第三个时期（1926—1936）则是对前两个问题的超越，他的思想和目光已经脱离了小我，他的目光洒向的是世间的众生，人的问题成为他关注的核心。我与他人如何共在，如何实现共同的诗意栖居，是他思考的中心。殖民主义对他人的压迫和欺诈，剥夺了他人的生存空间；苏联的共产主义以理想主义的蓝图为幻景，通过极权的统治，消除异见和异己，消灭个性和个体，实现的是人盲目自大、虚妄无知的存在，共同的诗意栖居遥不可及。它们的共性在于对自由的禁锢或剥夺，将人限制于狭小的天地，个体无从自由的发展。人需要解放。因此，带着理想和激情的非洲之旅和苏联之行让纪德不只是失望，更有同情、愤怒，继而产生疗救的行动。面对赤裸的压迫和专制，纪德不得不说，以他的笔为武器，同以人为敌的势力作斗争。个体的力量是微弱的，但写作是促使行动的行动，借此他唤起世界范围内的进步力量共同行动。他的揭露和控诉是对他的所见所闻、所思所虑的坦白，为的是拯救他人，拯救那些不幸的、受压迫的、蒙冤被审的受害人，所有"遭受卑劣打击的世间人"（萨特语）①。他要捍卫人的尊严和个体独特的价值，因为这是当前和未来人类赖以生存的基石。对禁锢力量的反抗和斗争隐现了纪德对宗教的态度：对抗"反基督的基督教"，以自我的牺牲去救赎他人。在他看来，共产主义也是一种宗教。② 因此，从宏观的角度来看，介入时期的十年是纪德对灵的问题的回归，不过他是从更高的层次来思考，超脱了个人之灵，思考的是众人之灵，大写的人的灵魂。他上升到基督的高度。

　　艺术创作，即写作，成为纪德的生存方式。"写作一直是他的一种需求，一种必需品，以保证他能够前行、进步、超越、存在，简而言之，他为写作而活，活着对他来说必须写作。"③ 一方面，写作能让他调和身上存在的系列冲突，以达到内心的和谐；另一方面，写作成为他探寻和思索生命本质——人的价值——的方式。纪德一生的写作主要是围绕他自己展开的，从最早的《安德烈瓦尔特笔记》到最后的《如此这样或大局已定》。正如蒙田所写，

---

　　① Cf. Daniel MOUTOTE, *André GIDE：l'engagement* (1926 – 1939)，SEDES，1991，p. 249.

　　② 纪德在《介入文学》中提到："共产主义思想是以宗教的形式让当今的年轻人痴狂，给他们的热情提供动力。……让我害怕的是，这一宗教它也包括教义，正统，人们借以参考的典籍及批评的缺席。"Cf. Daniel MOUTOTE, *André GIDE：l'engagement* (1926 – 1939)，SEDES，1991，p. 219.

　　③ Alain GOULET, *André GIDE：écrire pour vivre*，Paris，José Corti，2002，p. 15.

"我自己是我书中的素材"，纪德的生活、家庭、恋爱、婚姻、朋友、游历，这一切皆成为自己的创作素材和书写的不竭源泉。他书写自我，为自我写作，然后自我解读。他拿自己作证，做自己着力刻画的形象的评判。写作和生活在纪德的身上融为一体，我们只有通过他自己的描画才能接近更真实的纪德。

那纪德如何展现真正的自我呢？如何尊重真实呢？安德烈·瓦尔特宣称："演员，可能吧，不过我演的是我自己。"① 人生如戏，戏如人生。优秀的演员是借他的人物，戴着"他者"的面具，来表现自己对人生、对世界的独特理解和阐释。"他者"面具的存在成为戏剧艺术魅力的根源，它创造出一个新的空间，隔出一段距离，从现实与虚幻间生出一个新的世界。这亦真亦幻的世界让人产生追寻的冲动——追寻面具所遮掩下的真实面目。书写自我，最方便的写法，就是把笔下的人物类同于自己，不少作家是如此着笔的，如卢梭、司汤达、杜拉斯等。而纪德却刻意同自己保持距离，他刻画的人物要么是备受争议，如《梵蒂冈地窖》中的拉夫卡迪奥，《田园交响曲》中的牧师，要么是魅力无限，如《伪币制造者》中的爱德华。他将笔下的人物推到极端的状况，以拷问自我的多种可能性。他还将神话故事和传说中的人物引入自己的作品，将人物改写以表现自己的观念，如那喀索斯、扫罗、普罗米修斯、俄狄浦斯、忒修斯等。这些人物将他与现实的自我分离，拉开更明显的距离，读者更难把他与这些人物相混同。他的人物正是他精心为自己打造的面具，"他者"的面具。"他者"如一面镜子，通过它的反照，纪德可以看清真实的自我。纪德通过塑造一个个"他者"，以认识自我，跟自己对话。"他者"的本质在于差异性、区隔性，即包含"我"所不具有的独特因素。从而，站

① André GIDE, *Les Cahiers et les Poésies d'André Walter*, éd. par Claude MARTIN, Paris, Gallimard, 1986, p.68.

在"他者"的角度，以"他者"的眼光来审视"我"时，可以有全新的视角，看到"我"的独特性。这样的换位审视，不仅看到了以前不熟悉的自我，更可以借着"他者"的镜像来丰富自我。从而，现实的纪德冷眼旁观他的饰演者——虚构人物在作品中的表演，同虚构的戴着"他者"面具的纪德进行对话。对话可以沟通，可以互补，可以变得丰富。因而，纪德特别强调甚至可以说是偏爱自己身上的双重性，为的就是保证"对话"的可能性及自我存在的多样性。于是，一个有血肉的纪德，幻化为许多个性格、容貌千差万别的虚构的纪德。借此"复杂多变"、"不可捉摸"的纪德，他终于可以做到不"活得简单"①。

　　纪德不喜欢"简单"，缺乏"变化"的一切。简单对他来说意味着贫乏，没有独特性。纪德始终珍视个体的独特价值，反对抹杀个性，消灭差异性。人的价值就在于成为"一个不可复制不可替代的"独立个体。他在《访苏归来》及《访苏归来之补充》中对苏联的批评，正是基于"人比人们更有价值，……每一个人都比全部更宝贵"②的信念。当时苏联的境况是，无论是衣食住行，还是思想、艺术，都千篇一律，取消个性、消灭差异，还冠以消除阶级、实现平等的美丽光环。纪德自问，"这种非个性化在苏联比比皆是，难道能把它看成是一种进步吗？"③答案当然是否定的。

　　纪德无论是叙事作品，还是戏剧创作，或者他称之为傻剧的作品，以及贯穿一生的私人日记，都是围绕他自己，关于他自己的写作。自我是他写作的起点，也是他写作的归宿。他的目标不

---

　　① 纪德在写给朋友雅姆的信中称："您知道我多么复杂，生于不同种族的杂交，位于信仰的十字路口，我内心感受到诺曼底人对南方以及南方人对北方的向往，我内心抱着众多的生存理由，不过可能只有一条不能接受：活得简单。"Cf, Claude MARTIN, *André Gide ou la vocation du bonheur*, Paris, Fayard, 1998, p.9 – 10.

　　② André GIDE, *Pages Choisies*, Paris, Boulevard Saint-Germain, 1979, p.74.

　　③ 《纪德文集·游记卷》，花城出版社 2001 年版，第 21 页。

是要给世人展示一个多变、善变的纪德，让人们去了解关于他的一切。他并没有自恋到封闭、脱离社会、脱离人的地步。没有，他一生关注和关心的始终是人。他试图通过自我书写，自我坦白，来追寻真我。通过他这个独特的个体，来揭示和展现人的价值和尊严，鼓舞人们勇敢地追求自由，呼唤生命的本源，赞美人的本能释放。尽管纪德一生充满了争议，但他引领他那个时代的潮流，成为当时青年的导师，被誉为"时代巨人"。

　　然而，就是这位声名卓著的法国大作家，在中国的接受和传播却经历了一波三折。如果要对此作一概括，可以用"一、二、三"来表示："一"，一根主线。他在中国的整个接受过程有一根鲜明的主线贯穿始终——知识界对《访苏归来》及其《访苏归来之补充》的接受、批判和反思，始终受意识形态的影响；"二"，两次热潮。以《访苏归来》的大量翻译和评论为标志的20世纪40年代和90年代的两次"纪德热"；"三"，三个时期和三位代表。以知识界对《访苏归来》的态度为依据，可以分为新中国成立前研究的高潮期（1920—1949）、新中国成立后至80年代初的沉寂期（1950—1980）、新时期（1981至今）的重启期。巧合的是，每个时期又各自包含三个十年。三位代表分别是第一位以纪德为博士论文研究对象的纪德研究先驱张若名；纪德的中国朋友，翻译和研究纪德的专家盛澄华；深受纪德艺术和思想影响的诗人卞之琳。下面我们将对纪德在中国的接受和传播历程作一个梳理。

　　纪德的名字最早要追溯到20世纪20年代初才开始出现在中国文坛。沈雁冰（茅盾）在《小说月报》1923年第14卷第1期的"法国文坛杂讯"中，首度在中国文坛提及纪德，说他"颇为一般人所喜"。后来，赵景深在《小说月报》1925年第20卷第9期的"现代文坛杂迅"中，以《康拉德的后继者纪德》，评介了纪德的《刚果旅行记》（*Voyage au Congo*，又译《刚果之行》），认为它"应该放在康拉德异国情调小说的一起"，说明赵对纪德只是一知半解，把游记当成了小说。最早翻译纪德作品的译家是诗人穆木天，他译的《窄门》（*La Porte étroite*）于 1928 年 11 月在上海北新书局出版。穆木天将纪德引进中国，主要是想学习象征主义的创作技法，为中国的文学引进新的源头活水。作为中国迷恋于象征主义的诗人代表，穆木天热衷于模仿法国的象征主义，因此成为翻译纪德作品的第一人。

　　进入 20 世纪 30 年代，纪德开始成为中国知识界"一个较为熟识的名字"，作品开始大量翻译到中国。如王了一（王力）1931 年翻译的《一个少女的梦》（今译《妇女学校》）（*L'Ecole des femmes*），由上海开明书店出版。散文家丽尼（郭仁安）翻译了纪德最为温婉动人的作品《田园交响乐》（今译《田园交响曲》）（*La Symphonie Pastorale*），首先刊载于《小说半月刊》，后来编入"文化生活丛书"，于 1935 年 6 月由文化生活出版社刊行。在《后记》中，他说在这部杰作里，"纪德底个人主义底虚无主义达到了极致"。其实穆木天在 1920 和 1930 年之交，也翻译出了纪德的这部杰作，书名译为《牧歌交响曲》（*La Symphonie Pastorale*），1936 年以木天的笔名在上海北新书局出版。翻译过这部作品的还有施宣华，题为《田园交响乐》，于 1939 年由上海启明书局出版。黎烈文也译过该文，不过译的只是它的片段，在《文学》杂志发表。可见，纪德的这部作品在当时很受欢迎。黎烈文还译过《论古典主义》、《一件调查的材料》、《"邂逅草"三则》（实际上是《新粮》的一些片断）收录于其译文集《邂逅草》，及爱伦堡的《纪德之路》和玛尔洛（即莫洛亚）关于纪德的论文《纪德的〈新的粮食〉》（今译《新粮》），1937 年由上海生活书店刊载发行。值得一提的还有郑超麟在国民党监狱中通过朋友帮助译成的《从苏联归来》（今译《访苏归来》）（*Le Retour de l'U. R. S. S.*）及《我的〈从苏联归来〉答客难》（今译《访苏归来之补充》）（*Les Retouches à mon Retour de l'U. R. S. S.*），1937 年以笔名林伊文发表，由上海亚东图书馆出版。同年，引玉书屋也出版了《从苏联回来》，不过没有署名，据说是由戴望舒翻译的。除以上译作外，在《文学》、《译文》、《世界日报》、《光明·文坛情报》、《小说半月刊》等刊物上刊登了纪德许多作品的短篇翻译以及外国研究者对纪德的研究文章。如黎烈文译纪德的《论古典主义》、《诗》、《今年不曾有过春天》（《译文》1934 年第 1 卷第 3 期）等；乐雯（鲁迅）译纪德的《描写自己》以及日本人石川涌著的《说述自己的纪德》；陈占元译纪德的《歌德论》（《译文》1934 年第 1 卷第 6 期）、《论文学上的影响》（《译文》1934 年第 2 卷第 4 期）、《艺术的界限》（《译文》1934 年第 2 卷第 6 期）、《裴利普之死》（《译文》1936 年第 1 卷第 5 期）、《戏剧的进化》（《译文》1936 年第 2 卷第 1 期）；徐懋庸译纪德的《王尔德》、《随笔一则》；沈起予译纪德的《我所喜欢的十种法国小说》；卞之琳译纪德的《菲洛克但德》；王然译的《纪德论普式庚》（《译文》1936 年第 2 卷第 1 期）、《纪德与小说技巧》等。

　　不过，总体而言，30 年代主要翻译的是纪德早期的叙事作品和散文。伴随着翻译作品，出现了一些介绍性的研究文章，如沈宝基在《中法大学月刊》（1936 年 4 月）上发表的研究成果《纪德》。文中首先对纪德生平作了简要介绍，继而重点介绍了纪德的主要作品，涉及戏剧、小说、日记和自传作品。同年刘莹在《文艺月刊》第 9 卷第 4 期上发表了《法国象征派小说家》，将纪德作为象征派小说家来重点论述，除介绍纪德的生平外，还论述了纪德的宗教观、艺术观、道德观和情爱观。类似的文章还有盛澄华做学生时发表的习作《安德烈·纪德》，沈起予在《文学》上发表的《纪德的一生》，允怀的《纪德的生平及著作》，杨秋帆在《鲁迅风》上发表的《纪德所成就的》。也有谈纪德苏联之行的文章，如杨哲文 1937 年 3 月在《光明》第 2 卷第 7 期上发表的《纪德的〈从苏联回来〉所引起的反响》一文。但这些文章多数还停留在对纪德的生平和创作以及他的最新动向作介绍的阶段，对其思想和艺术涉及很少。

尽管如此，纪德在 20 世纪 30 年代的中国文坛还是一大热点，这很大程度上是因为意识形态方面的原因，即纪德的两次所谓政治态度的"转变"。第一次"转变"指的是纪德 1926 年非洲之行后，发表了两篇同情赤道非洲人民，谴责法国殖民统治的游记（《刚果之行》1927 年和《乍得归来》1928 年）。游记的发表产生了极大反响，引起了法国政府的关注，客观上为改善非洲人民的境况起了积极作用，但遭到殖民公司的批驳。纪德的行动，引来了倾向社会主义的人群的目光。之后，纪德经常受邀参加法国的"左倾"青年的集会，并且发表了不少支持共产主义的言论。受身边朋友的影响，纪德认为苏联的共产主义是拯救人类的希望，成为共产主义"同路人"。1936 年，纪德同几位朋友一起以贵宾身份受邀参加高尔基的葬礼。这次实地考察使他对苏联非常失望，回国后他写了《访苏归来》，对苏联的文化、经济、政治各方面提出批评，抨击苏联领导人的极权主义。第二次的"转变"，纪德招来了左右两面的夹击。右派指责他不该去苏联，左派则批评他，认为他诋毁了苏联，纪德被贴上"托洛茨基分子"，甚至"法西斯分子"的标签，被看成苏联的"背叛者"，是不折不扣的"犹大"。但温和左派却对纪德的"正直和坦诚"表达敬意，称纪德的勇气"还在给我们教育，令我们惊喜"，认为纪德这本书"有非凡的价值"[1]。在 30 年代中国知识分子的眼中，纪德是一个"排除一切先入为主的成见"[2]，完全忠实于自我的思考的人，令人敬佩。他们认为纪德在面对现实生活时的"不安定"和"善变"源于性格的

---

[1]   Cf., Rudolf MAURER, *André GIDE et l'URSS*, Editions Jean TOUZOT, 1983, pp. 136 – 137、p. 142.

[2]   参见段美乔《论 1940 年代中国文坛的"纪德热"与知识分子的精神境遇》，载《徐州师范大学学报》（哲学社会科学版）2006 年第 32 卷第 3 期，第 23 页。

矛盾性。他们指出，纪德的性格一方面深沉持重，另一方面又有充满明朗阳光的法国南部人的真诚、热情，两者居于一身，必然造成性格的多变。在思想意识方面，公认纪德奉行"个人主义"；在艺术思潮上，纪德被归入了象征派。因为这次对纪德的关注由政治原因引起，所以尽管有一些成果，但整体而言还是处于浅显介绍的阶段。

　　在整体研究平平的 30 年代，张若名博士的纪德研究成果便显得极为耀眼和闪光。她是我国最早深入研究纪德的学者。张若名于 1920 年底赴法留学，于 1924 年入里昂大学学习。1927年 10 月考入里昂中法大学，并于 1928 年 2 月获得文科硕士学位。而后在该校著名心理学者塞贡教授的指导下继续攻读法国文学博士学位，历经三年努力，于 1930 年完成了《纪德的态度》（*L'Attitude d'André Gide*）这篇博士论文。论文分为八章，她在文中系统地论析了纪德的人格、宗教信仰、道德观念、对待感官事物的态度，还论述了纪德与自恋主义（narcissisme）、象征主义、古典主义的关系及现代人对纪德的解读。张若名看出了纪德身上这几个方面的内在联系及其对纪德一生的影响，认为纪德的复杂性掩盖了他的统一性，因而他一生的连贯性几乎不为人所察知，这个充满连续性的过程也就是一个不断"放弃自我"的过程。在张若名看来，纪德的人格打上了"基督教谦逊以及放弃自我"的烙印。他不甘忍受非常确定性的存在，他的生命消沉在了解他人的生活中。纪德的宗教失去了道德性，成为艺术的宗教，艺术和宗教在纪德身上结合起来。艺术家牺牲自我，去拥抱人和物的生命，并通过"非个性化"的手段，化为己有，以爱心使其丰富起来。纪德反对一切外来的道德，他沉醉于自己的内在法则中，奉行"非道德主义"。对待感官，纪德主张遗忘过去，抓住现时的每一瞬。遗忘与瞬时感觉的间隔组成连续的时间序列。纪德借助塑造不同类型的人物,展现其人格的某一特点。通过他人的存在,纪德映照自我可能的存在状态。而这些对立与矛盾的倾向不仅突出了自身,而且通过彼此的对抗,最终实现了高度的平衡,诞生出秩序与和谐,纪德的一致性居于其中。每种现象都是对真理的象征,作品都是对某种深层现实的象征。每一位作家不借助象征就不能达到丰富而无法直接表述的现实。艺术家的使命在于透过象征符号显现这一现实,而不能偏爱自身,偏爱符号。古典主义作品的完整与秩序只有通过放弃自我才能获得。个性意味着怪癖、奇特,而古典主义包含着普遍性的东西。古典主义要求放弃个性。纪德的多变性丝毫不能掩盖他的统一性。"两种观点的对立并不意味着思想的中断。"① 纪德的统一性寓于自我的牺牲中。他一生的努力就是要放弃自己的"小我",去极力融入整个世界的"大我"之中。

　　由于论文特别优秀,她获得了学校颁发的奖金并顺利取得博士学位。1931 年 1 月,纪德本人看到那篇论文后,给张若名写了一封热情洋溢的"感谢信",称他"从来没有被人如此透彻地理解过",指出她所得出的"克己学说"的结论自然而真实,认为她的出色研究给他带来了极大的"鼓舞和慰藉","透过你的大作,我似乎得到了新生"②。1930 年底,张若名学成回国,任教于北京中法大学服尔德学院(即文学院,"服尔德"是法国文豪伏尔泰的旧译)。1931 年,她的论文作为中法大学丛书之一出版,由于它在当时还是法语版,所以由法国书店发行。1931 年第 1 卷第 1 号的《中法大学月刊》还对此书作了专门介绍。张若名的这篇博士论文曾由张雁深翻译出大意,发表于 1940 年 9 月出版的《法文研究》第 1 卷第 9 期"纪德专号"上;但直到 1994 年才由三联书店重新

---

　　① 张若名:《安德烈·纪德给张若名的信》,周家树译,附录于《纪德的态度》,三联书店 1997 年版,第 75 页。

　　② 同上书,第 1—2 页。

翻译印行。这是中国学者最早研究纪德的专著。

回国后，张若名并没有停止对纪德的研究。在 1935 她发表了《关于安德烈·纪德》一文，针对 30 年代初关于纪德开始信仰共产主义的传闻，她说纪德是一个艺术至上主义者，纪德是因为热爱追求新奇和创造的习惯才走近苏联。他的艺术观点仍然是神圣不可侵犯的，他永远也不会抛弃艺术家的自由。她甚至大胆预言：在 30 年代中期纪德不再会是一名共产主义者。纪德访苏归来后的"转变"印证了张若名的分析，我们不禁为她的敏锐洞察力所叹服，不得不承认她不愧是纪德的"知音"、"伯乐"①。

1946 年张若名又在北平《新思潮》月刊的第 1 卷第 2 期发表了《小说家的创作心理——根据司汤达、福楼拜、纪德三位作家》，用黑暗时代、艺术化时代和社会化时代三种分类分别指陈作家一生的三个时期，青少年、壮年和晚年，分析它们各自在作家创作中的影响。天才作家幼时的病态心理促成了他们走上创作道路；而成年后，他们要将生活化为艺术，由常人变为艺术家；作家至技巧纯熟的晚年，抛开自我，探秘他人，对人生和社会有更清醒的认识，从而扩大了自己的宇宙观，自我的生命也得到升华。张若名形象清晰地展现了这三位作家创作心理的发展脉络。同年在《新思潮》的第 1 卷第 4 期张若名发表了《纪德的介绍》一文，首先对纪德的生平和创作做了简略的介绍，然后分别剖析了纪德的命运、恋爱、道德、宗教和艺术，认为纪德不属于任何艺术派别，因为他"融汇了法国一切过去的文艺思潮"，他的思想是法国文化的结晶，他错综矛盾的情绪表现了他尖锐化的敏感。张若名对纪德心理的解析可谓深刻而独到，她的成果在中国成为纪德研究的里程碑。

张若名在 1931—1948 年间一直任教于北平中法大学文学院，1948 年她与丈夫同到云南大学任教。可惜，天妒英才，1958 年，

① 　参见张若名《纪德的态度》，周家树译，三联书店 1997 年版，第 180—192 页。

张若名在教师思想改造运动中受到迫害,愤而投河自尽。从张若名一生的经历来看,她身上也有一种挥之不去的那喀索斯气质。她一旦找到自己的人生方向,就决然献身于学术,追求个性发展与自由的生活。当自由被剥夺,真理被扭曲时,她如那喀索斯般投进河水而亡。张若名的早逝令人扼腕叹息。

卞之琳是 20 世纪 30—40 年代"纪德热"的过渡性人物。他在30 年代中后期翻译了题名为《浪子回家》(今译《浪子归家》)这个作品集,内容包括《浪子回家》(*Le Retour de l'enfant prodigue*)、《纳蕤思解说》(今译《那喀索斯解》)(*Le Traité du Narcisse*)、《恋爱经验》(今译《爱的尝试》)(*La Tentative amoureuse*)、《爱尔·阿虔》(*El Hadj*)、《菲勒克但德》(*Philoctète*)、《白莎佩》(*Bethsabé*)。《浪子归家》这部作品集,1936 年由巴金主持的文化生活出版社出版,后来于 1947 年 6 月又由文化生活出版社重印。卞译充分发挥他诗人的诗思,译笔典雅,韵味十足。我们知道 30 年代后期,他还翻译了纪德的小说《赝币制造者》(今译《伪币制造者》)(*Les Faux-Monnayeurs*),只可惜战火中在香港遗失。另外还译有《新的粮食》(今译《新粮》)(*Les Nouvelles nourritures*)、《赝币制造者写作日记》(今译《〈伪币制造者〉日记》)(*Le Journal des Faux-Monnayeurs*)和《窄门》。《新的粮食》于 1938 年先在文艺刊物《工作》上连载,后来全书由桂林明日社于 1943 年 10 月出版。《窄门》则晚至 1947 年 9月由上海文化生活出版社出版。

卞之琳先生由于翻译了很多纪德的作品,因而在思想和艺术上受到其明显的影响。这从他在《〈新的粮食〉译者序》、《〈浪子回家集〉译者序》、《〈窄门〉初版译者序》等文中可以看出。在这些序言中,卞之琳反复讨论了纪德的"转向"问题。他认为,从《刚果之行》到《访苏归来》,在旁观者看来,纪德是在不断"转向",但是对纪德而言,这却是他思想发展进程中的一种特色。他用"超越前去"的观念解释纪德的"转向",认为纪德用一种

"基督教忏悔式的什么都无隐的精神"，固执地忠实于自己内心的真实感受，不断地向着自己的"梦想"前进。因为纪德坚持以自己的内心感受，而不是某一种确定的政治或社会理想为标准，所以他的每一步变动，常常都会"表面上又自然会常常显得前后互相抵触"。对于纪德来说，这种"否定自己"却是"超越自己"，最终得到"对自我的最高肯定"的必由之路。不断"超越前去，这样的进步，不断修正，不断扬弃——本就是新陈代谢的条件"。但是对于那些"立下了确定的标准"的人来说，这样的行为就是"转向"。卞之琳将纪德的思想进程称为"一条螺旋式的道路"，后来又将其概括为"螺旋式进步"。看似不断地改变方向，实际上是走在一条"曲线"上，而且"走快了一点而已"。回过头来再来看看纪德在《访苏归来》和《访苏归来之补充》里对苏联的评说，卞之琳说纪德"并没有什么恶意，他不过还是取了宗教的忏悔精神、科学的一切公开（tout ouvert）的态度"，是根据一个天真的童心而采取的"真挚的行动"[1]。卞之琳为纪德的辩解，既是在解说纪德，同时也可以说是夫子自道。因为他自己在 30 年代末、40年代初也经历了在别人眼中类似纪德的"转向"。[2]

---

[1]　卞之琳：《〈新的粮食〉译者序》，载《卞之琳译文集》上，安徽教育出版社2000 年版，第 653—681 页。

[2]　1938—1939 年，卞之琳从成都转道延安，然后又追随着八路军进入太行山。这一次的延安之行留给他的是《慰劳信集》和《第七七二团在太行山一带》。可是，他只在延安待了约半年，1940 年前后，就离开了延安，回到四川。在许多人眼里，卞之琳的这次行动便是一次"转向"。四川大学校方在获悉卞之琳去过延安之后，便决定将他解聘。其实，卞之琳在 1939 年底香港《大公报》发表的诗集《慰劳信集》中，是站在民族的、国家的而不是某一个党派的立场上，本着实事求是、不偏不倚的态度，对国共双方的抗战实绩都给予了肯定。对于这一点，曾经热情接待过他的共产党方面也不太满意。但是对于卞之琳来说，无论是去延安还是回到西南后方，他的选择都忠实于自己，是真诚的，只是遵循着个人的情感，没有那么多的政治斗争的偏向。参见段美乔《论1940 年代中国文坛的"纪德热"与知识分子的精神境遇》，载《徐州师范大学学报》（哲学社会科学版）2006 年第 3 期。

艺术上的影响则要更隐蔽一些。江弱水认为一般学者看不到纪德对卞之琳的影响的原因是:"一位散文家对一位诗人的影响往往表现得更隐秘而不易明确指认。"江明确指认了不少"广泛而深刻"的影响,并总结说:"纪德的思想文字已经化成了卞之琳的血肉,以至于叫人浑然忘却那个营养源。"香港学者张曼仪说卞之琳的小说片断《山山水水》①跟纪德的作品风格一样,"抒情的冥想……占了主导地位,情节的推进似不及'哲学'的表现受到重视"。我们今天从这部小说的片断中还是可以看出一些纪德文体的风格,如文体上的混杂,如抒情气息,如辩证意味,如松散结构,如自传色彩。②

在段美乔看来,进入40年代,中国文坛才出现了真正意义上的"纪德热"。这种"热"不仅表现在对纪德的作品的大量翻译,更重要的是有人开始认真研读纪德的著作。纪德的人生道路和艺术创作以及他对生活、对文学的思考对中国文人和知识分子产生了深刻影响。"纪德热"在40年代的出现自然与纪德获得1947年诺贝尔文学奖有关,像纪德这样偏于观念表达、弱于情节呈现的作家能够引起众多普通阅读者的关注,应该归益于他如日中天的名望。但更重要的是,进入40年代,中国社会现状以及中国知识分子所面临的生存思考和精神境遇,使人们对纪德的理解发生了很大的变化。可以说,"纪德热"在40年代中国文坛的出现,正是因为纪德的人生道路和艺术创作以及他对生活、对文学的思考,

---

①　《山山水水》是卞之琳的一部长篇小说,写于1941—1943年,但此书以前一直没有出过单行本,只有一些片断在《文阵丛刊》和《文艺复兴》等刊物上发表过,而且用的是笔名"大雪"。50年代初期,在当时的意识形态情势下似乎为了表示彻底与过去告别,卞甚至"把全稿烧毁"了,但"已经不能烧干净了"。后来,在朋友的劝助下,他又把那些片断收集起来,出了单行本。原著的各部分都相对比较独立,所以卞本人号召读者把这部小说"作为散文集"读。参见段美乔《论1940年代中国文坛的"纪德热"与知识分子的精神境遇》。

②　参见段美乔《论1940年代中国文坛的"纪德热"与知识分子的精神境遇》,载《徐州师范大学学报》(哲学社会科学版)2006年第3期,第21—27页。

为处于 20 世纪40 年代复杂的社会政治背景下的中国知识分子的生
存思考和精神境遇提供了某种启示和借鉴。那些有自由主义倾向
的知识分子多为纪德所吸引和感召，从而致力于纪德在中国的接
受和传播；相反抱有政治偏向的左翼知识分子对纪德多有指责和
批判。致力于纪德在中国的传播的自由知识分子，除诗人卞之琳
外，还有学者盛澄华。

　　盛澄华是继张若名之后深入研究纪德并取得丰硕成果的一位
中国学者。他同纪德的第一次接触始于1934 年，其时他在清华研
究院学习，西文教授温德给学生们开设了"纪德"的课程。自此，
他开始对纪德产生兴趣，开始阅读纪德。1935 年他前往法国巴黎
大学学习，在这期间他花了大量时间研读纪德，作了"一千三百
三十页蝇头蟹文的笔记"①，预备将来写一本论纪德的书。盛在巴
黎期间，曾登门拜访过纪德，并常常就作品的理解问题同纪德当
面交谈，纪德十分欣赏他的见解。随着这种交往的增加，他们的
友谊也在逐步加深，后来成了忘年交。盛澄华回国后两人也还一
直保持着书信联系，直至纪德逝世。而盛澄华作为纪德的又一位
中国知音，为纪德在中国的传播和接受做了许多富有成效的工作，
没有辜负他们的友谊。

　　盛澄华回国后在国运维艰的抗战期间翻译了纪德的一些重要
作品，包括《地粮》、《伪币制造者》、《日尼薇》（Geneviève），均
由文化生活出版社刊行，其后还译有《幻航》（Le Voyage d'Urien）、
《忆王尔德》、《文坛追忆与当前问题》等。盛译《伪币制造者》
至今仍是经典。

　　盛澄华的纪德研究成就比译文更高。可以说，他为研究纪德作
了相当充分的准备，从接触纪德到最终发表《纪德研究》的文字，
历经了十余年。他一开始就有全局眼光，研读的是《纪德全集》，力

① 盛澄华：《纪德研究》，上海森林出版社 1948 年版，第 374 页。

求全盘透彻理解纪德，而不是断章取义，采取道德式的武断攻击性批评，或得些零碎印象，发些蜻蜓点水般不痛不痒的议论。他认为，"法国论纪德者最大的错误在于以法国的文学道德准绳去衡量纪德，挑拨多于理解，批评家高于作家，批评家所属（党或派）高于批评家自己。……对一个伟大的艺术家应予以理解，而非衡量，他的作品本身即是他自己的尺度与秤"①。因此，为了贴近作品理解作家，他在法期间就开始迻译纪德的作品，此后的翻译也有为研究纪德积累素材的考虑。盛摒弃了那些衡量作家的外在尺度，直接走入作品中与作者对话，这样才成为纪德真正的知音。

　　1948 年，盛澄华的《纪德研究》在上海森林出版社出版。这其实并非严格意义的著作，而是一个论文集，其中共收录了九篇文章，《安德烈·纪德》、《地粮·译序》、《试论纪德》、《新法兰西评论与法国现代文学》、《普鲁及其往事追踪路》、《纪德艺术与思想的演进》、《纪德的文艺观》、《纪德在中国》、《介绍一九四七年诺贝尔文学奖金得主纪德》九篇文章和《纪德作品年表》、《纪德书简》两个附录，还包括《纪德近影及其签名式》及《纪德手迹》。在风雨飘摇的 40 年代末，盛澄华未能完成夙愿，写成一本论纪德的著作，但《纪德研究》本身能得以问世就是幸事。

　　综观《纪德研究》一书，盛澄华分别就纪德的创作个性、个性的成因、纪德的文艺思想等方面进行论述，但全书由写于各个不同时期的文章组成，难以构成严谨的体系，显得有些芜杂和重复。但作为对纪德用力甚深的学者，盛澄华的《纪德研究》称得上当时研究纪德的论著中水准较高的一部了。同张若名一样，盛澄华也特别强调纪德身上的克己精神，认为纪德的道德就是"个人主义"的道德，它要求个人努力彰显自我，发展个性。在纪德看来，特殊包含着普遍性，普遍性最好由特殊来表达，最有个性的作品也就是最带

---

① 盛澄华：《纪德研究》，上海森林出版社 1948 年版，第 375—376 页。

人性的作品。个人同人类的关系也一样，因此，发展个性自我只有在"忘却自己的时候，才真正找到了自己"，即忘掉"小我"，让其消融于"大我"的世界中，在"大我"中发现"小我"，表现"小我"，指出"从否定作出发的纪德，其精神却是勇往地肯定的……"他看出纪德本身是不安定的，写作是其协调自身的一种方式，"矛盾与错综适形成他作品中的和谐与平衡"。①

　　《纪德研究》其实也寄予了盛澄华的隐秘理想。他在《纪德的文艺观》的演讲中有所表露。在开篇时，他提到闻一多先生分析中国、印度、以色列和希腊四大古老民族文学没落的缘由，认为都是由于文化的主人勇于"予"而怯于"受"，独有中国是勇于"予"而不太怯于"受"，虽然也已没落，但仍是自己文化的主人。为了提振文化，不怯于"受"还不够，更要勇于"受"。只有借鉴于他者，在其中去获得有助于己的创造的启示，才能不断丰富和繁荣自己的文化。面对风雨飘摇、国颓民弱的时代，他希望借纪德的思想唤醒青年人身上沉睡的因子和鼓舞他们勇于"受"，敢于"梦"。"受"能"丰富自身的意境和思想"，"梦"是"推动人类进步所必需的动力"。他引用《福音书》中一句话作结："对于那个有的人，他会更多起来；对于那个没有的人，他仅有的也会被拿走。"②这似乎在暗示那些对外来文化持拒斥意见的人封闭的危险性。

　　左翼文学界对40年代"纪德热"的出现并不满意。他们基本上延续了30年代的政治意识角度，给"纪德热"泼冷水，同时也对所谓"纪德的信徒"提出批评。他们认为纪德只是资产阶级中苦闷的知识阶层的代言人，推崇奉行个人主义的纪德对于无产阶级的革命是有害的。"纪德唯一的毛病就是想把生活提高，把生活上升转化为观念，然后再用他的观念编造成艺术"，因此他"掉进

---

①　盛澄华：《纪德研究》，上海森林出版社1948年版，第346、358页。

②　同上书，第303、336页。

了知识分子的传统，游离了生活"①。随着中国革命形势的进一步明朗，左翼文学界加强了对文艺界、对知识分子的领导。在文学"一元化"进程中，40 年代的"纪德热"受到了更为严厉的批判。1948 年 7 月第 3 辑的《大众文艺丛刊》刊登了灵珠的《论纪德》。在这篇文章里，纪德被称为"寄生在那都市里许许多多招摇撞骗的江湖文人"中的一个"典型"，"投合了享乐的、纵欲的、堕落的巴黎布尔乔亚社会的胃口"，而纪德研究者和评论者也受到了同样严厉的指责："在今日人民翻身，开始清算法西斯的余孽的时代，像纪德这类作家，就早该给时代的洪潮淹没，无声无息的灭亡了。但是居然还有些人要替他捧场，要利用这些伪自由的甚至是堕落的思想，好去麻醉别人，于是借了这奖金事件，大肆渲染一番。"② 这篇文章如同一个风向标，向我们昭示了纪德在 1949 年后的中国社会所处的命运。

　　新中国成立以后，因为当时奉行一边倒的政策，苏联成为社会主义的旗帜。纪德有反苏的前科，自然是批判的对象，所以国内基本上不再有对他的译介和研究；只有在 1957 年第 9 期的《译文》上有一篇题为《揭穿纪德的"真诚"》的文章，而这篇文章完全是否定纪德的。

　　直到 1982 年思想解放之后，纪德才再次引起中国知识界的注意。如同解放前，"纪德热"也需要一个预热的时期及一个速热的事件。80 年代，主要表现在对纪德作品的大量重译或新译。在整个 80 年代，很少有关于纪德的研究文章问世。即使有，多为译序，或采用传统视角进行批评的文章。老翻译家陈占元的文章《纪德和他的小说》（《法国研究》1984 年第 1 期）比较全面地探讨了纪德的创作和思想。他逐一分析了纪德主要叙事作品的主题和艺术

---

① 参见范智红《现代小说的象征化尝试》，载《文学评论》1999 年第 5 期，第 89 页。

② 参见段美乔《论 1940 年代中国文坛的"纪德热"与知识分子的精神境遇》，载《徐州师范大学学报》（哲学社会科学版）2006 年第 3 期，第 27 页。

特色，特别称道《地粮》这部作品。认为纪德在作品中"讴歌个人的势力，讴歌完全的献身，使全体人类感到幸福"①。可见，纪德重视不断进步的理想的人更甚于现实生活中的人。阅读《地粮》这部讴歌贫乏的书可以帮助人更好地认识世界和认识自己。他指出《地粮》所宣扬的道德是纪德一生都遵循的道德准则。这是很有见地的评说。循着这一道德观，他认为纪德重视自我，是为了通过自我进一步去认识人性。柳鸣九《人性的沉沦与人性的窒息》是作为《背德者·窄门》的序言，分别评述这两部作品对基督教的批判，视角较为传统。还有两篇介绍《刚果之行》的文章，分别为徐知免的《纪德和他的〈刚果之行〉》（《读书》1986 年第 11期）和李旭的《平淡真切文体下热非洲的急难现实——纪德〈刚果之行〉小札》（《外国文学研究》1987 年第 1 期）。

　　进入 90 年代，随着国际局势的风云激荡，特别是世界最大的社会主义国家苏联的解体，给中国以极大的冲击。90 年代中期，罗曼·罗兰尘封的《莫斯科日记》解锁出版。人们惊异地发现，当年对纪德《访苏归来》予以严厉批评，指责纪德说谎的他，当时对苏联的许多观察跟纪德没有两样。人们回过头来看纪德当时发表批评苏联的《访苏归来》的决然态度，不禁为他的正直、良知和勇气击掌赞叹。中国知识界再次对《访苏归来》表现了极大的关注。不仅将 30 年代郑超麟和戴望舒的旧译整理再版，还出了几种新的译本，《访苏归来》成了畅销书。人们在比较纪德和罗曼·罗兰这两位著名作家对待苏联的态度时，一致褒扬纪德的独立判断和作家的良知。为了配合这一时期读者和研究者对纪德的关注，出版社适时推出了国内外评传性质的研究纪德的著作，帮助人们更全面地理解纪德。如台湾业强出版社 1997 年出版了由朱静编著的《纪德传》，三联书店出版了法国纪德研究权威克洛德·马丹的著作《纪德》。

---

　　① 　陈占元：《纪德和他的小说》，《法国研究》1984 年第 1 期，第 17 页。

　　90 年代关于纪德的论文主要是围绕纪德作品的艺术特色和思想内容进行述评。比较有分量的论文是冯寿农运用新批评话语的评论文章《法国现代小说中一种新颖的叙事技巧——回状嵌套法》(《国外文学》1994 年第 1 期)、《〈伪币制造者〉的象征意蕴》(《外国文学研究》1994 年第 3 期)和《论〈伪币制造者〉的叙事美学》(《外国文学评论》1994 年第 4 期)。第一篇文章着重介绍纪德独创的纹心嵌套叙事手段;第二篇文章深入剖析了纪德在《伪币制造者》中"伪币"的多重象征意蕴;第三篇文章剖析的是纪德在《伪币制造者》中运用的独特的叙事手段,认为纪德据此创造了否定自我、自我解构的小说。可以看出,作者后两篇文章相互呼应,前者着重思想内容的开掘,后者着重艺术形式的分析。郑克鲁的两篇文章《社会的批判者——纪德小说的思想内容》(《外国文学评论》1996 年第 4 期)和《纪德小说的艺术特色》(《外国文学研究》1997 年第 1 期),分别评述纪德叙事作品的思想和艺术特色,但视角较传统。张新木的《论〈田园交响曲〉的叙述结构》(《外国文学评论》1998 年第 2 期),也从新批评话语出发,但另辟蹊径,运用叙事作品结构分析的理论来探究《田园》的叙述结构,认为其中存在一种标示叙述的形式结构,同时也存在一种反映社会生活和伦理道德的逻辑结构,只是前者比后者更突出一些。还有一篇饶道庆的《天堂与地狱之间——论纪德和他的宗教道德三部曲》(《温州师范学院学报》1995 年第 1 期),将《背德者》、《窄门》和《田园交响曲》这三部作品并置起来进行研究,通过比较三部作品的故事、结构和观点,剖析作者与作品、社会的关系来揭示纪德的宗教、道德观。视角比较新颖,但不够深入。还有邵燕祥介绍张若名博士纪德研究功绩的《纪德的知音》(《读书》1995 年第 3 期)。

　　真正的"纪德热"出现在 20 世纪末,特别是 2000 年后的新世纪。一方面表现在人民文学、花城和译林三大出版社不约而同地推出《纪德文集》，让读者和研究者有条件了解全面的纪德。除了早期的《安德烈·瓦尔特笔记》及剧作外，纪德所有的作品，无论叙事作品、小说、散文、日记、游记、文论等几乎被完全翻译出来，同时继续翻译出版了国外纪德研究者的评传著作，如东方出版中心 2001 年出版的法国研究者皮埃尔·勒巴普的《纪德传》、群众出版社 2003 年出版的英国研究者艾伦·谢里登的《安德烈·纪德——一个现实生活中的伟大人物》及花城出版社 2004 年出版的法国埃里克·德肖的《纪德评传》。其中英国研究者的传记最为详尽和深入，勒巴普以编年史的体例，以纪德日记作为引子的形式评述纪德一生，新颖独到，而德肖的著作更像散文，离纪德较远。译界和出版界为研究者开拓纪德研究新的领域创造了前提条件。另一方面表现在一些深入研究纪德的文章和著作的问世。研究文章可分为四类：第一类文章着重关注纪德与苏联的关系，如李冰封的《纪德的真话与斯大林的悲剧》（《书屋》2000 年第 1 期），闻一的《回眸苏联——奥斯特洛夫斯基与纪德的恩怨》（《读书》2001 年第 2 期），李晓娜的《三本访苏日记引发的思考——论本雅明、罗兰和纪德的分歧》（《当代世界与社会主义》2003 年第 1 期），朱庆芳的《拂去历史的沉沙——纪德的〈访苏归来〉与中国》[《重庆交通学院学报》（社科版）2006 年第 2 期]；第二类文章从比较文学的角度介绍、剖析纪德在中国的接受和影响，如许钧和宋学智的著作《20 世纪法国文学在中国的译介与接受》中专章论述纪德的文字，重点分析纪德译介的三位代表人物张若名、盛澄华和卞之琳，认为他们成为纪德的"知音"，缘于"相通的灵魂"，是"心灵的呼应"①，王文彬的《戴望舒和纪德的文学姻缘》（《新文学史料》

---

① 许钧、宋学智：《纪德与心灵的呼应》，载《20 世纪法国文学在中国的译介与接受》，湖北教育出版社 2007 年版，第 241、246 页。

2003 年第 2 期），李春林和高翔的《20 世纪 30 年代：鲁迅、纪德与苏联和共产主义》（《鲁迅研究月刊》2006 年第 11 期），北塔的《纪德在中国》（《中国比较文学》2004 年第 2 期），段美乔的《论 1940 年代中国文坛的"纪德热"与知识分子的精神境遇》[《徐州师范大学学报》（哲学社会科学版）2006 年第 3期]，范智红的《现代小说的象征化尝试》（《文学评论》1999年第 5 期）分析纪德的"纯小说"艺术思想对中国现代小说的影响，刘东的《当纪德进入中国》（《读书》2008 年第 3 期）穿越掩盖在纪德身上的政治迷雾，指出文化交流中的"通"与"隔"的问题，认为纪德实际上在中国的影响有限，只能影响那些能被影响的人；第三类文章深入剖析纪德的思想内涵，如由权的《陀思妥耶夫斯基对纪德的影响》（《国外文学》2004 年第 4期），马继明的《论纪德叙事作品中人物的独特内蕴》（《曲靖师范学院学报》2005 年第 5 期），刘珂的《从〈窄门〉到〈梵蒂冈地窖〉看纪德对基督教问题的批判性思考》（《国外文学》2006 年第 3 期），这些文章剖析纪德基督教背景对其艺术思想形成及创作的影响；第四类文章利用西方当代新批评话语分析纪德一些重要作品的叙事艺术，如由权在《〈伪币制造者〉的叙述技巧》（《外国文学研究》2000 年第 4 期）中借用热奈特的叙述学术语对纪德小说的叙事技巧进行剖析；秦燕的《〈田园交响曲〉叙述的空间形式》（《齐齐哈尔大学学报》（哲学社会科学版）2006 年第 3 期）论述了《田园》中叙述空间形式的构建、功能及其对主题阐发的作用；冯寿农、张新木 90 年代的文章也属此类。总之，这一时期的评论和研究全面开花，角度多样，深入新颖。但不足的是研究主要还是围绕纪德的叙事作品，特别是一部或几部重要的作品来展开，对纪德前期和后期的作品少有关注，对纪德缺乏全面的理解。弥补这一不足的是朱静和景春雨合著的《纪德研究》和景春雨的博士论文《纪德的现代性研究》。前者对纪德的生平、作品作了述评，并剖析了纪德的艺术观，它是新时期唯一一部比较全面论述纪德的专著；后者是 2005 年复旦大学比较文学与世界文学专业景春雨的毕业博士论文，论文以纪德的创作为视点，评述作家思想主题和艺术特色上所具有的现代性特征。

综上所述，新中国成立前我国的纪德研究成绩斐然。新中国成立后至 80 年代初期，由于众所周知的原因，这个好势头未能延续下来，研究进入 30 年之久的"沉寂期"。80 年代以来，纪德研究得以重启，并逐步深入，取得了喜人的成果。但对作家的全面研究还不足，有待深入和拓展。在 80 年代初，法国文学专家徐知免指出，"纪德好像是人们熟悉的作家，但实在又并不熟悉，甚至可以说还很陌生"[①]。但直到今天，刘东认为不要害怕承认"当纪德这位法国大作家来到中国之后，其文学影响受到了相当的限制。也就是说，他并不是不能发挥他的影响，但却注定只能影响那些影响人的人，那些懂得分析文学技法的人，那些足以对外来的美学风格进行深度借鉴的人"[②]。在他看来人们对纪德的赞赏，仍然主要局限于他在政治上的冒险，而不是他在艺术上的探险。所以，抛开政治层面的解读，继续深挖纪德的艺术思想根源仍是当前研究的要务。

"那喀索斯情结"（narcissisme）（也译作"那喀索斯主义"）第一次出现在张若名 1930 年的博士论文《纪德的态度》中，她以"纪德的纳瑞思主义"为其中的一个小节，认为纪德有那喀索斯孤寂的气质，他通过内省，发现了宇宙间的相互感应。他深入自己的内心深处，渴望了解自己。他通过塑造各色不同人物来展现其人格的特点。人物的对立矛盾倾向并没有导致紊乱，反而通过对

---

① 徐知免：《纪德和他的〈刚果之行〉》，《读书》1986 年第 11 期，第 93 页。
② 刘东：《当纪德进入中国》，《读书》2008 年第 3 期，第 152、154 页。

立斗争达到了高度的平衡，产生了秩序与和谐。法国研究者塞西娅·德勒尔姆（Cécile DELORME）在一部名为《纪德小说中的那喀索斯主义与教育》（*Narcissisme et Education dans l'oeuvre roman-esque d'André GIDE*）的专著中，以弗洛伊德的精神分析理论为支撑，分别从父亲、母亲和私生子三个角度来论述纪德作品中的人物关系，认为纪德作品中人物的成长过程就是一个寻找"父亲"的历程，他们在寻找过程中得到教育，得以成熟。2007 年 6 月暨南大学潘淑娴的硕士论文题为《论安德烈·纪德的"纳喀索斯主义"美学观》，作者在文中提出纪德的"纳喀索斯主义"美学观是发现自我、反思自我、重塑自我。这一美学观体现在作家的创作中，形成了"纳喀索斯"式的创作观念和"纳喀索斯"式的创作技巧。

　　本书中，作者以纪德的"那喀索斯情结"为切入点，以作品研究为依托，在占有大量翔实资料的基础上，试图发掘"那喀索斯情结"的内涵及其在纪德的生活和创作中的表征和影响，从自恋、他恋和普恋的角度，呈现纪德追寻自我过程中思想发展的螺旋形上升过程，揭示纪德人格与思想的统一性。

第一章

自恋：自我幻象的执迷

> 凄切的花朵独自绽放
> 别无激情，除了水中的倒影
> 任凭滞呆的目光凝视。
> 马拉美，《希罗底》

纪德生于 1869 年 11 月 22 日。这是一个特别的日子。为此，纪德还将生日记错，提前了一天："我并不十分相信占星术，但是我很偶然地发现，就在 11 月 21 日我的生日那天，我们的地球摆脱了天蝎星座的影响，进入了人马星座控制区域。如果你们的上帝如此精心安排我出生在两个星座，两个种族，两个区域，两种信仰之间，这难道是我的错吗？"① 如果我们按星象学的说法来探究这两个星座交接的意义，就会发现纪德将生日提前一天的用意。关于天蝎座，有这些字句，"喜欢更新自己的想法"，"他选定了自己要走的路，那么任何力量都无法阻挡他的前进"，"一切都向最好的看齐"，"有频繁改变性对象的倾向"，"他的动力：情爱"。② 而人马座的描述更容易认出纪德的特点，"感情上十分真诚，是个情感丰富的人"，"对生活充满火热的激情"，"不希望别人威胁和干涉他的神圣自由"，"他的独立精神很强，喜欢我行我素，不愿受到别人的约束"，"无论是在感情上，还是在思想上，他的视野总是向着新的地平线，向往着遥远的国度"，"只有当他超脱了自

---

① 艾伦·谢里登：《安德烈·纪德：一个现实生活中的伟大人物》，刘乃银译，群众出版社 2003 年版，第 1 页。

② http://www.s18.cn/XingZuo/TianXieZuo.asp.

己本性的时候,他才能从内心的自我折磨的桎梏中解放出来,焕发出巨大的精神力量,变成令人难以想象的创造力","他所做的一切努力都是为了使人们摆脱困境","在他看来,只要目的是好的,就可以无所顾忌","避免感情上的介入,因为他认为自由高于一切","他的动力:独立精神"。① 而生于两宫会切的纪德,就该身兼两个星座的特点,既"坚定"又"善变",是个矛盾的统一体。"情爱"和"独立精神"成为他一生最重要的追求,成为力量的源泉和前进的动力。

但这是真实的纪德吗?当然,我们不是把星象学作为科学来分析纪德的性格特点,而是要追问纪德为何强调他出生时的星象学意义,尽管他声称"不十分相信"。我们知道,纪德并非出生于21日,而是22日。当然,这不会影响两个星座的会切,据说"两宫会切"通常要持续三天。纪德刻意将生日提前一天,恐怕是担心错过了这"两宫会切"的机会。可见,纪德真正关心的是要给自己性格的摇摆不定找到"天生"的理由,是"上帝的安排"。纪德太喜欢"两宫会切"的感觉,他始终可以站在交会处,左右逢源,既可以"向左走",又可以"向右走",游移不定,做一个"难以捉摸的普罗透斯"。

纪德不仅提到了"两个星座",还提到了"两个种族","两个区域","两种信仰"。可见,纪德偏爱自己身上的双重性。我们有必要分别考察一下这系列的二元组合。纪德父系这一支,居住在法国南方于泽斯。他的祖父唐克莱德是一位"笃信上帝到了崇高地步"的加尔文教徒,在当地任法官。子承父业,他的大儿子保罗·纪德在埃克斯法学院学的也是法律。不过主要由父亲在家授课,在大学注册仅为了考试。23 岁时,保罗获得了博士学位,博士论文获得了金质奖章。1859 年在全国教师资格学衔考试中拔

---

① http://www.s18.cn/XingZuo/SheShouZuo.asp.

得头筹。最终，年仅 30 岁，他便凭借过人的才学在巴黎大学得到罗马法的教席，升任教授。保罗性格温和，为人宽容，他的法学课备得像艺术品，深受学生喜爱。这便是后来成为纪德父亲的保罗·纪德。而纪德的母亲，朱莉叶·隆多，却是北方诺曼底地区的鲁昂人。隆多家族是鲁昂当地的豪门富户，拥有众多的庄园、城堡及领地。朱莉叶的祖上在法国大革命前信奉天主教，但到了祖父夏尔·隆多和父亲爱德华·隆多那儿，两人本身都不太信教了，但都娶了虔诚的新教教徒为妻子。纪德的母亲朱莉叶在家中排行老五，是爱德华·隆多最小的女儿。尽管是千金小姐，但从小受的是严格的新教教育，具有坚强的性格和善良的心灵。基于共同的宗教信仰，朱莉叶选择了来自南方的法学教授保罗·纪德，却拒绝了当地几位富裕的求婚者。两位年轻人于 1863 年在鲁昂结婚，婚后六年育有一子，也是唯一的孩子，这便是安德烈·纪德。

“两个种族”？一个人的父母来自于同一个国家的南方和北方，距离不过 800 公里，可信吗？

“两个区域”这显而易见，没什么特别的。但纪德为何偏偏不提对他更重要的巴黎？他生于斯，长于斯，更受教育于斯。巴黎是他的归宿，终点，也是众多旅行的起点，他的大部分作品也是在此完成。而南方的祖母家，只是在特别节日才去作短暂的停留。南方的老家怎么能跟他经常去的消夏之地诺曼底相提并论呢？原因只有一个，巴黎不具有对立性，它既是起点，也是终点，消解了冲突。

再看“两种信仰”。纪德母系一支信仰天主教是很久远的过去，而三代以来都是虔诚的新教教徒。促成保罗·纪德和朱莉叶·隆多结合的，不是信仰的相左，恰恰是缘于共同的宗教信仰。否则，纪德的父亲可能就不一定那么幸运，能战胜所有对手，得以牵手千金小姐朱莉叶，步入婚姻的殿堂。

但纪德不这么看，他在给友人弗朗西斯·雅姆的信中写道：“您知道我多么复杂，生于不同种族的杂交，位于信仰的十字路口,我内心感受到诺曼底人对南方以及南方人对北方的向往,我内心抱着众多的生存理由,不过可能只有一条不能接受:活得简单。"① 后来,他又在一篇题为"遗传"的文章中写道:"没有比这两个家庭差别更大的了;没有比法国这两个省份之间的差异更大的了,他们互相矛盾的种种影响在我的身上兼而有之……"② 纪德是一个生性敏感的孩子,而父爱的过早缺失,在他内心留有难以弥补的创伤。而孤儿寡母相依为命的生活,一方面让他过分依恋母亲,母爱成为他唯一安全的港湾;另一方面,母亲严厉的清教教育,将他包裹得太结实,太封闭,都呼吸不到外界的新鲜的空气。他渴望挣脱这窒息的包裹,向往自由的空间。他总有逃离的欲念,而母爱的温暖又让他留恋难舍。他内心处于分裂的状态,各种欲念相互撞击、冲突、难以抑制和平息。因此,他就求助于遗传决定论,将内心的冲突归咎于父母的多种差异,是"上帝的安排",脱掉自身的干系,以换取内心的平和、宁静、和谐。他唯一的出路,也是他的使命,便是超越"活得简单"。如何超越呢?艺术,确切说便是文学创作:"我常常以为,我会被迫从事艺术创作,因为只有通过艺术创作,才能使这些极不相同的因素协调起来:这些因素在我心里即使不互相打架,至少是相互对话。或许只有被遗传冲动推向单一方向的人,才会显示出强烈的个性。相反,那些杂交的品种,由于种种相互对立的要求在他们身上共处和壮大又相互中和,所以我相信仲裁人和艺术家都来自他们之中。"③ "成为一个艺术家!因艺术而受苦,用艺术去征服,达到和谐。"④

---

① Cf. Claude MARTIN, *André Gide ou la vocation du bonheur*, Paris, Fayard, 1998, pp. 9 – 10.

② 艾伦·谢里登:《安德烈·纪德:一个现实生活中的伟大人物》,刘乃银译,群众出版社 2003 年版,第3—4 页。

③ 纪德:《如果种子不死》,罗国林译,北京十月文艺出版社 2005 年版,第9 页。

④ 莫洛亚:《从普鲁斯特到萨特》,袁树仁译,漓江出版社 1987 年版,第 107 页。

第一节　那喀索斯的符号意义与纪德的解读

"自恋"一词来源于希腊神话人物那喀索斯（Narcisse）。据奥维德的长诗《变形记》（les Métamorphoses）载，河神和水泽女神的儿子那喀索斯，英俊潇洒，但冷漠自负。因拒绝爱神阿佛洛狄忒的赠礼，不服从她的管束，受到严厉的惩罚，被诅咒除了自己谁都不爱。山林女神厄科（Echo）深深地爱上了他。一次，那喀索斯狩猎时，在林中迷了路。厄科借机来到他的跟前，但那喀索斯将她推开，绝情而去。其他向他求爱的女神也遭到了同样被拒绝的命运。

有一年春天，那喀索斯狩猎到一条山溪边，打算喝几口清凉的溪水。溪水清澈见底，水面像镜子一样反映出四周的景物，映照出两岸丛生的灌木、挺拔的柏树和蔚蓝的天空。那喀索斯双手支着露出水面的石头，俯身准备喝溪中的水。水中映出他俊俏的神采。那喀索斯看着水中自己的俊美倒影，心中充满了强烈的爱。他满含深情地注视着水中的美少年，向他招手、呼叫，伸出双手去拥抱。那喀索斯情不自禁地俯身去亲吻水中自己的倒影，可是他吻到的却是冰凉的溪水。平静的水面激起圈圈波纹，这时，美丽的倒影不见了，那喀索斯深感恐惧和伤心。

水面终于恢复了平静，倒影重又出现。那喀索斯目不转睛地盯着自己的倒影，不敢分神。这时候，那喀索斯忘却了一切，寸步不离小溪，目不转睛地盯着水面，一味顾影自怜。他茶饭不思，绝望地慨叹："啊，有谁遭过如此残酷的折磨！我们之间并无高山大海阻挡，相隔的仅是一泓清水，然而我们却无法相聚。你从溪中出来吧！"

那喀索斯对着如镜的水面陷入了沉思，变得面色苍白，极度虚弱。他日渐消瘦，更加羸弱。最后，那喀索斯倒在溪边绿色的草地上，相思而死。山林女神厄科和林中其他的女神们为那喀索斯修筑了坟墓，可是她们去搬尸体的时候，尸体却不见了。在他一头栽倒的地方长出了一朵芬芳的白色小花，那是死亡之花，人们称之为那喀索斯，即水仙花。① 这是那喀索斯神话最流行的版本。

　　从这个动人的希腊神话中，我们可以得出四点结论。第一，那喀索斯的悲剧根源在于封闭和自大。阿佛洛狄忒诅咒他除了自己谁都不爱，只爱自己。这一惩罚最致命的地方在于它割断了那喀索斯同外界的情感联系，他的爱被禁锢，包裹，"只爱自己"，被禁止在"自己"这个圈内，无法向外扩展、伸张，触及不到爱的对象。即使有山林女神厄科的爱慕和许多同样年轻的女神的倾心，都被"自己"这个"保护圈"或"禁止圈"撞回。圈子实质并不存在，只是一个咒语而已。第二，媒介很重要。平静如镜的水面是媒介、是诱因、是契机。如镜的水面反照出了那喀索斯的美，成为传播美的中介。俊美倒影的出现搅动了那喀索斯平静如水的内心，冷淡的心开始变得热乎起来，他的爱被诱导、激发出来。从来不知道爱的人，从来没有尝过爱的滋味，如陷入初恋，正害单相思的男孩，其爱必痴迷和热烈。他会视自己爱恋的对象为唯一，为完美。机会到来，他绝不放手。第三，爱之虚幻性和自指性。那喀索斯爱的是自己的影子，它是空幻的，非物质存在的。表面上，那喀索斯的爱是指向"他我"（ego alter），异于自己的存在。而实质上，这个"他我"，是虚幻的"自我"，是想象的"他者"，归根到底，就是自己的"思想"、"欲念"的投射。那喀索斯的苦恋、追寻，指向了自己。他永远也触及不到虚幻的"他者"，他的爱是徒劳的。爱的欲念愈强，他的幻灭感也愈强，所受到的打击也愈重。第四，同性之爱。那喀索斯为何不爱山林女神，

---

　　① 参见库恩《希腊神话》，朱志顺译，上海译文出版社 2006 年版。

为何对她们冷淡、拒斥？固然有阿佛洛狄忒诅咒的缘由，但根子在于那喀索斯是一个同性恋，不喜欢异性。他看到水中自己的倒影，立即就产生了爱恋。不能否认美对他的刺激作用，但更不能否认的是，倒影为男性面孔的事实。可见，只有同性才能激起他的爱欲，让他起了亲吻和拥抱的冲动，让他长久痴迷。显而易见，那喀索斯是一个同性恋者。

其他还有两个版本值得一提，它们分别是希腊作家波塞尼娅和神话学家科农的版本。前者认为，那喀索斯所看到的水中倒影应该是跟他长得一模一样的孪生妹妹，她长得十分秀美，但不幸幼年就夭折了。剩下形单影只的那喀索斯，他伤心不已。一天那喀索斯在清澈的泉水上看到自己的脸庞，以为是自己的妹妹，为了抚平忧伤，他便终日守在泉边，凝视着自己在水中的倒影。这个版本的传说，讲述的是那喀索斯对妹妹的怀恋，影射了他的"乱伦"情感。科农的版本则认为，那个单恋青年名叫阿弥尼俄斯。对他的求爱，那喀索斯非但置之不理，而且还残忍地送给他一把短剑。阿弥尼俄斯就用那把短剑结束了自己的生命，反映出那喀索斯的同性恋倾向。与前一个最流行的版本比较，后两个版本尽管内容有很大出入，但还是可以看出不少的共同之处。其一，三个版本都表达了因爱，因对他者的迷恋而丧失自我的主题；其二，三个版本都包含着同性恋的因子，无论是那喀索斯的自恋，还是他对孪生妹妹的怀恋，直至他同阿弥尼俄斯明显的同性恋；其三，三个版本表达的都是对美的追寻；其四，三个版本都表达了欲望不能达到，通过死亡的途径，以求灵欲结合的愿望。

那喀索斯神话是希腊古典神话中西方文学家们复述和诠释最多的神话之一，我们将通过追溯法国文学中那喀索斯神话典故的嬗变，以及那喀索斯符号在心理学中意义的演变，特别是纪德对其的独特解读，来阐明那喀索斯神话主题的丰富内涵及其对纪德美学思想和创作的影响。

　　希腊神话与基督教《圣经》是西方文化的两大源头；就神话而言，它对西方文学作品的素材、内容和意蕴等各个方面都有着深刻的影响。文艺评论家弗莱指出，神话是人对他自身的关注的一种表现，他在万事万物的体系中处于什么位置，他与社会、与上帝是一个什么样的关系，还包括整个人类，等等。神话是一切文学作品的原型，是一切伟大作品里反复出现的基本故事。[①] 神话蕴涵了人性的永恒主题，隐藏着人的基本思维模式和行为机制，因此神话永远不会过时。"那喀索斯"神话是西方文学家所青睐的一个原型文本，它的内涵和意蕴，在众多文学家的描绘中不断地演化和丰富。克里斯特瓦认为，自奥维德的《变形记》问世以来，那喀索斯这个倔犟的少年，"以他的暧昧、不可见的故事情节带着不安的标记"[②]，造成了人类的不安情绪和痛苦，也成为号召灵魂返回自我、发现自我的精神理想。她认为中世纪抒情诗歌关于爱的谈论都涉及自恋问题，甚至圣歌给予爱侣的所有恩赐，几乎就是对人的自恋能力的赞美。17世纪神秘主义者让娜·吉庸（Jeanne GUYON）创立的寂静教强调意念来自于生命力和自我信仰主义。她主张放弃欲望，主张灵魂与肉体自身的毁灭，追求一种童真状态和至高无上的虚无状态，并相信自己处于一种爱的随意冥想之中。18世纪卢梭的《新爱洛伊丝》（1761）中平民知识分子圣普乐给贵族小姐朱丽当家庭教师，他们一见钟情。但由于彼此阶层的差异，他们的爱被朱丽专横的父亲阻止。朱丽迫于家庭压力嫁给了贵族伏尔玛。朱丽有了孩子之后，让丈夫请圣普乐做家庭教师。有情人近在咫尺，却只能像那喀索斯般默默对视而不能亲近。最终朱丽落水染病而逝，成全了他们纯洁的爱。而《忏悔录》（1782—1789）中卢梭袒露了对华伦夫人的爱，这是一种近乎乱伦

---

　　① 弗莱：《现代百年》，盛宁译，辽宁教育出版社1998年版，第74页。

　　② 参见罗婷《里克斯特瓦的纳克索斯/自恋新诠释及文学隐喻》，《国外文学》2005年第1期，第6页。

的母子之爱，表明卢梭潜意识中对早逝母亲的怀恋。在这部自画像式的回忆录中，卢梭表达了对当时的道德秩序的蔑视，与这个世界显得格格不入。在对自我的塑造中，他肯定个性自由，强调个体价值和人的尊严，表现出其真诚、坦率和敏感的性格，呈现了其痛苦而高尚的灵魂。19 世纪初夏多布利昂的《阿达拉》（1801）中也表现了一种不可能的爱。印第安人夏克达斯在受火刑前，部落酋长的女儿阿达拉因爱放其逃走，但他却因爱不愿逃离。但他们宗教信仰不同而不能结合。在行刑的前夜，他们逃到原始森林中，阿达拉为绝望的爱而自杀殉教。在《勒内》（1802）中，爱情换了另一种形式，是一种不可能的乱伦之恋。勒内是一个没落贵族的子弟，母亲因难产而逝，跟姐姐阿梅莉相依为命。他性格孤僻，成日郁郁寡欢，出国周游也不能遣散内心的苦闷，甚至想一死了之。姐姐来到身边安慰他，其实她内心一直暗恋弟弟。面对这一禁绝的爱，她进了修道院，抑郁而终。19 世纪中叶斯丹达尔的第一部小说《阿尔芒丝》（1827），写贵族青年奥克塔夫爱上了自己的表妹阿尔芒丝，而他却是一个阳痿病人。奥克塔夫知道自己不该恋爱，但反而爱得更热烈，更投入，不顾一切。但他们爱得越深越痛苦，"因为它在本质上受到阻碍"①。爱的结局以奥克塔夫的自杀告终。而名著《红与黑》中于连为摆脱低贱的出身，追求个人名利往上爬，在做家庭教师时勾引市长德·瑞那的夫人；在做德拉穆尔侯爵的私人秘书时，将侯爵的女儿变为自己的情人。为了个人的目标和理想，丝毫不顾忌任何道德、法律。他眼中只有自己幻想的成功。而《巴马修道院》（1839）则表现了男主人公法布里斯对姑母吉娜的畸恋，这映射了司汤达对母亲的依恋。他母亲是在他七岁时死去的，因而死亡母亲的阴影一直占据着他的

---

① 《纪德文集·文论卷》，桂裕芳、王文融、李玉民译，花城出版社 2001 年版，第 198 页。

心灵，铭刻在他的想象中。19世纪末的象征主义诗人波德莱尔，幼年丧父，对俏丽母亲的爱侵心入骨。所以在母亲改嫁后，对继父充满了仇恨。他自视甚高，觉得自己只是一个他乡的过客，感到自己孤独地漂泊在一个冰冷的世界，与他人、与世界难以融合。但在冷眼旁观中，又自觉高人万倍，傲视一切。他的杰作《恶之花》中表现出忧郁与悲哀的美，混合着绝望、烦恼和苦闷。在他的眼中，艺术品都是一个象征，象征一种我们不能捉摸的"真实境界"。在那里，一切声、香、色都混合成一个世界。也只有在那里，诗人方能捉摸到诗的本质与诗的精华。诗人成为通过符号创造，探究自我和世界的那喀索斯式的艺术家。诗人瓦莱里《水仙辞》及《水仙的断片》，前诗用"那喀索斯"这个神话典故，将读者带到了心灵解放后对自我美的端详、怜爱的唯美境界；后诗表现的是在诗人对自我的低回冥想中，进入真寂的境界，自我消失与万物融合。在物我两忘的境界里，宇宙与自我成一体，宇宙在我，我在宇宙。那喀索斯在水边凝望自我的形象，成为诗人思索自我与宇宙关系哲思的象征。20世纪的杜拉斯在《情人》中表现出自恋的色彩。整部小说叙述结构的基本点与出发点是一种自我观照。这种自我观照首先表现为观看镜子中叙述者已经苍老、毁损的面孔，在这对比与交叉的观照中，时间似乎不再有意义，叙述者流露的是一种顾影自怜，一种自我陶醉。杜拉斯她也承认自己是"彻底的自恋狂"。她一生都在不断地书写她的东方神话——印度支那的生活与爱。她固执地、反复讲述自己与东方男人的爱欲。肤色、地位、偏见让他们的爱难以抵达彼此的心灵，隔膜对爱的消解，让爱只剩下了欲，成了绝望的爱。"我发现书就是我。书中唯一的主题，就是写作，而写作就是我。"① 写作成为杜拉斯的生存方式，她通过作品的映照发现自我，而又将自我写

---

① 《解放报》1984年11月13日。

进作品，塑造完美的"镜中之象"，以获得对整个自我的欣赏、认同和满足。

"那喀索斯"神话发展到 20 世纪，最显著的变化就是从文学殿堂进入了心理学研究领域，成为西方心理学领域一个重要的研究课题。1898 年，英国性学家和心理学家霭理士（Havelock EL-LIS）在《医学家与神经学家》杂志上发表的短稿中最先运用"那喀索斯"这个神话，用"似自恋"（narcissus-like）来描述自恋现象。1899 年，这篇稿子传到德国，奈克（Paul NECKE）在评论霭理士这一观点时，把"那喀索斯倾向"直接译成"那喀索斯情结（narcismus）"。认为这是自恋"最古典的方式"。而罗雷德把他所观察到的男子自恋现象起了另一名字，叫自动而孤独的性现象（automonosexualism）。1910 年，精神分析学的创始人、奥地利心理学家弗洛伊德也接受了奈克所制定的名词和概念，他认为这不过是男子同性恋发展过程中的一个阶段，在这个阶段里，他认为同性恋的男子不免把自己和一个女性（通常总是他的母亲）认做一体。因此，精神上虽爱着一位女子，实际上爱的却是自己。1911 年，朗克综合霭理士和弗洛伊德的论述，指出自恋不是一种变态，而仅属于常态变异范围以内的一种现象。1914 年弗洛伊德接受朗克的见解，从性心理学的角度，对自恋进行了研究，发表了《论自恋：导论》（On Narcissism：An Introduction）一文，是他关于自恋问题的专论。弗洛伊德认为，每一个人，不分男女，都有一个原始的自恋倾向。人生都有保全一己性命的本能，此种本能表现为利他主义的反面：利己主义。[①] 生命的内驱力来源于原始力比多（original libidinal）。而力比多根据贯注（Cathexis）对象的不同又可分为"自我力比多（ego-libido）"和"对象力比多"（object-libi-do）。前者的对象为自我本体，后者为他者客体。两者之间可相互

---

① 霭理士：《性心理学》，潘光旦译，商务印书馆 2006 年版，第 164—167 页。

转化。这两者之间是对立的,一方面用得越多,另一方面就会越少。自恋,便是自我利比多贯注的结果;在"客体利比多"进化的初期,儿童的性冲动都在自己身上寻求满足,即自淫的活动。自淫现象似乎是力比多在自恋方向上的性的活动。在婴儿时期,自我力比多对于自我保护(self-preservation)具有必不可少的作用,因此,力比多也会向喂养、照料、保护自己的人的方向贯注;自己及养育自己的女人成为人最初的两个性对象。随后,正常的成年人会把力比多贯注到理想自我(ego-ideal),将其作为一种官能的界尺,利用它来衡量实际自我和一切活动。这个官能是由于父母、师长及社会环境的影响,通过以这些模范人物自比的过程而产生的。目的在于求得与幼时的主要自恋联系着的自我满足,而满足则缘于理想的实现。自恋在选择对象的时候,它可以选择当时此地的本人做对象,也可以选择时过境迁的本人(故我而非今我),也可以选择未来与理想的本人而非现实的本人,也可以选择以前本人的一部分,而目前这一部分已不再存在。据此,弗洛伊德将自恋分为两种类型,分别为自恋型,以能类似于自我者为对象代替自我本身;恋长型,力比多以能满足自己幼时需要的长者为对象。而对于执著于对象选择的自恋型,有显著的同性恋倾向。① 这就是弗洛伊德对自恋心理起源、表现、类型等的基本观点。它建立在以力比多学说为基础的泛性论框架之内,"自恋情结"、"恋母情结"与"恋父情结"一样,是弗洛伊德性学理论的组成部分之一。自此之后,这一神话典故在心理分析领域就确立了它的重要地位。

　　继弗洛伊德之后,精神分析学派的另一位代表人物,法国的雅克·拉康,也在"那喀索斯"这个神话传说上大做文章。他以

---

① 弗洛伊德:《精神分析引论》,高觉敷译,商务印书馆2005年版,第331—347页。

弗洛伊德的自恋理论为基础，建构了他著名的"镜像阶段"（le stade du miroir）学说，它成为拉康理论的出发点和基点。在1936年第十四届国际精神分析学会上，拉康首次提出了"镜像阶段"的概念，但没有引起精神分析界的注意；随后在1949年苏黎世的第十六届国际精神分析学会上，以《助成"我"的功能形成的镜子阶段——精神分析经验所揭示的一个阶段》为题作报告，进一步阐述和完善他的理论。镜像阶段指自我的结构化，是自己第一次将自身称为"我"的阶段。也就是说，镜像阶段是指还不会说话、无力控制其运动的、完全是由本源的欲望的无秩序状态所支配的婴儿面对着镜子，欣喜地将映在镜中的自己成熟的整体形象理解为自己本身的阶段。根据波皮克的胎生理论，人是在神经系统未成熟的状态下出生的，并长期处于这一状态。因此，婴儿欠缺整体的感觉，经常感到与环境的本源性的不和谐。拉康的镜像理论要解决的便是遭受这种不成熟性和本能破绽这一本源性缺失的人类是如何来构造意义的。婴儿从出生到6个月这段时期，称做"前镜像阶段"，婴儿的被动性决定了它对周围世界，包括自身躯体零碎片段的印象，没有统一性和整体性的观念。当婴儿进入6—18个月时，便处在"镜像阶段"，婴儿能够在镜子中看到自己统一完整的影像时，即产生了一种完形的格式塔图景。旋即，他将这图景误认为是自己，这恰恰是弗洛伊德所讲的那个自恋阶段中认同关系的幻象化。这个"我"的另一个影像，乍一开始同"我"就是想象性的认同关系，就是"我"的一个幻象。通过具有外在统一性的镜像与自身的认同，主体摆脱了自身的不谐调性和破碎性，体验到本源合一的快感。但由于镜像的整体形象的介入，主体遭受了欺骗和蒙蔽，产生了自恋的那喀索斯铠甲的萌芽，促进了"我"的结构化。镜像给"我"这不确定实体的主体穿上衣装，将主体隐藏起来。尽管镜像是"自我"的开端，但是这种"自我"是通过外在于自身的外来的他者"形象"来确立的，看起来完整统一的"自我",实际是分裂、不协调的肉体。"镜像阶段理论"是拉康结构精神分析学的出发点,是主体心理发展的最初一个阶段,在此基础上,拉康进一步探讨"自我"与"他者"的关系。"自我"就是在形象中呈现出来的外观华丽的令人称心的假面,他将时空固定在那里,作为在想象中呈现出来的东西,具有浓厚的呈现价值。自我是无视和无人的领域,它虽然给了我们稳定和整合的肯定性的感觉,但它始终不过是一个幻象。因此,自我实际上是"伪自我"。拉康将我们带入这样一个矛盾的境地,即"我"在成为自己本身之际认同的对象其实并非自己,而是他者,"我"为了成为真正的自己而必须舍弃自己本身,穿上他者的衣装。人类注定只能"在他者中生存,在他者中体验我"。在拉康看来,弗洛伊德的自恋实为"自恋幻象",是人迷上了一个虚幻的镜像,是一段异化之迷恋的异恋,而非弗氏所主张的认同性地真爱自己。18 个月以后,进入"后镜像阶段",婴儿的兴趣就从对镜像的迷恋转移到对工具的控制和与他人的交往,象征秩序和语言开始介入。

继拉康之后,法国著名的文学理论家和精神分析学家朱丽娅·克里斯特瓦(Julia Kristeva)也特别着力于那喀索斯神话的分析和解读。1983 年她写了《爱的故事》这部关于"爱"的精神分析史的著作。在这部作品中,克里斯特瓦对爱的起源、本质和意义作了深入的探讨,认为所有关于爱的谈论都涉及自恋问题。克里斯特瓦对那喀索斯情结在西方文化和文学中的表征意义进行了研究,指出原初自恋先于俄狄浦斯阶段,它不仅是建立主体内在性的必要过程和一切创造活动的始源,而且是一种达到本体论的善,并为个体经验开辟道路的爱。克里斯特瓦带着她女性独特的视觉,踏着两位父亲人物——弗洛伊德和拉康的脚步,不仅接受,而且修正了他们的心理分析理论。在探讨自恋的起源时,克里斯特瓦强调自恋与虚无的关系,认为如果不考虑虚无,就不能理解自恋。在她看来,自恋并非本有的,它是从母子二重体的自体快感中增生出来的，母子二重体呈现一种完全没有区别的存在的混沌状态，自恋的功能便是保住那用以隔离混沌的虚无。有了这种虚无，一方面才得以划定疆界，设立区域，使主体能够产生；另一方面能指才能产生并挣脱所指的束缚，迈上不断往前滑行的意义生发轨迹。因此，自恋不是俄狄浦斯阶段①性的对抗，而是对母亲——他者的认同。自恋的产生靠的是"想象之父"。克里斯特瓦所创造的这个想象之父，实质上就是弗洛伊德所说的"个人史前史中的父亲"。小孩对他的认同是"立即的"、"直接的"，不同于俄狄浦斯以后的认同。小孩找得到他，是因为母亲的爱并非局限于孩子身上，孩子因而能够感知第三方的存在，由此得以向母子二重体之外跨出关键性的一步。这由母亲的爱所形塑的想象之父是慈爱的，不同于严厉的俄狄浦斯父亲。他是"母亲与其欲望的凝结物"，是"母亲—父亲的结合体"。显然，如果没有母亲影像的投射，这个想象之父是难以独立出现的。更准确地说，想象之父是伪装的母爱或"母爱的屏幕"。正是这位慈父，以他的慈爱和他作为第三者的身份，才有足够的力量使成形中的自我愿意并敢于脱离母子的共生，得以成为再现的主体。其后，自我便要接受严酷的俄狄浦斯审视，最后进入严父的法律体系。因此，克里斯特瓦所构想的想象之父填补了弗洛伊德和拉康关于俄狄浦斯主体叙述的空白。

---

① 俄狄浦斯情结是弗洛伊德理论的核心，它阐述了幼儿的性本能以及主体与象征法律的认同过程。在这一阶段，儿童的性驱力转移到了别人身上，于是发生了性对象的选择问题。对于男孩来说，他所选择的第一个性对象就是他的母亲，而父亲则被看做他和母亲之间亲密关系的障碍而成为被仇视的对象。对于女孩来说，她常迷恋自己的父亲，要推翻母亲取而代之，或仿效母亲的撒娇。但对拉康来说，在俄狄浦斯阶段，作为第三者（the third party）的父亲出现，从此开始了三边关系，孩子遭遇了异己的父法。拉康的"父亲"只是"父名"，他是语法规则。随着欲望的被压抑，这种代表法律的"父名"被驱入无意识，结果有意识的自我与被压抑的欲望相分离，俄狄浦斯情结产生。原来富足但虚幻的自我分裂成为非统一性的自我。幼儿从完美的"想象"占有中被放逐到"空洞的"语言世界，即象征秩序。参见罗婷《里克斯特瓦的纳克素斯/自恋新诠释及文学隐喻》，《国外文学》2005 年第 1 期，第 4 页。

对她而言，他们两人精神分析理论中，孩子进入社会或象征秩序是由于害怕阉割，孩子与母亲躯体的分离被视为一种悲剧性的失落，他/她所得到的安慰是言辞。然而，对克里斯特瓦而言，孩子与母亲的分离不仅是痛苦的也是愉快的，孩子进入社会或语言不仅由于父权的威胁而且由于父亲的慈爱。因此，她相信具有阉割威胁的严厉的俄狄浦斯父亲难以迫使孩子离开母亲躯体安全的港湾，而一个"慈爱的想象代理者的自恋结构"能使孩子顺利地从母亲躯体进入象征秩序。克里斯特瓦特别强调那喀索斯自恋在建构主体过程中的必要性，认为爱的凝视在渴求美的形式之际，将引领灵魂去追求自我的理想。正是那喀索斯对自我的痴迷促使了主体内在性同化作用成为可能。也就是说，当那喀索斯通过反射认出水中的人正是自己时，他已把精神世界统一起来了，他变成了主体，变成了影像和死亡的主体。克里斯特瓦把迷恋自我影像的那喀索斯情爱与对理想美的心灵追求结合起来，并对这种升华了的自恋爱情给予赞扬，认为它"在西方精神的内省空间迈出了决定性的一步"。克里斯特瓦在分析系列西方文学、艺术文本后进一步指出，关于爱之主题的文学话语实际上是一种自我陶醉的不确定性和掩饰性的爱之隐喻，指出那喀索斯爱之隐喻的表征意义在于说明"爱的领域就是写作的领域"，"爱即是诗"，并相信自我之爱是永不枯竭的激情之源，是文学创作的原动力。那喀索斯成为号召灵魂返回自我、发现自我的精神理想。①

　　纪德对希腊神话特别感兴趣，非常熟悉。他常常将希腊神话中的人物进行改编，引入自己的作品，来表达自己的独特观念和理想。从最早的《那喀索斯解》到《锁不住的普鲁米修斯》，还有《扫罗》、《冈多尔王》及最后一部重要作品《忒修斯》。从标题可

---

① 参见罗婷《里克斯特瓦的纳克素斯/自恋新诠释及文学隐喻》，《国外文学》2005 年第 1 期，第 3—9 页。

以看出来，这些神话人物都成了他笔下的主人公，可见希腊神话是他创作的重要源泉之一。

《那喀索斯解》作为纪德最早的理论作品，是"他美学观的宣言"[1]，概括了他的艺术思想，表现了日后一以贯之的"纯洁、节制、冷静、古典的风格"[2]，是他文学创作发展道路上的一个重要阶段，具有里程碑的意义。我们有必要考察和比较一番，纪德笔下的那喀索斯跟奥维德《变形记》中的那喀索斯是否一致；如果有差异，纪德的创造性体现在哪儿，即纪德式的解读有何别出心裁之处。

《那喀索斯解》创作于1891年。尽管该文题献给保尔·瓦莱里，但纪德否认其受瓦莱里的《水仙辞》影响。"我认为说我受瓦莱里的影响写出《纳尔西斯解》是完全不正确的，如同说瓦莱里受我的影响写出他自己的《纳尔西斯吟》（即《水仙辞》）同样不正确。"[3]在接受安鲁什采访时，纪德揭露了创作这个题材的起因。"在蒙彼利埃市有一个植物园，我们经常去那里。因为它是市内最幽静、最神秘的地方之一，就其诗意说，是最美的。在那儿，有一座神秘的墓，诗人杨格女儿的墓。……而这个墓，假如我没有记错的话，是纳尔西莎（Narcissa）——杨格女儿的名字——的墓。纳尔西斯这个主题……有如一个十字路口，我们在那里碰到了……"[4]作家在《地粮》中同样提到了这次惬意的相会，"在蒙彼利埃植物园，记得一天傍晚，我和昂布瓦兹坐在一座翠柏环绕的古墓旁，像在阿卡德缪斯花园里一样，口里嚼着玫瑰花瓣，悠然自得地闲聊"[5]。正是神秘的墓，年轻早逝的少女，同诗人的诗意闲聊，勾起了纪德对神话少年那喀索斯的凄美追思。他们不仅名字发音相近，而且命运也类似，

---

① 张若名：《纪德的态度》，周家树译，三联书店1996年版，第53页。

② 艾伦·谢里登：《安德烈·纪德——一个现实生活中的伟大人物》上，刘乃银译，群众出版社2003年版，第87页。

③ 《陈占元晚年文集》，人民文学出版社2006年版，第122页。

④ 同上书，第122—123页。

⑤ 《纪德文集》1，人民文学出版社2002年版，第166—167页。

都是英年早逝。生命如烟，飘忽而去。什么东西才能长久留存呢？年轻的纪德开始对此苦苦思考。

　　纪德经诗人朋友皮埃尔·路易的引见，已经进入了象征主义的圈子。如有"诗人王子"之称的马拉美星期二聚会和高蹈派诗人埃雷迪亚的星期六聚会，纪德就是那儿的常客。一开始，他是服膺于象征主义的，而且雄心勃勃地宣传，"我是象征主义者，必须知道这一点。……马拉美代表诗歌，梅特林克代表戏剧——在他们二位大师身边，尽管我感到有点自惭形秽，但我把自己加为小说的代表"①。跟象征主义诗人的接触、交往和谈话，让他发现自己与众不同。他谈到自己的音乐爱好时，称在马拉美的沙龙里，"瓦格纳是他们崇拜的上帝，他们对他加以解释评论。皮埃尔·路易甚至强迫我欣赏这样的喊叫，这样的感叹，这种实在令我恶心的'表现主义'音乐；而我却更爱什么都不表示的'纯'音乐"。"在音乐家中，我只爱舒曼和巴赫，……"② 音乐爱好，反映了他的情趣。瓦格纳的直抒胸臆、自由吐露情感与年轻纪德的克制与谨慎的天性相悖，他更喜欢隐晦、节制的表达，特别是对"纯"美的偏爱。认识诗人埃雷迪亚之后，他感到很失望，因为两人对诗的理想迥异。纪德认为诗贵在灵感，而埃雷迪亚认为诗的价值在于形式的完美。"与其说他是位诗人不如说是艺术家，更确切说是手工艺者。我太失望了，竟要自问，失望是不是因为我对艺术与诗有某种错误的看法。也要自问，仅仅提高技巧是不是更有价值。"③

　　在巴黎的艺术圈中，纪德感到自己与其他的艺术家有决然不同的特点。他好沉默，看不起别人空洞的高谈阔论，也不喜欢刻

---

①　Gide/Valéry, *Correspondance* 1890–1942, Paris, Gallimard, 1955, p. 46.

②　André GIDE, *Si le granin ne meurt*, in *Journal* 1939–1949 *Souvenirs*, Paris, Gallimard, 1954, p. 532.

③　Ibid., p. 533.

意超凡脱俗的谈话。当时，"我们似乎或多或少都自觉地服从于某种模糊的口号，而没有一个人听从自己的思想"①。纪德认识到自身独特性的价值，并且成为其毕生的追求。他的目标就是创造自己的艺术，成为独特的存在；他自己则要成为不可替代的个体和有强烈自我意识的艺术家。"我深信每个人，或者至少上帝的每个选民，都要在世间扮演某种角色，确切地讲就是他自己的角色，与其他任何人的角色是不相同的。因此，任何让自己服从于某种共同准则的努力，在我看来都是叛逆，不错，是叛逆，我将之视为反对圣灵的这样一种'十恶不赦'的大逆不道。因而使个人丧失了自己确切的、不可替代的意义，丧失了他那不可复得的'味道'。"② 他在思考和探寻诗人的使命，或者说艺术家的使命。《那喀索斯解》便是这一思考和探寻的结晶，是纪德做的"一个梦"③。

纪德一开始便否认书的作用而推崇神话，"书可能不是一件必要的东西，一点神话就已足够了"。但人们惊异于表象而不明白其所爱，要靠祭司"俯临意象的深处，慢慢参透象形文字的隐义"，靠他们去解释，所以"书放大了神话"。"尽管一切都已讲过了，可是没人听，讲了还要讲。"④ 纪德要做的就是从这些冗长的故纸堆中还原神话原初的真理（la vérité d'un mythe originel），从先前被书本所遮蔽的故事中揭示出"隐义"，做一个"新祭司"。

纪德引用的那喀索斯神话：

---

① 纪德：《如果种子不死》，罗国林译，北京十月文艺出版社 2005 年版，第 172 页。

② 同上书，第 179 页。

③ 纪德曾想把《那喀索斯解》的题献词写为："献给我的朋友保罗·昂布瓦兹·瓦莱里，跟他一起我做了这样一个梦。"Cf. *Notices*, *Le Traité du Narcisse*, in *Romans*, *RECITS ET SOTIES*, *OEUVRES LYRIQUES*, Paris, Gallimard, 1958, p. 1458.

④ André GIDE, Le retour de l'enfant prodigue précédé de cinq autres traités, Paris, Gallimard, coll "folio", 2001, p. 12.

那喀索斯美到了极致——正因为此他是纯洁的；他鄙弃
山林女神——因为他爱恋自己。泉水没有起丝毫的涟漪，静
静地俯着身子，他整天凝视自己的身影……①

"那喀索斯美到了极致——正因为此他是纯洁的"，这一句我
们遍查奥维德的《变形记》而不得，在其他人诗人转述的神话中
也没有类似语句，如奥维德同时代的科农、波塞尼娅等。纪德假
装在转述，实际上已经开始在创造。他要熔众多神话传说于一炉，
重写奥维德的《变形记》、《圣经》、北欧神话，以创立属于自己的
神话，以前任何书本没有涉及的神话。

文章的大标题叫《那喀索斯解》，而小标题为"象征论"。用
热奈特的"广义文本"（architexte）理论来讲，小标题属于"副文
本"（paratexte），它"为文本的解读提供一种氛围"，"为读者的
阅读提供了许多导向性因素"，能"有效地还原作者的意图"。②
通过这个小标题，作者将"那喀索斯"和"象征"进行了巧妙的
连接和转换，那喀索斯成为"象征"的原型，表明作者的意图在
于借助神话人物那喀索斯揭示象征美学。据纪德研究专家阿兰·
古雷③的考证，正文前维吉尔的那句引语也有深意。拉丁文为
"Nuper me in littore vidi"，意为"近来我临岸自鉴"。而维吉尔的
原文中，"littore"应为"litore"（"岸"），即只有一个"t"。而纪

---

① André GIDE, Le retour de l'enfant prodigue précédé de cinq autres traités, Paris,
Gallimard, coll "folio"，2001，p.12.

② 副文本处于文本的"门槛"——既在文本之内又在文本之外，它对读者接受文
本起一种导向和控制作用。副文本包括标题、副标题、互联性标题；前言、后记、告读
者、致谢等，还包括封面、插图、插页、版权页、磁带护封以及其他附属标志，作者亲
笔或他人留下的标记。副文本总是为文本的解读提供一种氛围……为读者的阅读提供了
许多导向性要素……告诉读者文本应该怎样阅读，从而有效地还原了作者的意图。参见
王瑾《互文性》，广西师范大学出版社 2005 年版，第 116 页。

③ Cf., Alain GOULET, Vivre pour écrire, Librairie José Corti, 2002, pp.95-96.

德的所有版本都采用这一错误的引语。对于工作极端严谨、修改
校样仔细的纪德来说，留下这样的纰漏，难以想象。所以，古雷
大胆给出了他的假设：双写"t"的"littore"跟"litterae"，"著
作"相近，如果更泛些来讲，即跟文学、文化相近。于是，引语
就变成了"Nuper me in litteris vidi"，即"近来我临文自鉴"。那喀
索斯借以自鉴的是一面文学之镜、文化之镜。因而，他心目中的
那喀索斯，不是成天临泉自恋的形象，而是一个圣洁、追寻表象
背后所隐藏的真理的美少年，是一位身负神圣使命的诗人：要重
给观念"以永恒的形式，真正的最终的形式——乐园般的结晶的
形式"①。他要在静观中重新找回乐园。所以他身边既没有父母，
也没有山林女神厄科，是一个纯粹的存在，理想化的"纯洁"
形象。

> 没有岸也没有泉水，没有变形也没有自鉴的花；——什
> 么也没有，单剩那喀索斯孤身一人，故而那喀索斯在冥想，
> 孤立地矗在灰色的画面上。②

纪德一开篇就要撇开已有的神话，剔除附着在神话上的装饰。
他要用"纯粹的"那喀索斯去探问重回乐园的途径。纪德式的神
话只借用了"孤身一人"、"想认识自己灵魂究竟具何种形式"的
那喀索斯。为追寻一面镜子，他来到时间之河的岸边。这里，"岁
月匆匆，穿流而过"。水面阴暗、昏沉，是一片"黯淡无光的水"，
除了水永不停歇的流动，什么也感觉不到。那喀索斯不是被自己
的俊美倒影所吸引临河自鉴，而是对周围灰色的色调"感到厌
倦"，"走近看东西从那里经过"，排遣心头的烦闷。"他两手一搁，

---

① André GIDE, Le retour de l'enfant prodigue précédé de cinq autres traités, Paris,
Gallimard, coll "folio"，2001，p. 24.

② Ibid.，pp. 12 – 13.

现在，他俯身临流了，依照传说中的那个姿势"。[①] 这里尽管纪德声称是传说的姿势，但那喀索斯在水中所见却跟传说的神话完全断裂，他所见到的不是自己的迷人倒影，而是恒常自然的碎片景象：

> 岸边的花，树木的干，倒映的蓝色天空，东一块西一块，奔流的倒影似是只等他的到来而显现，似是等着他的注视而着色。于是丘陵露出来了，森林沿着山谷的斜坡而排列。目光随着水波在蜿蜒，而水波也让目光异彩纷呈。[②]

一切美景都因那喀索斯的注视而展现，都为他而争芳斗艳。那喀索斯自忖："到底是我的灵魂在导引波浪，还是波浪在导引我的灵魂。"[③] 景由心生，融情入景，情景交融。世界自身并不存在，它产生于注视的目光，是内心欲望的投射。这正是叔本华哲学的核心：世界是我的表象。纪德在《布列塔尼旅行记》中有类似的感受：

> ……风景于我似乎不过是源出于我自己的投射，不过是自我的震颤的那一部分，或者不如说，我只在它那里感受到我自己，我感觉自己是它的中心；在我到来之前风景在沉睡，它是死寂的，潜在的；在感受它的和谐时，我一步一步地创造了风景。我就是风景的意识本身。[④]

正是由于主动的静观，自我的投射，自然才展露了她的容颜。

---

① André GIDE, Le retour de l'enfant prodigue précédé de cinq autres traités, Paris, Gallimard, coll "folio", 2001, p. 12.

② Ibid., p. 13.

③ Ibid., p. 13.

④ André GIDE, Notes d'un voyage en Bretagne, in Journal 1887 – 1925., Paris, Gallimard, 1996, p. 92.

看着川流不息的河水，那喀索斯陷于沉思。种种事物从遥远的将来，奔向现在，又随即消逝，流往过去。"总是同样的形式，惟有水波的奔流才使它们有所差别。……想必它们是不完整的，既然总得重来……而一切，他想，都努力奔向原初的形式，消逝的、乐园般结晶的形式。"① 乐园进了那喀索斯的梦。

　　我们的目光于是转向世界的起源。首先，伊甸园是柏拉图式的"观念"的花园，"那儿有韵律的，确定的形式毫不费力地显示它们的常数；那儿每样事物就是它本来显示的样子"。而伊甸园的正中是伊格达齐尔（Ygdrasil）大树，"将生命之根深扎于土壤"。这可不是圣经《创世纪》中的分辨善恶的知识之树，它是北欧神话中贯通三界——天堂、大地和阴间的圣树，它是世界一切的支点，成为永恒生命的象征。靠着它躯干的是"一本神秘的大书——从中可以读出要认识的真理"。而亚当就坐在这棵大树下，还没有分离性别，是"造物主的一体"，原初的人。同那喀索斯的角色相反，亚当扮演的是"受迫的观众"，只能永远看着眼前谐和的仙境。"一切形式为了他，藉着他而各自显现"，"一切为他而演"。他成了一切事物证见自我的镜子，然而他却看不到自己。他被物化了，"由于观看它们，他再也不能与这些东西相区别了"②。他"厌倦了"自己的角色，为了认识，"来点意外"，他要"来一个动作"，哪怕"一个小小的动作"③。他折断了伊格达齐尔大树上的一根枝丫。然而就这个"小小的动作"，打破了原初的和谐，让大树枯萎了。狂风大作，树下大圣书上的书页被扯落，被散乱地卷向渺茫的夜空，去了不可知的地方。于是，时间诞生了，雌雄同体的人也一分为二，开始了世界和人类堕落的历史。基督几

---

　　① André GIDE, *Le retour de l'enfant prodigue précédé de cinq autres traités*, folio, Paris, Gallimard, 1912, p. 13.

　　② Ibid., p. 16.

　　③ Ibid., p. 17.

乎完成了拯救功业，但由于人类更钟情于肉欲、自恋而功亏一篑。宗教也开始了它的拯救努力，同样无济于事，"永无休止的弥撒"①正印证了宗教的无能，因为"到全人类都得俯伏在地的时候，一次弥撒就够了"②。先知在努力追回真理的碎片，而原初的真理已经被毁。因而，找回失去乐园的神圣使命落到了诗人头上。"诗人就是静观的人，他静观什么呢？乐园。"③诗人透过表象、象征，他知道如何展示观念、原型。

　　　　虔诚的诗人在静观；他俯身朝向那些象征，悄悄地深入到事物的内部，一旦发生幻觉，就会发现观念，自身存在所蕴涵着的那种内在和谐的数……把它逮住……然后，他超脱了时间里承载它的那暂时的形式，给它一个永久的形式，真正的最终的形式——乐园般的结晶的形式。④

　　诗人要寻找的就是完美的形式，将其与发现的观念进行完美的结合。这形式是永恒的，独立于时间之外，诞生于数的和谐，线条的协调，和音的配合。表象永远是不完美的，短暂的；唯有头脑根据某种理想塑造的完美形式才能延续下去。张若名博士分析指出，对于纪德来说，"每一完美的形式都在展现观念，而世界的真实以及诗人的真实已在这观念里结合起来。尽管一部作品的形式，没有真实的意义可以是完美的，但这种空洞的形式总会消亡的；而把形式固定在空间，生动的观念禁锢在时间里，它们必然会因为各自的本性不同而分离。当诗人用形式表达观念时，他

---

　　① André GIDE, *Le retour de l'enfant prodigue précédé de cinq autres traités*, folio, Paris, Gallimard, 1912, p. 21.
　　② Ibid., p. 22.
　　③ Ibid., p. 23.
　　④ Ibid., p. 24.

是在用确定的东西再现难以理解的东西，赋予前者一种象征的价值"①。因此，"作品像晶体——不完全的乐园，在那里，观念会重新变得高度纯洁起来……在那里，再高雅的词语也不能取代思想，——在那里，句子是有节奏的，可靠的，但仍被当作象征，纯象征；在那里，话语是透明的，可以起到表露的作用"②。

　　纪德这儿要揭示的是他不同于象征主义的美学观③，"我的《纳尔西斯解》有某种稍许自命不凡的抱负，想带给象征主义一种它所缺乏的伦理学。当时我们没有真正的美学家，……因此产生《纳尔西斯解》那个想创造一种还告缺乏（我这样觉得）的东西的愿望"④。纪德借正文的一个注释表达了自己同是道德和审美的立场："'真理'存在'形式'即'象征'之下。每种现象都是某种'真理'的'象征'。它唯一的任务便是把真理展现出来，而唯一的罪过在于偏爱自身。""我们皆是为展现而活。道德和美学的规则是相同的：凡是不展现什么的作品就是无用的，因而，甚至是糟糕的。凡是不展现什么的人也是无用的，糟糕的。……艺术家，科学家，不应该偏爱自己却轻视它要展现的'真理'：这就是他的全部道德；不注重字，不注重句，而注重他们要表达的'观念'：我甚至要说，这就是全部的美学。"⑤

　　因此，我们就可以见到一个脱胎换骨的那喀索斯，他冲破了

---

　　①　张若名：《纪德的态度》，周家树译，三联书店1996年版，第55—56页。

　　②　André GIDE, *Le retour de l'enfant prodigue précédé de cinq autres traités*, folio, Paris, Gallimard, 1912, p.24.

　　③　象征主义美学观认为，诗歌只是个人化的抒发，主张歌唱自我。对于自我之外的真实，诗人是不可能把握的。这种不能把握的"真实"，这种深奥而神秘的真实，只能通过象征来暗示、隐喻。人们只能通过感应、体悟象征来把握这一真实。因此，象征在他们有本体论的意义。参见户思社《法国象征主义诗歌的思与辩》，《外语教学》2007年第3期，第64—65页。

　　④　《陈占元晚年文集》，人民文学出版社2006年版，第124页。

　　⑤　André GIDE, *Le retour de l'enfant prodigue précédé de cinq autres traités*, folio, Paris, Gallimard, 1912, p.21.

自我的藩篱，摆脱了强烈的对他者的欲念，他懂得了静观。"那喀索斯心里想，吻他是不可能的——不应该对一个影像有欲念。一个占有他的动作反而搅破了他。他是独身一人。——那怎么办呢？静观。""庄严而虔诚，……他不动——象征逐渐大起来——他，俯临'世界'的外表，依稀感觉到，人类的世代在他身上集聚，流过。"① "世界"幻化成人类的长河，自恋的那喀索斯升华成了俯临众生的主宰——上帝。因为他的心不再是仅能容得下小我的私心，而大到能容得下天下苍生，人类的世世代代的公心，他悄然由神话传说中以自我为中心的小我变成了以探究人类的"真理"为己任的诗人原型——大我。所以，他就具备了基督教的真精神，牺牲自我，拯救苍生。"艺术家和配得起称人的人，为某种事物而活的人，首先应该牺牲自我。他的一生无非是向这一目标行进。"② 艺术家因此该是超脱的、无畏的、是先知，不该被现世的道德所羁绊。"艺术家的道德问题，并非在于他展现的'观念'应该多少对于大多数人是道德的、有用的，而在于他是否把'观念'展现得好。——因为一切都应该被展现出来，哪怕是最坏的东西：'制造丑闻的人是不幸的'，但'丑闻总得来'。"③

　　纪德式的那喀索斯离奥维德的那喀索斯已经很远了，留下来的只有作为切入主题的故事引子和那河畔临溪自照的身姿。他完全颠覆了传统的个人自恋，而成为诗人——那喀索斯，他的使命在于从纷繁的万象中去发现被隐藏的原初真理。临河自照，追寻自我的图景变成了他临河忘我探究世界的倒影。

　　我们如果对《那喀索斯解》作一个总结，可以看出纪德在其中表达了以下几个美学观点：

---

　　① André GIDE, *Le retour de l'enfant prodigue précédé de cinq autres traités*, folio, Paris, Gallimard, 1912, p. 25.

　　② Ibid., pp. 21 – 22.

　　③ Ibid., p. 21.

第一，艺术家的"道德问题"。亚当在伊甸园破坏和谐的行动让载有真理的智慧书页飘散而不知所终。散落的真理被不完整的外形所掩盖。科学家只能通过无数的例证去归纳探究；而诗人是会看的人，是透过象征，能深入事物的核心。他从中认出了观念，看到了它内在的和谐，于是就给它一个永久的、结晶的、完满的形式。诗人是艺术家的代表。因此，艺术家的使命在于透过象征，超越形式，探寻它背后的真理。他唯一的职责在于"显现"真理，而不管所显现的是否合乎世俗道德，是否有用。"艺术家，科学家，不应该偏爱自己却轻视他要展现的'真理'：这就是他的全部道德……"①

第二，对"自我"的关注、思考和追寻。首先，那喀索斯不安于单调的时间，想知道自己的灵魂具何形体，想要见到"他的面容"；亚当同样也厌倦了自己"观众"的身份，他想"看见自己"；其次，那喀索斯在时间的河流上看到了自己的影像，追问"到底是我的灵魂在导引波浪，还是波浪在导引我的灵魂"②，思考自身与环境的关系；亚当想摆脱"物化"的自我，想要来一个小小的动作，来一点"不谐和"，以认识自我，证实自己的权力。最后，那喀索斯被自己水中的幻象所吸引，为了满足爱欲的渴望，去吻、去拥抱水面的影像，但宁静被打破，幻影也跟着消失，占有的欲念破坏了和谐与统一；亚当折断智慧树的枝丫，打破了永恒的谐和状态，使时间诞生。他自己也一分为二，产生了新的性别——女人。为了回归原初的"我"，他搂抱那个跳出来的女人，想经由她重造完满的人，而盲目的努力只能带来更多不完全、不自足的人。尽管那喀索斯和亚当的行动，带来了不和谐，打破了原初的完满，但作家暗示，只有行动，才能证明自己的存在，"自我"与外部世界之间通过行动而

---

①　André GIDE, *Le retour de l'enfant prodigue précédé de cinq autres traités*, folio, Paris, Gallimard, 1912, p. 21.

②　Ibid. , p. 13.

产生区别,"行动"是认识自我的开端。

第三,"欲念"的合理性。尽管欲念会破坏和谐统一的表象,但是世间必存"欲念"。那喀索斯对水中自我幻象的欲念,他亲吻的动作和搂抱的行动打破了水面的宁静,破碎了水中自己的影像。这促使行动、打破和谐的欲念让他明了追寻自我,在于超越自我。于是,他采取"远观"的姿态,俯瞰时间之河中流过的众生之像,成为达观的基督;而亚当所在的伊甸园原初也是纯洁和谐的,但亚当为了证明自己的存在,折断了智慧之树的枝丫而让风吹散了载有真理的书页,乐园的和谐第一次被打破。虽然"欲念"诱导了个体的行动,打破了原初的和谐,但"人"要认识自我和世界,就必然存在"欲念"。可见,纪德是在为欲念正名,欲念是人觉醒和行动的催化剂。

第四,人的多重可能性。既然那喀索斯的"欲念"毁掉了永恒的幻影,亚当的"欲念"打破了和谐统一的乐园,而"欲念"的存在又具有合理性,那么,现存于世上的一切事物都不会是完美的。纪德通过这点想要暗示的是,人也是不完满的,个体都有追求完美的无意识,而个体的差异必然导致其发展的多种可能性。容忍、甚至鼓励差异个体的共存,这才是真实的"和谐"。由于人性的复杂多样,因此便不能用统一的规条来约束人;允许不同人性的存在,才是真正的道德。寻求分裂破碎后的世界的和谐统一需要有打破枷锁的勇气,认识自我的意识和包容众生的胸怀。基于这个观点,纪德在作品中,经常出现有悖基督教教义、违反世俗道德的行为;经常出现对自我生命意义和欲求的追问;经常出现对破坏人的和谐共生的势力和主义的揭露和谴责;在他本人的生活中,也总是超越宗教道德的束缚,扮演多重的自我,走进非洲,亲近苏联的共产主义,为的正是探索一种和谐统一的人性。通过肯定"欲念",明确个体发展的多种可能性,纪德找到了一条认识自我、发展自我的道路,并在往后的生活和创作中坚持走这条崎岖而陡峭的险路。

　　总之，发现自我、认识自我、超越自我，这就是《那喀索斯解》这篇解说所体现出来的纪德的"那喀索斯主义"美学观。纪德不仅在《那喀索斯解》中对"那喀索斯主义"美学观作了一种宣言式的表达，而且不论在创作中，还是在生活中都体现得淋漓尽致。作家把创作与生活紧密联系在一起，在创作中进行自我观照，把创作视为发现、认识和超越自我的一个途径，试图通过创作解决自己宗教思想上的矛盾心理，获得内心的和谐；并在观照自我中，获得创作的灵感和源泉，将自我的生活融入写作。在他，生活和写作水乳交融，你中有我，我中有你。在作品的叙事中，纪德运用独白与对话、多重叙事和纹心嵌套结构，始终采取一种多向的视角来发现、认识、塑造人物。纪德是一个爱的化身，他爱自己、爱恋人、爱人类。他从自恋出发，经由他者、他人最终超越了个体小我的存在，向"大我"进发。

第二节　那喀索斯情结与纪德的青年时代

　　纪德出生于一个殷实的资产阶级新教家庭。父亲保罗·纪德是巴黎大学的法学教授，知识渊博，温文尔雅，特别富有生活情趣。而母亲朱莉叶出身名门，信奉严格的新教，注重规矩，以履行义务为第一要务，生活循规蹈矩。纪德对父亲的记忆不多，但仅有的记忆始终充满温馨。纪德仍记得，小时候从阳台上放飞父亲剪的纸龙，它飘过广场的喷水池，飞进卢森堡公园，最终挂在栗树枝上。这纸龙如同电影《阿甘正传》中的那片飘飞的羽毛，将我们的眼光引向那飘逝的美好岁月，悠长，飘忽，激起期待和想象。这如同梦幻般的纸龙，是牵起纪德对父爱追忆的"玛德莱娜点心"，恬淡而遥远。当纸龙终于落定，我们也就随着纪德的思绪进入了他的童年岁月。于是，往日惬意的幸福画面重现，便有了夏日晚饭后同父亲在卢森堡公园的悠闲漫步；便有了父亲在书房朗诵经典对"我"的文学启蒙；便有了父亲在于泽斯山间的闲散和面对迷人暮色时的诗兴大发，沉醉不知归路。幸福是短暂的，纪德11岁时，便失去了温情的父亲。父爱的过早缺失，对纪德的成长具有决定性的影响。而这一点，纪德在自传《如果种子不死》中故作轻松，说"当时主要感受到的，是这次丧事给我在同学们中带来的某种声誉"，因为他收到了每个同学的安慰信，而且"与两位表姐重逢的喜悦，几乎甚或完全压倒了丧父的悲伤"。① 纪德对丧父之痛，在其作品中有过多种方式的表露，如《伪币制造者》中的小波利为自己的"恶癖"饱受煎熬："……父亲突然去世，波利相信这是他那见不得人的行为受到了惩罚，人们把这些行为描绘得如此罪恶；他自认为对父亲的死负有责任。他把自己看作该下地狱的人……"② 还有在多部作品中表现出对私生子的推崇，对精神之父的追寻，反过来正是表明他对父爱缺失的痛惜，通过文学创作，寻求心灵的补偿。

与温情父亲形成鲜明对照的是专制、克己的母亲。母亲的清教主义思想根深蒂固，对伦理道德顶礼膜拜。父亲的过世，让纪德完全落入母亲爱的包裹，他写道："我突然感到全身心都被这种爱包裹起来了，它将把我封闭起来。"③ 这种封闭或幽闭的形象将占据纪德对整个孩童时代的记忆，直至母亲1895年过世。纪德夫人恪守清教道德，要求一切都要遵循传统，合乎规矩。她弹钢琴时一定要四手联奏，拒绝用表现性太强的手法，而且自始至终要高声数着节拍；对于像肖邦浪漫派的曲子

---

① 纪德：《如果种子不死》，罗国林译，北京十月文艺出版社2005年版，第55页。

② André GIDE, *Les Faux-Monnayeurs*, in *Romans*, *Récits et Soties*, *Oeuvres lyriques*, Paris, Gallimard, "Bibl. de la Pléiade", 1958, pp. 1098 – 1099.

③ André GIDE, *Si le grain ne meurt*, in *Journal 1939 – 1949 Souvenirs*, Paris, Gallimard, 1954, p. 410.

禁止纪德弹奏，认为是靡靡之音；去看画展，一定要带上谈论这次画展的报刊，唯恐鉴赏失误或无法欣赏；对于阅读，一定要选择经典作品，与其说是读作品本身，不如说是读评论文章，喜欢散文甚于诗歌。一切能表现个性、才情的东西都要隐藏起来。它可以躲在规矩传统的后面，享受一层无形的保护和安全感。这一切既缘于新教要求绝对服从的教育，也是缺乏自信的自我保护措施。

　　母亲对纪德的教育同样沿袭新教传统。她对纪德的一切都要关心、挂记，无论是他的时间安排，他的衣着打扮，他的收支状况，他的朋友圈子，甚至他的感情生活，她都要一一过问，她的叮嘱始终追着纪德的行迹。最终的目的就是要把儿子塑造成新教所要求的典范角色：理性、自律、服从、纯洁。我们可以通过"硬领衣服"的小例子，来看纪德夫人的清教教育所造成的悲剧。

　　　我对衣服极其敏感，衣服总是那么难看地紧紧裹在我身上，我深以为苦。我穿的是又瘦又小的短上衣，裤子很短，膝盖那里绷得紧紧的，带条条的袜子太短，成了郁金香花模样，直往下掉或者缩到鞋里面去。我把最可怕的事留到最后来说：那就是洗浆过的衬衣。一直等到我几乎是成年人了，才总算同意不再给我的衬衣前襟上浆。这是当时的习惯，流行式样，毫无办法。请大家想一下，一个可怜的孩子，每天不论是学习还是游戏，都在外衣下面穿着白色盔甲一般的东西。这盔甲的顶端是一个铁项圈，因为洗衣坊女工把脖子那一圈也给上浆，大概价钱是一样的。衬领就紧贴着这项圈。这一切给别人都不知晓。而且衬领稍微大上一点点或者小上一点点，跟衬衣不完全服帖，就要出，叫人难以忍受。穿着这身衣服，你去运动看看！①

　　莫洛亚认为"这上浆的衬衣和硬得不得了衬领，对于那被剥夺了灵活和自由的童年，是极好的象征"②。戴着"铁项圈"的纪德，可以想见是多么的苦不堪言。可能，对于儿童来说，如果有很多可以嬉戏玩耍的小朋友，家庭严厉和呆板的气氛还不至于有过分的恶劣影响。然而不幸的是，纪德的这点小乐趣也被剥夺了。他的教育主要是通过家教来完成的，常常是所有同学都走了，老师单独给他上课或直接在家里授课。当然，他也进过学校，但得到的更多是痛苦的记忆，比如被退学、孤立、嘲笑、挨打。母亲的禁绝教育让他同外界的沟通形成了障碍，以致成年的纪德在人多的场合都会表现得"困窘"③，不知所措。通向外界的路被堵，于是成年前的纪德转向自身，变得内向、封闭、神经质，不过也养成好自省、爱思考的气质。

　　清教主义认为肉体是污秽的，灵魂是纯洁的。要纯洁灵魂，必须要贬低肉体。因此，在新教道德观中，肉体和灵魂具有不可调和的矛盾。要满足肉体的欲望，就要承担灵魂堕落的谴责；保持灵魂的纯洁，就要遭受肉体的反抗和折磨。纪德在第一次赴非洲获得解放之前，一直在禁欲主义的阴影中挣扎。母亲给他灌输的就是这一套新教道德观。纪德阅读时，她在一旁监督，听到她

---

　　① 莫洛亚：《从普鲁斯特到萨特》，袁树仁译，漓江出版社1987年版，第99—100页。

　　② 同上书，第100页。

　　③ 马丁·杜伽尔在日记中透露第一次同纪德见面的情景时，写道："纪德似乎窘极了，这终于使我呆若木鸡。……纪德犹豫，走去找他的外套，急急忙忙再回到我这边，然后——偷偷地往左往右张看，露出一个初出茅庐的滑稽剧演员想让观众知道他正准备要什么花招的那种诡异的表情……"参见《陈占元晚年文集》，人民文学出版社2006年版，第51页。

认为不洁的内容时，"紧闭双唇"，"双眉紧蹙"，"恰似一位法官"①；纪德去学校要途经勒阿佛尔巷，母亲警告他说以后不要从此地走，因为在她看来"勒阿佛尔巷绝不是正派人常去的地方"。纪德对此的反应是："在我不受任何礼仪和法律概念约束的想象中，勒阿佛尔巷（我从来没去过）立刻像一个伤风败俗的地方，一个地狱般的地方……"② 女人在纪德的眼中是魔鬼，他对女人充满恐惧。一次纪德在去往舅妈家的路上，碰到几个举止奇怪的女人：

> ……突然，另一个我刚才没注意到或者是从一道门里冲出来的女人，拦住去路，紧贴着我身边盯住我看。我不得不猛往旁边一拐，跟跟跄跄，步履匆匆。那女人开始哼着小调，接着以责骂、嘲笑、爱怜、诙谐的口气嚷道：
> "不应该这样害怕啊，我的小帅哥！"
> 我的脸顿时热辣辣的，心里极不平静，仿佛是侥幸地逃脱了她的魔爪。
> 多年之后，这类虎视眈眈的女人像拿硫酸泼人的女人一样，依然令我恐惧。③

他完全接受了母亲的那一套说辞，像个温顺听话的小羔羊。他承认自己"对异性没有丁点儿好奇心"，"女性的全部秘密如果一个动作能揭露无余，这个动作我绝不会做。我把厌恶称为拒绝，把反感视为操守，并引以为荣。我生活于退避与禁欲的状态，把抵抗视为理想。如果屈从，那就是屈从于堕落；

---

① 纪德：《如果种子不死》，罗国林译，北京十月文艺出版社 2005 年版，第 129 页。
② 同上书，第 123 页。
③ 同上书，第 125—126 页。

我对外界的挑逗无动于衷。……有时一想到自己神圣的反抗和高尚的愤怒，我竟至相信起鬼来，仿佛听见鬼在黑暗中冷笑、摩拳擦掌"①。在家中，他被女性所包围，母亲、谢克尔顿、安娜、玛丽、表姐妹。然而，这种极端的教育让纪德把世界上的女人简单地分成两类，一类是像母亲这种如圣母般圣洁的女人，不敢对其有丝毫欲念，否则便是亵渎圣洁的灵魂；另一类便是轻佻的女人，魔鬼的帮凶，总在四处搜寻猎物。纪德很自然地接受了新教这种善恶二元论，对外部的诱惑无动于衷。这种二元论必然导致性的压抑，对性产生"罪恶感"。因而，纪德的欲念变得模糊起来，或者说找不到性的对象。唯一的解决途径，便是求诸自身，他"重新堕入"儿童时代起便熟悉的"那种恶习"。让·德莱分析说，"因此，他生活在被犯罪感所毒害的隐秘的满足和困惑到侵犯了他人而导致的虚伪抑制的折中之间"②。但同时，他又对爱情抱有一种神秘的向往，渴望拥有超越肉体的、纯洁的爱，以满足自己对那喀索斯式的纯洁灵魂的观照。他对表姐玛德莱娜的爱恋，正是因为对方与己多方面类似，都渴求纯洁的灵魂，都怀有虔诚的宗教信仰、共同的阅读嗜好。他们在对方的眼中可以看到各自的灵魂的映像，因而相互吸引，相互走近。

　　纪德对童年的回忆是阴暗的。"人当童年，心灵应该完全透明，充满情爱，纯洁无瑕。可是，记忆中我的童年时代的心灵却阴暗、丑恶、忧郁。"③他在回忆录《如果种子不死》中，举了

---

　　① 纪德：《如果种子不死》，罗国林译，北京十月文艺出版社 2005 年版，第126 页。

　　② 参见克洛德·马丹《纪德》，李建森译，三联书店 2002 年版，第45—46 页。

　　③ 纪德：《如果种子不死》，罗国林译，北京十月文艺出版社 2005 年版，第1 页。

自己的种种恶行，比如在公园里，不肯与其他孩子玩，"总是郁郁寡欢地待在一边，站在保姆身边看其他孩子做游戏"①。趁保姆不注意，他冲上去将其他孩子堆的漂亮小沙滩踩倒。还有，同父母回于泽斯看亲戚，母亲让他去亲美丽的堂姐，他却去咬人家裸露的肩膀。别的孩子拿铅制玩具兵进行纵列连续射击的游戏，他却对此不感兴趣。"我也有铅制玩具兵，我也拿这些玩具玩，不过是将它们熔化掉。让玩具兵笔挺地立在一把铁铲上，不一会儿，从它们褪色的军服里逃逸出一道闪光，一个滚烫、赤条条的灵魂……"②破坏欲的本能反映了极端受压抑的性格，是一种变形的反抗，变态的复仇。纪德的兴趣爱好跟一般孩子也不一样，他爱观察植物，自己动手制作昆虫标本，养各种幼虫，还特别喜欢安静的钓鱼运动。这一切都需要极大的耐心和细心，需要有安静的性格。这既反映了纪德内省、封闭的气质，同时这些活动也强化了这一特质。

纪德由于一贯的受宠，觉得自己"与众不同"③，总觉得自己是被上帝选中的宠儿。他在回忆录中特别记载了两次遇见金丝雀的事件，很好地再现了当时的心理状态。

---

① 纪德：《如果种子不死》，罗国林译，北京十月文艺出版社 2005 年版，第 2 页。
② 同上书，第 66 页。
③ 第二次发抖更加离奇。那是几年之后，家父过世不久，即我大概十一岁的时候。事情还是发生在餐桌旁，是一次吃午饭的时候。但这次只有母亲和我两个人在场。这天上午我上了学。究竟发生了什么事情？也许什么也没发生……那么，为什么我突然全身瘫软，扑倒在母亲怀里，呜咽、抽搐？我是否再次感受到那种难以言状的恐慌，刚刚听到小表兄的死讯时那种恐慌？仿佛一个寻常而又神秘的内心之海的特殊闸门，突然打开了，滚滚波浪涌进我的心里。我恐慌胜于悲伤。可是，这怎么向母亲解释呢？母亲透过我的呜咽，仅仅隐约分辨出我不断重复的这句含糊不清的话："'我与其他人不一样！我与其他人不一样！'"参见纪德《如果种子不死》，罗国林译，北京十月文艺出版社 2005 年版，第 81—82 页。

　　这一年（1884 年）伊始，我就发生了一桩奇遇。元旦上午，我去拥抱安娜。我说过她住在沃吉拉尔街。回来的路上……

　　半道上，我离开阳光，想去感受一下阴凉。我那样高兴，边走边唱，欢蹦乱跳，两眼望着天空。正在这时，仿佛是对我的愉快心情的回应，我看见一个小小的、会飞的、金色的东西向我飘落下来，宛如一团阳光穿过阴影，扇动着翅膀，向我飞近，圣灵般落在我的鸭舌帽上。我伸手一抓，一只漂亮的小金丝雀蹲在我的手掌心里。它像我的心脏一样跃动着；我感觉自己的心脏膨胀得充满了整个胸腔。我极度的快乐无疑明显地表现出来了，即使感觉迟钝的人类没有觉察到，但稍许敏锐的眼睛，肯定看到我整个儿像一面诱鸟反光镜一样闪闪发光。正是我的光芒引来了这个上天的造物。

　　我跑回母亲身边，欣喜若狂地带回金丝雀。但使我心潮澎湃，使我飘飘然的，主要是这种令人振奋的信念，即上天通过这只小鸟选中了我。我的秉性已倾向于自以为肩负了某种天职，我想说的是某种属于神秘范畴的职业。我觉得从此有一种契约约束着自己。……"我怎么样支配我自己呢？你不知道我没有这种权利吗？你难道没有明白我是被上天选定的吗？"我相信总有一天母亲会迫使我选择某种职业，到时候我就会对她说出这种话。

　　……但我还有最意外的喜悦要说：几天之后的一个上午，我去巴蒂尼奥尔，……走到圣日耳曼大街，正要横穿过去时，我看见一只金丝雀斜斜地扑下来，落在大街当间。又一只金丝雀！

　　……

　　……再次遇到一只金丝雀从天而降，真是奇迹！如此美妙的奇遇竟又一次落到我的头上，我感到自豪无比，比自己立了什么大功还自豪。我显然是生来命运不凡。从此我走路总是眼睛望着天空，像厄力一样盼望天上掉下快乐和食物。①

那喀索斯也是得到圣宠的，不然为什么就他成为了最美的少年呢？他像纪德一样眼睛不看周围的世界，一点小不同在于少年纪德"望着天空"，而那喀索斯望的却是水中美丽少年的倒影——他自己的。其实，他们二人本质上都一样，认为自己是世间唯一的，眼睛还触不到自身以外的事物，他们的目光都是内倾的、内在的，看到的都是自我的映像。纪德那喀索斯式的照镜行为，也充分体现了这一点。

我十分在意自己的形象，我想给别人一个自己所感受到的自己的本来面目和希望成为的样子：一个艺术家。

安娜留下的遗物有一张小写字台，妈妈把它放在我的卧室里，让我在上面学习。写字台上面有一面镜子，我常常对着镜子观察自己的容貌，像演员一样研究、训练自己的表情，从嘴唇上、眼神里捕捉自己希望感受的各种欲望的表现。我特别希望让人爱上自己，哪怕拿灵魂去交换也在所不惜。当时我似乎只有对着那面小镜子才能写作——我几乎要说才能思考。要想弄清自己思想上的躁动不安，我觉得首先必须从眼睛里去解读。我像那喀索斯一样，俯看自己的影像。当时我所写的所有句子，都因此而有点歪扭。②

作为艺术家的纪德，这种得到圣宠的感觉对他来说弥足珍贵。童年阴暗的记忆、禁锢的教育可能把他变成一个谨小慎微的庸人。然而，正是这份自恋，这种自我感觉良好，让他逐步走出了清教

① 纪德：《如果种子不死》，罗国林译，北京十月文艺出版社2005年版，第118—119页。

② 同上书，第152—153页。

教育的阴影，得到了特有的自信和追求"与众不同"的人生理想。他日后的特立独行、敢作敢为，成为 20 世纪的"时代巨人"，不能不说与此有很大的干系。"我对自己充满诗意的命运所抱的这种信念，使我对一切都抱欢迎态度，看到一切都迎着我而来，相信一切都是天意经过精心选择，指派来帮助我，得到我，使我变得更完美。就是在最严重的逆境中，我也多少保持着这种性情，本能地寻求能让自己开心，或者能让自己学到知识的事情。"①

第三节　那喀索斯情结与纪德的早期创作

纪德通过改编奥维德的《变形记》中的那喀索斯传说，创造了自己的那喀索斯神话。《那喀索斯解》是纪德美学观的一次集中阐发，它不仅在文化上具有"互文性"，在纪德的作品中，特别是早期作品中，具有浓厚的"互文性"。"那喀索斯情结成为纪德作品的支点和灯塔。"② 他意识到文学作品的"镜子"功用，作家借此可以去审视自我，发现自我，挣脱自我。于是，纪德将这一认识上升为创作原则，把作家的生活作为重要的创作来源，将生活移入作品，以找寻能摆脱自我束缚的路径。

按照热奈特的划分，《那喀索斯解》于是成为"承文本"，推动其他"广义文本"之生成。那喀索斯神话本身，在纪德的诸多作品中，尽管变化多样，但那喀索斯临河自照的姿态，是它们所隐含的"元文本"。有时，干脆直截了当地参照原始神话，表露那喀索斯情结。

《安德烈·瓦尔特笔记》是纪德的第一部作品，发表于 1891年。作品的主人公瓦尔特是纪德的翻版，作品围绕困惑当时纪德

---

① 纪德：《如果种子不死》，罗国林译，北京十月文艺出版社 2005 年版，第168 页。

② Alain GOULET, *Vivre pour écrire*, Librairie José Corti, 2002, p. 101.

的一些主题展开，比如爱情、信仰、艺术和写作。笔记分为白色笔记和黑色笔记两部分。白色象征着理想、纯洁和没有被肉体玷污的爱，主要描写主人公瓦尔特对埃玛的精神之爱及所经历的灵与肉的抗争；黑色象征着绝望、疯狂和死亡，主要表现的是主人公构思写作小说《阿兰》的过程。结局是"一个惨剧"[1]，因为母亲的反对，瓦尔特未能娶到所爱的埃玛。她嫁给了一个叫塔的人，但最终却忧郁而死。小说《阿兰》中的主人公阿兰最后发疯了。失去精神依托后，瓦尔特也濒临疯狂，在匆忙结束了自己小说的创作后，不久因脑膜炎而过世。这部作品反映了青年纪德当时的苦闷和迷茫：

> ……我心里只装着一本书，一本打算要写的书，它占住了我的整个身心，使我对其他一切都不感兴趣。这本书题目就叫做《安德烈·瓦尔特》，我已经开始写，把自己的全部疑问，自己内心所进行的全部辩论，自己的全部迷惘和全部困惑，尤其是自己的爱情，统统写进这本书里；我的爱情是这本书的主线，其他一切都围绕它来构思。[2]

作为"固执的小清教徒"，由于母亲严格的清教主义教育，让他视肉欲和批评精神为比一切"更坏的敌人"[3]，深受灵与肉的折磨。主人公全部死亡的结局，表明纪德当时找不到走出困境的路径以及对跟表姐结合前景的迷茫，或者试图以这凄惨的结局来触动母亲，尤其是打动恋人——表姐玛德莱娜。正如纪德在接受安鲁什的访谈中供认，"整部作品除却文笔上的着力之外，便是爱情

[1] 《陈占元晚年文集》，人民文学出版社2006年版，第113页。
[2] 纪德：《如果种子不死》，罗国林译，北京十月文艺出版社2005年版，第145页。
[3] 《陈占元晚年文集》，人民文学出版社2006年版，第112页。

的表白，它的目的有几分是，……向她求婚"①。"那本书有时在我看来只不过是洋洋洒洒的一篇爱情表白和声明。我渴望把这篇声明写得非常高尚，非常感人，无可争辩，在它出版之后，我们的父母再也不能反对我们结婚，埃玛妞（今通译为"埃玛纽埃尔"）就再也不能拒绝我的求婚。"②

　　然而，纪德的如意算盘落空了。表姐读了他的书之后，抱怨道，"书中的一切写的都是我们，而且那一切是属于我们的……安德烈，你没有权利写这个"③。因为这部作品在家庭内部引起了一场风波，不但没有促进他的婚事，反而使其稍微延后了。不过，对自己的第一部作品，纪德十分看重："这不是一本书，这是我的全部，我觉得，我的一生应该在这本书结束了，盖棺定论了。"④

　　可见，纪德将现实生活中的自己完全投射到他的开山之作中，作品成为反射作家外在和内心的镜子。"……除了内心的东西，我什么都不写，什么也不想写；我鄙视故事，在我看来，事件像不合时宜的捣乱者。"⑤ 他化身为瓦尔特，像那喀索斯一样对"镜"端详，审视自己的脸庞。

　　　　他们在镜前审视。一个目光搜寻着另一个目光，倘若他们看见了，就会为此开怀大笑。夜晚，几乎被眼睛深情交流的游戏所迷醉，从明亮的或含泪的目光中去找寻外在显露的激情。眼皮的挑逗，睫毛的亲近，额头的皱缩，该伴随着多

---

　　① 《陈占元晚年文集》，人民文学出版社 2006 年版，第 114 页。

　　② 纪德：《如果种子不死》，罗国林译，北京十月文艺出版社 2005 年版，第157 页。

　　③ 参见莫洛亚《从普鲁斯特到萨特》，袁树仁译，漓江出版社 1987 年版，第 102页。

　　④ 纪德：《如果种子不死》，罗国林译，北京十月文艺出版社 2005 年版，第160 页。

　　⑤ 同上书，第 146 页。

少的激情、狂欢或忧伤……

　　演员？可能吧……不过，我演的是我自己。最灵巧的最
易于理解。①

　　纪德化身的瓦尔特此时扮演的是奥维德式的那喀索斯，对镜
自赏，自我陶醉。他一心想的是如何让自己的面部更动情，更富
于变现力，更容易被人接受、被人喜爱。他的一切心思指向的都
是他的所爱——埃玛。"埃玛纽埃尔，在你身边，多少次我感到真
正的、自发的感情离我而去，因为我太想把它外在地表现出
来——这是痛苦所在：不能外露，而即使表露出来了，却又无话
可说。"② 这正如临溪爱上自己倒影的那喀索斯，他太想得到对方，
被欲望推动去拥抱亲吻水中的美少年，然而当他触碰水面时，映
像却消失了。因为欲念打破了他们间的和谐，搅动了镜面的宁静。
他只能默默地静观，任他内心欲念去燃烧，这是那喀索斯的"痛
苦所在"，是他早已注定的宿命。然而，那喀索斯没有放弃自己的
追寻，他始终驻守在溪边，梦想着能同类己的灵魂结合。

　　瓦尔特也一直梦想同埃玛的灵魂相合，达到真正的精神相通，
这是他们所追求的爱的境界。"只用灵魂去爱另一个同样爱你的灵
魂，借着慢慢的感化，二者变得如此相似，熟悉以至相融。"③ 于
是，瓦尔特沉溺于"梦的冥想"，将自己幽闭起来，"在房间里，
我拉上所有窗户的帘子。——即使是白天也点着灯，以便我幻想
在夜间工作，我周围的一切，在沉睡——一切声音，一切影像"④。
他与外界隔绝，"在时空之外"，这是自我的宇宙，是沉迷于静思

① André GIDE, *Les cahiers et les poésies d'André Walter*, éd. par Claude MARTIN, Paris, Gallimard, 1952, p. 68.

② Ibid. , p. 69.

③ Ibid. , p. 118.

④ Ibid. , p. 117.

的那喀索斯，是和谐乐园中的亚当。瓦尔特并非生活于现实，而是活在自己的梦中，或者说更愿意生活于梦幻中，"意志决定行为，这很好。走入梦中，——多叫人艳羡！梦服从意志，生活就在梦里"①。

　　瓦尔特生活在爱的梦想里，只有梦着对对方的爱，他才觉得自己活着，爱人也是借着他的爱才存在，才活着。他梦想彼此活在对方的爱恋中。

　　　　奇怪的梦：
　　　　此时你还存在吗？除非借我：你活着，因为我梦着你，且只有当我梦着你的时候你才活着。这才是你的不朽性。
　　　　你只活在我的思想中。（音乐）
　　　　亲爱的心肝，你活着，只因我强烈爱你的德行，我为此感到温馨。
　　　　你是借着我才活着，借着我！因为我爱你！……
　　　　同样，你的爱填满了我的头脑，只有爱，唯有爱让我活着：
　　　　借着你的爱我才活着。
　　　　我是借着你才活着，借着你！因为你爱我！
　　　　只有我梦着你的时候，你才活着；而我，只有借着你的爱才活着。我梦着你爱我的时候，我才活着，不然，我还有什么可倾诉呢？
　　　　如果我停止爱你，你会停止活着，——如果我们不再相思，那我俩都会死去。现在我明白了，明白了为什么爱充盈我的灵魂：这是我俩存在的前提。我们不能停止相爱，我们

---

　　① André GIDE, *Les cahiers et les poésies d'André Walter*, éd. Par Claude MARTIN, Paris, Gallimard, 1952, p.120.

身不由己，我们的爱是不死的，因为只有灵魂的死亡才会有爱的死亡。我们一直活在对彼此渴望的思想中。我们彼此依存，借着不停的相互创造而存在。我们只存在于相互的关系中。

我需要不停地爱你。①

在《诗抄》的末尾的几行诗中，也有类似的表达：

你对我说过：
我相信我们活在对方的梦中
为此我们才这般顺从。
生活不能永远如此。
我认为我们最好是
尽力使我们重坠梦乡。②

那喀索斯也生活在梦中，梦着对水中自己影像的爱，梦着水中的他也在爱自己。他生活在虚幻的梦中，一刻也不能停止虚幻的爱。他们也是借着彼此的梦和梦着的爱，才能存在，活着。越是不可触及的爱，梦就变得越发重要。梦成了实现不可企及的爱的唯一通道。于是，梦与生活交融，生活是梦，梦是生活。借梦而活，必然拒斥理性，向往疯狂。疯狂是梦与现实的黏合剂。

瓦尔特声称，"对我来说，我创建自己的空间，无须理性的参与"。"人的一生无非是同不可能的斗争"③。他渴望把生活同梦相混，生活在自己的理想中，对疯狂充满激情。

---

① André GIDE, *Les cahiers et les poésies d'André Walter*, éd. Par Claude MARTIN, Paris, Gallimard, 1952, p. 153.

② Ibid. , p. 180.

③ Ibid. , p. 195.

　　对！像在雾中漫步……没有把诗与生活分离，没有将理
想挥洒在纸上，没有过人性的生活，我混淆了理想与生活，
以至于它们难以区分。我想成为理想中的我，我想过我梦中
的生活，这便是疯狂。我清楚这一点，但疯狂让我充满激情，
让我从地上飘起来。其余的一切都令我极度恶心。①

　　从地上飘起来的形象极富象征意义，意味着瓦尔特想脱离现
实生活的束缚，走进无羁绊的缥缈梦境，而走向这一梦想最理想
的通道便是疯狂。于是，他满心欢呼疯狂的到来，"疯狂！疯狂！
我多爱你，我可以按自己的梦想来再造世界，我可以生活在这再
造的世界里"②。于是，瓦尔特的副本——阿兰便体验了精神分裂，
即瓦尔特所梦想的疯狂。

　　夜晚，站在镜前，我凝视着自己的影像。像是突然闪现
的影子，不牢靠地出现了，渐渐稳固下来。在我的周围，深
深的黑暗陷入被照亮的暗影中。我的眼睛紧盯着暗影的眼睛：
我的灵魂在这双重的表象间飘忽不定，像是晕了头。到底谁
是谁的影子，我并非影像，并非不真实的幻象，对这些问题，
我产生疑虑。——怀疑到底是谁在注视谁，只觉得同样的目
光在回应另一个目光。彼此深入对方的眼睛，——在他的深
邃双眸中，我找寻我的思想……
　　阿兰将一块展开的大床单盖在影像上，——床单下的影
像成了囚徒，——我再也看不见它了——但我感到他在床单
下，在镜子的后面还活着；——因为害怕他的目光，我不敢
掀开他的面纱。但我转身时，我感觉到他在看我。它如同胸

　　① André GIDE, *Les cahiers et les poésies d'André Walter*, éd. Par Claude MARTIN, Paris, Gallimard, 1952, p. 196.
　　② Ibid. , p. 195.

中呼出的一口气。

　　他愤怒地将影像撕碎，——但恐惧仍紧紧抓住他不放，幽灵碎成一个个空洞，虚无只出现在碎裂的表象后面。①

　　纪德在未发表的日记中谈到自己创作《安德烈·瓦尔特笔记》的意图，特别提到母亲的一句话："你不能让生活来适应你，你应该去适应生活。"而当时的纪德认为"我的情感做不到让自己适应生活"，他想通过创作来"刻画这样的灵魂"。"我要他过虚假和想象的生活，但这生活却是高贵的，理想化的，因而它几乎是不可能的。"② 生活不是梦，靠梦维持生活，必将因梦而逝。为了灵魂的相融，瓦尔特主张放弃自我，要做到完全的"忘我"、"无我"。

　　　　试图让灵魂到达你的灵魂，这一努力应该是本能的，自发的，——它不自知，灵魂该是忘我的……
　　　　为了让我的灵魂融于你的灵魂，我必须忘掉它反抗的生命，意识不到它的存在……
　　　　它们开始只需用无言的语句来交谈，因为肉体会扰乱灵魂，肉体有别的欲望。……③

　　要摆脱肉体的困扰，解放相悦的灵魂，实现二者的融合，唯有消灭肉体——即死亡。"死亡会来解救你。因为灵魂不死，宝贵的爱情会继续。其他一切都逝去了……从今往后，所剩下的惟有爱你的欲望，——任何东西再也阻止不了它。"④ 精神分析学家汉

---

　　① André GIDE, *Les cahiers et les poésies d'André Walter*, éd. Par Claude MARTIN, Paris, Gallimard, 1952, pp. 132 – 133.
　　② Ibid. , p. 184.
　　③ Ibid. , pp. 74 – 75.
　　④ Ibid. , p. 118.

克指出，"原始的那喀索斯情结……作为灵魂最初的再现，创造出肉体的我尽可能精确的形象，即是说创造出一个真正的副本，通过影子或倒影来进行我的复制，以此来驳斥死亡"①。由此可以说，倒影、副本意味着一个新的非物质生命的人物的诞生，他在肉体死亡后继续存在。女人作为男人类己的他者，看着女人，就像看着自己的副本、倒影，世界表面上显现出原初的统一与和谐，即雌雄同体的亚当在伊甸园时的和谐，乐园还未失去之前的和谐。这样，那喀索斯式的静观一下子便神奇地弥合了男女间的鸿沟，人可以重温乐园般的和谐。于是，瓦尔特便陷入了那喀索斯式的遐想，"为自己塑造一个爱着和被爱的灵魂，跟自己类似，便于灵魂理解你，哪怕隔得再远，任何东西也不能把二人分开"②。瓦尔特的一生都倾注在否定他性，证实类同。他将自我投射到他者——恋人埃玛——身上，以求灵魂的融合。然而，这一努力是徒劳的，现实中分裂的鸿沟永远无法重合。因而，证实类同也是徒劳的，因为在乐园中"证实是无用的"③。最终，瓦尔特因无法同类己的灵魂埃玛纽埃尔结合，在完成小说《阿兰》的创作后逝去。那喀索斯也是因厮守无法企及的爱憔悴而逝，他们应该都是含笑而去的，因为他们终于摆脱了肉体的束缚，灵魂可以自由地结合了。

在《爱的尝试》和《白莎佩》中，纪德表现的却是欲望得到满足却陷入痛苦和失望的形象。《爱的尝试》中纪德仍采用的是嵌套结构，有一个双重的爱情故事。一个是"我"和听故事的"夫人"间的爱情故事；另一个是"我"所讲述的路克和拉舍尔的故

① Cf. Heinz WEINMANN, *Gide ou le paradis perdu*, in *La Revue des lettres modernes*, NO 374 – 379, 1973, p. 75.

② André GIDE, *Les cahiers et les poésies d'André Walter*, éd. par Claude MARTIN, Paris, Gallimard, 1952, p. 41.

③ Ibid. , p. 15.

事。路克是通过"我"所映出的纪德的影子。

路克在林中漫步时结识了采花落单的拉舍尔，他们在一起度过了欢快的一天。于是，每天清晨，路克都到拉舍尔住的园子来找她，直到晚上才回到自己的住处。很多天来，路克因为"希冀爱情，但如同害怕致命的东西般害怕肉体的占有"，不敢有任何的动作。但最终还是受不了拉舍尔赤裸的诱惑，"占有了这个女人"[1]。应拉舍尔的要求，路克以后每夜都留宿在她那儿。他们常常到海边去散步，看夕阳西下；或者拉舍尔待在路克身边听他讲故事。春末，他们甚至走到离家很远的地方，只是看到路、树木、运河、小山包，没有新奇的发现，开始对"无穷尽的风景"感到厌倦。夏天，他们再次去了春天巡游过的山谷，"这一天的散步够长的，但毫无趣味可言"。在海边，拉舍尔发现路克"开始沉思了"，并依稀感觉到路克"苦恼和冒险的渴望"[2]。于是，他们有了这样的对话：

> "为什么出发呢，路克"，拉舍尔问，"上路有何用呢。你不是我生命的全部吗？"
>
> "可是拉舍尔，你"，路克答，"你不是我的全部生命。另外还有东西哩。"[3]

路克和拉舍尔也想再次攫紧彼此松开的爱情，然而爱情已成"枯萎的东西"，如同他们采摘过的花朵。他们"互相牵了手，想继续走路，……但他们的手松开了，现在将依过去的习惯，独自地继续走路了。""我"给夫人解释路克和拉舍尔的分离，"我们都

---

[1]　André GIDE, *Le retour de l'enfant prodigue précédé de cinq autres traités*, Paris, Gallimard, coll "folio", 1912, p. 35.

[2]　Ibid., p. 42, p. 44.

[3]　Ibid., p. 47.

知道的，有些灵魂将并列前行，不能互相接近。——所以路克和拉舍尔分手了；仅仅是一天，仅仅是夏天的一刻，他们的两条线混合在一起了——唯一的一个切点——现在他们早已各望别处了"①。秋日的一天，他们分别了，"没有眼泪也没有微笑的诀别"②，他们的爱情故事也完结了。到了冬天，"我"和"夫人"继续延长这故事。

纪德通过这个故事，想表达什么呢？纪德在文首的解说中称"我们的书本……记载我们可哀的欲念，对于永为禁地的他种生活，对于一切不可能的动作的向望。我在这里写一个梦……"③ 朱静指出，"对于纪德而言，这部作品对他的作用就是让他更加清楚地意识到，自己和玛德莱娜之间的关系似乎命定就将是两条平行线"④。文章的副标题"妄念解说"也给我们指出了方向。"Vain"⑤ 在法语中指"没有基础的"、"没有价值的"、"没有结果的"意思，也即是说"虚妄的"、"空虚的"、"徒然的"意思。路克对拉舍尔的爱是出于"虚妄的"欲念推动，他们太快便采摘了爱情的花朵，而没有夯实爱情的基础，因而爱的内容是"空虚的"。他们很快便厌倦了这种"枯萎的东西"，尽管想要挽回，但只能是"徒然的"努力。如同那喀索斯将双臂伸向水中去拥抱自我的影像，占有的欲望反而驱散了爱恋的对象。只有静观，"不能互相接近"，因为"我们欲念的对象，正像那些容易坏的凝聚物，只消手指一按，就只剩灰烬了"，一点风"将会吹散这些灰烬"⑥。

《白莎佩》中大卫王手里握有无尽的财富，住着富丽的皇宫，然而他却感受不到幸福。梦中在神鸟的指引下，他发现了王宫外

① 《卞之琳译文集》上，安徽教育出版社2000年版，第322页。
② 同上书，第323页。
③ 同上书，第311页。
④ 朱静、景春雨：《纪德研究》，上海外语教育出版社2005年版，第184页。
⑤ 《拉鲁斯法汉汉法双解词典》，外语教学与研究出版社2000年版，第1991页。
⑥ 《卞之琳译文集》上，安徽教育出版社2000年版，第325页。

僻静的一处小园子。他被雾霭下的一个泉池和在泉池里沐浴的披白纱的女人所迷醉，"她更深的进入了我的心"①。后来，他在手下"最骁勇的将士"赫人乌利亚家做客时，才发现梦中的一切就在眼前——园子和女人。他觉得园子里的阳光，照耀的都是乌利亚的"爱与幸福"。大卫王于是动了恶念，"欲念进了灵魂有如一个饥饿的生客"，想要占有乌利亚的幸福。因为对他来说，自己的财富与幸福都不能与乌利亚的相比，"……那边那个小幸福我甘愿为了它把另外的完全扔下……"。但当他如愿以偿将白莎佩——"我的欲念的朦胧的对象"——搂在怀中时，却"怀疑我所要的是她呢，或者是那个园子呢……"② 他害死了乌利亚，也占有了白莎佩，然而却没有得到梦寐以求的"乌利亚的幸福"，反而陷入了无尽的追悔。最后，对披着黑纱丧服的白莎佩产生了厌倦，"走吧！带她回去！我已经告诉你我不愿再看见她了……我讨厌她！"③ 大卫王渴念的是臆想的幸福，是虚幻的欲念，当他动手去抓的时候，似乎是抓到手了，然而"乌利亚的幸福"是泉水映照出来的幻象，抓的动作反而彻底破坏了这一倒影。最后的结局说明，美丽的幻景"只可远观而不可亵玩焉"，这也正是那喀索斯的悲剧。

纪德的作品总是互相呼应，后面的作品常常跟前面作品表达的思想针锋相对。1893 年他发表了《乌里安游记》，宣告瓦尔特时期的终结。如果说在瓦尔特时期，纪德呈现的是耽于冥想的那喀索斯形象，那在《乌里安游记》中表现的则是"厌倦了思想，我们渴望行动"的积极姿态。文中的人物，只有名字，没有个性特征的刻画。因而名字只是简单的人物符号，可以对应任何人，具有普遍的意义。他们决定出发去旅行，但连要前往的城市名字也不知道，只是被内心的一种向往所激励。他们要么倦于思考，想

① 《卞之琳译文集》上，安徽教育出版社 2000 年版，第 375 页。
② 同上书，第 379—380 页。
③ 同上书，第 384—385 页。

休息头脑，要么受征服欲驱动，要么想通过寻找一些国家来讲述美丽的灵魂。他们相信自己背负着"光荣的命运"，要去完成"英勇的业绩"①，便一起搭乘俄里翁号大船起航了。他们一路历尽千辛万苦，遭遇了美人鱼的诱惑、女人国女王的扣留、瘟疫、无聊之河、败血症等系列考验，最终到达极地时，碰到的却是"一堵奇怪的冰墙"，"大墙面对通道，光滑如镜子，透明如水晶，直插地下。……在这堵墙上，……读到两个词，它们像是用钻石刻在玻璃上的，又像是来自坟墓的声音：绝望之地……""透明的冰里躺着一具尸体"②，手里拿着一张白纸：纸上什么也没写。他们感觉只要爬过这道墙就到达了旅行的终点。墙后是一个宁静的世界，"封闭的圆谷里没有一丝风，湖水是完全静止的"，像是亚当所居的乐园。立在这无名的墓前，他们"不动感情，没有想法"，因为害怕"在同情别人时不可能不为自己流泪"。看着冰中的尸体，站在如镜的大墙前，他们想到的是同冰中人类似的命运。"他未能见到这期待中的海岸，在他生前一道墙把他与他的目的隔开，这对他可能是件好事，因为，在相反的情况下，他也可能把同样的话刻在自己的坟头。""如果我们一开始就知道，我们前来看到的不过如此，我们可能不会上路……"③ 追寻的结果，无论是抵达了目的地，还是仅差一步之遥，都会发出同样的慨叹："绝望之地"。那喀索斯在被不可触及的爱折磨得痛苦至极时，也发出了类似的绝望慨叹："啊，有谁遭过如此残酷的折磨！我们之间并无高山大海阻挡，相隔的仅是一泓清水，然而我们却无法相聚。"

　　乌里安和他的同伴们的所谓旅行，正如 Urien 这个名字所包含的"Rien"（乌有）之意，这不过是一个脑中的旅行，虚幻的梦而已。不仅人物是虚幻的，目的地也是未知的，连一路的遭遇都具

---

① 《纪德文集》1，人民文学出版社 2002 年版，第 7 页。
② 同上书，第 52—53 页。
③ 同上书，第 54—55 页。

有梦的特质，如死亡的城市、诱人的美人鱼、绚丽的马尾藻之海、无聊之河和冰墙矗立的极地。即是说，乌里安是抱着虚幻的目的开始旅行的，是虚幻的梦在吸引着他前行。在最后的《赠言》中，作者透露了这一秘密，"夫人！我欺骗了您：我们没有作这次旅行。……如果我讲述这番壮举，那因为这都是海市蜃楼，都是过眼烟云"。"请原谅！我撒了谎。这个旅行只是我的梦，我们从未走出我们在其中思想的房间"。① 渴望行动的纪德，仍没有走出虚幻的梦境，因为他还在像那喀索斯一样，追寻着虚幻的目标："……在黑色的水面上寻找天空的反光，我梦想的天空。"②

　　1893 年，纪德完成《爱的尝试》后，离开巴黎的文学圈，同好友保罗一同"奔向那金羊毛之地"——非洲。非洲之行，对纪德一生来说，具有决定性的影响。离开熟悉、封闭和喧嚣的巴黎沙龙，面对广袤的非洲大陆，"与这样一个抱有迥异的宗教信仰和偶尔对立但美好的道德观的人民待在一起时，他回想起危机心态和直到当时仍饱受折磨的改宗心思，对此感到特别奇怪和病态——这些北方人相信好之上，可能还有更好的东西可以期待"③。纪德在赴非洲之前就染了伤风，但病体丝毫没有影响他旅行的决心。因为曾被查出患有"结核病"——他父亲因患此病而英年早逝——纪德在北非"日夜都念念不忘想到死"，"以为生命就此终止"④，健康问题成了他挥之不去的思虑。纪德第一次远离了母亲的照护，第一次没有《圣经》的陪伴，这有着"极为重要的意义"⑤，表明纪德挣脱母亲道德禁令和清教主义诫令的决心。"这块

---

① 《纪德文集》1，人民文学出版社 2002 年版，第 56 页。

② 同上书，第 55 页。

③ André GIDE, *Notices in Romans*, *Récits et Soties*, *Oeuvres lyriques*, Paris, Gallimard, "Bibl. de la Pléiade", 1958, p. 1476.

④ 《陈占元晚年文集》，人民文学出版社 2006 年版，第 113、130 页。

⑤ 纪德：《如果种子不死》，罗国林译，北京十月文艺出版社 2005 年版，第 188 页。

狂热的土地,这种酷热的气候,这种充满勃勃生机的生活,使他
过去的存在消失得无影无踪。"① 他在非洲第一次体验了肉体堕落
的快乐,失去了过去贞洁的生活,这被他视为"自己一生中最重
大的变故之一"②。非洲的阳光、精神的解放和肉体的满足让纪德
的病情得以缓解,至第二年夏天就完全康复了。

北非之行归来后,纪德有一种"死里逃生的人的感受"③,面
对"过去在沙龙和社团那种沉闷的空气,⋯⋯每个人的躁动都搅起
一股死亡的气息"④,纪德将矛头指向这一群体,写出了第一部讽
刺作品《帕吕德》。作品的标题"Paludes(帕吕德)"是纪德创造
的一个新词,由拉丁词根 palus(沼泽)和法语形容词 paludéen
(疟疾的)所合成。通过词形的联想,容易想到 paludisme(疟
疾),这几乎是非洲的近义词。阿兰·古雷认为:"恰恰是纪德成
功逃离了巴黎的沙龙,体验了在非洲比斯克拉的重生,他才可能
把《帕吕德》作为颠倒的镜子来构思;正是在他者的地域,——
分别为比斯克拉、米兰、拉布雷维纳山区——;在一种他者的状
态,新的纪德对他实际脱离不久的如沼泽般的文人生活状况进行
思考。"⑤《帕吕德》依然采用的是嵌套结构,首先是署名"纪德"
的作家发表的作品,展现的是"我"的小社会,我们称之为《帕
吕德》Ⅰ;"我"在写的名为《帕吕德》的这部作品,此为《帕
吕德》Ⅱ。整部作品是对主人公蒂提尔生活的那个小社会精当的
描写,他们整日无所事事,忙于参加各种沙龙和聚会,高谈阔论,
生活委靡颓废,如沼泽般令人作呕。"我"对此感到不满、厌倦,

---

① 克洛德·马丹:《纪德》,李建森译,三联书店 2002 年版,第 94 页。

② 纪德:《如果种子不死》,罗国林译,北京十月文艺出版社 2005 年版,第
185 页。

③ 《陈占元晚年文集》,人民文学出版社 2006 年版,第 113、130 页。

④ 纪德:《如果种子不死》,罗国林译,北京十月文艺出版社 2005 年版,第
208 页。

⑤ Alain GOULET, *Vivre pour écrire*, Librairie José Corti, 2002, p. 155.

想要逃离这如沼泽般的小圈子，向往"别处"，即"他者的地域"。"我"同女友安日尔提出到比斯克拉旅行的想法，可悲的是他们没有真正离开令人窒息的巴黎，只到了它的近郊蒙莫朗西便折返而回。正像叙述者被《帕吕德》的写作所"烦扰"，想要摆脱它，然而世间没有"不再需要我们就能延续下去的作品"，我们总被"重复行为的必要性"压得"不堪其负"①。叙述者打算在完成《帕吕德》后，开始写作他的《波尔德》（Polders），于是生活又开始了另一轮的重复，只是稍微改头换面了一点而已。

　　"我"为什么产生了逃离的渴望和对"别处"的追寻？主人公蒂提尔"是一个喜剧化的安德烈·瓦尔特，一个缩微的可笑的纪德，是真实的安德烈·纪德北非之行前所有情结、所有问题的滑稽承载者"②。北非之行让纪德这个"充满激情的年轻人……在一年旅行期间得以很长时间放逐书本，掀起窗帘，打开，打碎模糊的玻璃窗户，打碎一切在我们与他者之间变厚的东西，打碎一切让自然失色的东西，最终让生活与思想变得和谐"③。获得重生的他回到巴黎，发现"事物的日常运转对于我的离去甚少在意，现在每个人都像我还没有回来一样忙碌着……""至少和他们比起来，我觉得自己不再是原来的我；我有种种新事物要说，但我无法对他们说了，我本来想说服他们，把我的信息告诉他们，但他们没有任何人愿意俯首倾听。他们照旧生活，满不在乎。但他们感到满足的东西，在我看来是那样可怜，我没能说服他们，真是个徒唤奈何。"④满心欢喜的纪德要同他们分享自己新生的快乐，却发现生活有它惯常的轨道，他的变化对原来的圈子激不起任何

---

　　①　《纪德文集》1，人民文学出版社 2002 年版，第 122 页。

　　②　克洛德·马丹：《纪德》，李建森译，三联书店 2002 年版，第 90 页。

　　③　André GIDE, *Notices in Romans*, *Récits et Soties*, *Oeuvres lyriques*, Paris, Gallimard, "Bibl. de la Pléiade", 1958, p. 1476.

　　④　纪德：《如果种子不死》，罗国林译，北京十月文艺出版社 2005 年版，第 208—209 页。

的涟漪。因而，通过《帕吕德》，他不仅要揭示生活的单调和重复，更是要激起人们对"整个外界、法律、习俗、人行道"的抗争，因为是这些"决定我们的重复动作，规定我们的单调行为"。他"憎恶停滞状态"，"想迫使人们行动"，"解救出自由……"①巴黎文学圈子那些人"自以为幸福"，却认识不到自己平庸而盲目的可悲状态。纪德不遗余力要做的就是让他们"睁开眼睛"，要去"求索"，至少"不再感到满足"②。"我们的生存，的的确确应当有点儿变化。"③

　　　"多少回啊，我感到憋闷，要呼吸点儿新鲜空气，做出打开窗户的动作——因为窗户一旦敞开……"
　　　"您就得着凉吧？"安日尔接口道。
　　　"……因为窗户一旦敞开，我就看到窗外是院子——或者对着别家肮脏的拱形窗户——看到没有阳光、空气污浊的破院子——我一看到这种景象，就悲从中来，全力呼号：天主啊！天主啊！我们就这样被幽禁！——而我的声音又完全从拱顶返回来。——安日尔！安日尔！现在我们怎么办呢？我们仍然力图掀开这一层层裹尸布，还是尽量保持微弱的呼吸，在这坟墓中延续我们的生命呢？"④

　　不，纪德绝不愿在这坟墓中苟延残喘。他"很想走出去"，要从这"压低了我们额头，压弯了我们的肩背"、"罩在我们头上"、在其"阴影下"生活和工作的房子逃离，逃向门外那"辽阔的平原"，"跑向旷野"，像"那些十分自由的居民"，"一走到旷野，就

---

①　《纪德文集》1，人民文学出版社 2002 年版，第 96、97 页。
②　同上书，第 75—76 页。
③　同上书，第 70 页。
④　同上书，第 126 页。

把居所置于脑后，忘得一干二净"。① 于是，便有了"我"和安日尔的巴黎短途旅行，尽管逃离不够彻底，但毕竟开始了行动。这次旅行使"我""更加明显地感受到我希望离开的一切"，更加渴望"更亮一点儿的光明"②。于是，便诞生了发出更加"积极信息"③ 的《地粮》。《帕吕德》为后者作了必要的铺垫，因为"这整本书可以看作标题为《地粮》的序言"④。

如果说《帕吕德》表达的是纪德脱离惯常环境，挣脱一切束缚和幽闭物，走向自然的渴望，那么《地粮》便是一个康复期病人离开故地，走进自然，亲近自然，感受自然时所抒发的对生活的热狂，对欲望满足的渴念和对"空乏"状态的讴歌。北非之行让纪德突然发现了一种新的生活，无论何时何地都激起他心中未曾体验的渴望，并且出乎意料地使他感到满足。他在自传《如果种子不死》中，记录了当时获得新生时的狂喜状态：

我……感到自己复苏了。甚至我头一回觉得自己生活在这世上，走出了死亡的阴影笼罩的峡谷，获得了真正的新生。是的，我跨进了崭新的生活，彻底欢迎和彻底抛弃的生活。一层蓝色的薄雾，使近旁的景物也仿佛隔了相当距离，每个景物变得飘忽不定，有如幻境。我自己失去了一切重量，慢步向前走着，……由于难以描述的惊愕和赞叹而浑身瑟瑟发抖。似乎迄今为止，我从来没有这样谛听、观看和呼吸过。而各种声音、芬芳和色彩，纷纷涌进我的心间，我感到我的心变得闲散，因为感激而啜泣，化成对陌生的阿波罗的崇敬。

① 《纪德文集》1，人民文学出版社 2002 年版，第 123—125 页。
② 同上书，第 120—121 页。
③ 克洛德·马丹：《纪德》，李建森译，三联书店 2002 年版，第 90 页。
④ André GIDE, *Notices in Romans*, *Récits et Soties*, *Oeuvres lyriques*, Paris, Gallimard, "Bibl. de la Pléiade", 1958, p. 1477.

"接收我吧！将我整个儿接收下来吧。"我大声说道，"我属于你，服从你，整个儿献给你。让我身上的一切都变成光。是的，变得光明和轻盈。直到今天，我徒劳地与你抗争。不过现在我认准你了。但愿你的意愿得以实现。我不再抗拒，我顺从你。接收我吧。"

就这样，我泪流满面地走进了一个充满欢笑和奇异事物的迷人世界。①

这位太阳神的崇拜者对光明的渴望和膜拜，从反面说明他过去生活在阴暗和幽闭中，备受煎熬和折磨。沐浴在非洲艳阳中的他，像恢复视力的盲人，看到世界的美妙，感受到自我的重生。"我觉得自己生命的每时每刻都具有崭新的、不可言喻的天赋味道。"② 从前滞重沉闷的生活变得轻盈迷人，多姿多彩，他渴望自己变成光融进这崭新的世界。纪德创造了一个和自然沟通的途径。自然在他的眼中，不再是无生命的存在，而是有自身生命力的世界。大自然像生命物一样在搏动，于是他让大自然深入内心，让他的感觉随大自然一起跳动。"大自然进入了我的心坎，再加上神经的紊乱，我有时不再感觉到身体的界限；我的身体延续得很远；有时，又觉得像糖块似地变得多孔淌汗，浑身感到痛快，好像在融化之中。"③

纪德决心摆脱过去的桎梏，解放压抑的肉体，尽情满足生活的欲望。既然过去的生活是阴暗的、压抑的，未来不可期待、难以捉摸，那么唯有现在、此刻、瞬间才是真实可感触和支配的时间。为了重生，首先必须斩断记忆与感觉的联系，将

---

① 纪德：《如果种子不死》，罗国林译，北京十月文艺出版社2005年版，第203—204页。

② 《纪德文集》1，人民文学出版社2002年版，第149页。

③ 参见张若名《纪德的态度》，周家树译，三联书店1996年版，第18页。

对过去的记忆驱赶进黑暗的无意识区域，即主动遗忘、抛弃记忆，为瞬间留下位置和空间，以便意识来捕捉、感受和显现当下的感觉。"我因此养成了习惯，总是把每个瞬间与自己的一生分离开来，以便获得一种单独而充分的快乐，不期然地把一种独特的幸福整个儿集中于一瞬间，使我即使在最新近的回忆中再也认不出自己。"① 张若名分析指出，为了强化每一个感觉的力量，"纪德在两个感觉间插入遗忘"，"感觉与遗忘同于明与暗。黑暗会增加光的亮度。一种感觉在两个遗忘之间出现，就好像一道阳光从两朵云中间射下来"②。"那塔奈尔，我要对你谈谈瞬间。你懂得瞬间的存在具有何等的力量吗？不是经常想到死亡，就难以体会到生命中每个最短暂的瞬间的价值。你难道不懂得，没有死亡作为漆黑的背景，每个瞬间就不可能闪耀令人惊叹的光辉？"③

插入遗忘，实质上是在两个感觉间制造虚空地带。从而使每一个感觉都聚集了全部的光亮，产生了最强烈的感受力。大量的感觉相互挤迫，只有力量最强大的能首先显现，随着它力量的衰退，将被新的感觉所替代，从而每一个感觉都是最强烈的、最新颖的、最纯真的，具有不可取代的价值。纪德用海浪形象地表现了这一机理："巨大的浪涛，无声无息地前推后涌、接连不断，每个浪头几乎都在同一个位置轮番溅起同样的浪花。运动的只有浪头的形状，海水被浪头激起，随即脱离它们，从不随浪头而去。每个浪头只在极短暂的瞬间聚集起同样的水，随即越过那水，继续向前涌去，把那水抛在后面。"④

---

① 《纪德文集》1，人民文学出版社 2002 年版，第 159 页。

② 张若名：《纪德的态度》，周家树译，三联书店 1996 年版，第 33 页。

③ André GIDE, *Les nourritures terrestres* in *Romans*, *Récits et Soties*, *Oeuvres lyriques*, Paris, Gallimard, "Bibl. de la Pléiade", 1958, p. 172.

④ André GIDE, *Les nourritures terrestres* in *Romans*, *Récits et Soties*, *Oeuvres lyriques*, Paris, Gallimard, "Bibl. de la Pléiade", 1958, p. 169.

而虚空地带本身就是一种召唤，一种期待，一种隐秘的欲望。期待让纪德迷醉，"……那塔奈尔，每种欲望使我获得的充实，都胜过我对所渴望的东西一向虚幻的占有"①。这种空乏状态让激情积聚，各种欲望汇在一起，力量愈加强大，成排山倒海之势。纪德即使没能让自己的欲望得到满足，但仍纵情于这热狂之中，即使被淹没，被卷走也听之任之，只要能全身心地融于其中。"那塔奈尔，我要教给你热忱。""我几乎每时每刻都生活在激动人心的惊愕之中，很快就陶醉了。""在我看来，一切热忱都是一种爱的消耗，一种美妙的消耗。"②

热忱与感觉相结合便产生了特别的感受世界的方式，产生了全新的、奇异的感受力。于是，便有了如雨丝般弥漫的光线，液体般湛蓝的天空，泡沫般金色的阳光，星星般漫天坠落的烟火，烟火般怒放散落而成的星星。纪德变成了"视觉时时常新"、"对一切都感到新奇的"③ 智者。纪德如磷，消耗了自身，却磷光般光彩照人，在生命的每一个短暂的瞬间，他"都感觉到身上携带着自己的全部财富"，"世界的整个过去都包含在现在这一刻之中"，因为哪怕是"最短暂的瞬间的生命，也比死亡更强大，是对死亡的否定"④。纪德把瞬间，世间的一切事物神圣化，认为上帝"无处不在"，"就是我们前面的东西"，"一切都是上帝的形体"⑤，因而对生活、对生命极度热狂，总在不懈地追寻、前行，唯恐停滞于一处，错过了前面的美好事物。他要同过去的"我"告别，成为不同于过去的"未来的我"。正如他在书中对那塔奈尔的告诫，"但愿这本书能给你教益，使你对自己比对它更感兴趣，进而对其

① 《纪德文集》1，人民文学出版社 2002 年版，第 138 页。
② André GIDE, *Les nourritures terrestres in Romans*, *Récits et Soties*, *Oeuvres lyriques*, Paris, Gallimard, "Bibl. de la Pléiade", 1958, p.156, p.165.
③ 《纪德文集》1，人民文学出版社 2002 年版，第 146 页。
④ 同上书，第 146、217 页。
⑤ 同上书，第 137、179 页。

他一切比对你自己更感兴趣"，他"立刻离开了写《食粮》时的那个我"①，"离开我自己去观看我自己以外的东西"，也即离开了如那喀索斯般自恋的他，进入"反自恋的时期"②。

---

① 《纪德文集》1，人民文学出版社 2002 年版，第 251 页。
② 《陈占元晚年文集》，人民文学出版社 2006 年版，第 113、141、149 页。

第二章

他恋：自我镜像的认识

绝妙而难以满足的爱和被爱的需求，我相信正是它控制了
我的一生，正是它推动我去写作。

纪德,《日记Ⅱ》, 1948 年 9 月 3 日

　　纪德的两次北非之行，不仅让他远离了母亲的视线和控制，
而且第一次体验了肉体的放纵，彻底抛弃了新教的禁欲主义，产
生了脱胎换骨的变化，被称之为"新生"。为此，他写了影响巨大
的《地粮》，呼唤享乐，亲近自然，保持"空乏"，以迎接生命的
多样性。发表于 1902 年的《背德者》是《地粮》的延续，鼓吹的
仍是享乐主义，"空乏"状态，抛弃涂层，接触大地，表达的仍是
"重生"的欢欣。亨利·马耶（Henri MAILLET）认为《背德者》
属于"《地粮》系列"①，尽管它要比后者晚五年发表。不过，从
《背德者》开始，作者更关注道德和宗教问题的探讨，同时也极力
追寻灵与肉的和谐交融；他将目光从自我的身上移开，开始关注
"他者"，进入反自恋的时期。通过系列的爱情故事，将人物推到
极端情形来追寻灵与肉的交融，探求"人"与道德、宗教相容的
可能性。这个系列，我们冠之为"爱情三部曲"②，分别是《背德
者》、《窄门》和《田园交响曲》（以后简称为《田园》）。它们分

---

　　① 　Henri MAILLET, *L'immoraliste d'André GIDE*, Librairie HACHETTE, 1972, p. 16.
　　② 　饶道庆在论文中，将之称为"道德·宗教三部曲"，从三部小说的故事、结构
和观点的相互比较以及作者与作品、社会之间的关系诸角度来剖析纪德的道德观、宗教
观。参见饶道庆《天堂与地狱之间——论纪德和他的"宗教道德三部曲"》,《温州师范
学院学报》1995 年第 1 期。

别以三类不同的异性恋来进行灵肉交融的尝试，如《背德者》以米歇尔放弃道德、抛弃灵魂、放纵肉体来进行灵肉分离的探索；《窄门》则是以阿莉莎恪守道德、圣化灵魂、禁锢肉欲来尝试另一种灵肉分离；《田园》则是以牧师既守德又背德，既禁欲又纵欲，游移于两者之间，探求灵肉结合的可能性。然而，正如纪德自己所宣称的那样，这个系列作品都是批判作品[1]，也就是说所有的尝试都没有成功，都落得悲剧的下场。那么，作为执著追寻人生出路的纪德，他只能继续踏上征程，进行新的探索，寻找人生新的可能性。于是，就有了他的同性恋系列作品，自传《如果种子不死》，同性恋的辩护作品《科里东》及唯一被他称为小说的《伪币制造者》。

第一节　异性之恋：正常之爱的尝试

米歇尔—马塞琳娜

《背德者》从酝酿到完成写作，纪德前后花了"将近十五年"[2] 的时间，可见这部作品在其心中的分量。他在给雅姆（Francis JAMMES）的信中称，"……我花了四年工夫，不是写它，而是在那里面生活，我写这部书是为了更进一步。我写这部书就像患了一场病。你对这部书只把它看作我的思想的巧妙的新花样

---

① 纪德在《日记》的一些《散页》中写道："除了《地粮》是惟一的例外，我的所有作品都是讽刺性的；是批评作品。《窄门》是对某种神秘主义倾向的批评；《伊莎贝尔》是对某种浪漫主义的空想的批评；《田园交响曲》是对某种自我欺骗的批评；《背德者》是对某种个人主义的批评。"参见克洛德·马丹《纪德》，李建森译，三联书店2002年版，第174页。

② Cf, André GIDE, *Notices in Romans*, *Récits et Soties*, *Oeuvres lyriques*, Paris, Gallimard, "Bibl. de la Pléiade", 1958, p. 1512.

还是你明白我会为它丧命？我现在只重视作者险些为它丧命的书"①。纪德自幼为新教思想所熏陶，接受的是母亲的清教主义教育。新教道德要求信徒循规蹈矩、恪守传统、奉行禁欲主义。认为灵魂是纯洁的，肉体是污秽的，将灵魂和肉体对立。人是由灵魂和肉体构成的整体，因而在本质上肉体和灵魂存在不可调和的矛盾。如果说早年的纪德还可以在母亲的督教下暂时遵循新教道德，奉行禁欲主义，但潜伏的肉欲却不时冒出来干扰灵魂的纯洁，让纪德思想上产生深深的罪孽感。"我需要爱抚，我那被压抑的爱抚还没有落到任何人身上；它们分散在所有的人那里，我的爱抚是种搂抱；我本能地做出了拥抱的动作……；我被爱抚困扰。"②这种罪孽感让纪德渴求纯洁的爱，即向往灵与肉分离的精神恋爱。正如张若名的分析，纪德"身上存在着两种对立的生命"，"他对表姊纯洁的爱构成了天堂的那部分，而肉欲得不到满足引起的烦扰形成了地狱的那部分"③。但到了青春期，肉欲不停地躁动，难以控制，这加倍地折磨着纪德。因为尽管可以保持肉体的贞洁，但邪恶的梦想和罪孽感所引起的忧虑，却给纯洁的灵魂带来污垢。纪德开始质疑新教的道德："什么是纯洁的，什么是污秽的，我们不可能知道，这两种本质很微妙地连接起来，引起它的原因也相互混合：因为一方的震动会波及另一方。"④ 既然纯洁和污秽不可分离，那么灵魂和肉体的分离同样是不可能的。建立在灵魂肉体相分离的新教道德也在纪德心中失去了价值。而 1893 年和 1894 年的两次北非之行是纪德彻底抛弃新教道德，追寻个体价值，建立

---

① 《陈占元晚年文集》，人民文学出版社 2006 年版，第 152 页。

② André GIDE, *Les cahiers et les poésies d'André Walter*, éd. Par Claude MARTIN, Paris, Gallimard, 1952, p. 69.

③ 张若名：《纪德的态度》，周家树译，三联书店 1996 年版，第 20 页。

④ André GIDE, *Les cahiers et les poésies d'André Walter*, éd. Par Claude MARTIN, Paris, Gallimard, 1952, p. 52.

个人道德或"非道德主义"① 的实践。纪德在北非期间，称自己同保罗·洛朗在比斯克拉过的正是"背德者"的生活。他在寄赠《背德者》给雅姆时写了这几句话："一种难以忍受的焦虑使我心情沉重……你怎么不明白我憎恨我的思想？我耗尽精力同它斗争，而这种斗争本身使它更顽固。"② 这说明摆脱新教道德，不是一蹴而就即可完成的。要想废弃旧的道德，必须建立新的道德来取代它。否则像尼采那样只是一味质疑一切现存道德，而没有建立自己的道德体系，必然陷入绝望而疯狂。而《背德者》正是纪德建立自己个人道德的尝试。

病是主人公米歇尔践行非道德主义的契机。病在整部作品中的抛物线运动，将米歇尔同马塞琳娜的情感变化及其非道德主义的完善过程展示得异常清晰。病是一场生与死的激烈斗争。在斗争中，人开始思考生与死的意义。对生活的激情，对死亡的想象，内心生活的热烈和外部世界的死亡气息形成鲜明的对比，这构成米歇尔矛盾的两极。人在面临死亡威胁时，在强烈的求生欲望推动下，生理和心理都会发生超常的变化，米歇尔毫不例外。米歇尔以病为契机，或者说利用疾病，从而发现了生命的意义。纪德在致舍菲尔（Schiffer）的信中提到："人们批评我让主人公生病。我觉得，你也已经感觉到了，他承受病态非常重要；他并非一直如此——'肉体'（用新教的话说）得从远处就产生冲动以超越'规范'。"③ 透过裹在身上厚厚的涂层，即社会、文化、道德、宗

---

① 字典对 Immoralisme 的解释是：提出跟现行道德所接受全然不同的甚或完全相反的行动准则的学说。该词扩展义为：质疑道德价值并对其进行系统反驳的倾向；对已有道德的蔑视。所以该词包含有积极的因素在内，并非是 Immoralité 或 Amoralisme，后者则是完全不遵从任何道德准则。标题翻译为《背德者》并不太妥当，最好译为《非道德主义者》。Cf, Henri MAILLET, *L'immoraliste d'André GIDE*, Librairie HACHETTE, 1972, p.21.

② 《陈占元晚年文集》，人民文学出版社 2006 年版，第 152 页。

③ Cf, André GIDE, *Notices in Romans*, *Récits et Soties*, *Oeuvres lyriques*, Paris, Gallimard, "Bibl. de la Pléiade", 1958, p.1514.

教、家庭等加诸于人的衣装，让人失去了自我而不自知——发现了隐在这层衣装下的真正的自我。这个自我信奉自我中心主义，觉得一切让自我得到满足，无论是肉体上，还是智识上的满足，都是正当的，而且是首要的。他因此摆脱了一切道德的奴役，始终处于迎接任何邀请的状态，可以完全地实现自我身上的可能性。整部作品以米歇尔的病开始，康复展开，完全恢复达到顶点，呈上升曲线；而马塞琳娜的病出现在米歇尔健康状态最佳时，然后逐步加重，以致不治身亡，呈下降曲线。两者对比鲜明，呈一种对称结构，极富象征意义。也即是说，道德和生命是对立的。对于米歇尔来说，治好疾病，恢复健康，必须以牺牲道德为代价，采取一切极端的手段，与被接受的现行道德背道而驰。当非道德主义逐步完善，完全建立，米歇尔的健康也逐步康复，直至完全恢复。对米歇尔来说，非道德主义＝健康＝生命；对于马塞琳娜来讲，作为弱者的她，奉行的是弱者的道德，必将为丈夫马歇尔的"超人"或强人道德所消灭。她越是恪守自己的道德，生命力越是虚弱。超人道德将其渐渐损耗、削弱、直至吞噬。可以说，道德对于她是杀人的武器，她为自己所奉行的弱者道德所杀。对于马塞琳娜来讲，道德＝疾病＝死亡。

　　纪德在文中写道："对于那个自以为垂死的人，最悲伤的莫过于一个缓慢的康复期了。被死亡的翅膀触到以后，那些过去似乎重要的事情不重要了；别的似乎不重要的或者甚至不知道它存在的事情成为重要的了。"[1] 还说，"从文学的观点来说，幸亏得病，我发现文学常常关心一些无关紧要的问题而忽略了一些极其重要的问题"[2]。那对于纪德来讲，什么是"极其重要的"，什么又是"无关紧要的"呢？他在《伪币制造者》中借维德尔（Vedel）牧

---

① 《陈占元晚年文集》，人民文学出版社 2006 年版，第 158 页。
② 同上书，第 158—159 页。

师的儿子之口，道出了心中的苦楚：

> 你不知道最初的清教教育会把我们变成什么样。它在我
> 们心头留下的怨愤记忆难以磨灭……如果按我亲身经历
> 来讲。①

　　这份痛苦的记忆在纪德的心中还不仅仅是怨愤，甚至是刻在
他生命中无形的印记，潜入了意识的深层，成为无意识积淀下来。
一有机会，就会泛起，窜出来指责纪德，限制其肉体的快感，阻
碍其灵魂的解放。"那时我还想象不到，童年最初接受的道德是多
么紧紧地控制着我们，也想象不到它给我们思想留下了什么影
响。"② 纪德难以摆脱，他自己也承认这一点。"倘若没有基督教的
教育，没有这些联系，没有埃玛（Madeleine），没有它们引导着我
虔敬的心绪，我就写不出来《安德烈·瓦尔特笔记》、《背德者》、
《窄门》，也不会有《田园》等等，甚至连《梵蒂冈地窖》和《伪
币制造者》也不会有，为了对抗和反对……"③ 一句话，没有基督
教和埃玛，没有他们给纪德造成的苦痛，就不会有纪德的文学创
作。这正应了钱钟书先生在《诗可以怨》中的观点，诗人因"不
平而鸣"，好诗是"痛苦使然"、"发愤之作"，正所谓"蚌病生
珠矣"。④
　　米歇尔在大病之前，不知道什么叫生活。在被死神的翅膀触
碰之后，竟然还活着，他发现世界变得光明了。有了生活的意识，
在再次咯血时，米歇尔深感恐惧，因为他"开始热爱生活了"。

---

① André GIDE, *Les Faux-Monnayeurs in Romans*, *Récits et Soties*, *Oeuvres lyriques*, Paris, Gallimard, "Bibl. de la Pléiade", 1958, p. 1232.
② 《纪德文集》1，人民文学出版社 2002 年版，第 319 页。
③ André GIDE, *Journal II*：1926 – 1950, éd. Martine SAGAERT, Paris, Gallimard, "Bibl. de la Pléiade", 1997, pp. 280 – 281.
④ 钱钟书：《七缀集》，三联书店 2002 年版，第 115—132 页。

"我突然产生一种欲望，一种渴求，产生一种从未有过的强烈而急切的念头：活下去！我要活下去，我要活下去。我咬紧牙，握紧拳头，发狂地、懊恼地集中全身力气走向生活。"[1] 为了战胜疾病，享受以前没有发现的生活，米歇尔的心理发生了明显的变化。健康成为他的首要追求目标，而自小被灌输的清教道德悄然让位了。"自从患病以来，我的日子就不受审查和律法的限制了，如同牲畜或幼儿那样，全部心思都放在生活上。""只要对我身体有益的，就说好称善；凡是不利于治病的，全部忘掉丢开。"[2] 他拒绝马塞琳娜为他祈祷，声称靠自己救自己，免得事后报恩。实质上，米歇尔在拒绝宗教信仰，试图建立自己的"超人"信仰。当他健康状况逐步好转时，他的"超人哲学"开始萌芽，开始讨厌弱者。"那男孩身形瘦小，十分羸弱，乍一见，我产生的情绪不是怜悯，而是厌恶。"[3] 他的感官也开始苏醒，"从我幼年的幽邃中，终于醒来千百束灵光、千百种失落的感觉。我意识到自己的感官，真是又不安，又感激"[4]。他把自我的觉醒跟自然同化，"非洲这块土地"，"在冬季漫长的时日中蛰伏，现在苏醒了，灌醉了水，一派生机勃勃，在炽烈的春光中欢笑；我感到了这春的回响，宛似我的化身"[5]。他对从事多年的考古研究开始厌倦，甚至觉得渊博的知识成为了生活的障碍。他"已经变了"，讨厌"那种骇人的凝固、那种死一般的静止"，更喜欢"现时感"。他要剔除"知识积淀在我们精神上的覆盖层"，去发现"遮在里面的真正的人"，"鄙视经过教育的装扮而有教养的第二位的人"[6]。

根据弗洛伊德的精神分析理论，它将心理人格分为超我，自

① 《纪德文集》1，人民文学出版社 2002 年版，第 330 页。
② 同上书，第 331、344 页。
③ 同上书，第 336 页。
④ 同上书，第 337 页。
⑤ 同上书，第 342 页。
⑥ 同上书，第 344—346 页。

我和本我（也即伊底 id）。"超我"是一切道德限制的代表，是追求完美的冲动或人类生活较高尚行动的主体。超我置自我于其积威之下，以最严格的道德标准临之。同时，它是自我理想的代表，自我用它来衡量自己，努力实现它，力图满足理想的日益完善的严格要求。超我是父母教育儿童的模型，因此历代相袭，积为风俗传统。而本我则既无组织，也无统一的意志，仅仅有一种冲动为本能需要追求满足。它奉行唯乐原则，没有价值、善恶和道德观念，唯一的内容便是寻求本能冲动的发泄。它只能以自我为媒介跟外界发生交涉。自我是超我、本我和外界共同作用的对象。它既接受外在的刺激，也感受内心的兴奋。一方面因和外界接触而受其影响，另一方面又可为感受刺激的目的服务而使机体不受损害。它遵循唯实原则，保证本我较满意的安全和成功。自我代表理性和审慎，而本我则代表不驯服的激情。

那个"遮在里面真正的人"，"书籍、导师、父母，乃至我本人起初力图取消的人"，正是那个遵循"唯乐原则"，一味寻求本能发泄的"本我"。他所要逃避的恰是家庭、社会所沿袭的传统，"超我"所塑造出来的模型。他要摆脱这后天附加上的厚厚的涂层，露出新鲜的皮肉，来直接接触大地，感受自然。他不想做"第二位的人"，即奉行"唯实原则"的"自我"，委屈自己去保持家庭的清教传统。清教主义已经给青年纪德的精神和肉体带来了过多的禁锢，他迫切希望得到解放。米歇尔身上有纪德本人的影子，他渴望过没有任何律法限制的生活，可以放任自己本性的发展。自我欲望的实现和本能的释放成为他生活的目标，以自我为中心，建立起自我的宗教，奉行"强人"哲学。他的一段自白透露了这一心声：

　　老实说，我根本不思考，根本不会反躬自省，仅仅受一种造化的指引；怕只怕过分地贪求地望一眼，会搅乱我那缓慢而神秘的蜕变。必须让隐去的性格从容地再现，不应人为地培养。放任我的头脑，并非放弃，而是休闲，我沉湎于我自己，沉湎于事物，沉湎于我觉得神圣的一切。

　　……当时我惟一勉力坚持做的，就是逐个叱喝或消除我认为与我早年教育、早年观念有关的一切表现。①

　　早年过分浸染的禁欲主义观念限制了纪德的自由发展。哪里有压迫，哪里就有反抗。压迫越大，反抗越强。米歇尔的这种过激的反应，正是纪德所梦想的反抗方式。抛弃一切道德和传统的约束，露出"本我"的真面目，我行我素，自己成为律法的制定者，即"非道德主义者"。为表示追求新生的决心，米歇尔留起长发，剃掉了以前全部蓄留的胡子，"胡须纷纷飘落，我就像摘掉面具一般"②。他从此展示在妻子马塞琳娜面前的不再是昔日的米歇尔，而是着意掩饰、虚假的米歇尔表象。米歇尔病情完全康复的标志，便是为保护马塞琳娜，他制服狂躁的马车夫，并且当天夜里"完全占有了马丝琳（今多译为马塞琳娜）"。③ 这是他生命力量的最好体现，也是他们夫妻关系的顶点。而后，他不顾妻子的病体，逃出去同梅纳尔克会面，并将其视为自己的精神导师。梅纳尔克教导他以"乐趣"为行事准则，以"与众不同"为价值追求，以摈弃"道德意识"、抛弃"占有"、忘却"记忆"、保持"空乏"状态为幸福前提。他不愿满足于曾经的幸福，目光总投向未来的快乐。于是，他伙同他人损害自己庄园的利益，直至卖掉诺曼底的田产，追求无羁绊的自由生活。于是，他可以漠视马塞琳娜日益严重的病体，拖着她四处颠簸，甚至在妻子濒临死亡时，还跑到外面去寻欢作乐。终于，妻子被他的"强人道德"拖累而

---

① 《纪德文集》1，人民文学出版社 2002 年版，第 346 页。
② 同上书，第 350 页。
③ 同上书，第 352 页。

亡，他的"非道德主义"杀死了善良弱势的妻子。马塞琳娜已经意识到了这一点，称"也许，这个学说很出色"，"不过，它要消灭弱者"①。

米歇尔的思想意识里没有"他者"，只有"自我"。一切以自我满足为中心，"有了欲念，紧接着就要追欢逐乐"。"他者"于他，就像非洲的白石子，"我把它们放在阴凉地儿，然后再紧紧地握在手心里，直到起镇静作用的凉意散尽。于是，我再换石子，把凉意耗完的石子放去浸凉"。这种极端的自我中心主义、享乐主义，即"非道德主义"并没有给米歇尔完全的解脱，也没有使他得到想要的幸福。因为他所面对的是生活的虚无，感到需要"赋予生存以意义"；"我解脱了"，但"我有了这种无处使用的自由，日子反倒更难过"②。可见，纪德所塑造的米歇尔是把他推至极端的"背德"境地，借助这一人物形象来试验"非道德主义"的后果，从而避免自己走上这一道路，不至疯狂。看来，抛却灵魂，背弃道德，一味追求肉体的放纵，并不能带来圆满的幸福。纪德必须继续他的追寻，追寻灵与肉在"自我"身上的和谐。

阿莉莎—热罗姆

出版于 1909 年的《窄门》是继《背德者》之后纪德的第二部叙事作品。这部作品使用单线的叙事结构，故事情节并不复杂。表姐弟阿莉莎和热罗姆都出身于富有的新教家庭，从小是青梅竹马的伙伴，共同接受了严格的新教教育。热罗姆无意间撞见了阿莉莎的秘密：她有一个行为不端的母亲，阿莉莎背上了沉重的精神负担。热罗姆对表姐的爱情从此升华为一种混合了同情、怜爱、

---

① 《纪德文集》1，人民文学出版社 2002 年版，第 410 页。
② 同上书，第 422 页。

崇敬的复杂感情,想在婚姻中实现他们的幸福。阿莉莎虽然也爱热罗姆,却一直拒绝热罗姆的求婚。面对母亲不端行为的罪孽,她觉得自己必须担负起赎罪的重责,倾向于放弃人间的幸福,倾向于实现某种与自己的幸福相对立的美德。先是在发现自己的妹妹对热罗姆的感情后,宁愿牺牲自己的幸福而成全他人,而后又宁愿放弃尘世的幸福而追求天国的永生。最后,阿莉莎抑郁而终,留下的日记向热罗姆、也向读者展现了她心中的矛盾和痛苦。一方面,母亲的无德让阿莉莎内心充满了罪恶感,对尘世的幸福采取逃避、拒绝的态度;另一方面,她所遭受的痛苦使她更加坚定了自己的新教信仰,她对上帝的虔诚最后发展到一种近乎迷狂的克己和苦修。对尘世幸福的无望和心死,只能寄望于缥缈的天国。阿莉莎自己禁绝了通向人世幸福的道路,她不仅牺牲了自己的幸福,也葬送了别人的幸福。

　　纪德在接受采访时承认,从《背德者》到《窄门》,这两部作品虽然相隔多年,但两部作品的主题却同时在脑中孕育,像孪生姐妹般齐头并进。"这两部作品在我的头脑里是双双酝酿出来的。我之所以能够写出头一部作品,是因为我始终确信要写另一部,尽管相隔几个年头。它不仅在成熟,而且已经成熟了,只是缺少把它写出来的时间。"① 正如纪德常做的那样,后一部作品常是对前一部作品的反拨,是前一部作品的解毒剂。米歇尔在《背德者》中抛弃道德,一味追求肉体的放纵,成为十足的"背德者";而《窄门》中的阿莉莎,却始终恪守清教道德,拒斥欲念,放弃一切人世的享乐,一心向上帝靠拢,努力进"窄门"。前者痛恨戒律的束缚,表现为恣意的背弃;后者恐惧戒律的威力,表现为绝对的遵从,甚至自加砝码,作茧自缚。二者都走向极致,追求绝对,形成鲜明的对比。某种程度上来讲,阿莉莎是米歇尔的另一极,

---

① 《陈占元晚年文集》,人民文学出版社 2006 年版,第 161 页。

是另一种将道德绝对化的"唯德者"。人能否通过灵肉分离，最终实现极乐至福呢？灵与肉到底有没有相融的可能性呢？

　　熟悉纪德生活的人会注意到，同《背德者》一样，《窄门》这本书的材料很大程度上是自传性的，阿莉莎和热罗姆同玛德莱娜和纪德具有平行关系。为了写作阿莉莎和热罗姆的故事，纪德从童年生活中最隐秘的材料中汲取素材。他不仅借用了自己与玛德莱娜一起度过童年时代的诺曼底地区，特别是居韦维尔的花园，甚至还有通向小矮树林的"秘密的门"——窄门的原型，而且与玛德莱娜的谈话内容，与她的通信，甚至连她的日记都一一进入了作品中。玛德莱娜惊世骇俗的母亲和遭妻子背弃抑郁而终的父亲，她同纪德早年的宗教追求，还有她对纪德的感情，在作品中都有充分的再现。于是有人认为，阿莉莎的原型就是玛德莱娜，热罗姆便是纪德。这样的等号可以画上吗？

　　当然，文学创作不是对自然和生活的简单描摹和再现。纪德赞同"'真'不是现实，必须创造现实和重新虚构现实"的说法，认为"永远不要比着自然作素描、画画"[1]。在回答让·德莱关于玛德莱娜是否为阿莉莎的原型这一问题时，纪德答道，"不是的，有很长一段时间我以为她是阿莉萨（今通译为阿莉莎），但她不是。"[2] 稍作停顿后，他又补充道，"但是她成了她"。在另一处他的回答更加斩钉截铁："我书里的阿莉莎根本就不是她。我描绘的不是她的肖像。""认为我在《窄门》中描绘了她的肖像的人犯了极大的错误，在她的品质中绝没有强制和极端的成分，她身上的一切只求悄然、温和地成长。"[3] 刘珂分析认为，阿莉莎既是玛德

---

　　① 《陈占元晚年文集》，人民文学出版社2006年版，第162—163页。

　　② 参见艾伦·谢里登《安德烈·纪德——一个现实生活中的伟大人物》上，刘乃银译，群众出版社2003年版，第277页。

　　③ André GIDE, *Et nunc manet te.*, in *Souvenirs et voyage*, Paris, Gallimard, "Bibl. de la Pléiade", 2001, pp. 1124 – 1125.

莱娜又不是玛德莱娜，因为"阿莉莎代表了一种生活方式、一种对宗教和道德的态度"。在此意义上，他认为阿莉莎还是纪德，以及一切有着相同的宗教背景，以进"窄门"为己任的灵魂。"纪德之所以对阿莉莎这个人物形象倾注了这么多的热情和心血，正是因为阿莉莎代表了他人格中的一部分。"①

阿莉莎早年的新教教育和家庭环境葬送了她本该有的幸福。新教道德观念认为，灵魂纯洁，肉体污秽，主张克己、苦修，以达到纯洁的境界。不幸的是，她母亲吕西尔行为放荡，招引情人，最后抛弃了她可怜的父亲和孩子们，同情人私奔而去。这给阿莉莎心灵中留下了深深的创伤，她为母亲制造的罪孽而痛苦，这无形中成为她日后感情生活的心理障碍。而同样出身于新教家庭的热罗姆受的是类似的禁欲主义教育，这让一对青梅竹马的年轻恋人心心相印，他们身上的清教影响愈加深入。热罗姆无意间撞见吕西尔舅妈的不端行为，碰到了惊慌失措、泪流满面的阿莉莎时，他便雄心万丈，决定担当阿莉莎的保护者的角色。"这一刹那决定了我的一生。……我无法表达新的内心的激情，然而我将她的头搂在胸前，将嘴唇贴在她的前额上，我的灵魂从两唇之间溜了出去。我充满了爱情和怜悯，充满了一种模糊的感情。我竭尽全力向上帝呼吁，我愿意献身，我要保护这孩子不受恐惧、邪恶和生活的伤害。我的生命除此以外别无所求。"② 热罗姆一往情深，要充当受伤的阿莉莎的庇护人，在母亲过世后想同表姐结婚。然而，阿莉莎追寻的却是灵魂之爱，德行之恋。像安德烈·瓦尔特一样，阿莉莎在爱情面前也感到苦闷和彷徨，但她渴望的是灵魂与肉体分离的爱，是柏拉图式的精神至上的恋爱。从内心深处来讲，她是深爱表哥热罗姆的，但出于对世俗幸福的恐惧和对天国之爱的

① 刘珂：《从〈窄门〉到〈梵蒂冈地窖〉看纪德对基督教问题的批判性思考》，《国外文学》2006年第3期，第80页。

② 《纪德文集》2，人民文学出版社2002年版，第14页。

向往，她拒绝了表哥的求婚。她渴求的是"在上帝身上交融"的爱。她苦守着那神秘的天国向往，刻意同热罗姆保持距离，过苦修的生活，努力接近上帝，挤向那窄得容不下两人并行的"窄门"。"由于你，我的朋友，我的梦想上升到那么高的地方，以致任何人间的满足都会使它跌落下来。""啊，主呀！别很快给我幸福！教会我将我的幸福推迟，推后，一直推到您面前。"① 最后，在幻想破灭后，她孤寂地死在修道院中。

在我们为阿莉莎悲苦的命运欷歔不已，为新教戕害生命愤怒难抑时，有没有想过这样的问题：热罗姆和阿莉莎真是心心相印的一对吗？或者说他们彼此相知，只因为宗教无形力量的阻隔才没能让他们幸福结合吗？我们细读文本时会发现，他们最终没有走到一起，热罗姆负有很重要的责任，他在爱情面前，在心爱的女人面前，表现得过于怯懦，极端被动。他们最后一次见面的场景，充分表现了这一点：

> 我们又来到菜园的小门前，刚才她是从那里出来的。她转身对我说：
>
> "再见了！不，别再往前走。再见吧，我心爱的人，从现在开始了……最美好的。"
>
> 她瞧了我一会儿，既留我又推我，她伸出双臂，手搭在我肩上，眼中充满了难以形容的爱意……
>
> 一听见门重新关上，一听见她拉上门闩，我便靠着门跌倒在地。我绝望已极，待在黑夜里长久地流泪和抽泣。
>
> 可是，留住她，撞开门，不择手段地闯进那座不会对我关闭的房子，不行，即使今天回忆起整个往事来，我也感

---

① 《纪德文集》2，人民文学出版社 2002 年版，第 97、104 页。

到……不行，这在我是不可能的。①

阿莉莎的日记更直接地透露了这一切：

> 可怜的热罗姆！要是他知道有时他只需做一个小小的动作就好了。我有时等待他这个动作……
>
> 还是孩子的时候，我就已经愿意为了他而变得漂亮。现在我发觉我正是为了他才"追求完美"。但只有离开他才能达到完美。啊，上帝，您的这个教导使我的心灵无比惶惑。②
>
> 要是他求婚的话，幸福就在那里，在身边……伸手就能抓住……③

然而，正是这个"小小的动作"的缺乏，让阿莉莎一步步地远离热罗姆，远离世俗的幸福，走向神秘的天国，走向永远也到达不了的窄门。我们知道阿莉莎心头有对父母婚姻不幸的阴影，有对爱情的犹疑，必须要有外力的介入，才能消除她心头的不幸记忆。比如说，如果热罗姆主动示爱，大胆的接近，温情的呵护，让她对感情生活产生信任感、安全感，在俗世的爱情中体味到幸福、满足，可能双方会有美满的结局。但是，热罗姆放任阿莉莎的神秘主义追求，不加干涉、阻止，甚而推动了这一倾向。如果说在《背德者》中，马塞琳娜没能在道德的斜坡上拉住米歇尔，阻止他滑向非道德主义，那在《窄门》中的热罗姆，他不仅不拉阿莉莎，反而推了斜坡上的阿莉莎一把，让她更快地堕入了神秘主义的深渊。

那是什么让热罗姆如此消极被动呢？我们分析至少有以下三

---

① 《纪德文集》2，人民文学出版社2002年版，第98页。
② 同上书，第107页。
③ 同上书，第109页。

点原因：其一，他的爱出于"同情"，而非内心的激情。这儿"同情"的概念有特殊性，它是纪德很重要的一种创作手法。张若名博士分析得很透彻，"出于同情，他人的感情能引起纪德强烈的共鸣，并活脱脱地被他化为己有。当人物的思想与感情不断化为己有，纪德也就让位于他了"①。热罗姆同样在阿莉莎面前让位了，它完全失去了自我，让自己的感情跟着阿莉莎走，丧失了自我的主体性。阿莉莎害怕社交，热罗姆便立即顺应，称"只要阿莉莎怕它，我便立刻憎恶它"；读书时，热罗姆选择的标准是"我根据她可能产生什么兴趣来决定我该寻求什么兴趣"②。其二，他的爱更多是奉献带来的快慰和成就感，而非爱本身的甜蜜。他在撞见舅妈和情人幽会，阿莉莎为此痛苦忧伤时，他决心要庇护她时，更多表现的是新教的奉献精神。"我竭尽全力向上帝呼吁，我愿意献身，我要保护这孩子不受恐惧、邪恶和生活的伤害。我的生命除此以外别无所求。"本来很想见表姐，却故意不见，"我没有设法去见表姐——这是出于骄傲。我想考验自己的决心（我已经下了决心），而且我认为，只有立刻远离她，我才更配得上她"。"学习，努力，行善。这一切我都在冥冥之中奉献给阿莉莎。我还发明了德行的最高情操：不让她知道我为她做的事。因此，我陶醉于一种沁人心脾的谦逊之中……"③ 其三，他的爱完全转化为对阿莉莎的膜拜，唯命是从。"对于美德的圈套，我是无法招架的。一切英雄气概使我晕眩，但又吸引我，因为我将它和爱混为一谈。阿莉莎的心使我陶醉在最冒失的热忱中。上帝知道我是为了她才力求更多的美德。"阿莉莎在信中透露了自己的真情、心境和失落。"是的，整个上午我情不自禁地找你，我的兄弟。我不能相信你果真走了。我埋怨你信守诺言。我想：他是在开玩笑吧。我走

① 张若名：《纪德的态度》，周家树译，三联书店1996年版，第19页。
② 《纪德文集》2，人民文学出版社2002年版，第39、43页。
③ 同上书，第14—15、17页。

过每片灌木丛，都想你会从后面出来吧。可是没有，你真的走了。谢谢你。"①在她的内心，她多么渴望正常的激情之恋，渴望同热罗姆在一起，得到恋爱中的女人应有的温存。"能将德行与爱情合为一体的心灵该是多么幸福啊！有时我怀疑，除了爱、尽情的爱、越来越深的爱以外，还有别的德行……可是有时候，唉！德行似乎只是对爱情的克制。怎么！我竟敢把心中最自然的爱慕称作德行！啊，迷人的诡辩！貌似有理的劝诱！幸福的骗人幻影！""上帝呀，您知道我需要有他才能爱您。""上帝啊，把他给我，我就把心给您。上帝啊，让我再见见他吧。"② 可见，阿莉莎并不是一个禁绝人间烟火、绝情冷酷的女人，不幸的是，她碰上了热罗姆，一个匍匐在她面前的崇拜者，他给不了她应有的爱。得不到世俗的爱情、激情之恋，那只能指望于天国，只能到虚无神秘的上帝那儿去寻求慰藉。

　　可悲的是，热罗姆和阿莉莎都属于消极型的恋人，都在等待对方的积极主动。以为相互理解，实则难以心有灵犀，他们各自沉浸在自己理想的世界中。热罗姆认定，"对于未来，我寻求的与其说是幸福，不如说是争取幸福的那番无限的努力，我已经将幸福与德行合二为一了"③。阿莉莎对幸福的追求同样是虚无的，只能是无限的接近，而不是真正得到。"我现在自问，我期望的到底是幸福还是超幸福的进展。啊，主呀！别很快给我幸福！教会我将我的幸福延迟，推后，一直推到您面前。""不，热罗姆，幸福不是我们满足。热罗姆，它不应该是我们满足。这种其乐无穷的满足，我不能把它看做真实的。……真实的！啊！上帝保佑它不是真实的！我们生来是为了另一种幸福……"他们的爱不是体现在行动中，更多地表现在思想中，在精神世界里，在相互交流的

---

① 《纪德文集》2，人民文学出版社 2002 年版，第 82—83 页。

② 同上书，第 107、113 页。

③ 同上书，第 16—17 页。

一封封信笺中。"通过书信，……我们已经把我们的爱情所能期望的纯洁的快乐全部耗尽。"① 阿莉莎在给热罗姆的信中写道。

阿莉莎和热罗姆的爱情实质乃是一种爱的幻象，他们所爱的不是真正的有血肉的人，是一种被拔高的幻影。阿莉莎在信中写道："告诉你我不愿再给你写信了……一封告别信……因为我终于感到，我们全部通信只是一个大大的幻影，我们每人只是在给自己写信，唉，而且……热罗姆！热罗姆！啊！我们仍然相距遥远！"② 热罗姆的自白同样印证了阿莉莎的想法，"啊！她说对了！我珍爱的只是一个幽灵。我曾爱过的，我仍然爱着的阿莉莎已经不在了……如果说我曾逐渐地将阿莉莎拔高，将她视为偶像，用我所爱的一切来装饰她的话，那么，除了劳累以外，我的心血还留下了什么呢……我刚一放开她，她便落到原先的水平上、低级低水平上，我也回到这个水平，但却不再爱她了。啊！我靠自己的力量将她推上高山之巅，又为了寻找她而凭借德行努力攀登，这一番使人筋疲力尽的努力是多么的荒谬和虚幻啊！如果我们爱情不那么骄傲，它就会轻易得多……可是，从此坚持一种无对象的爱情，那又何苦呢？那只能叫顽固，而不是忠实。忠实于什么？忠实于错误。承认自己错了，难道这不是最明智的吗？……"③

这种虚幻的爱对双方来说都是悲剧性的。阿莉莎在寂寞无望中，继续自己的神秘之旅，最终孤身死在修道院中。而热罗姆也独自一人，活在对昔日恋人的回忆里。灵与肉的分离，压制肉体，追求纯精神的爱看来同样没有出路。正如刘珂的分析，纪德通过对阿莉莎的描写，实际上揭示了他从小所受的新教教育中最危险的一面：为了上帝而放弃自己。最后纪德让阿莉莎死去，实际上象征了对这种危险态度的批评和摒弃。纪德还得重新上路，探寻新

---

① 《纪德文集》2，人民文学出版社 2002 年版，第82—83、104 页。
② 同上书，第76 页。
③ 同上书，第93 页。

的灵肉和谐交融的道路。

牧师—吉特吕德

　　写于 1918 年的《田园交响曲》是一部日记体叙事作品,分两册,第一册故事讲的是一位已婚乡村牧师收养、教育并爱上一个叫吉特吕德的盲女孩;第二册故事讲的是盲女孩眼睛治愈复明后,发现自己错恋牧师,实际爱的是其子雅克,最终因不堪忍受自己犯下的罪过而投河自尽。这部小说是纪德创作中的一个重要里程碑,意味着他思想的一个重要转折。在某种程度上,他得到了自己一直追寻的灵肉和谐交融的爱情。表面上看,反映的是他身上两种宗教传统的冲突,表现的是作者对失乐园原型的无意识刻画。而深层上看是他同牧师儿子雅克·阿雷克谢一段幸福生活的记忆,是他对玛德莱娜纯洁爱情的背叛。在作品中,尽管结尾处表达了他的忏悔,但实际上纪德将走上为恋童癖辩护的道路。

　　《田园》的构思其实可以追溯到很远,1893 年在同保罗·洛朗赴非洲旅行前,他就同其谈到了这本待写的书的主题。但真正有确切文字材料记载的是 1910 年的一则日记,他在日记中透露想给《目盲者》[①] 写篇前言,内容概括如下:

　　　　如果说新教徒是排除天主教徒的基督徒,那我就是新教徒。我只承认罗马教义为正统而绝非其他教义。如果新教,无论是加尔文派还是路德派,想强加给我它的教义,我还是走向罗马教义,把它作为我唯一的选择。新教教义,这几个字对我没有任何意义。我不接受任何权威,如果要我接受某

---

　　① 《田园交响曲》并非这部作品的初始名,最初纪德用的是阴阳性模糊的《目盲者》(L'Aveugle),直到 1918 年 6 月 8 日才改用含义丰富、诗意盎然的现名(La Symphonie Pastorale)。

种权威，这会是教会的权威。

　　但我的基督教思想只归属于基督。在我与他之间，我把加尔文或圣·保罗作为两块反面的镜子。啊！要是新教懂得立即抛弃圣·保罗该多好呀！准确说来，加尔文站在圣·保罗一边，而不是基督一边。①

　　这篇日记说明纪德一直在思考宗教教义冲突的根源，他更偏向于因信成义，反对解经。认为要直接同上帝对话，感悟基督教的真义，而不是妄加揣测经文。"福音书是一本简简单单的小书，应该简简单单地读它。不是解释它，而是接受它。它无须注疏，人类任何阐释他的努力只能使它晦涩难懂。它的对象不是学者；科学造成了理解它的障碍。凭借贫乏的头脑才能登堂入室。"② 为此，他甚至打算写一本题为《反基督的基督教》，以驳斥圣·保罗对基督真义的歪曲，剔除保罗思想还原基督教纯洁的面目。所谓反基督的基督教，即是圣·保罗同基督对立，使徒书信同福音书的对立，教会同他们所宣扬的对立，也即道德同信仰对立，传统同未来对立，教条主义同思想自由对立。纪德试图在各种限制之外来重新理解基督，因为他认为这些都是圣·保罗附加的禁令。他所设想的福音生活是圣·保罗和教会之前的某种纯洁状态，既无条规亦无禁令，一切尽建立在对爱和个人意识的启示之上："不是律法，而是宽容。在爱中获得自由——并从爱走向某种美好而彻底的服从。……对我而言，过去没有律法，我活着；然而当戒律降临后，罪孽复活，我却死了。……假如人们承认法先于宽恕，难道人们就不能接受某种先于律法的纯洁状态吗？……啊！达到某种第二次出现的纯洁状态吧，

　　① André GIDE, *Journal I*: 1887 – 1925, éd. Eric MARTY, Paris, Gallimard, "Bibl. De la Pléiade", 1996, p. 637.
　　② 参见克洛德·马丹《纪德》，李建森译，三联书店2002年版，第139页。

达到这种纯洁而动人的极乐境界吧。"①

　　写作《田园》时的纪德不仅陷入了宗教危机，而且面临最紧张的夫妻感情危机。1916 年玛德莱娜无意中打开了盖翁给纪德的信，由此确信纪德的性取向和性趣味。其实在第一次同纪德的非洲之行时，玛德莱娜就已经注意到了纪德的癖好，不过当时只是一种猜测而已，没有得到证实。这给他们夫妻之间的关系造成了裂痕。更深的伤害来自于两年后即 1918 年，尽管玛德莱娜不乐意，纪德却执意带着由他监护的牧师儿子马克·阿雷克谢前往英国旅行。马克的父亲是纪德家的常客，便将儿子托付给纪德监护。纪德关心这孩子的教育和发展，渐渐爱上了这个孩子。在纪德的帮助下，孩子得到了全面的发展，并成为纪德式的人物。于是，马克成为"他的思想和肉体唯一的关注对象"，令他魂牵梦萦。对马克的爱叫纪德刻骨铭心，他似乎找到了《地粮》中描述的激情状态，"令人惊叹的充满的快乐。……我内心的天宇更加灿烂辉煌。……快乐、平衡和清醒。……幸福令人心醉神迷。我的快乐具有某种难以驾驭的、狂放不羁的东西，某种与任何规范、礼仪和律法无缘的东西。……我身上的一切在蓬勃生长，在震荡；我的心脏怦怦直跳；旺盛的生命力犹如哽咽一直涌到我的喉头。别的我全不知道了；这是某种不含任何晦义、没有任何约束的强烈冲击……"②这种融合了肉体和灵魂的爱，让纪德彻底放弃了一切道德禁忌和一直同玛德莱娜保持的纯洁的爱。这是他一直寻求的灵肉结合的爱，他的感情和肉体以特殊的形式同时指向了同一个对象，这使他难以抗拒和抵御自己激情的迸发，他不顾一切地投身于这特别的爱恋。但他不得不向玛德莱娜隐瞒自己的关注对象，然而又无法忍受在欺骗中生活，他无法面对自己的虚伪。"不得不

————————

　　①　参见克洛德·马丹《纪德》，李建森译，三联书店 2002 年版，第 140 页。

　　②　André GIDE, *Journal I*: 1887 - 1925, éd. Eric MARTY, Paris, Gallimard, "Bibl. De la Pléiade", 1996, p. 1033.

向她隐瞒使我感到厌恶。可是；有什么办法呢？……我无法忍受她的责备；而我又无法要求她赞同我感到不得不做的事。"① 动身去英国，实际上是逃离这一难堪的境地。在出发前的早上，他给玛德莱娜留下了一封近乎断绝关系的信。信中，他告诉她，自己再也无法同她生活在诺曼底，"我在那里腐烂……我所有的活力在那里消磨，我在那里死亡，而我想活下去，我必须活下去，而这意味着从那里逃走，旅行，见新的人，爱人们，创造！"在离开巴黎前往英国前，纪德称"我将离开法国，心中有难以言喻的痛苦，仿佛我是同整个过去告别"②。玛德莱娜在纪德离开后，将他们从少年时代起的通信全部付之一炬。纪德从英国回来得知这一变故后，心如死灰，万分伤痛。纪德创作《田园》正好跨越这一悲剧事件，而作品无意识间刚好反映了纪德所经历的这系列危机。如果我们深入文本，从字里行间可以发现纪德在作品中流露出来的潜意识，即失乐园情结。这反映了他当时的矛盾心境：一方面难以抗拒偷吃禁果的诱惑，另一方面又怀恋偷吃禁果前过去乐园般纯洁的生活。

　　失乐园是圣经《创世纪》中的神话故事。它讲的是上帝创造了万物后，用泥土照自己的模样创造了人类始祖亚当。为了排遣他的寂寞，上帝就用亚当的一根肋骨造了夏娃，给他做伴。上帝将他们安排在伊甸园中，看管万物。他们过着无愁无苦的快活日子。后来，夏娃被蛇所诱，同亚当偷吃了禁果。最终，上帝将他们逐出了伊甸园，让他们世代过劳苦的日子。

　　失乐园的神话一直潜伏在西方人的思想深处，一代代的作家和哲学家都在讲述着类似的神话，如柏拉图的《理想国》、弥尔顿的《失乐园》、普鲁斯特的《追忆似水年华》。失乐园沉淀为西方

---

　　① 参见克洛德·马丹《纪德》，李建森译，三联书店2002年版，第156页。
　　② 参见艾伦·谢里登《安德烈·纪德——一个现实生活中的伟大人物》上，刘乃银译，群众出版社2003年版，第371—372页。

人的"集体无意识",成为强大的原型力量,不断地在文学作品中得到再现。失乐园之出现,有两个根本原因:其一,人受了蛇的语言蛊惑;其二,人吃了分辨善恶树上的果子,有了智慧。蛇的诱惑让人受到鼓励,开始质疑上帝,进而产生违抗上帝"不可吃,不可摸"的禁令的冲动,破坏了人和上帝之间的和谐;吞下肚子的分辨善恶树上的果子"明亮了"人的眼睛,开启了人的智慧,人有了羞耻感,成了"如上帝之人",最终导致人和上帝的对立。而这两个原因之间具有直接的因果关系,蛇的语言诱惑促成了人的觉醒,人的行动,人的分辨善恶。蛇蛊惑人心最厉害的武器是打着维护上帝的招牌,以貌似虔诚的态度,来诱导人怀疑上帝的善心,进而产生憎恨上帝、违抗上帝、超越上帝的冲动。

　　　　蛇对女人说:"上帝岂是真说,不许你们吃园子所有树上的果子吗?"
　　　　女人对蛇说:"园中树上的果子,我们可以吃;惟有园当中那棵树上的果子,上帝曾说:'你们不可吃,也不可摸,免得你们死。'"
　　　　蛇对女人说:"你们不一定死,因为上帝知道,你们吃的日子眼睛就明亮了,你们便如上帝能知道善恶。"①

　　蛇的语言诱惑是原罪的源头。因为在此之前,人表现出来的是对上帝的无限忠诚和绝对顺从,充分展现了被创造物的物性,不会思考,没有意识,"赤身露体,并不知羞耻"。人的灵与肉还是处于统一的状态,因为"只有分裂的世界中才产生了羞耻"。"羞耻只是出于对人的分裂的知,对世界分裂以及对自己本身分裂的知。……羞耻是将我自己在另一个人之前掩饰起来的举动,为

---

　　① 朋霍费尔:《第一亚当与第二亚当》,朱雁冰、王彤译,华夏出版社2004年版。

了我自己的邪恶和为了他的邪恶，即为了我们之间出现的分裂而进行的掩饰"①。这时的人是快乐的，幸福的，世界对他没有任何的界限，一切都以满足本能的需要为目的。然而，不可否认，这种快乐和幸福是盲目的，是混沌的，因为人对自己和他者都没有基本的认知，只是无忧无虑的两足直立行走的动物。而一旦人听信蛇的谗言，偷吃了禁果——分辨善恶的知识之树的果子，人有了分辨善恶的智慧，有了羞耻感，即人的灵与肉出现了分裂，灵凌驾于肉之上，能对肉和自身进行思考，进而控制肉身的冲动。人同自然分离，一下挣脱了混沌的包围，冲出了物性的界限，具有道德感的独立的人，成了真正大写意义的人。由此，进一步抽象来说，即"知"（la connaissance）造成了人有意识地同上帝决断，人不再是上帝绝对顺从的物（l'objet），而是具有独立思维能力的主体（le sujet），这意味着人脱离了被创造物的物性，意味着人的第二次诞生，真正完整意义的"人"的诞生。荣格对此作了精辟的分析：

> 在圣经《创世纪》叙述中，植物、动物、人和上帝之间呈现出一种圆满，完全的和谐，这是天堂的象征。一开始万物就具有精神意义。在意识的巅峰时刻，圣经认识到了必然的原罪："你们便如上帝能知道善恶。"这种安排并非毫无缘由。对于思想单纯的人，违背禁令，打破原初由混沌意识组成的无边黑夜的神圣统一，播撒万物，开辟宇宙，这必然导致原罪。这是个体撒旦式地抗拒统一，是不和谐敌意地对抗和谐，是跟普遍同盟的决裂。②

① 朋霍费尔：《第一亚当与第二亚当》，朱雁冰、王彤译，华夏出版社 2004 年版，第 153 页。

② Cf. Heinz WEINMANN, *Gide ou le paradis perdu in La Revue des lettres modernes*, NO 374 – 379, 1973, pp. 71 – 84.

　　分析《田园》中主人公吉特吕德的成长历程,我们会发现盲女同牧师发生不伦之恋,语言的诱惑起了重要的作用,但最终将她推向死亡深渊的却是"知"的原罪。

　　个体、信仰和言语模式三者之间存在紧密的联系,它们相互影响,相互制约。福柯在《话语的秩序》中提出"陈述类型"这个概念:"教义将个体附着于某种陈述类型,同时禁止其他陈述类型;不过,教义反过来又借助某种陈述类型让个体相连,同时使这些个体与其他陈述类型相区隔。"①言语是内心思想的投射,是区分不同社会集团的符号。纪德极力想摆脱新教家庭强加于己的那种"循规蹈矩,墨守成规"的陈述类型,倾向于能宽松自由地解读基督,喜欢具有"胡格诺教徒的反抗秉性"的陈述类型。但他思想深处又不想完全摆脱这些禁忌,这种欲拒还迎的矛盾心理是"笼罩在他童年时代的新教氛围"造成的,成为他"内心冲突的根源"②。"他一方面渴望所谓'充实的生活',以传统道德颠覆者自居,否定作为社会道德基础的家庭,甚至肯定同性恋行为;另一方面他又总感到必须有什么东西来制衡或者平衡颠覆行为,而对平衡物的寻觅不期而然地把他带回传统,对'神圣的生活'表示肯定,对宗教对欲望的制衡作用流露出宽慰,甚至惊喜。"③

　　这在《田园》中得到突出的体现,首先表现在语言的悲剧上。语言的悲剧,有两个层面的含义。第一个层面,主要表现在牧师

---

　　① Michel FOUCAULT, *L'Ordre du discours*, Paris, Gallimard, 1971, p. 45.

　　② 克洛德·马丹在《纪德》中,特别强调纪德信仰新教的母亲朱莉叶对他童年的影响。她在社会生活和伦理道德方面墨守成规,家庭的气氛始终是自我克制和"理性"的。她对律法所包含的义务和禁令绝对遵循,对传统的自由反省极端恐惧。纪德在这个家庭中接受的是一种浸透道德教条的教育,这是造成纪德既反叛而又极度虔诚,内心冲突的根源。参见克洛德·马丹《纪德》,李建森译,三联书店2002年版,第5—23页。

　　③ 罗芃:《纪德文集》1,"总序",人民文学出版社2002年版,第10页。

刻意利用词语的"模糊性"自欺欺人。模糊性，也叫同音异义，指"几个根本不同的意义却对应于同一个发音的现象"①，或"指发同一个音的几个词意义各不相同，无论它的词形相同还是不同"②。比如"爱"这个词，在法语中无论是它的动词"aimer"，还是名词"amour"，发同一个音，但包含多个不同的意义。既可以指父母子女及兄弟间的亲情之爱，也可以是男女之间的激情肉体之爱，还可以指宗教之博爱、爱德。③ 牧师一开始可能是真的出于宗教的博爱，违背家人的意愿将吉特吕德收留到家中。尔后，牧师受马丁医生的启发，对吉特吕德进行启蒙教育，开启她的心智。当吉特吕德由"表情冷漠迟钝"、"面孔麻木"、"心灵愚顽"的状态转而对牧师的启迪有所回应时，牧师欣喜无比："吉特吕德的最初几次微笑使我无比欣慰，百倍补偿了我付出的辛劳。""……我看到这张雕像般的面孔开绽一丝微笑，在我简直是看到了天使的笑容，是的，我实在要这么说，我的孩子中没有哪个的笑容会使我这样心花怒放。""……看到吉特吕德脸上突然出现天使般的表情，我有一种勾魂摄魄的感觉，因为我认为这个时刻占据她内心的不全是智慧，还有爱。于是我心潮澎湃，感恩的心情那么强烈，我在她的美丽的前额印上一吻，像是我奉献给上帝的。"④ 如果说最初收留吉特吕德的出发点是宗教之博爱，很明显，从这儿开始宗教之博爱就在悄然滑向男女之间的肉欲之爱。牧师此时

---

① Dictionnaire encyclopédique des sciences du language de O. Ducrot et T. Todorov, Seuil，1972，pp. 303 – 304.

② Le Petit Robert，Paris，Dictionnaires LE ROBERT，2001.

③ 希腊语中有三个不同的词来表达三种不同的爱：erôs、philia、agapê，它们分别指上帝对人的爱、人对上帝的爱和人类之间的爱。法语中的charité（仁爱，爱德）来源于拉丁语caritas，而caritas是七十士在把《旧约》中的agapê 翻译成拉丁文的《新约》时用的词。Cf. Henri MAILLET, *La Symphonie pastorale d'André GIDE*, Librairie HACHETTE，1975，pp. 86 – 87。

④ 纪德：《田园交响曲》，马振聘译，译林出版社2002年版，第848页。

可能心里自知而不愿意相信，不愿意承认罢了。自此，他开始戴上了"伪君子"的面具，自欺欺人，悲剧已经注定，牧师的爱走上了不归路。他同吉特吕德几乎形影不离，带她听音乐会、聊天、散步、教她弹钢琴，而这一切"给自己的孩子还从没做过呢"。牧师一次碰巧撞到大儿子雅克在吉特吕德身边时，看到儿子"拿起她的手引导他的手指如何放在琴键上"，他便醋性大发，"我惊讶和难受的程度就是对自己也不愿承认"。回家后，以父亲的身份训斥儿子："我才不愿意看到吉特吕德的纯洁灵魂给你扰乱"，"……你听我说：吉特吕德由我照管，我一天也不能忍受你跟她说话，你碰她，你看见她"。① 从这一段话中，局外人都知道，倘若牧师没有私爱，他该为儿子高兴，至少也该觉得正常。但他的训斥不像父亲对儿子说的话，更像受到情敌威胁的一方发起的愤怒反击。牧师越陷越深，想方设法将情敌儿子赶离吉特吕德，将妻子的好心提醒形容为"阴阳怪气"、"故弄玄虚"。说明牧师一方面执著于对吉特吕德的肉欲之爱，另一方面又以宗教的博爱来说服自己爱的正当性、合法性。在吉特吕德向他表白"牧师，您知道我爱的是您…… 牧师，您说，您觉得这不好吗？"，牧师还在自欺欺人，"爱决不会是不好的"。并且为自己辩白"而我深信不疑的是我爱她如同爱一个残疾的孩子。我照料她如同照料一名病人，——我把命运的卷入当做一种道德责任，一种义务"②。

在 5 月 19 日夜的日记中，牧师将上帝的仁慈之爱、上帝的律法抛之脑后，一心扑进肉欲之爱，清晰地宣告爱的"模糊性"旅程的终结。"我长时间把她搂在怀里。她没有做一个动作表示反抗，她向我抬起头，我们的嘴唇合在一起了……"③

牧师走过的历程正如纪德在《〈伪币制造者〉日记》中对"伪

---

① 纪德：《田园交响曲》，马振骋译，译林出版社 2002 年版，第 858—859 页。

② 同上书，第 867、869 页。

③ 同上书，第 880 页。

君子"吕西安的描述，"人们所说的'伪君子'，……就是那种感到需要使自己相信有理由去做想做的一切的人；就是那种让自己的理由为自己的本能、自己的利益——这是最坏的——或为自己的革新效劳的人。只要吕西安不竭力去说服别人，他就还只是半个坏人；这是虚伪的初级阶段。不过，你们注意到了吗？吕西安的虚伪日甚一日。它是他构想的虚假理由的第一个牺牲品。最后，他竟相信，是这些虚假理由在引导他的行动，而事实上，是他使这些理由屈从，并牵着理由的鼻子走。真正的伪君子是再也发现不了谎言，真诚地撒谎的人。M 说吕西安'完全相信了自己的表象'"①。我们不敢肯定牧师的撒谎是否真诚，但他至少"完全相信了自己的表象"，以假当真，刻意利用同音异义的"爱"，来掩藏自己的动机，来欺骗有着"纯洁灵魂"、"天真无邪"的吉特吕德。

　　如果说由于语言的能指漂移、游弋、不确定，"能指被无限放纵，使所指常常处于似是而非的境地"②造成了这起悲剧，那往深层探究，我们会发现更是牧师的宗教"唯言论"造成了这出"爱"的悲剧。这是语言悲剧的第二个层面，也是纪德创作这部作品着意表现的主题。③ 皮埃尔·拉菲耶在博士论文《小说家纪德》中也指出了这一点："无辜的牧师是宗教唯言论的受害者。从他口中流出的话语都好像是神的授意或指引，没有自己真诚的思考。词语代替了思想。"④ 牧师把自己一切行动的法则建立在基督的"言"

---

　　① 克洛德·马丹：《纪德》，李建森译，三联书店 2002 年版，第189—190 页。

　　② 张新木：《论〈田园交响曲〉的结构》，《外国文学评论》1998 年第 2 期，第57—66 页。

　　③ 纪德在《日记》的一些《散页》中写道："除了《地粮》是惟一的例外，我的所有作品都是讽刺性的；是批评作品。《窄门》是对某种神秘主义倾向的批评；《伊莎贝尔》是对某种浪漫主义的空想的批评；《田园交响曲》是对某种自我欺骗的批评；《背德者》是对某种个人主义的批评。"参见克洛德·马丹《纪德》，李建森译，三联书店 2002 年版，第 174 页。

　　④ Pierre LAFILLE, *André Gide romancier*, HACHETTE, 1954, p.163.

上，以基督的"博爱"陈述类型为武器对抗保罗"禁欲"的陈述类型。他利用《福音书》中的词句，自我宽慰，自我辩白，进行攻击和自卫，也常常因《福音书》中的词句感到恐惧。正如儿子雅克指责他在《福音书》中找"迎合我的内容"，做有利于己的阐释。牧师以筛选的基督圣训教育吉特吕德，掩藏了的真实、丑陋和罪恶，导致她被幻象、美好、爱所蒙蔽。她的"幸福"建立在"无知"的地基上，正如沙上垒塔，必有崩塌的一天。为说服家人收留吉特吕德，牧师郑重其事地称"我领回了这头迷途羔羊"①。当阿梅莉指责他，"你给她做的事，给自己的孩子还从没做呢"。牧师用的又是《圣经》的比喻，"人要欢庆回来的孩子，却不是常和你一起的孩子"②。他把自己同儿子雅克冲突解释成是对福音书的不同解读，而意识不到他们事实上的情敌关系才是根由。他声称"我读遍福音书，徒然寻找命令、威吓、禁戒……这一切都只是来自保罗"，指责雅克这一类人"感觉不出基督的一字一句都体现了独一无二的神意"，"放弃了自由，也不容许其他人有自由，希望用强制手段去得到别人准备用爱来给他们的东西"③。他用保罗的著作攻击雅克，说是"我只能用他的武器来攻击他"。并称"我凭着主耶稣确知深信，凡物本来没有不洁净的；唯独人以为不洁净的，在他就不洁净了"，以此论证他同吉特吕德爱的纯洁，而倘若别人觉得他们的爱是不洁的，反倒成了思想卑下不洁的人。

　　　① 参见《路迦福音》第十五章，失羊的比喻。耶稣说："你们中若谁有一百只羊，有一只走失了，便不把九十九只撇在旷野，尽力去寻找那迷失了的呢？……天上的父也是一样，若有一个罪人悔改，他的欢喜便胜过了因九十九个无须悔改的义人而生的欢喜。"

　　　② 参见《路迦福音》第十五章，浪子的比喻。父亲便说："儿啊！你常和我在一起，我一切所有的，不都是你的么？只是你这兄弟，是死而复活，失而复得，所以我们正应该欢喜快乐呀！"

　　　③ 纪德：《田园交响曲》，马振聘译，译林出版社2002年版，第871页。

以基督的另一圣训，"你们若瞎了眼，就没有罪了"[1]来宽慰自己同吉特吕德的不伦之恋。在小说的最后一页，牧师为摆脱内心的不安，求助的还是基督的"言"——阿梅莉念的"主祷文"，但似乎他并没有得到拯救，因为他的心"比沙漠还要荒"。纪德可能是要暗示，自由解读教义是危险的，对宗教"唯言论"提出了批评。张新木认为"人物之间的对抗关系实际上反映了人们对教义理解上的分歧，特别是纪德本人在这个问题上的矛盾态度"[2]。

牧师同吉特吕德爱的悲剧，可以说是语言诱惑的悲剧。吉特吕德被牧师的语言所诱惑、蒙蔽；而牧师又被"爱"的模糊性所迷惑，为宗教的圣训所笼罩，放弃思考，以词代思。语言只是人类借用来传递思想的符号工具。但倘若把传递思想的符号当成了思想本身，人自身就失去了思考的能力，成为语言的奴隶，必然造成现实与符号相混淆，悲剧的发生也就难以避免了。

维吉尔有一句名言："不知其恶，何等幸福。"人要么是真的不辨善恶，故不知其恶，或者是对恶采取鸵鸟政策，视而不见。无知便成了幸福的源泉，"知"变成了痛苦的深渊。《田园》正是对这句名言最好的注解。日记的前后两册形成鲜明对比，第一册集中展示的是无知的幸福，第二册刻画的是分辨善恶后灵魂的折磨，知的痛苦。由"无知"走向"知"，盲女吉特吕德从天堂堕入地狱，为身体的成长和心智的成熟付出了生命的代价。

牧师收养盲女吉特吕德后，就用心开启她的心智。尽管第一步异常艰难，遭到头脑还处于混沌状态的盲女的顽固拒绝，得不

---

[1]　参见《约翰福音》第九章，心里明亮的瞎子的比喻。耶稣说："我为了将来的审判而到了这个世上来，我叫不能看见的，睁开眼睛看见了；能看见的，反倒瞎了眼。"这时有法利赛人路过，他们听见耶稣的话，就站下来责问他："难道我们也瞎了眼吗？我们分明什么都能看见的。"耶稣对他们说："你们如果瞎了眼，就没有罪了；但如今你们说'我们能看见'，所以你们的罪还在。"

[2]　张新木：《论〈田园交响曲〉的结构》，《外国文学评论》1998 年第 2 期，第 57—66 页。

到"情"的回应,牧师感到"绝望"和"后悔",但终究工夫不
负有心人,盲女对他绽开了天使般的笑容。随后,作者极力刻画
盲女吉特吕德的独特感受力和奇妙的想象力。她听到鸟的"啾啾
鸣声",便说"这些小生命的唯一功能就是感觉和表达大自然中到
处遍布的欢乐";她听了贝多芬的《田园交响曲》后,很久保持沉
默不语,"仿佛入了迷还没有回过神来",声称"我没有眼睛,我
认识到听的幸福";在阿尔卑斯山散步时,听到牛群脖子上的铃
声,她说"铃声也在描绘风景";她还用绝妙的想象,用诗的语言
给牧师描述眼前并不存在的野地百合花,"像是火红的小钟,蓝色
的大钟,洋溢着爱的芬芳,在黄昏的风中摇摆。您为什么要对我
说我们面前没有呢? 我感觉到的! 我看到草地上都是!"她还给牧
师描述眼前迷人的田野风光,有"像书一般打开的色彩斑斓的大
草地",有草地的"文字"——"龙胆花、银莲花、毛茛花,美丽
的所罗门百合花","母牛戴着它们的项铃来认字……"以致牧师
感叹:"有眼睛的人是不知道看的人",甚至怀疑眼睛的"残疾对
她是不是个优点"[1]。这恬静美丽的田园风光和无忧无虑的田园生
活展示的是没有道德禁忌,没有善恶区分,是一个"唯美"的花
园,是一块无"知"的乐土,是一首"盲"目的颂歌,是一曲生
命的礼赞。牧师同吉特吕德的爱悄然舒展,彼此心知,正如初恋
时的那种朦胧,有无限遐思的空间。他们心中此时只有爱,只有
充溢的幸福。盲女目"盲",不辨善恶、不知恶;牧师知善恶,但
把自己的头埋进宗教的爱德中,视而不见。他们的爱印证了"不
知其恶,何等幸福"。这是日记的第一册,是"序曲"及"和谐的
田园曲"[2]。

---

① 纪德:《田园交响曲》,马振聘译,译林出版社 2002 年版,第 849、852—853、
865—866 页。

② 张新木:《论〈田园交响曲〉的结构》,《外国文学评论》1998 年第 2 期,第
57—66 页。

日记的第二册由单纯的自然美转到了道德伦理方面，他们的爱势必遭遇暴风雨的洗礼。

吉特吕德渐渐意识到自己幸福的缘由，"我从您这里得到的幸福都像是由于无知而得来的"。她开始了自己对生活的思考，表明她在主动求"知"，不满足于被动地接受，是盲女主体觉醒的标志。当牧师宣布："……吉特吕德，每个人都知道我爱你。"她就问："阿梅莉姑妈知道这件事吧；我不知道有没有使她不开心。"她开始关心别人的感受，开始关心自己的行动是不是伤害了别人，是不是不好的。她坚定地向牧师宣告："……我不要这样的幸福。您明白我的……我不在乎幸福。我宁可要知道。有许多事，当然是悲哀的事，我看不见，但是您没有权利让我蒙在鼓里。……"①她对"知"的渴求超过了由"无知"换来的幸福的渴求，这其实是她内心对光明的呼唤，她渴望用自己的眼睛去发现，而不是被牧师有选择地告知。她开始不满足于对美的虚幻想象，更想能知道真相，辨别善恶。当她眼睛复明，看到了真相，知道自己爱所造成的恶时，她选择了死亡。"吉特吕德的自尽，在于她同时用复明的'明'目看到了一个美学上比她'盲'目想象中更美的世界，但道德上却更丑的一个世界。"②临死前，她跟牧师吐露心曲：

　　当你们让我恢复视力时，我张开眼睛看到的是一个我从未梦想到那么美的世界；是的，真是这样，我没有想到白天那么亮，空气那么晶莹，天空那么辽阔。不过我也没有想到人的额骨那么突出；当我走进你们的家，您知道吗，首先让我看到的……啊！我还是应该跟您说的：我首先看到的是我们的过错，我们的罪。不，请不要争辩。您想一想基督那句

---

① 纪德：《田园交响曲》，马振聘译，译林出版社 2002 年版，第 877—878 页。
② Henri MAILLET, *La Symphonie pastorale d'André GIDE*, Librairie HACHETTE, 1975, p.61.

话：　'你们若瞎了眼，就没有罪了'。可现在，我看得
见了……①

眼睛复明后，应该说，吉特吕德会有更大的勇气和激情继续
生存下去，因为她看到的是"她从未梦想到那么美的世界"。然
而，人是有思想和感情的动物，她不能仅是自然美的被动反应物，
她还必须是知道分辨道德善恶的灵性的人。"知"——思维的辨析
能力——将人同动物分离。所以，吉特吕德的自杀，不仅仅是因
为看到牧师有皱纹的老脸，错把对年轻漂亮的雅克的爱放在牧师
身上所造成的视觉冲突，更是因为她看到自己的错爱对牧师夫人
阿梅莉带来的感情伤害，知道自己的无知酝酿了"原罪"。她无法
正视目明后所见世界的丑恶，无力承受内心道德和宗教信仰的谴
责，她碰到了"to be or not"的难题，最终选择了回归目"盲"状
态——死亡，那个黑暗无光的世界——，让自己飞向"天国"。这
是日记的第二册，作品的后半部分，是"起伏的田园曲"
和"终曲"②。

文中一切的罪可以归结于目"明"（la vue），而一切的幸福又
基于目"盲"（la cécité）。"明"目洞察世间一切，既有正的一面：
真、善、美，也避免不了反面：假、丑、恶；"盲"目看不见这一
切，却可以将世间想象得更美、更善，对一切体察得更真切；对
于假、丑、恶却有"视"而"不见"的优势。所以，我们可以把
上面基督的话变换一个说法："你们若没瞎眼，就有罪了。"吉特
吕德说，"可现在，我看得见了"，言下之意，正是"我有罪了"。
她在离世前不停地念叨，"罪又活了——我就死了"。这里，我们
可以建立一个等式，目"盲" = 无知 = 生命；目"明" =

---

①　纪德：《田园交响曲》，马振聘译，译林出版社 2002 年版，第 885 页。
②　张新木：《论〈田园交响曲〉的结构》，《外国文学评论》1998 年第 2 期，第
57—66 页。

"知" = 死亡。盲女吉特吕德在目"盲"时生命最富于激情、活力，令牧师和雅克如痴如醉地爱着。吉特吕德看不见自己占据姑妈阿梅莉的位置给她带来的痛苦，看不见"她的愁脸上那么深刻的悲伤"；她无法欣赏雅克"这个颀长柔软、又笔挺又灵活的身材，这个没有皱纹的额头，这个光明磊落的目光，稚气未脱的面孔"。她看不到自己爱的罪恶，看不到自己爱错了对象。"吉特吕德全身洋溢的美满幸福，来自她不知道什么是罪。她心中只有光明，只有爱。"①但面对现实，面对自己的罪恶时，她不堪心灵的痛苦，纵身跃进河流，到天国去等同雅克的结合。我们可以梳理出吉特吕德的整个生命轨迹：

目盲→无知→相爱→幸福→生命
→复明→知→分离→痛苦→死亡

我们可以从中看出吉特吕德由"无知"到"知"，由纯粹的美的感知向道德伦理的认知，以至到产生坚定的宗教信仰的生命历程。这并非自然状态的"无知"的过错，倒是伦理层次的"知"将她引上了不归路。

纵观《田园》整部叙事，盲女吉特吕德的成长历程就是《创世纪》中人被宠、受诱、违禁、堕落、被逐的艺术再现，呈现出"失乐园"的原型，隐现了纪德内心的宗教、感情冲突。

人之初，同万物相处极为融洽，其他万物是人的兄弟，人是万物中的一员，因为他们都是上帝用泥土造的。但上帝对人有特别的恩宠，他被吹入了上帝的灵气，是上帝之灵在地上的存在形式，是人之区别万物的唯一依据，成为人的本质。盲女吉特吕德作为"迷途的羔羊"被牧师收养时，正是原初人的状态，表现出

---

① 纪德：《田园交响曲》，马振聘译，译林出版社2002年版，第872页。

十足的被创造物的物性。"……这是个白痴；她不说话，也不懂人家说的话。……从早晨就在这个房间里了，可以说她没有动过一动。……好久以来没有开过口，开口只是为了吃和喝。""盲女像个没有意志的物体任人搬走。她的五官端正，还很秀气，但是没有丝毫的表情。""……身边蹲着这个没有灵魂的躯体，只是通过黑暗中体温的传递，我意识到这是一件生命物。""……这个可怜的残废人就发出奇怪的呻吟。绝对不是人的叫声，倒像小狗的猡猡哀叫。""……只要我们有意引起她的注意，她开始呜咽、号叫，像一个动物。我端起东西侍候她，用餐时，她收起小性子，扑了上来，贪吃的样子简直像只野兽"。① 在得到牧师教育之前的盲女完全是徒有人形的"野兽"，幸好人毕竟是被上帝恩宠的被创造物，躯体里有上帝的灵气，这保证了吉特吕德的可教育、可塑造，以至被宠、被爱。牧师对吉特吕德宠爱有加，经过他的不懈努力，终于让吉特吕德心智开启，此后她的"进步神速，令人目瞪口呆"。

当牧师逐渐爱上已开启心智、情思敏锐的盲女后，为了让自己心安理得地独享这份不伦之恋，圣言成了他的攻击利器。一方面利用"爱"的模糊性欺骗自己和盲女，另一方面用圣言攻击情敌——大儿子雅克。如同蛇对上帝的攻击，打着对上帝的虔诚的招牌，牧师则指责圣·保罗曲解了上帝之子基督的圣训，"我愈来愈看清，组成我们基督信仰的许多观念不是出自基督的原话，而是出自圣·保罗的注解"，"……在把基督同圣·保罗作比较时，我选择了基督"。实质上牧师不是选择了基督，而是选择了自由阐释基督信仰，选择"适合我的内容"来摆脱犯有原罪的阴影，寻找心灵的安慰。他只向吉特吕德展示生活美的一面、善的一面，

① 纪德：《田园交响曲》，马振聘译，译林出版社 2002 年版，第 838—840、844 页。

避免向她"谈起痛苦、罪恶、死亡"，让她生活在无知的幸福中。此时的牧师和吉特吕德曾度过一段田园诗般的惬意生活，彼此爱慕，融入自然，正如还没有偷吃禁果的亚当和夏娃，生活在伊甸园中，自足幸福。从灵的角度讲，还处在"赤身露体，而不知羞耻"的阶段，因为他们双方并没有真正的知——分辨善恶的知。知的完成还必须有雅克的协助，父子两人的合力才能导致吉特吕德完整的知，既知善，也知恶。正是雅克给她"读了《圣经》中我（吉特吕德）还没读过，您（牧师）也从不向我念的几个章节"①，吉特吕德才知道了还有"罪"的存在。

以虚伪的爱德为幌子，以曲解的圣言为诱饵，牧师诱使盲女吃下禁果，同自己发生了肉体的爱，双方完成了堕落的过程。盲女眼睛的复明，开启了爱向深渊坠落的闸门。上帝关于死亡的诅咒开始显示威力，"你们不可吃，也不可摸，免得你们死"。他们不但摸了，而且吃了禁果，彻底违背了上帝作为恩宠的禁令，被逐出伊甸园的命运也不可逆转。知的力量是可怕和强大的，盲女对自己给姑妈阿梅莉所造成的"深刻悲伤""忍受不了"，特别是对原罪的认知，将她推向死亡，"我以前没有律法是活着的，但诚命来到，罪又活了，我就死了"②。她投身于冰冷的河水，要洗清身上的罪恶，追寻失去的黑暗。

从以上的分析中，我们可以看到《田园》展示的是盲女吉特吕德生理上从目盲到目明、心智上从无知到知的成长过程，而结局却是盲女投河自尽的悲剧。目明和"知"带给她的并非全是快乐、幸福，更是痛苦、忧伤、甚至死亡，这一切都打上了知识之果原罪的烙印。无知是幸福的保证，得到上帝庇护；知是通向苦难的源头，上帝禁止知、诅咒知，知是人的最深的原罪。牧师和

①　纪德：《田园交响曲》，马振聘译，译林出版社2002年版，第871、885页。

②　同上书，第885页。

盲女同被逐出了伊甸园，因为知。盲女投河的举动，象征着她对回归混沌无知、无善无恶、无愁无苦的伊甸园的渴望。然而，回归的大门已经紧闭，上帝派人持剑把守在通往失去的乐园的路口。人是永远无法回归的，只能徒然地不懈追寻。纪德也在不懈地寻求身心的和谐，渴望摆脱内心宗教和感情冲突的痛苦。这种追寻因不可得更显凄美而温暖，因为乐园虽已失去，却生成永恒的梦想。

纪德如同牧师，他多么渴望玛德莱娜对他和马克的爱一无所知啊，哪怕是视而不见也好。然而，玛德莱娜由最初被隐瞒，生活在无知的幸福中，到后来得知了纪德爱的真相，她的眼睛亮了，目明了，知了，心却死了，如同盲女吉特吕德视力恢复后，看到了自己爱的恶，她也选择了自杀——将自己爱的结晶，所有同爱人纪德的通信付之一炬，杀死了过去的自己。马丁·杜伽尔在日记中记述了纪德对这一事件的供述：

　　“我不再有你的信。我把它们全都烧了。”我觉得自己正在死亡……但是，你要知道，那些信意味着什么。我从少年时就给她写信，我的少年被我生活中惟一的爱人所支配。我不在她身边的时候，没有一天不给她写信（这是夸张，特别是近几年）。那些信是我一生的宝藏，是我最好的部分：肯定也是我最好的作品……它们一下子没有了：我被剥夺了一切。我无法想象，当一个父亲回到家里，他的妻子告诉他：“我们的孩子死了。我杀死了它。”这个父亲会是什么感受。

　　“但是，为什么？”我问她，“你怎么能干出这种事？我们亲爱的爱情，我们过去的一切都被你毁了！被你？……”

　　可怜的家伙，她自己也遭受了巨大的痛苦。我一时无法为此责怪她。当她又一次独自一人，想到我就要远远地离她而去，这多么可怕，我双唇的一个微笑，我眼中的一丝快乐，都流淌着我们的爱情；当她读到我写的话，说我和她在一起就会腐烂，她肯定感到一切都完了。过去的任何东西都不要保留下来。她希望割断一切联系，让我过疯狂的，没有秩序的生活……于是，她把一切付之一炬。①

从此，纪德和玛德莱娜之间出现了一道鸿沟，彼此以沉默相对。玛德莱娜将自己更深地封闭起来，便一直留在居韦维尔隐居，让纪德一年中大部分时间在巴黎度过。他们之间这种厚重的阴云一直持续到玛德莱娜离世。纪德寻求灵肉结合的爱恋似乎实现了，尽管是以牺牲纯洁的灵魂之爱为代价。自此，少了对玛德莱娜的顾忌，纪德便更迫切地要公开自己的性取向，甚至大胆地为同性恋、爱恋童稚进行辩护，不再谨小慎微，不再害怕冒任何风险。

第二节　同性之恋：难言之爱的辩白

1916 年对纪德来说是精神最苦闷的时期。战争所带来的幽闭生活，特别是在"法比之家"救助所的工作，成天面对的尽是被苦难所扭曲的脸，让他倍感压抑和烦闷。同时，他还面临宗教改宗的危机，加之玛德莱娜从盖翁的信中，确知纪德不喜欢女人，有特殊癖好，加剧了他们夫妻感情的紧张。苦闷的心需要释放压抑的空气，战争的苦难需要心灵的避难所。于是，纪德萌生了写作回忆录的念头。其实这个想法，可以追溯到很远，早在 1894 年的北非之行后，他就向母亲打听过往自己的生活历程，以备将来作自传的素材，他觉得有必要跟自我和世人解释北非之行带给自

---

① 参见艾伦·谢里登《安德烈·纪德———一个现实生活中的伟大人物》上，刘乃银译，群众出版社 2003 年版，第 377—378 页。

已新生的感受。到 1897 年,这一打算更加明晰。他已经和朝思暮想的表姐玛德莱娜结婚,这样庆祝新生的方式也可以看做是面对妻子的辩护词。自 1915 年 12 月起,他就着手再现孩童时的快乐场景,以便在幸福的过去中给自己建一处避难所。这如同普鲁斯特创作《追忆逝水年华》,他借助艺术创作,借助心理时空的隧道,逃进了过去幸福的童年时光。心理时间的绵延,将眼前的苦痛迟滞了,延宕了生命的物理时间。借助文学创作,普鲁斯特品尝着幸福,暂时摆脱了病痛的折磨,延续了生命。

1918 年,纪德遭焚信事件给纪德以沉重打击后,承受着宗教和感情双重危机。伴随着混乱的思想和内疚的情绪,孩童时期手淫的恶习重新控制了他。这一可怕魔鬼将他折磨得精疲力竭。当年的日记里充满了痛苦的呻吟:"昨天,令人厌恶的再度堕落使我的身心濒临绝望、自杀和疯狂……西西弗斯的石头重新滚落到山脚下,他曾竭尽全力想把石头推上山顶,石头却带着他一起滚下。石头碾过他的身体,以它这致人死命的重量拖着他,再度把他抛进泥潭。怎么?难道他还要重新开始这种可悲的努力,直至生命的结束?"① 马丁·杜伽尔在日记中,也记下了纪德对他的告白,"我一旦呆在居韦维尔,便是过度的手淫,疯狂的手淫。你说我应该在那儿生活。我只要呆在那儿,亲爱的,我便腐烂"②。纪德于是给《回忆录》增加了新的使命,他要把创作这部作品视为赎罪的"苦行",当成自我救赎的工具。"主,我像孩子一样,像您曾希望我成为的那种孩子一样走向您。我放弃使我自傲而在您身边令我羞愧的一切。我洗耳恭听并向您献上我的灵魂。"③ 他准备像

① André GIDE, *Journal I*: 1887 - 1925, éd. Eric MARTY, Paris, Gallimard, "Bibl. De la Pléiade", 1996, pp. 967 - 968.

② R. MARTIN du GARD, *Journal II*: 1919 - 1936, Paris, Gallimard, 1993, pp. 272 - 273.

③ 参见克洛德·马丹《纪德》,李建森译,三联书店 2002 年版,第 139 页。

在上帝面前忏悔一样向玛德莱娜讲述自己，像是为个人做的精神锻炼，并没有想着要出版，因而 1917 年在给英国作家高斯的信中甚至一度把它称为"遗作"①。但 1920 年，纪德在《新法兰西评论》上发表了《如果种子不死》的片段，并且于 1926 年最终出版了这本自传。为什么他突然改变了主意，将"遗作"变成了在世作品，而不等到死后再发表呢？

　　要回答这个问题，必须回答另一个问题，即纪德为什么要写这部《回忆录》，或者说写这部《回忆录》的目的何在？马丁·杜伽尔在其日记中对此作了解释："他之所以写这部自传，他说，这是由于他觉得它最早的二十五个年头具有一种普遍的意义，远远超过一种个人遭际的重要性。""他承认他需要——是清教徒祖传的么？——总是对他的行为加以分析，加以说明，寻找它深藏的起因，证明它是正当的。并非为了证明他做过的事情做得对而得到满足；而是因为，既是这样，他的行止便不能够两样。"② 纪德自己也给出了理由，"我认为，与其因非本来面目被人爱，毋宁因本来面目被人恨。我坚信一生中最令我痛苦不堪的是撒谎。既然我不善此道并从中牟利，就让某些人去指责我吧。我确信他们的指责会使我感到快慰。我毫无怨意"③。

　　纪德迫切地"需要"发表《柯里东》和《如果种子不死》这两部为同性恋辩护的书，让人接受他本来的面目，但他身边的朋友都不赞成他进行这一冒险行动。他一生的挚友马丁·杜伽尔极力劝阻他："……这件事将把起决定作用的口实授予你的敌人，他们为数甚多。它将使你的三分之二的朋友离开你，——我指那些

　　① The Correspondence of André Gide and Edmund Gosse, New York University Press, 1959, p.130.

　　② 《陈占元晚年文集》，人民文学出版社 2006 年版，第 54 页。

　　③ 参见克洛德·马丹《纪德》，李建森译，三联书店 2002 年版，第 158—159 页。

只要你的私生活不张扬出去，多少是掩盖住的，只要保存住面子，就不会计较的那些朋友。但是一朝你不顾一切把你的私生活毫无顾忌地当众亮出去，他们就不得不表态，而他们将反对你。荒谬……你将在你的周围造成一种愤怒、不信任、充满流言飞语的氛围。"①

　　杜伽尔的担心并不是多余的，自《梵蒂冈地窖》发表以来就有极右翼的知识分子和天主教徒对他发起攻击，最为有名和有影响力的攻击来自名叫亨利·马西斯的批评家。他攻击纪德在法国文化中扮演"恶魔角色"。他强调不屑对纪德提出"风化诉讼"，像历史上对波德莱尔、王尔德、兰波等所提出的那种诉讼，而是像对卢梭提出的那种诉讼，即对一位"改革者"提出的诉讼。"纪德是一位改革者，因为，他的抨击指向人的整一性，指向灵魂动物的构造本身。"他认为真诚对于纪德来说，便是"拥有所有的思想，赋予这些思想以存在的权利"，因为纪德认为"我们自身的任何部分都不应被区别对待"，而这些思想正是从自身产生的。他攻击纪德摧毁了西方传统"人"的概念，即"那种我们承认其神圣的调节功能的一成不变的超验实在"，以个体自我的"多元"取代了"单一"。真理只有一个，谬误却难以数计。纪德鼓吹的真理的多样性，摧毁了欧洲基督教文明的根基，因为真理于他们便是上帝所给的统一。作为思想家的纪德，他的影响只能使已经分崩离析、日益瓦解的欧洲更加堕落。马西斯并不谴责纪德或他作品中人物的罪孽，而是指责纪德试图使这些罪孽合法化，进入"个人道德"中。② 面对"诽谤运动"，玛德莱娜从居韦维尔写信来表达自己担心："如果你无懈可击，我就不会担心得发抖，但是，你有懈可击，并且你知道这一点，而我也知道

　　① 《陈占元晚年文集》，人民文学出版社2006年版，第65页。
　　② 参见克洛德·马丹《纪德》，李建森译，三联书店2002年版，第167—169页。

这一点。"纪德对此的评论却是："有懈可击……我现在是，过去也是，只是因为她。现在我不在乎，我什么也不怕……"① 玛德莱娜曾是她极力保护的对象，是他心中最圣洁和温柔的部分，在某种程度上甚至是他心中的另一个基督，不想因为自己的牵连使她受到伤害。但自从 1918 年的夫妻感情危机爆发后，玛德莱娜把他们以前的通信全部烧毁了之后，纪德觉得自己"死了"，他们之间开始疏远，因为他觉得玛德莱娜把他从她的生活中勾销了。从此，少了玛德莱娜的障碍，他再也无所顾忌，可以"不在乎"、"什么也不怕"地讲出埋在心中的秘密，打破一直以来被谎言所掩盖的生活。纪德急切地宣称，"我等得够了。我必须满足一种内心的、比一切都更迫切的不可避免的要求！……我需要，'需要'，终于把这些我从青年时代，从童年时代就躲在里面的谎言的云雾驱散……我透不过气！"②

纪德这种迫切的需要，明显是受到了他所谓的"魔鬼"或"撒旦"的诱惑。他在同杜伽尔讨论《如果种子不死》时，谈到"我刚刚写到青少年时代，可是我已经遇到了棘手的困难……说来奇怪，亲爱的，假如我能借用基督教的术语，假如我敢于在我的叙述里面插入撒旦这个人物的话，一切都马上奇迹般地变得清楚明白、易于讲述、易于理解……事情的经过对我来说总是似乎魔鬼是存在的，魔鬼似乎经常介入我的生活里面……"③ 他认为"……他（魔鬼）已经寓居我身，但我尚未发现他"。既然承认了魔鬼的存在，从而"一切——一切无法解释、不可理喻的现象，（他）生活中的阴影——昭然若揭"④。他感到得到了魔鬼的激励：

---

① 参见艾伦·谢里登《安德烈·纪德——一个现实生活中的伟大人物》上，刘乃银译，群众出版社 2003 年版，第 421—422 页。
② 《陈占元晚年文集》，人民文学出版社 2006 年版，第 65 页。
③ 同上书，第 53 页。
④ 参见克洛德·马丹《纪德》，李建森译，三联书店 2002 年版，第 144—145 页。

　　对你来说是必然的事情怎么却不让你去做呢？同意将你无法放弃的东西称为必然吧。你无法放弃你最渴望的东西。同意不再将你无法放弃的东西称为罪孽吧。他补充说道：与其在自己的挣扎中徒耗精力，你不如仅同外界的阻力抗争，这样，你将获得巨大的力量。对于善于斗争的人，不存在打不破的阻力。干吧，学会最终战胜自己和你的体面吧。难道我没教过你在你的正派和纯粹是某种热情的延续中认出遗传习性，在你的廉耻感中发现怯懦和拘谨，在你的品行中看出放任自流多于坚定果敢吗？[①]

　　魔鬼教导纪德要不顾廉耻、不要体面、放任自己品性的发展，肯定自身的倾向，满足自己的欲望。哪怕这一切被冠上罪孽的头衔，也要坚决地战胜自己的怯懦，果敢地同外界抗争，消除阻力，做自己认为必然的事情。对纪德来说，他要做的必然的事情，就是道出自己同性恋的倾向，并且要找出其深藏的根由，证明其正当性。也就是说，纪德想更直白地供认，而不是像以前的叙事作品只是隐晦地涉及同性恋，让读者去猜想。要让他的供述具有可信性，他自然想到了运用自传这一文体。根据菲力浦·勒热讷关于自传的定义[②]，我们可以总结出自传的三大特点：一、作者和叙事者必须具有同一性；二、作者要完整地展现自我；三、通过总结性的陈述，叙事要覆盖作者整个一生。自传体裁的特点给他提供了便利，它可以明晰地、无所遮掩地向世人宣告自己的性取向，可以不再被谎言压得吐不过气。但是读过《如果种子不死》的读

---

　　① 　参见克洛德·马丹《纪德》，李建森译，三联书店2002年版，第145—146页。
　　② 　勒热讷在《自传契约》中给自传下了新的定义：当某个真实的人以自己个人的经历，当中强调个人的生活，特别是关于其人格形成的历史用散文体写成的回顾性叙事作品，我们称之为自传。Cf. Philippe LEJEUNE, *Le pacte autobiographique* (Nouvelle édition augmentée), Editions du Seuil, 1996, p. 14, p. 173.

者，可能要大失所望，因为除了满足第一个条件外，纪德的这部所谓的自传跟卢梭的传统标准自传《忏悔录》毫无关系。他既没有遵从按时间为线索来安排叙事的节奏，更不用提总结性的陈述和涉及完整的个人生活。整个自传到二十五岁他同埃玛订婚就戛然而止，而且前后两部分的篇幅也大相径庭，关于童年、少年的第一部分安排了九章，而第二部分仅有两章。很明显，他认为生命早期的历史对形成他后天的品行具有决定性的作用，可以很好地解释第二部分他在非洲的解放和新生，这正是他的刻意安排，符合他的新教传统。他展示给读者的只是他的侧影，甚至是模糊的影像。他故意使用复杂的陈述，把同一事件反复渲染，把自己的童年描写得过为阴暗。从前面四章的开头和结尾用词，我们可见一斑。

　　记忆中我童年时代的心灵却阴暗、丑恶、忧郁。（第一章开头部分）
　　我意识的第一道闪光，一道稍纵即逝、尚十分朦胧的闪光，不足以穿透我所滞留的幼稚状态的浓重黑暗。（第一部分结尾）
　　在我周围，我身上，惟有黑暗。
　　我还处于沉睡状态，仿佛还没有出世。（第二章结尾部分）
　　我一直生活在（如果这称得上生活的话）前面描述过的半沉睡和愚拙状态。（第三章开头部分）
　　我被黑暗重重包围，没有任何迹象让我揣测何处可接触一线光明。（第四章结尾部分）①

────────

① 纪德：《如果种子不死》，罗国林译，北京十月文艺出版社2005年版，第1、18、36—38、73页。

好斗和攻击性的性格、智力的愚钝、庸师的误导，特别是手淫的恶癖，将纪德的童年笼罩在厚重的黑暗中。黑暗的背景是为了迎接他生命中"天使的介入"。这位天使的降临，如同舞台上的追光灯所照亮的绝美主角，有了黑暗背景的衬托，更加耀眼夺目。玛德莱娜在读者的眼中无形间变成了带给纪德阳光和希望的天使，甚至成了基督，她流在纪德脸颊上的泪化成了基督的口水，让天生的瞎子睁开了眼。[①] 纪德如同荷兰版画大师伦勃朗，对黑暗、阴影的运用达到了极致。从纪德对他最为尊敬的俄罗斯作家陀思妥耶夫斯基写作手法评析中，我们可以看出他对暗影的偏爱：

　　　　陀思妥耶夫斯基是在作画，其中首先重要的是光的分配。光来自唯一的光源……而斯丹达尔、托尔斯泰的小说里，光是不变的、平衡的、漫射的，一切物体都以同等方式被照亮，人们从各个方向都能同样看见它们，它们没有暗影。但是在陀思妥耶夫斯基的书中，如同伦勃朗的画中一样，最重要的是暗影。陀思妥耶夫斯基将他的人物与事件汇集起来，用强光照射，光只从一面照耀他们，因此每个人物都沉浸在暗影中，都以暗影为自己的支撑。[②]

　　纪德的强光也只从一面照射，落在表姐玛德莱娜身上，落在童年和少年的自己身上。我们看不清暗影中他们的面目。但我们可以感受到他那被阴影笼罩的童年的痛楚，以及这童年在他幼小的心灵上留下的难以抹去的伤痕。为此，他心里总有负罪感、压抑感。我们从而也会明白他对阳光、对光明的渴望。非洲的明媚

---

　　① "我没有立刻明白她正伤心，只是感到她的热泪落在我面颊上，我双眼才突然睁开了。"参见纪德《如果种子不死》，罗国林译，北京十月文艺出版社2005年版，第76页。
　　② 《纪德文集·文论卷》，桂裕芳、王文融、李玉民译，花城出版社2001年版，第278—279页。

阳光和无拘无束的生活，照亮了他的心灵和眼睛。非洲之行于纪德，便是挣脱黑暗，挣脱束缚，生活在阳光和自由下的象征，是他生命的新生。也就是说，从整个文本来看，第一部分和第二部分形成的也是鲜明的明暗对比。这一明暗对比，不仅是从自然层次的光影、对比来进行环境描写，更是从心理层次的光影反射来塑造丰满的人物形象。矛盾聚于一身的纪德连自己也不清楚身上有多少对立之处。矛盾，偏于逃避的性格，总爱躲在幕后，躲在暗影中，这也是他人格上的明暗对比，暧昧不明。光与影的相互驱逐和融会，正适合他多变，"不可捉摸的普罗透斯"形象。

写作《如果种子不死》时的纪德是很矛盾的。一方面要供认，说出真相，以终结谎言与虚伪；另一方面，他又要保护自己的隐私，不愿把自己的完整面目暴露给世人，对当前的自己盖棺定论。他讨厌固定、封闭和单一，偏爱变化、开放和不定。因此，他不可能在自传中展示自己清晰的正面像。纪德在写作自传时，刻意使用模糊的表达，使他的文本具有多重解释的可能性，成为开放的文本。1921年在完成《如果种子不死》的第二部分后写的日记中可以很好地揭示他的态度：

　　我在读圣伯夫（笔记）时发现这样的字句多让人欣喜呀："古罗马人在他们使用的语言中并不讨厌出现某种泛义，某种意义的含糊，稍许的晦涩……你们可以按自己的意思来理解，他们讲的好像不止一件事情，你既可以这般理解，也可以按临近的意义那般理解。——有某种程度的自由选择——主要的意义绝对不排除它种意义。"（我着重强调这一句）。在这一点上，我为自己很有拉丁味而感到快慰。[1]

① André GIDE, *Journal I*: 1887－1925, éd. Eric MARTY, Paris, Gallimard, "Bibl. De la Pléiade", 1996, p.1129.

　　"拉丁味"便是语意含混、意义多重，便是表达效果的模糊性。纪德运用复杂的陈述行为，加上语义的含糊，塑造出自我模糊的影像，让那些抱着窥探传主隐私的人失望而归。纪德还运用另一种写作手段，即"过量的写作"，聚焦于某一点，反复交代，用语言的外衣将自己裹得严严实实，窥视者只能隔着厚厚的衣衫去臆测，想象他身体的隐私。纪德如此写作自己的《回忆录》可谓用心良苦。他在《如果种子不死》中主要目的是供认，一旦这一目标达到，便故意露出自传写作的问题破绽。他不仅没有提供自传应有的总体性，而且连短短的前期生活也是"犹抱琵琶半遮面"。这恰恰反映了他的写作原则：绝不能在一部作品中展露自己的全貌。理解纪德，必须阅读整个纪德，即所有他的作品。

　　现在，我们可以来回答文初的那个问题：纪德为什么没有等到死后才发表自己的《回忆录》？自传对于纪德，他看中的是它的"承诺"意义。他写出来的不仅仅是文本，更是在表明一种态度，展示一份证词，表现一种行动。勒热讷在《纪德和自传空间》一文中分析认为，"纪德之所以选择写自传，尽管这并远非他的初衷，首先是因为在特别的一点上即性生活上，这是唯一能够终止谎言和虚伪的手段。他在自传契约中所看重的是契约的承诺价值。写作和发表自传在他眼中既有作品意义也有行为的意义。"[1] 他是为活人而写，当然要活着的时候发表，哪怕这会带来"丑闻"。我们甚至可以说，他希望产生"丑闻"效应[2]，他要做这丑闻的见证人。他不希望自己的自传死后被家人伪饰、"美化"。对"遗作"

----

　　① Philippe LEJEUNE, *Le pacte autobiographique* (Nouvelle édition augmentée), Editions du Seuil, 1996, p.173.

　　② 马丁·杜伽尔在日记中称，纪德不听朋友的劝阻，坚持要发表《如果种子不死》，陷入了某种狂热中。"在他目前的狂热中，他已准备好牺牲一切⋯⋯他听凭他所说的'志趣'行事；他的牺牲越大，他的神秘的乐趣越使他着迷⋯⋯"参见《陈占元晚年文集》，人民文学出版社2006年版，第66—67页。

的恐惧和不信任①，让《如果种子不死》注定要完成后立即发表。勒热讷指出，"对遗作的放弃恰好跟放弃自传的根本要求，即全面的展示和总揽性的视野相对应。这一放弃绝不是牺牲或出错，而是特意的选择。很不幸纪德没有被写作一部完全的自传的审慎要求所阻止：他选择了这些局限，而且很明智地运用这些局限，把他的自传变成了一个特殊的文本。通过这一文本，供认完成了，而事情却没有定论"②。

纪德的童年、少年是阴暗、压抑的，肉欲是被禁绝的。然而他在非洲同梅莉姆"正常化"努力的失败，不是没有结出果实的，至少他发现"这行不通"。相反，同性恋的经历，让他终于发现了自己的自然倾向，"现在我终于找到了自己的正常状态。这里不再有压抑、匆忙、暧昧，我所保留的回忆没有丝毫灰色。我的快乐是巨大的……我的快乐没有不可告人的想法，不会产生任何后悔。"过去的禁欲生活，他要坚决抛弃，他要追寻肉体的放纵。过去的死亡，正好给他带来了"真正的新生"。"是的，我跨进了崭新的生活，彻底欢迎和彻底抛弃的生活。"③爱恋童稚也似乎有了新的理由。他要新生，要死去转向新人，年轻的有生命力的人，这是他的欲望对象。在这新的幼小的生命身上，他获得了第二次生命。

倘若自传《如果种子不死》是纪德为自己爱恋童稚写的自白，那么《柯里东》则是为同性恋进行辩护的第一本严肃的研究著作。

---

① 纪德在回答安鲁什的采访时讲到，"我说过，我重复讲过，我不大信得过作者死后出版的作品。……常常家人和朋友们会找到很好的理由，改变、掩饰、洗涮死者的面目，我要使歪曲我面目的行为不能得逞"。"我非常害怕这种美化死者形象的要求。"参见《陈占元晚年文集》，人民文学出版社2006年版，第220页。

② Philippe LEJEUNE, *Le pacte autobiographique* (Nouvelle édition augmentée), Editions du Seuil, 1996, pp. 178–179.

③ 纪德：《如果种子不死》，罗国林译，北京十月文艺出版社2005年版，第203、225页。

纪德一生都特别看重这一部书,在他心目中始终是"最重要的作品"①。但读者可能觉得奇怪,这部充满说教、论证武断的作品怎么会被视为他最重要的作品呢?纪德一开始就表明了自己的立场:

> 因为我希望向大脑而不是心灵说话。因为我不想争取可能与宽容相去不远的同情。……看看律师的手段吧,他竭力将委托人的罪行说成是受情感驱使。我绝不想效法。我宣称这本书是经过慎重考虑写出来的,并让它给人这样的印象。激情应该在写作之前,充其量只能在书中加以暗示;尤其不能让情感成为这部作品得到宽容的理由。我绝不想通过这本书使人怜悯;我只想让人难堪。②

他更看重的是这部书的"行为"意义,而非它的艺术和文学价值。纪德发表《柯里东》这部当时惊世骇俗的作品,出于他的天性,对真诚的苛求,对道德义务的发展和对真理的追求,体现的仍是新教的真精神。早在1918年,纪德就写到,他不再感到有任何必要写这本书。就他本人而言,他找到了"一个现实的解决办法",这个"问题"不再折磨他。如果他继续"不合时宜"地写这本书,这是因为他认为这本书可能对别人有用处。纪德说的"重要"不是指写得好,有艺术价值。事实上,这是"最不成功的作品",但是,这是"能否成功至关重要的"一本书。所有的书都是人世间的行为,也是具有文学文本性的文本。《柯里东》这本书,从而既是"文本",更首先是"行为",这就解释了它为什么

---

① 纪德在1942年末的突尼斯日记中写道,"《柯里东》对我来说,仍然是我的书中最重要的作品。"他在晚年接受电台节目采访时回答提问"……您继续认为这部作品(《柯里东》)十分重要么?"时称,"重要之至,人们逐渐意识到。"参见《陈占元晚年文集》,人民文学出版社2006年版,第220页。

② 参见克洛德·马丹《纪德》,李建森译,三联书店2002年版,第160—161页。

取得了巨大的成功——商业上的畅销，同时为纪德赢得了意料之外的巨大声誉。纪德从此走出文学这个小众圈子，成为被大众熟知的公众人物，被誉为在世的最伟大的作家。战后，他成为饱受战争创伤、传统价值失落、倍感迷茫但具有反抗精神的一代青年的心灵导师，成为他们追求真诚和纯洁时的楷模。

实际上，《柯里东》的发表纪德并非没有顾虑，倒是颇费了一番周折。1908 年，他就写了开始的两个对话。1911 年，他将开始的两个对话和第三个对话前面的三分之一合在一起，私下印了一个小版本，总共才印了十二册，但一直都锁在抽屉里。朋友们规劝纪德放弃此书的写作，而对玛德莱娜反应的顾虑成为出版的主要障碍。同时，纪德还考虑到公众利益，担心会"扰乱秩序"，因而将这本书"锁在深闺人未识"①。战争结束后，同马克关系的飞速发展，同时，特别是在焚信事件之后，给这部书带来了更加鲜明的个人色彩，加速了书稿的完成。1918 年全书第一次完稿，并且到了可以考虑出版的程度。1920 年初，出于谨慎，纪德（匿名）印刷了二十一册限量发行的版本，仅在朋友间流传。这样，在见到正式的版本之前，书的存在已广为人知。他可以据此判断公众对此的反应。1924 年，《柯里东》最终出版问世。

这本书由四组对话构成，即虚构的叙事者"我"和多年未见的老朋友柯里东的系列对话，间夹"我"的评论和叙述。"我"被当成纪德的替身，成为同性恋的质疑者，而柯里东却是公开的同性恋，认为同性恋乃人的自然倾向，并且正在写一本名为《捍卫爱恋童稚》的书。"我"问柯里东，"那你敢出版这样的东西吗?""不敢"，柯里东承认，"我不敢。"② 纪德通过娴熟的纹心结构，将这本我们正在阅读的书变成了谈论"真正"的书的地位，当然

① André GIDE, *Corydon*, édition augmentée, Paris, Gallimard, 1924, pp. 13 – 14.
② Ibid. , p. 21.

这本书中之书,纯属虚构。这一双重的虚构,"我"和"纹心结构"将纪德加了双重的保护,同时,最终柯里东成为辩论的胜利者,也让公众更容易信服同性恋乃"自然倾向",并非"反自然",并非"病态"反应。第一个对话余下部分,柯里东向"我"透露了发现自己同性恋本质的痛苦过程。他怀着宗教般的感情爱着欲结婚的女人,但发现自己肉体上的无能。而未婚妻的弟弟却迷恋着他,但柯里东却对此不甚明了,这导致了迷茫少年的自杀。

第二个对话主要从自然历史的角度讨论同性恋。他列举了许多科学权威,如达尔文、布封等,主要目的是从自然的角度论证同性恋的普遍性。许多物种中同性恋的存在是因为雄性多于雌性,而雌性的"性本能"又受季节性的影响。雌性在季节性的发情期外对性缺乏兴趣,而雄性却始终有性的需求,这必然造成雄性性需求得不到满足。于是,雄性之间相互满足。从而,性从物种的延续转向了个体的嬉戏。

第三个对话主要是从历史、文学和艺术的角度继续讨论同性恋。同性恋不仅出现在艺术灿烂的古代文明中,如公元前5世纪的雅典,也出现在文艺复兴时期的佛罗伦萨、伊丽莎白时代的英国,甚至在崇尚阳刚之气的尚武社会,如斯巴达、罗马帝国和现代德国。罗马帝国的"神圣军团"就是由清一色的青年男子组成,战斗力惊人,威震四方,成为英雄主义的典范。爱恋童稚对道德进步和社会发展并无危害,它反而促进了社会的进步,因为它升华和纯洁了人们的精神境界。

第四个对话概括了前面讨论的内容,主要讨论爱恋童稚在伦理上的合法性。柯里东认为,青年期的男孩性本能处于飘移不定的状态,没有焦点。这个时候,如果有一位年长的成熟男子来做他的导师和教育者,特别是以希腊式的爱情将其带入成年期,必定比布鲁姆在《婚姻的责任》中鼓吹的已婚女性或妓女更有优势,也更利于男孩的成长和智力的发展。

　　出于殉道的牺牲精神，出于为真相正名的热望，出于对虚伪的厌恶和对真诚的追求，纪德为同性恋撰写了《柯里东》这部论著。幸好，他没有遭受王尔德的悲剧，堕入地狱，反而成为"当代的重要人物"，这必须归功于弗洛伊德对性的深入研究和战后弗洛伊德主义在大众中的传播和普及，特别是大作家普鲁斯特在文学创作中大胆地打破禁忌，其几部作品都涉及这一"不敢说出其名字的爱情"，像"性欲倒错"、"鸡奸"等。在他看来，这不可告人的性质正是快感来源的决定因素。普鲁斯特的书"使公众习以为常，不再那么义愤填膺，敢于冷静地正视他们假装不知道或起初情愿不知道的现象"①。既然为大众喜爱的著名作家可以写作这一主题，那怎么能不允许纪德作一次严肃、深入的研究呢？他的朋友给了他可贵的支持和赞誉。莫里亚克在信中写道："如果绝望的同性恋者到了快要自杀的地步，我就能理解有必要向他们显示，自然中没有不自然的东西，让他们习惯不带厌恶地思考自己的身体和心灵，这是一件好事。"他的英国朋友戈斯也给予了肯定的评价，"你没有送给我《柯里东》，所以我不得不去买一本。也许你以为我会'震惊'。但是，这不是我的方法。人生林林总总，不存在严肃的人不能严肃讨论的事情。我认为，你写作这本书时表现了很大的勇气……"② 朋友的理解和支持应该是纪德最大的宽慰，名声和地位不在他的关心之列。在《柯里东》的序言中，他开门见山地道出了这一点：

　　　　我一些朋友反复跟我讲这本小书会让我犯大错。我认为它不会夺走任何我看重的东西；说得更明确一点，我相信它会从我这儿夺走的东西根本我就不看重：掌声、美誉、名声、

　　① André GIDE, *Corydon*, édition augmentée, Paris, Gallimard, 1924, p. 11.
　　② 参见艾伦·谢里登《安德烈·纪德——一个现实生活中的伟大人物》下，刘乃银译，群众出版社 2003 年版，第 454 页。

进入时尚沙龙，我从来不寻求这一切。我只在乎几位难得的
人物的推许，我希望，他们能理解，正是我写了这本书，并
且敢于今天将其出版印行，我才值得他们的推许。①

　　纪德一心要亮出自己的真面目，对虚伪和虚名断然拒斥。他
声称"若别人爱的不是我的真面目，宁可不被别人爱"。他能顶着
巨大的压力发表这一部作品，跟他自幼形成的那种使命感、被上
帝"选中"、"与其他人不一样"的心理暗示有关。纪德在回答
安鲁什的采访时谈道，他写作《柯里东》出于一种"道德上的义
务"，"在那个时候，我可能相信，我特别……特别被上帝指定写
这部书，一种使命，一种义务，令我写这部书，我心里说：'这部
书，特别是它，如果你不写，谁写呢？'"② 义务感和使命感的推动
让纪德在追求真理的道路上义无反顾，"不惜一切代价"。在人生
中，要完成某些重要的行为，某些模范的行为，同时知道它们不
仅将遭到人们的非难，而且让亲人痛苦，这该要付出多大的代价。
纪德抱着殉道的决心，毅然前行。萨特对纪德的行动给了知音般
的评价："《科利东》（今译为《柯里东》）如果由一个冒失鬼来
写，只不过是一个风化问题，但如果作者是一个权衡一切的机智
的中国人，书便成了一个宣言、一个见证。其意义远远超过它所
引起的轰动。"③ 杜伽尔分析认为纪德是中了"斯拉夫"毒，"受
到当众坦白的感染"，"他以为需要履行一种至高无上的责任，一
个重大的使命，此刻他响应不知什么殉道者期望已久的号召，这
不是不可能的"④。纪德通过《如果种子不死》和《柯里东》的写

---

　　① André GIDE, *Corydon*, édition augmentée, Paris, Gallimard, 1924, p. 9.

　　② 《陈占元晚年文集》，人民文学出版社 2006 年版，第 218 页。

　　③ 参见董强《再随纪德走一程》，《中国图书商报》2001 年 11 月 29 日第 010 版/
小说。

　　④ 同上书，第 65 页。

作，公开道出了压抑在心头多年的禁忌，心头倏然如释重负，觉得自己变得高大、超脱。他终于能够以轻松的心态投入到最伟大的作品创造中去。

第三节　童稚之恋：私生子的力量

纪德偏爱私生子，即那些没有家庭，去掉了未知的遗传特性的全部重负的人物。他是自由和真诚的化身。在《伪币制造者》中，纪德的副本爱德华高度颂扬私生子："未来是属于私生子的。'私生子'这个字眼包含着多少意义！只有私生子最为本真。"[1]在纪德的笔下，私生子具有非凡的力量，他们勇毅、有胆量，是新生命的代表。去掉了全部的遗传特性，因而他们是孤独的，如同俄狄浦斯的孤独："从未知中迸出来，没有过去、没有模本、没有任何东西让我得以依靠。一切都有待创造、国家、祖先……有待发明，有待发现。除了我自己，不像任何人……完全不知父母是何人，这是对勇毅和坚强的召唤。"[2] 私生子没有任何人可以作为自己的模本，可以相像，因而他只能超越自我，成为自我的创造者，完全由他自己来决定他的第一个影像。他本身就是法律之外的产儿，因而他就是自己的立法者。纪德的作品中，塑造了许多私生子的形象，他们都在寻找自己最初的影像，即父亲，无论是血缘上的，还是精神上的父亲。最终，无论是找到，还是失败，但找寻过程中的磨难和历练将他们锻造成真正的男人，能够主宰自己命运的男人。他们发现了自我，成为了他们自己，成为"不可替代的生命个体"。对找到父亲的少年而言，他们圆满而幸福，

① André GIDE, *Les Faux-Monnayeurs* in *Romans*, *Récits et Soties*, *Oeuvres lyriques*, Paris, Gallimard, "Bibl. de la Pléiade", 1958, p. 1022.

② André GIDE, *Théatre* (*Saül*, *Le roi Candaule*, *OEdipe*, *Perséphone*, *Le Treizième Arbre*), Paris, Gallimard, nrf, 1942, p. 272.

父爱的指引和温暖是他们成长的保障；对于没有找到父亲，或者对父亲失望的少年，结局要么是走上犯罪的道路，要么是死亡。从中，可以看出，纪德对少年成长中长辈指引的看重。他委婉地论证"爱恋童稚"的合理性和必要性，因为这保证了少年的健康成长。

通过小说家爱德华的口，纪德宣示他的作品"没有一个惟一主题"，也即是说不止一个主题。如果硬是要给出一个主题，他说那便是："现实所提供的事实与理想的现实这两者间的一种斗争。"① 小说家所寻求的便是理想与现实间的和谐，从而实现小说家内心的和谐。《伪币制造者》的中心问题便是人父，"父亲之名"的问题，便是寻求获得身份，追寻自我的问题。它凸显了父亲缺失的负面影响，从而表明寻求理想父亲，实现自我理想的必要性。

父亲是一个家庭的核心，他的爱、责任和权威直接影响到子女的健康成长。父亲是婴儿第一个自我影像的投射，父亲成为他映照的镜子。在潜意识中，父亲成为他仿效的对象，他努力趋同于父亲。然而家庭在纪德看来，是封闭的牢笼，社会的"囚室"，它束缚孩子的健康发展。他需要把孩子从家庭的牢笼中解救出来，从父母独占的怀抱中释放出来，把孩子带走，让他上路，带他去流浪，去经历生活的磨炼，"最后甚至脱离我，去体验孤独"。在孩子前行的路上，自我是他唯一的陪伴。"无疑没有一种牢狱（精神的牢狱）可以锁住一个勇毅的人，而一切引人反抗的决不一定是危险的——诚然反抗可能歪曲人的个性（它可以使人变得冷漠、无情、或是倔强，阴险）。而一个不愿屈服于家庭束缚的孩子，为自谋解放，往往消耗了他最宝贵的青春之力。但无论如何，阻逆孩子的教育虽然压抑着他，同时却增强了他的力量。"② 由此，孩

---

① 《纪德文集》3，人民文学出版社 2002 年版，第 168 页。
② 同上书，第 101 页。

子得以发现自我并敢于做本真的自我。理想的父亲，便是鼓励，甚或帮助孩子走出家门，独自闯荡的男人。所以，在《浪子归家》中的父亲并没有责怪浪子的离家出走，相反，"你是我养大的，你心里想的我都知道。我知道是什么推你出门的。我是在前头等你。你该叫我啊……我在那儿呢"①。而浪子也仿效父亲，鼓励弟弟离家出走，拿着灯照亮后者的启程。"现在是时候了。天发白了。一声不响地走吧。……坚强些，忘掉我们，忘掉我。但愿你不要回来……慢慢地走下去。我拿灯……"②

　　贝尔纳是私生子的典范。他在偷看了母亲的信件后，发现自己是私生子。他便负气离家出走，离开他的"假"父亲——法官普罗费当第先生。而后者在跟爱德华谈到这起离家出走的事件时，态度却很开明，"这种不服从的举动，虽然给我留下很多痛苦，结果反使我对他更生恋念，这一点我得向您承认吧？我由此可以看出他的勇气与价值……"③ 这足以证明普罗费当第先生是个理想的父亲。他不以个人的感情好恶来判断贝尔纳的出走行为，更看重的是儿子出走行为背后所表现出的离开家庭保护，挣脱父亲影子，独自去追寻自我的决心和勇气。

　　真正的私生子是没有母亲的孩子，他只拥有父亲。他来到世间，甚至还未出生时，父母便分离了。贝尔纳离家出走，因为他接受不了自己私生子的身份。他觉得自己多年的爱成了虚情。"生活中最难的是持续对同一件事能认真对待。因此，我母亲对这个我一直称他做父亲的人的爱——这份爱，我十五年来信以为真，直至昨天我还那么相信。她也不能，天啊！她也不能把她的爱情贯彻始终。我真想知道，她让她儿子成为私生子，我是该蔑视她，

① André GIDE, *Le retour de l'enfant prodigue* in *Romans*, *Récits et Soties*, *Oeuvres lyriques*, Paris, Gallimard, "Bibl. de la Pléiade", 1958, p. 480.
② Ibid., p. 491.
③ Ibid., p. 1207.

还是因此更尊敬她? ……想到如果我没有打开那只抽屉,我一生都会对这个父亲怀有变质的感情,那么,今日的发现在我真是一种莫大的慰藉! ……"① 作为合法的父亲,他必定成为他儿子的第一幅自我的影像,儿子必须像父亲。但对私生子来说,既没有必须跟谁相像的道德约束,也没有必须爱谁的想法。对私生子来说,最不可接受的便是爱的义务,换句话说,即应该爱谁的责任,这成为他心头的不可承受之重。"至于那王八,那很简单,从小我就恨他;但如今想来,在我实在不值得——这是惟一我认为遗憾的。"② 贝尔纳的恨意在于他对"义务之爱"的拒斥,他之所以讨厌普罗费当第先生,就在于他认为"应该"爱他,这从他话中"值得"这个词中可以透露出来。"义务之爱"在他看来是失败的爱,他绝不认为应该爱任何人,他只能爱他想爱的人,或者说只爱他选择去爱的人。

贝尔纳对劳拉的爱促成了他的回归,也即是说他接受了自己私生子的身份,回到他"选择去爱"的父亲——普罗费当第先生的身边。劳拉新婚不久就离开丈夫杜维哀到波城养病,在那里她认识了同样患有肺病的樊尚。同病相怜的他们很快坠入爱河,樊尚让劳拉怀上了自己的孩子,但最后却将她抛弃。劳拉既不敢回巴黎父母的家,也不愿回到丈夫身边,沦落到无家可归,最终被初恋情人小说家爱德华收留。作为爱德华的秘书,贝尔纳才因缘结识了这位独特的女性,并很快就迷上了这位"极难得的女人"。他在致朋友奥利维埃的信中,吐露衷肠:"啊! 朋友,这真是一位令人敬佩的女性! 和她认识以后,我自己感到判若两人。我不敢再有某些想头,我约束心头的邪念,因为否则我怕自己不配站在她的面前。是的,在她身旁,你不自禁地会肃然起敬。但这并不

① André GIDE, *Les Faux-Monnayeurs* in *Romans*, *Récits et Soties*, *Oeuvres lyriques*, Paris, Gallimard, "Bibl. de la Pléiade", 1958, pp. 976 – 977.

② 《纪德文集》3,人民文学出版社 2002 年版,第 53 页。

妨碍我们三人间能谈笑自如，因为劳拉并不是那种矫作拘谨的女人……""你会认为我爱上了她。老奥，没错。这岂不是太疯狂？看我爱上了一个身怀有孕，自然又是我所尊敬的女人，是我连用手指头也不敢去碰的女人？你知道我并非色鬼……"① 劳拉是贝尔纳视若天仙的女人，内心充满无限的爱意和敬意。而就是这样一位"令人敬佩的女性"却怀上了私生子，从道德上讲，是一位不本分、不忠的女人。贝尔纳对她却不吝溢美之词，他甚至要将劳拉的出格行为变成优点，称她"不是那种矫作拘谨的女人"，把道德上的不洁变成德行的"闪光点"。潜意识中，贝尔纳是在为他的母亲辩护。我们可以这样推论：有私生子的女性并非不能成为令人敬佩的女性，我妈有个私生子，所以我仍可以尊敬她。劳拉成为他潜意识中的母亲形象，表现出他潜藏的恋母情结。"……劳拉，我并不要求您爱我；我还只是个中学生，我不配您的注意，但如今我惟一的努力，就是为了不辜负您对我的……器重。"② 正如纪德，他声称自己写作《伪币制造者》就是为了赢得马克的"注意和器重"③。劳拉的丈夫杜维哀最终谅解了她，去信劝她回到自己的身边。

　　劳拉吾爱：

　　　　为此行将坠地之婴儿，余立誓喜爱此子一若己出，务恳从速回家。如能回来，余绝不追究既往。毋自责过甚，此徒增余之伤痛耳。余以至诚盼汝归来，万勿再作观望。④

---

①　André GIDE, *Les Faux-Monnayeurs* in *Romans*, *Récits et Soties*, *Oeuvres lyriques*, Paris, Gallimard, "Bibl. de la Pléiade", 1958, pp. 1067 – 1068.

②　《纪德文集》3，人民文学出版社 2002 年版，第 177 页。

③　André GIDE, *Journal II*：1926 – 1950, éd. Martine SAGAERT, Paris, Gallimard, "Bibl. de la Pléiade", 1997, p. 82.

④　《纪德文集》3，人民文学出版社 2002 年版，第 178 页。

杜维哀许诺爱非己出的孩子，也就是说他并不认为劳拉犯了错，因为他深爱劳拉。正是从劳拉给贝尔纳读的这封信中，杜维哀的态度让贝尔纳开始反思自己的离家出走的行为，这成为他同普罗费当第先生冰释前嫌、重归于好的契机。他劝劳拉回到杜维哀身边，而潜意识中是在劝自己回到父亲身边。它同劳拉的对话，充分说明了这一点。

> "您相信一个人真能爱别人的孩子像爱自己的一样吗?"
>
> "我不敢说；但我希望如此。"
>
> "在我，我倒相信。相反，我并不相信有些人愚蠢地称作'血统的声音'。是的，我相信这种盛传的声音不过是一种神话。……您知道我这会儿正在想什么? ……我在想那一位代替我父亲的人，他从不曾在语气或行动中透露我不是他的亲生子。我给他的信中我曾说我始终感到某种区别，其实这是我的谎话，相反，他对我特别喜欢，而这我自己也很知道，因此我对他的举动非常不该，我的这种忘恩负义是理不容赦的。……"①

既然劳拉愿意回到她的丈夫身边，她出格地怀有私生子的错误得到谅解，丈夫不仅接纳她，而且仍深爱着她。贝尔纳认同了劳拉的选择，他相信私生子同样会得到真挚的父爱。于是，他决定回到父亲普罗费当第身边。爱德华是这样描述贝尔纳的回归的：

> 我从奥利维埃的口中知道贝尔纳已回到他父亲身边；而且，凭良心说，这也是他最好的归宿。由于偶然遇到了小卡

---

① 《纪德文集》3，人民文学出版社 2002 年版，第 179 页。

鲁，得悉老法官身体欠安，贝尔纳再也不能违背他良心的驱使。①

　　从这一刻起，普罗费当第先生成为了贝尔纳的父亲，甚至比亲生的父亲更甚，因为他是贝尔纳选择的父亲。贝尔纳的选择没有错，因为普罗费当第先生一直视他为自己的儿子，甚至比亲生的儿子还亲。他托爱德华转告贝尔纳，"我对他并无怨恨"，"我始终爱他……像爱一个儿子一样"。他在爱德华面前真情流露，竟至不能"遏制自己的情感冲动"，"嘴唇与双手发颤"，连话都说不下去，甚至"以手掩面，吞声啜泣起来"。爱德华对此深受感动，极端感慨："一个魁梧健朗，遇事积极，在社会上有地位有声望的男子，而突然抛弃面具，使自己赤裸裸地和一个陌生人相对，这给当事人的我一种非常特殊的印象。"② 在面对普罗费当第先生对儿子的真情和深情的爱时，他觉得不得不改变自己的成见。

　　　　贝尔纳几乎从来不曾和我谈起他的父亲，我既知他脱离家庭，立刻我把类似的出奔看做非常自然，且认为这对孩子是最有益的。尤其，以贝尔纳的情形而论，同时还连带私生子的关系。……但眼前这一位虽非他生父，但所发的感情，由于不是理智所能遏制，愈显强烈，由于自然流露，预感真切。而站在这份爱心，这重悲伤之前，我不能不自问贝尔纳的出走是否合理。我自觉再不忍对他表示赞同。③

　　如果说爱德华不认同贝尔纳的出走，是因为他被普罗费当第先生的真情感动了，而不是对他的同情。"同情"意味着为别人的

---

① 《纪德文集》3，人民文学出版社 2002 年版，第 347 页。
② 同上书，第 300、302 页。
③ 同上书，第 301 页。

痛苦而感到难过，意味着他自己不愿处在同样的境况。也就是说，会有自我的一部分分离出来，在后面看着另一部分的参与。而"感动"意味着感情的完全参与，毫无保留，即对普罗费当第先生完全的认同。贝尔纳出走不合理的原因，他认为在于这孩子错怪了他的父亲。"我一向给贝尔纳最大的自由，以致使他竟以为我对他不很关心！我怕这是误会的起因，而结果他就出奔。"殊不知，这位父亲极为开明，他甚至认为"这种不服从的举动，虽然给我留下很多痛苦，结果反使我对他更生恋念……"① 可见，父亲对他的爱不会阻滞他的成长，因为他不会把儿子禁锢在他的周围，他愿意放飞自己心爱的孩子，目的是让他得到"经验的教训"，让他去锻炼自己的"勇气"和"胆量"，从而最终实现自我的价值。他对贝尔纳的这份爱不是血缘带来的，即是说不是法律强加的，不是"义务之爱"，是"选择之爱"。普罗费当第是位真正的男人，真正的父亲。由此我们可以说，不是只有亲生的孩子，父亲才可以爱，才可以视做儿子，其实只要真心去爱，哪怕不是孩子母亲的丈夫，甚至没有母亲的中介更好，因为这更保证了爱的真切。私生子得天独厚，没有母亲的羁绊，他可以选择任何一位男人做父亲，只要是他自己去选择的，同时对方也选择了他作为儿子来爱。

　　于是，我们可以将目光转向另一对父子：奥利维埃和爱德华。尽管奥利维埃不是私生子，爱德华也不是他的父亲，但我们可以把他们视做精神上意气相投的父子、精神上的私生子、灵魂上的父亲。私生子的核心特征在于精神上的自由和行为上的自主，他自己来决定和选择一切。而理想的父亲，在于他敢担当，有责任感，能帮助孩子走出家庭，投入生活，历险锻炼，最终得以发现和实现自我价值。

---

① 《纪德文集》3，人民文学出版社 2002 年版，第 302、303 页。

　　奥利维埃的父亲奥斯卡·莫里尼埃就不是一位能担当的父亲，他沉溺于同旧情人的婚外恋，根本就不管家里的三个孩子：樊尚、奥利维埃、乔治，把教育孩子的责任完全抛给了妻子波莉娜。作为女人，天生就不具备父亲的权威。因而对波莉娜来说，要身兼两职真是勉为其难。她的隐忍、奉献着实叫人肃然起敬。爱德华对此表达了他的惊异："波莉娜勉力在众人面前，而尤其在孩子面前，隐藏奥斯卡的缺陷与弱点。她用尽心计使孩子们尊敬他们的父亲；而这确不是容易的事，但她竟安排得使我也蒙蔽了。她提到她丈夫时从不带轻视的口吻，但看去像是不作计较，其中却别含深长的意义。"[①] 她没有利用丈夫的弱点来树立自己在孩子们心目中的高大形象，却极力去为丈夫掩饰，美化父亲的形象，为的是让儿子们有一个好的榜样，可以去追随。在奥利维埃同帕萨旺一起去旅行这件事上，我们可以比较她和丈夫奥斯卡所持的不同态度：

　　　"我并不赞成他们去"，她对我说，"而这位帕萨旺先生，实在说来，并不是我喜欢。但有什么办法？明知自己无法阻拦的事，我宁愿慨然允诺。奥斯卡，他可总是让步；她对我让步。但当我认为对孩子的有些计划应该反对或拒绝时，我就丝毫得不到他的支持。樊尚也夹在里面。到那时我还借什么去拒绝奥利维埃的要求，除非自愿失去他的信任？而我惟一关心的也就是孩子们的信任。"[②]
　　　"说实话，在我个人，我并不赞同他这次旅行。但同时不能不顾到这一层：做孩子们的到某一年龄，您就无法管束他们。自来如此，实也无可奈何。波莉娜，他和一切做母亲的

①　《纪德文集》3，人民文学出版社 2002 年版，第 245—246 页。
②　同上书，第 246 页。

人一样，还想紧跟着他们。有时我就对她说：'你使你那些孩子们讨厌。你不如顺他们自己的意思做去。您愈追问他们，结果反倒使他们得了暗示去实行……'在我，我认为孩子长大了，以为监视总是徒劳。重要的是，幼年教育时先给他们奠定一个良好的基础。但尤其重要的是，就看他们出身如何。老朋友，您看是不是，遗传比一切都有关系。……"[①]

从中，我们可以看出波莉娜的委曲求全，她的让步是因为被迫履行缺位的父亲责任，而生为女人的她又不可能具备男人的权威。为了保留最后一点权威和信任，她只能违心地同意儿子的决定。相反，奥斯卡作为父亲，他本该拥有父亲的尊严和权威，本该阻止对孩子不利的影响，但他借口孩子反抗的天性，放任孩子的意气用事，推卸父亲该有的监护责任。从大儿子樊尚的荒淫放荡和小儿子乔治的偷摸撒谎，可见他的"幼年教育"和"出身遗传"说的破产，即是说，他自小并没有给孩子们的教育"奠定一个良好的基础"，他自身也不是什么好的血统（当然血统说很荒谬），更没有什么好的东西遗传给了孩子们。

尽管波莉娜委曲求全，真心爱着儿子，不但不能由此树立自己的权威，甚至连她想要的孩子们的信任也得不到："他的信任……如果至少我还自信能保持的话；但不，我连他的信任也失掉了……奥利维埃躲避着我。当我见到他时，他准以为非对我撒谎不可，而我也只好装作相信……"至于乔治，她说："他比那两个孩子更使我费心，我对他谈不上已失管教，因为他一向既不信任，也不服从。"[②] 作为母亲，为了得到孩子们的信任，波莉娜甚至不惜接受"撒谎"，而建立在谎言上的信任是不可靠的。没有信

① 《纪德文集》3，人民文学出版社 2002 年版，第 202—203 页。
② 同上书，第 246、248 页。

任，自然没有权威。她感到仅靠一己力量难以完成孩子的教育重任，难以把他们培养成真正的男人。孩子们需要一位父亲，一位可以让他们敬重而有权威的男人。她觉得有必要给孩子们找一位父亲，而同父异母的兄弟爱德华就是她的首选："我常想，让我对您说吧，既然孩子们缺失父亲，您就找他们谈谈吧。"① 而三个儿子中，她最爱奥利维埃，似乎是在转移自己对丈夫失望的爱。她向爱德华倾诉苦楚："难道您以为我对奥斯卡已无爱可言？有时我也这么想；但我也对自己说，我不更进一步去爱他，为的是怕自己太受痛苦。而……是的，您的话应该是对的，如果就奥利维埃而论，我倒宁愿痛苦。"② 而且她承认爱孩子时"一个接一个"，"好像我不曾有三个儿子似的。爱一个时，就只想着这一个"。③ 对奥利维埃她倾注了全部的爱，所以希望这个儿子能不让她失望，能成为个好男人。因而一定要给他找位好父亲，当然，她要找的是儿子精神上的父亲。她忍痛割爱，跟爱德华说：

"……我很知道纵使是最洁身自好的孩子们，他们的纯洁也是朝不保夕的。而且我相信最贞洁的年轻人，日后不一定是最模范的丈夫。总之，他们父亲的榜样让我希望儿子们不如修点别的德行。但我怕他们在外干出荒唐的事，或是结识有损名声的人。奥利维埃容易受人影响。希望您随时督促。我相信您能使他上进。他只在乎您……"④

"……我在想的是奥利维埃。我当时倒希望您会把他

① André GIDE, *Les Faux-Monnayeurs* in *Romans*, *Récits et Soties*, *Oeuvres lyriques*, Paris, Gallimard, "Bibl. de la Pléiade", 1958, p.1155.

② 《纪德文集》3，人民文学出版社 2002 年版，第 247 页。

③ André GIDE, *Les Faux-Monnayeurs* in *Romans*, *Récits et Soties*, *Oeuvres lyriques*, Paris, Gallimard, "Bibl. de la Pléiade", 1958, p.1188.

④ Ibid., p.1187.

带走。"①

　　而奥利维埃对爱德华又是如何看待的呢？他能接受母亲的提议吗？这实则一个不必要的担心。他们像是上帝前世安排好的心性相投的一对父子。爱德华是如此描述他同奥利维埃第一次见面时的电感：

　　……就在这一天，当我第一次看到他，当他刚坐在他家的餐桌前，当我的第一道目光，或是更确切地说，当他投出第一道目光，我立刻就感到这目光射中了我，而此后我再也不能安排我自己的生活。②

　　现在，让我们把目光转向奥利维埃，看他初次见爱德华时如何反应：

　　有一天，那是在他动身之前不久，他在我家吃饭。他一面在和我父亲谈天，但我感到他目光却始终注视着我，使我局促起来。……好一会儿，就只爱德华舅舅和我俩人单独在室内，而我知道自己满脸涨得通红，我想不出什么话可以对他说。……我真想拥抱他。③

　　对于爱德华而言，奥利维埃是上帝给他送的天使，是"那不勒斯美术馆中浮雕上的那……牧童"，叫他一见倾心，情不能已。在奥利维埃的眼中，舅舅爱德华同"家里其余的人完全不一样；他是一个很杰出的人"。他们彼此情投意合，一见如故。在奥

①　《纪德文集》3，人民文学出版社 2002 年版，第 247 页。
②　同上书，第 82 页。
③　同上书，第 32—33 页。

利维埃看来，舅父"他对很多事情都感兴趣，而这些事情都不是我父母所感兴趣的，对他你什么都可以谈"。言下之意，他父母培养教育他都不够格，他需要找一位像爱德华般杰出的人物来引导自己，做自己精神的导师，换种说法，即灵魂的父亲，可以与之进行精神的交流，从而填补缺憾。因此，在爱德华去了英国几个月之后，他依然念念不忘："虽然我只见过他几次面，我却很喜欢他。"① 与朋友贝尔纳的勇毅、坚决相比，奥利维埃就显得犹豫、孩子气，甚至有点女性化，作者不厌其烦地提到他的"脸红"。

　　在这一群中间，奥利维埃·莫里尼埃显得多么严肃！可是他却是他们中最年轻的一个。他那几乎还带孩子气的脸和他那目光，衬托出他早熟的思想。他容易脸红。他是温柔的。虽然他对任何人都很和气，可是总有某种内在的缄默和腼腆使他的同学们不易接近。这使他很痛苦。②

　　奥利维埃看见贝尔纳走近就脸红起来，赶紧离开和他谈天的一位少妇，独自躲远了。贝尔纳是他最亲密的朋友，因此他特别不愿意显出自己专在找他，有时他竟装作没有瞧见他。③

　　这位生性腼腆，还稚气十足的少年所表现出的羞怯、感性化，从而给他寻父道路的曲折埋下了根子。爱德华从英国回来时，他特意到去火车站迎接，但出于矜持和逃避的习惯，给彼此之间制造了不少尴尬和误解，而事后双方又各自深感痛惜和悔疚。最终，在得知舅父爱德华给他预备的秘书职位被朋友贝尔纳僭据时，他赌气投入帕萨旺伯爵怀中，自甘堕落。他误认了一位道德和灵魂双重贫乏的父亲。因此，他的寻父之路还得继续，因为他跟帕萨旺学到的是

---

① 《纪德文集》3，人民文学出版社2002年版，第87、32、31页。
② 同上书，第6—7页。
③ 同上书，第6页。

在人前"炫示自己",他发出的不再是真诚的自己的声音,而是虚假和空洞的别人的声音。这让他的朋友贝尔纳对帕萨旺产生激烈的愤慨。自然,爱德华也难以原谅帕萨旺对奥利维埃的腐蚀。

在帕萨旺组织的餐会上,爱德华与奥利维埃再次相遇。这次聚会彻底摧毁了奥利维埃对帕萨旺的幻想,他觉得"和帕萨旺相处在在都是堕落",帕萨旺在众人面前同萨拉调情,更加深了他对这位"伯爵的憎恶"。他绝不能失去心目中最重要的两位人物的器重,"他爱贝尔纳,他爱爱德华"。为了浇灭胸中的块垒,奥利维埃肆意饮酒,终于醉而失态,要与杜美尔决斗。"他只模糊地意识到自己的举动像是一个孩子,像是一匹野兽。他觉得自己可笑也复可耻……"爱德华在身边的照料和护卫,让他觉得"像一片暴风雨前的凝云消散成雨","自己的心突然融为热泪"①。和爱德华在一起时,他"自感奋发上进"。他决心离开帕萨旺,回到舅父爱德华身边:

　　　于是,在柔情与痛苦的交织中,他投向爱德华的怀抱,依偎着他,啜泣说:
　　　"把我带走吧!"②

他搬进了爱德华的公寓。奥利维埃由于过度的幸福,甚至尝试自杀,以保住、定格他所要的生活。幸而,爱德华发现得早,把他从死神的手中救起。波莉娜虽然对他们的同性恋关系"绝不像她说的那么轻易听其自然","免不了妒忌"③,但她还是完全让位了她的"假"父亲角色,让爱德华去填补这一空缺。她去看恢复中的奥利维埃时,跟爱德华说:"知道奥利维埃在您这儿已使我安心不少,我对他的看护不见得比您周到,因为我很知道您爱他的程度不下于我。"

① 《纪德文集》3,人民文学出版社2002年版,第265—266、268—269页。
② 同上书,第269页。
③ 同上书,第283—284页。

连多年保持的老习惯都让给了爱德华，"请您代我亲吻他好了，我怕把他惊醒。"贝尔纳也把秘书的位子让给了好友。爱德华由此成了奥利维埃真正的父亲，给他谈文学、讲人生。奥利维埃的絮语透露了他的心音："在你身旁，我幸福得乐而忘眠。"①

　　贝尔纳和奥利维埃是幸运的，尽管有过周折，但他们最终都找到了自己理想的父亲。找不到父亲的私生子不仅是不幸的，而且是危险的，他们要么成为牺牲品，要么让别人成为牺牲品。拉夫卡迪奥就是一个极具颠覆性的私生子形象，他将"无动机行为"发挥到极致。拉夫卡迪奥的母亲万达夫人，给他找了许多所谓的"叔叔"，而这些迥异的各色"叔叔"也让拉夫卡迪奥学到了不同的本领，如赫尔登布鲁克男爵教会了他坚毅和勇健，比埃科夫斯基亲王教给他狂热和享乐，巴尔迪叔叔教他游戏人生、"弄虚作假"，而法比叔叔教他发现身体的秘密②，而最后一位叔叔热弗尔教给他的是对欲望不加节制地满足。作为万达夫人情人的这些叔叔，同时也是拉夫卡迪奥的父亲。有这么多叔叔的教导和示范，拉夫卡迪奥想不成为"另类（outlaw）"——私生子的代表都不可能，因为私生子"他的生命本身就是出轨行为的产品"③。不过，这些叔叔都不能成为拉夫卡迪奥真正的父亲，因为他们爱儿子是假，更多是为儿子母亲的魅力所迷倒，借爱儿子来讨好母亲。对于私生子来说，父亲必须是他所喜欢的，同时父亲反过来也必须真心喜欢他。

　　拉夫卡迪奥曾经找到了一位他认可的父亲，他便是朱斯特—阿热诺·德·巴拉利乌尔伯爵。自第一次见到老伯爵，拉夫卡迪

---

① 《纪德文集》3，人民文学出版社2002年版，第280—281、285页。
② "我和法比叔叔去阿尔及利亚作了一次美妙的旅行（那大概是我一生最美好的时期）……"这让人很容易联想到纪德和马克在北非的旅行，他们分别对应文中的法比叔叔和拉夫卡迪奥，这是纪德对他自己生活的影射。参见《纪德文集》2，人民文学出版社2002年版，第193页。
③ 《纪德文集》2，人民文学出版社2002年版，第314页。

奥便被他那"激烈的声音"所征服,伯爵很快就"赢得了年轻人的心"①。他从伯爵处回到拉丁区时还在伤感地回味,"他本可以当最好的叔叔,甚至还多点什么!"这多出来的到底是什么呢?当然不仅仅是"血缘关系"②,因为私生子同父亲之间重要的不是血缘的维系,而是感情的相近、相通。伯爵欣赏拉夫卡迪奥,他正是自己所希望的"另类",年轻人的大胆印证了这一点。伯爵告诉拉夫卡迪奥:"你刚才的冒险表明你有点爱顶撞,这对你倒并非不合适。我最初以为这是无耻,但是你的声音和仪表使我放了心。""另类"的年轻人倒让伯爵放心,这只能说明在他的内心深处非常认同"冒险"、"另类",赞赏独特的行为。他对婚生儿子朱利乌斯很失望,称他"只是他的形貌的索然无味的复制品",充分说明伯爵渴念"私生子",希望突破血缘"毫无意义的"传递。③ 这就可以解释为什么在临死前他决心找到并见见自己从前的私生子——拉夫卡迪奥,从而保证了自己精神的传承。

　　老巴拉利乌尔的逝世让拉夫卡迪奥失去了刚刚找到的父亲。私生子不能没有父亲,他被迫找寻父亲的替代者。同父异母的兄弟朱利乌斯本可以成为他追寻的父亲,但后者所表现出的反抗意识仅昙花一现。他想否定以前的自我,想走出平庸,渴望新生,渴望走向"自由的天地"。他打算通过在作品中塑造一个敢于冒险、"另类"的年轻人,让他进行"无动机犯罪",以此挑战代表法国传统价值的

---

　　① 《纪德文集》2,人民文学出版社2002年版,第180页。
　　② 我们从伯爵和拉夫卡迪奥的对话中可以看出他们间存在着某种血缘关系,只是未被伯爵证实而已。
　　"感谢天主! 他真像他母亲。"老巴拉利乌尔喃喃地说。
　　拉夫卡迪奥不慌不忙,然后,一面死盯着伯爵,一面用几乎低沉的声音说:
　　"如果我不过于出头露面,难道也不许我像……"
　　"我说的是外貌。即使你不只是像母亲,天主也不会让我有时间来承认这一点的。"
　　参见《纪德文集》2,人民文学出版社2002年版,第178页。
　　③ 《纪德文集》2,人民文学出版社2002年版,第177、179页。

法兰西学院。而此时的拉夫卡迪奥正是他所想塑造的人物。然而，
姻亲弗勒里苏瓦尔的死，让朱利乌斯又重新回到他过去循规蹈矩的
状态。也正为此，拉夫卡迪奥不愿再接受这位可能的"父亲"。"他
等着朱利乌斯走远，极端厌恶之情涌了上来，几乎是某种仇恨，对
自己和对朱利乌斯的仇恨，对一切的仇恨。"①

　　拉夫卡迪奥为了试验"无动机行为"，将弗勒里苏瓦尔推下火
车摔死。如果说他仇恨朱利乌斯的无能，缺乏个性和坚持，那他
为何要仇恨自己呢？在纪德看来，"无动机行为"是"既无感情动
机，又无金钱动机的罪行"。拉夫卡迪奥杀死无冤无仇的弗勒里苏
瓦尔，"他之所以犯罪，正是因为这是无动机的犯罪"。他得不到
自己想要的爱，就像一个被冷落的孩子，他需要以怪动作吸引人
的注意。拉夫卡迪奥的"无动机犯罪"正是他潜意识中渴望爱，
需要被人关注的动机在推动。在动手之前的内心活动充分印证了
这一点："没有动机的罪行，这使警察多么头痛！"② 警察就是社会
秩序守护者的象征，也可以说是"父亲力量"的象征。他要挑战
的便是社会的传统和道德，他要给"父亲"出难题，从而引起缺
少的关注。在普罗透斯被作为犯罪嫌疑人被捕的消息传来时，拉
夫卡迪奥并不为此而感到轻松，"他仿佛感到失望……他没有故意
放弃罪行的一切物质利益，他也不会自愿放弃这场游戏的危险。
他不容忍游戏就这么快结束。……然而情况突然使他轻而易举地
占了上风，整个游戏变得索然无味，他感到不将挑衅进行到底，
绝不罢休"③。他失望的是自己精心准备的游戏没有引起他想要的
关注就草草结束，他感到自己被忽视了。当然，他不愿就此罢休，
他要走得更远。他向朱利乌斯承认自己便是杀害弗勒里苏瓦尔的
凶手。而朱利乌斯不想去告发他，他便决定要去警察局自首。他

---

① 《纪德文集》2，人民文学出版社 2002 年版，第 295、302 页。
② 同上书，第 286—287、297 页。
③ 同上书，第 327 页。

去自首的想法，一方面是要表现自己的"独特性"；另一方面是通过领受惩罚，表现出与"父亲"形象的差异，表明自己既无法被爱也无法爱人，即是说他因找不到理想的父亲——既被儿子爱也爱儿子的男人，感到绝望。

> 他既不想罪行，也不想如何脱身，只是尽力忘记朱利乌斯那句残酷无情的话："可我原先正爱上您"……如果他不爱朱利乌斯，这句话值得他流泪吗？他的确是为这句话而流泪吗？夜十分温柔，他似乎可以就此了结一生。①

"尽力忘记"正说明无法忘却，说明这句话在他心头的分量。拉夫卡迪奥的泪水和了结生命的欲望证明他十分在意朱利乌斯的爱，他愿以死来唤起得不到的关注，即爱。由此可见，他内心对缺失的父爱的强烈渴望。然而，朱利乌斯现在不爱他了。于是，他把朱利乌斯的女儿热纳维埃芙变成了自己的情妇。通过对方的女儿，他想象得到了朱利乌斯，得到了他的爱。

然而，肉体的爱留不住私生子的脚步，"自从热纳维埃芙给他的爱更多一点以来，他给她的尊重更少了一点……"② 私生子生而自由，没有任何的羁绊和挂碍，他的"自然法则"便是"做自己"。因为生来便是"另类"，他无须遵从任何既有的道德，他遵从的是自我所立的法则，正如《伪币制造者》中贝尔纳同爱德华对话中所宣扬的那样：

> 贝尔纳："……于是我才自问：既然我不能盲目生活，而同时又不能接受别人的法则，如何我才能替自己建立起一种

---

① 《纪德文集》2，人民文学出版社 2002 年版，第 330 页。
② 同上书，第 334 页。

法则来。"

　　爱德华："我觉得这回答很简单：即是在自身中觅取这法则，即是以发展自我为目标。"

　　"……只要是往上走的路，尽管走去就是。"①

　　总之，私生子是自我的立法者，是独特性的化身。他身上具有无限的可能性和无穷的力量。他一直在追寻自己的精神父亲，在追寻独特的爱。其实，那喀索斯也是私生子，他既无父亲也无母亲，是从"无"中蹦出来的生命，是自我的创造者。他所追寻的是镜子里自我的多重影像，他爱的就是自己心中想象也爱自己的男人。这男人，既可以是兄弟，也可以是父亲，只要精神相通便好。如同《伪币制造者》中最后归家的贝尔纳，找到所爱的奥利维埃，以及《梵蒂冈地窖》中迷茫的拉夫卡迪奥，他们既是纪德笔下耀眼的"私生子"的代表，也是不断在追寻自我影像的那喀索斯。他们共同唯一的追求便是"发展自我"。

　　在某种程度上，私生子寻父的主题也是纪德对爱恋童稚的正当性和必要性的委婉论证，是在鼓吹他所推崇的"希腊人的爱情"。私生子的力量来源于他们的精神父亲，在于他在童稚之恋中获得的教益。在纪德看来，青少年气性未定，没有什么能够替代与一个值得信任和爱的较年长的人同时在肉体、智力和道德上的结合更有益的影响了；没有什么比一个年纪较大的同伴在一种刚强和兄弟般的热情气氛中，能够更好地帮助一个孩子不遭受损失，跨过那可怕的青春期的门槛了。只有这样一种口传身授才可以使孩子不受马路上不良的诱惑，使他不会"在一个妓女的床上"作那种使人堕落——而且危险——的行为……②

---

　　①　《纪德文集》3，人民文学出版社 2002 年版，第 311—312 页。
　　②　参见《陈占元晚年文集》，人民文学出版社 2006 年版，第 87—88 页。

第三章

普恋：自我生命的超越

> 我明白了，只有我明白了，要想不被
> 斯芬克斯吞噬，惟一的谜底：人。
>
> 纪德，《俄狄浦斯》，第 283 页

1925 年 7 月 18 日，纪德乘亚西号轮船离开波尔多，同年轻的旅伴马克踏上计划多年的"刚果之行"。非洲对于纪德来说，总是充满梦幻色彩的地方，那里有着广袤无垠的沙漠、灼热似火的骄阳、奔涌不息的河流、神秘莫测的原始森林，特别是有着还远未被欧洲文明改造的种族。他本人"深深受到黑种人，一个没有被文明、法律、服装、习俗……改变的种族所吸引"。纪德到非洲去，是为了逃离文明，忘记自我，发现新的人性。如他所称，"他希望在那里找到……一个自由和自然的人类"[1]。

其实，纪德的这次非洲之行，还有更隐秘的原因。他在接受让·德鲁安的采访中透露了这一点。在他刚果之行前，他问了自己旅伴的父亲阿莱格雷牧师一个问题："您上那儿要干什么呢?"这是一个开玩笑的问题，因为纪德知道作为牧师，他肯定是去传播福音的。出乎意料的是，阿莱格雷牧师神情严肃地回答了这个问题，而且完全不是从基督教的观点出发。他告诉纪德："我意识到在那儿，我们，文明人，给这些不幸的黑人造成多大的灾难，使我心里感觉到好像有一种无法逃避的责任，也要将我们最美好的东西带给他们。"这句话，深深打动了纪德。当他真正身处黑人

---

① 《陈占元晚年文集》，人民文学出版社 2006 年版，第 199 页。

中间，真切理解这句话时，心里便产生了"也许是最猛烈、最持久的欲望"。这一欲望，推动他在中非之行后，发表了《刚果之行》和《乍得归来》，作为见证人，他大胆地揭露殖民当局和某些大公司在当地所犯下的罪行，从而引起了人们对这一问题的重视，促使政府改革这些弊端。纪德所做的，便是要纠正"全体白种人对待黑种人所犯的错误"①。

　　出发时，纪德是抱着历险的"好奇心"而踏上了旅程，他追寻的是"一片陌生的国土"，"一片未开化的土地"，寻求的是"异国情调"。②然而，正如他在《刚果之行》的首页上所写："我已不再觉得踏上这番旅途是出于我自己的意愿……而更像我是不可避免的命运对我的安排。"③这次旅行让他得到意外的、更大的收获。他在给挚友让·施楞贝格尔的信中写道："我曾经期望能使我高兴的一切……劝告我进行这次旅行的一切，都令我失望——就是在这失望之中……我得到了未曾料到的教育。""现在，他看到，文化的敌人不是沙漠，甚至不是野蛮，而是无动于衷，缺少区分。"④这意外的经历促使他在此后十年中，一直致力于为人类的解放和尊严而战的伟大事业，发表了影响深远的《访苏归来》及其《访苏归来之补充》，还有表现他精神遗嘱的《地粮》续篇——《新粮》。

第一节　我与他人之苦难

　　纪德在失去创作灵感，倍感焦虑时便待不住了，需要出发去

---

①　《陈占元晚年文集》，人民文学出版社2006年版，第197、199页。

②　同上书，第196—197页。

③　《纪德文集·游记卷》，由权、朱静等译，花城出版社2001年版，第51—52页。

④　参见艾伦·谢里登《安德烈·纪德——一个现实生活中的伟大人物》下，刘乃银译，群众出版社2003年版，第479页。

旅行。旅行于他既是逃遁也是创作的替代品。刚果之行停驻纪德心头多年，1925 年夏一俟完成了他一生最重要的作品《伪币制造者》，他毅然不顾朋友们的劝阻，在马克的陪同下，急不可耐地开始他的中非探险之旅。加西亚号上的旅客大多是商人和行政官员，只有纪德他们是出于"遣心"的目的而进行这次旅行。在《刚果之行》的首页对话中，我们可以看出他对旅行中将要面对的殖民地人民遭受的苦难没有心理准备。

> "你们到那儿去干什么？"
> "要等到了那儿才知道。"①

可以说，对于非洲之行，纪德最初抱的心态就是去消遣、散心，离开喧嚣的欧洲和纷扰的巴黎文学圈子。他想暂时忘掉自己，从巴黎文人的视野中消失一段时间，让自己置身于一个完全"未开化的土地"，没有被文明过度熏染的国度，在原始的自然中休养身心和心性。② 纪德的好友都劝他放弃这个冒险的决定，认为这极不谨慎。对于这次漫长的探险之旅，纪德做好了最坏的打算，他在出发前甚至写了遗嘱。蒙田是纪德所钟爱的作家，他在朋友劝阻他年岁大、不宜出行时说的话，刚好道出了纪德的心声。

> "在这样的年龄，这么远的路程您绝对回不来。"
> "那又怎么样？我既不是为了能回来也不是为了完美而作
> 冒险之旅。……如果我害怕死在异乡而不是出生地，……那

---

① 《纪德文集·游记卷》，由权、朱静等译，花城出版社 2001 年版，第 51 页。

② 刚果之行数年后的 1930 年，纪德再次谈到当时促使他出发的动机："几天，几个星期，几个月期间，停止考虑自我。从视野中消失。这是穿越一段长长的隧道，穿越之后，希望能看到一个全新的国度……唤醒别人的希望反而让我听任自己睡去。" Cf, André GIDE, *Journal II*: 1926 - 1950, éd. établie, présentée et annotée par Martine SAGAERT, Paris, Gallimard, "Bibl. de la Pléiade", 1997, p. 199.

我只要走出四壁就会恐惧不已。"谈到对死亡的态度时，他说："如果……我可以选择，可能……更愿意死在马上而不是床上，在房子外面，远离亲人。"①

旅行对于纪德来说成为生命的必需，他不能长久地停留于一处，他是一个"行者"。每当他自感精神麻木、坐立不安时，便需要靠旅行来驱散这一消极状态。以他的话说，即"只有用旅行来排遣，我才能拯救自己"②。自从发表了《柯里东》，纪德的声名更响，他成为公众瞩目的大作家，备受关注，同时也不堪其扰。他厌倦了公众人物的身份，厌倦了做"纪德"。他希望能回归不为人知的普通人身份，希望能融入陌生的国度，给自己的心灵放个假，重新回归内心的和谐和宁静。所以，在整个非洲之行过程中，每当他置身于原始森林中，感觉到自我像一滴水融进了大海中，异常欣喜。他为自己不能总是如此失望不已。

纪德的非洲之行是在寻求异国情调，寻求迥异于他所熟悉的欧洲的东西。每当看到一处景色同他在欧洲所见有明显相同之处时，每当他没有身处异地之感时，便产生遗憾和失望之情。倘若碰到他所追寻的异国风情时，便狂喜不已。在前往姆巴利瀑布的途中，他碰见了一个村庄，"它坐落在一片林间空地上"。"这村子那么美，那么奇异，以至于使我觉得似乎在这里找到了这次旅行的理由，似乎进入了旅行的主题。"而姆巴利瀑布也给他带来了绝妙的不同于欧洲的体验。"如果是在瑞士，像姆巴利这样的瀑布，周围肯定会矗立起很多大酒店。而这里却是一片寂静。我们将要

① Cf, *André Gide et l'écriture de soi*, Actes du colloque organisé à Paris les 2 et 3 mars 2001 par l'Association des Amis d'André GIDE, textes réunis et présentés par Pierre MASSON et Jean CLAUDE, Presse Universitaire de Lyon, 2002, p. 41.

② 参见艾伦·谢里登《安德烈·纪德——一个现实生活中的伟大人物》上，刘乃银译，群众出版社 2003 年版，第 243 页。

过夜的一两座茅屋并不破坏这野性、壮美的景色。我在桌上写字，眼前五十米远的地方就是瀑布，月光下仿佛是巨树的枝叶间挂下的一片银光闪闪的水幕。"① 不过，自然界并不能总满足纪德"生活在别处"的要求，不能处处呈现决然迥异于欧洲的线条，不能制造出那么多超乎想象的景色和人情。异国情调是难得的，罕见的，故而需要追寻。纪德的遗憾以另一种形式得到了补偿，即某些时刻因极度激动所体验到的强烈感情，让他产生了漫无边际的遐想。纪德在乍得湖上的一个小岛打猎时所见到的景象，特别有代表性，它包含和象征了其他类似的时刻。这次意外的体验刚好实现了纪德的理想：

> ……啊，我多么希望能够停下来，坐下来，在这儿，在巨大的蚁冢旁，在高大的金合欢的树荫下，看着这些猴子们腾跃，长久地享受这美好的大自然。……显然，如果我一动不动地在这里呆上几分钟，我就会被大自然团团围住。森林中蓬勃的生命活跃在我的周围，一切都好像没有我一样，而我也会忘记自己的存在，完全融进眼前的世界。哦，这难以言表的喜悦！只可惜时光太短暂，我真希望将来能旧地重游。当我怀着从未有过的心灵的震颤前进时，我忘了正向我压来的阴影：现在还在享受着的这一切，将来无疑是无缘再见第二次了。②

无疑，人们难以想象有更理想的境地可以归隐、消融。沉浸在这绝美的森林中，人似乎是回到了上帝创造的伊甸园。黑夜将把一切笼罩在它的阴影里。乐园只呈现一次，永远无法回归，旧

---

① 《纪德文集·游记卷》，由权、朱静等译，花城出版社 2001 年版，第 90 页。
② 同上书，第 239—240 页。

地重游只是一个梦罢了。

寻求异国情调，实际上寻求的就是不同于己所熟悉的环境，不同于己的人情世态。归根结底，纪德所寻求的仍是他极度珍视的人的独特性、差异性。纪德心头想的是异国情调，但他在非洲所见常常是重复的风景和类同的人民：如穿不完的广袤森林，越不尽的高耸大山，塞满眼的破败茅草屋，充满耳的少有节奏变化的达姆达姆鼓，跳不完的单调的单列舞或轮舞，享不尽的苏丹们大同小异的欢迎仪式。特别是当地人对压迫的逆来顺受，对苦难生活的麻木，令纪德感叹不已。

纪德自踏上非洲大陆的第一天起，他便被引导到了另一个方向，他所没有料到的方向——他成为法国政府的代表，被当地人视为伸张正义的救星，被冠以各种荣衔，"司令"、"总督"、"政府"。一路上，纪德所见所闻多是当地人遭受殖民当局、森林公司及当地官吏各种不同形式的盘剥、压榨和欺凌，他亦成为唯一被信赖的投诉对象。这些可怜人，要么被征做劳役，采摘橡胶，修铁路，护养公路，连孩子和妇女都不能幸免。如果他们的劳动有报酬，那报酬极低，连维持基本的生存都不够。森林公司通过贱买高卖收来橡胶和木薯，无情压榨黑人的血汗。当地人一旦交不上来规定的数量，轻则投进监狱，重则被杀。土著头领桑巴·恩克托深夜来控诉白人中士扬巴屠杀他的村民，弄清原委①后的纪德非常难过。又一位土著头领的控诉和猎人加隆的私人日记，让纪

---

①　事情原委：当地人由于不愿放弃他们的农作物，拒绝遵照命令将茅屋搬到卡诺的公路旁边。博达的行政长官便命令扬巴中士去博森贝雷这个村庄对居民实行制裁。于是，扬巴中士带了三个卫兵前去执行命令。一路上，扬巴中士每经过一个村就抓两三个男丁，将他们用链条锁住后带上一起走。到了博森贝雷，惩罚就开始了：十二个男人被绑在树上，村长柯贝勒逃跑了。扬巴中士和卫兵开枪打死了被绑在树上的十二个男人。然后扬巴又挥动大砍刀开始了对妇女的屠杀。接着他又抓了五名幼儿，将他们集中关在一间茅屋里，下令点起一把火。在这次屠杀中，共有三十二名无辜受害者。参见《纪德文集·游记卷》，由权、朱静等译，花城出版社2001年版，第119页。

德愤怒不已。我们可以摘录一段加隆的日记，来了解当地人所遭受的非人苦难，从而探究纪德旅行视野的转变。

九月八日，邦比奥。为森林公司干活的古温迪小组中的十名橡胶工（其他消息来源说是二十个），由于上个月没有上交橡胶（但他们这个月上交了两倍的收成，有四十到五十公斤的橡胶），被罚在烈日下背着沉重的木梁绕工厂转圈。如果有人跌倒，看守的士兵就鞭打他们，逼他们站起来。

"惩罚会"从早上八点开始，在帕夏先生和森林公司代表莫杜里埃先生的眼皮底下持续了整整一天。十一点左右的时候，一位名叫马隆格的巴固马人倒了下去，再也没能爬起来。帕夏被告知此事，但他只说了声："我无所……"仍让"惩罚会"继续进行。所以这些都是当着聚集起来的邦比奥居民和所有到集市上来的邻村首领们的面发生的。

帕夏先生宣布他结束了在博达周围对巴亚斯人的镇压。据他估计（他自己承认），被屠杀的人数上千，包括各种年龄和性别的人。卫兵和参与者为了证实他们的战绩，还得向"司令"出示死者的耳朵和生殖器官；村庄被烧毁，农作物被拔除，大屠杀的开始要追溯到 1924 年 7 月。

……所有这些争端的原因在于桑加·乌班吉森林公司。此公司在橡胶方面的垄断和与当地行政机构的勾结使当地黑人处于艰苦的被奴役状态。所有村庄无一例外被强制向森林公司上交橡胶和木薯，橡胶价是每公斤 1 法郎，木薯价是每 10 公斤一篮值 1 法郎。值得注意的是，在乌班吉—沙里地区，向本地人购买的橡胶价是 1 公斤 10—12 法郎，木薯是每篮 2.50 法郎。一个本地人为了采集 10 公斤的橡胶，得在森林里泡上一个月，而光是从村里走到森林就得花五六天的时间。因此本地人对这种每月只能给他们菲薄收入的工作不感兴趣。

他们更愿意采集油棕的果实。这些植物就生长在村庄附近，采集起来也离村子不远，价格由市场决定（森林公司对这种产品不拥有特许权），可以达到每公斤 1 法郎，而且常常还会更多些。这样，一个本地人可以天天回家睡觉，一个月不太费劲就能有 30 公斤的收获。

虽然有总督的明令禁止，妇女们仍然承担养路及搬运工作。

这一地区的公路穿过一片沙地，没有石子。村中的所有妇女一年到头都从早到晚地给公路填土。而常要到很远的地方去找土。她们没有挖土的工具；她们用头顶着篮子运土。许多妇女怀中还抱着孩子，从而造成夭折和人口减少。

这种劳役被认为是交纳养路费的一种形式，因此没有报酬。妇女们没有任何的食物供应。①

纪德被这些骇人听闻的惨剧所震惊、震怒，决心要替这些善良、敦厚和乐观的人民伸张正义，揭露殖民当局和某些大公司的暴行。

睡不着。邦比奥"惩罚会"的阴影纠缠了我一夜。……从这时起我心头被满腹的牢骚所填满；我知道一些事情而我却不能掌控。是什么魔鬼把我带到了非洲？我到这片土地上来寻求什么？我原先一直是沉默的。现在我知道，我得说。②

我此番旅行是有责任在身的，但起初我却不知道自己该

① 《纪德文集·游记卷》，由权、朱静等译，花城出版社 2001 年版，第 123—124 页。

② André GIDE, *Le Voyage au Congo*, 30 octobre 1925, in *Souvenirs et voyages*, éd. établie, présentée et annotée par Pierre MASSON avec la collab. de Daniel DUROSAY et Martine SAGAERT, Paris, Gallimard, "Bibl. de la Pléiade", 2001, p. 401.

做些什么，自己的角色是什么，会起到什么作用。现在我清楚了，并且开始相信我没有白来。[①]

　　"我得说"，这是纪德无尽愤怒的平和表达，其实底下隐藏着愤怒的火山。他没有像左拉那般振臂一呼，也没有左拉公开信"我控诉"那般直接和有力度，但文字的力量是无穷的。他"只是在写，却仅仅为了明天"，"惟一的希望是让这些文字能得以保持下去"。[②] 他讲这些时，纪德明白他的见证将成为大公司的攻击目标，他意识到自己面对的斗争对象拥有强大的势力。但这没有让他退避，他还是坚定地挺身而出，勇毅地介入，调查大公司和当地不法官吏的恶行。历史证明纪德的努力没有白费。以他在公众中的影响力，他的见证必将唤起他们对非洲殖民地人民的同情和关注，让政府和公众不再面对暴行而无动于衷，必将促使政府改进他们的政策，最终改善当地黑人的处境和生活。我们从纪德的文字中，可以体会到作为苦难见证人的他，内心怀有深沉的苦痛和压抑的愤怒。在快结束刚果之行抵达阿尚博堡时，纪德似乎在对过去的行程作一总结："在我们经过的那些地区，看到的只是被践踏的种族。他们并非生而卑贱，而是被轻视、被奴役，只怀有最卑微的一点对生活的希冀。这是一群没有牧羊人的可怜的羊群。"他为终于结束了这段痛苦的历程而感到欣慰："越过野蛮地带，我们终于接触到了另一种文明，另一种文化。"他的眼中重新出现了阳光，感觉到了"地狱的对岸"。[③]

　　这一欣喜有点过早了，乍得的情况并不比刚果好很多，尽管有他的朋友科佩在那儿任总督。为了说明乍得的特别，纪德在文

──────────

　　① 《纪德文集·游记卷》，由权、朱静等译，花城出版社 2001 年版，第 125—126 页。
　　② 同上书，第 127 页。
　　③ 同上书，第 204 页。

中用了一个下注。这个注中提到"在当时记下这些文字时，我们还远没有挥去在地狱边界上那段长长的旅行所带来的深刻印象"，即"这种个人与群体不分的印象"。他举了殖民当局的一个通告为例。这个通告禁止当地人为个人利益耕种任何作物，称"每个当地耕种人的集体是它的所有成员的共同劳动所开发的树木和作物的惟一拥有者"①。这个细节对纪德来说有重要意义。既然有禁止"为个人利益而耕种"的必要，说明当地人有私心，有区分个体与群体的意识。这让他明白"这种个人与群体不分"的现象并非是当地人民与生俱来的，相反是殖民当局推行的一种真正非人化的过程，是被压迫所造成的后果。这完全可以同纳粹统治时期他们对犹太人的手段相比拟。纳粹政府用尽一切手段，让个体失去个人本质的东西，失去个体的人格，把人变成牲口，既没有思想也没有意志，像一群牲口被四处驱逐，不知道未来的方向。这是纪德从群体的角度给出他们懂得区分的力证。

我们还可以分析另一个非洲人民懂得区分的例证。这次，纪德是从个体的角度来体现这一点的。阿杜姆是纪德的翻译，他身上充分展现了黑人所具有的同所有其他正常人同样拥有的智慧和感情。纪德坚持一路教阿杜姆识字、阅读。他们之间建立起了深厚的感情。从纪德的文字中，我们可以看出纪德对阿杜姆的欣赏和喜爱之情。在同阿杜姆分离时，纪德说的话、做的事足见他动了真情。他不仅让总督帮阿杜姆返回家乡，而且还以阿杜姆的名义给他的老母寄钱。对阿杜姆，他丝毫不吝自己的赞美之词：

> 那般忠诚不已，谦恭而高尚，孩子般地想要把事做好，那么多爱的可能，遇上的却往往是粗暴无礼的对待……阿杜姆肯定与其兄弟们没多大区别，没有哪个特点是他独有的。

---

① 《纪德文集·游记卷》，由权、朱静等译，花城出版社2001年版，第204页。

透过他，我感觉到整个一群隐忍的人，一个受压迫的可怜种族，我们以前不懂得理解他们的美、他们的价值……我多希望能不再离开他们。一个朋友的死也不会令我更悲伤，因为我知道再也见不到他了。①

阿杜姆是这个隐忍的群体中的一员，他以自己有限的法语水平竟能胜任翻译的工作，证明他有非凡的聪明和智慧。他懂得爱、感激，有能力同别人建立起友谊，说明他感情的丰富。所有这一切表明阿杜姆是一个独特的个体，一个懂得区分的个体。一滴水可以照见一个世界，窥一毛可以见全豹。个体的独特性寓于全体之中。

我想描绘他的品质，向人表明，确切而论，这些品质没有什么是他个人所独有的。我可以肯定阿杜姆不是个特别人，相反，我觉得他完全能代表他的民族、他的种族——因此，他朴实的感激之情如此强烈地震撼我。②

他越是把阿杜姆描绘得平凡，不是特例，越是能表现非洲人民的可贵品质。纪德从阿杜姆这个个体的例子是要证明在他眼中，非洲人民是"高尚、纯洁和诚实"的人民，并不像在有些白人眼中，他们只是一群"懒惰、愚蠢和爱撒谎"的无赖。纪德不无讽刺地称，"那些能将这些人变成无赖的白人，不是自己是更恶的无赖，便是十分蹩脚的笨蛋"③。

可以说，赤道非洲当地的建筑、人情和风俗的类同，少有区

---

① 《纪德文集·游记卷》，由权、朱静等译，花城出版社 2001 年版，第 332—333 页。
② 同上书，第 334 页。
③ 同上。

分（différenciation），并非当地人民本质的天性，而是创造性被压制的后果。在欧洲文明中，人的自由天性被视为最不可剥夺的人权，"不自由，毋宁死"的自由观深入每一个欧洲人的灵魂。只有自由的天性不被剥夺，人才有创造的可能性，人才有可能成为独特的个体，才能有同群体区分开来的质核。唯有个体成为"最不可替代的生命"，才会有群体文明和文化的产生的可能。作为最懂得区分的欧洲文明为何要在非洲大陆去剥夺黑人的自由，让他们失去区分，成为千人一面的、可以互相取代的个体呢？这引起了纪德对人性和文明间沟通的可能性的思索："一个既不会讲他们的语言、又仅仅是过客的人，要想深入了解一个民族的潜层心理几乎不可能，虽然他们很热情、坦诚。"①

非洲之行给了纪德理解自己身处的欧洲文明的一个契机，非洲大陆成为欧洲文明的镜子。黑人的单纯、朴实、善良和爽朗，他们懂得感恩、报恩，这刚好同统治他们的白人的残暴形成鲜明的对照。纪德在整个旅行结束时，也是在轮船上，回欧洲的轮船上，他又记录了一次对话。这是在白人孩子间的对话。这同文首他前往非洲大陆时在轮船上同其他旅伴的对话形成一个完美的对接，构成一个富有深意的对称。

　　　　男孩对瑞典人说："我们法国人，我们讨厌其他民族。所有法国人……是吧，乔治？……不错；这是法国人的特有人性，不能容忍其他民族……除非我们承认他们有优点……啊！我们要承认他们有优点，那可是完全彻底的。"

　　　　他又对小女孩说："我呀，我把那种懂得自己演奏的东西的人叫音乐家。那种敲击钢琴就像人们用脚踹黑人的人，我不叫音乐家。"而且补充说要"消灭"后一种人，即那些假音

---

① 《纪德文集·游记卷》，由权、朱静等译，花城出版社 2001 年版，第 317 页。

乐家。

　　小女孩急了，叫道："那谁来奏乐让我们跳舞呢?"①

　　纪德听完对话，不禁心生感慨，"在这个年龄，可真难保持自然本色，至少对白人如此。人只想语惊四座，只想出风头"②。文首纪德在回答"你们到那儿去干什么?"时，用了一个满怀期待的回答"要等到了那儿才知道"。旅行结束了，他找到的这个问题的答案完全出乎当初的期待。非洲大陆不缺乏异国情调，但这已经满足不了纪德的旅行要求。他有更重要的使命，即替灾难深重的饱受压迫的非洲当地人代言、控诉。他超脱了自己个人的追求，投入到为一个种族解除奴役状态，为实现人类解放的事业中去。他负起的是对人类文明进行思考和批判的使命。

　　揭露、批判殖民体系，质疑欧洲文明本不是纪德的初衷，但在非洲亲眼目睹当地黑人的悲惨境遇，迫使他不得不负起官方巡视的使命。旅途中碰到的那些可怜人，他体察他们的痛苦，倾听他们的控诉，探问他们的遭际，同情他们的命运。同情心使他不能沉默地回到巴黎，他要奋起同殖民制度作斗争，要在全人类面前为非洲人民受到的压迫和奴役作有力的见证。回到巴黎后的两年间，他全身心地投入自己未竟的使命，竭力捍卫这群被人遗忘的、悲惨的黑非洲人民的基本权利，机智地同那些大公司作斗争。

　　其实，这个使命落在纪德头上让他陷于尴尬的境地。我们知道，纪德的非洲之行是负有官方使命的，这使他能够赢得殖民地官员的信任，并且获得他们提供的很多协助，特别是纪德的朋友——乍得总督科佩的有效关照，比如征调挑夫运送物资，一路提供的安全护卫及医疗保障。否则，在卫生条件极差、食物匮乏

① 《纪德文集·游记卷》，由权、朱静等译，花城出版社2001年版，第401页。
② 同上。

的非洲，仅靠马克和纪德他们两人是难以完成这次艰难的探险旅程的。纪德在出发前还受到桑加·乌班吉森林公司的总裁韦伯的热情款待，他们之间也以朋友相称，而且后者几次写信极力推荐他作为官方代表去非洲旅行。可见，纪德所要揭露和斗争的对象，无论是实力雄厚的大公司，还是殖民官员，跟自己都关系密切。然而，他义无反顾，坚决揭露他们对当地人民所实行的残酷剥削和统治。

揭露和控诉需要充足的证据，幸好纪德带了自己的旅伴马克。他跟当地人打得火热，一路不仅拍照还摄影，留下了大批鲜活的证据，特别是他也写了一本书，叫《刚果游记——跟纪德同行》（*Carnets du Congo. Voyage avec Gide*），旅伴的记录同纪德的材料相互印证，具有无可辩驳的可信度。纪德还有一个特别有利的条件，他掌控着新法兰西评论这个出版阵地。当然，我们也不能忽视纪德自己的知名度，同时他还拥有一大帮国内外的朋友，这当中有些人在巴黎媒体中有举足轻重的地位，如莱昂·布鲁姆。正是布鲁姆1927年7月5日和7日在《人民报》上发表的一篇署名《刚果之行》的文章揭开了同桑加·乌班吉森林公司斗争的序幕。所有这一切，让纪德的控诉不会被轻视，必然会引起公众的关注，掀起激烈的论争。

纪德自己身处体制之中，从一开始他就特别注意斗争的策略：不要树敌太多，以便集中火力攻击重点。这一点对于保证斗争的胜利至关重要。其实，这一策略很简单。首先，绝对将高级行政机关与此撇开（总督、殖民部），放过地方行政机构。不突出其不作为，只强调它的人手不足，甚至每有及时的改善都不吝夸赞。他的火力主要集中在两个层面。一个是对下层执行人员（卫兵、中士、森林公司的代表、维护治安的苏丹、殖民当局任命的当地负责税收的官员等）；另一个是一家叫桑加·乌班吉的森林公司，当然其他大公司肯定也有类似劣迹。纪德不提，一方面可以让自己免于被指责同桑加·乌班吉森林公司有利益同盟关系；另一方面也是为了避免火力过于分散，反而四面树敌，招致围攻，结果适得其反。纪德在整个揭露行动中，尽量克制自己的感情，避免使用情绪化的语言，刻意不去作评判，只是用详尽和不可辩驳的事实去说话，同时引用一些殖民高级官员的报告和日记作佐证。他极力避免把自己摆在行政当局的对立面，称自己的"文章没有其他的企图，只是给当局去除弊政借以厉手"①。

那些大公司在非洲都打着"开发"的旗号，声称来非洲是为了帮助当地的发展。但纪德一针见血地指出，他们所谓的"开发"实质是对非洲的"全面脱脂化"剥削，是一种"可耻的掠夺"。纪德特别指控桑加·乌班吉森林公司，因为该公司的合同1929年到期，他们正争取能够续签合同，继续取得在非洲的专营权。而纪德在非洲亲自耳闻目睹了该公司在当地的恶行，他觉得有必要争取议会的支持，不让该公司在合同期满后能继续在非洲为非作歹，残害当地人民。他决心捍卫黑非洲人民的利益和尊严。他在文中写道：

> 我在此关注的恶行阻止了一个国家和人民的进步，它为了几个人的利益毁了一个地区。我急切地要说特别在我们的赤道非洲，更厉害的是在中部刚果和加蓬。而夏里—乌班吉地区因为当地殖民公司放弃了他们的特权，这一恶行已消失。②

也就是说，殖民公司的特权是万恶之源。这些特权包括政治的、司法的和警察的权力。只有取消这一特权，非洲人民才有可

---

① Cf, Daniel MOUTOTE, *André GIDE : l'engagement* (1926 – 1939)，SEDES, 1991, p. 80.

② Ibid. , p. 80.

能摆脱被奴役的状态。自然，取消殖民公司的特权成为纪德首要的斗争目标。

当然，这些被控诉的对象并没有坐以待毙，他们展开了反扑，特别是森林公司的总裁韦伯。他指责纪德缺少"辨识力"，把"例外"当成了普遍，误导了公众的注意力，纪德所作所为是"轻率的"，不负责任的，否认纪德的披露行为具有"积极意义"。他们甚至指责纪德的控诉是针对殖民体制本身，企图将纪德同行政当局对立起来。为了回击这些反扑，纪德大量引用殖民地高级官员的官方报告，让对方无法指责自己的揭露仅是一面之词，也无法否认控诉的效力和权威。他还同马克在布鲁塞尔开讲座，放映马克在旅行途中所拍的电影《刚果之行》，直观地给公众展示非洲的真实面貌。

纪德因为握有不可辩驳的证据，且斗争策略得当，巧妙利用自己能借助的力量，最终他的行动取得了丰硕的成果。他的努力没有白费。1926 年 10 月 2 日，官方汽车到他的别墅接他去参加殖民部会议。在那里，他们读给纪德听的部长报告中提到，在日内瓦召开的国际劳工会议上，讨论跟劳工有关的规定时，人们引用《刚果之行》作证。会议所制定的有关劳工的条款有利于保护非洲人民的正当利益。这一成果同纪德的积极介入和努力抗争不可分离。① 公众舆论被唤醒了，殖民政府宣布同森林公司的租地契约将不再续签。

这次艰难的斗争着实让纪德感到精疲力竭。这一经历不仅让

---

①　前部长、国际劳工会议主席阿·托马斯在 1929 年致纪德的信中写道："我该告诉您，在收集了国际劳工会议的意见之后，尽管有不少的困难，费了不少力来克服，您的大作已经取得了成果。"纪德在日记中也倍感欣慰地写道："一辆汽车将我载到殖民部，在那里我得以见到 C.（科佩）极为热情的朋友 B.。他告诉我在日内瓦的国际劳工大会上，大家讨论一部关于土著劳工的法规相关条款时，作为刚果劳工问题的唯一材料，我的书成为讨论的基石，他给我读的部长的报告也证明了这一点。"Cf, Daniel MOUTOTE, *André GIDE：l'engagement* (1926–1939), SEDES, 1991, p. 83, p. 26.

他开始质疑殖民制度，而且开始质疑他身处其中的社会形态。他希望能有一个理想的社会，在那里人们摆脱了资本的强大力量，人人都可以得到自由的发展。最终，这促使他将目光投向取得革命胜利的苏联，那里正在进行的社会主义事业寄托了他的社会理想。

第二节　我与幸福之使命

1925—1926 年的赤道非洲之行让纪德对人类的苦难有了深刻的体会和认识。他在日记中写道："人类苦难多么巨大。面对这些苦难，某些富人的无动于衷或者他们的自私叫我越来越难以理解。只关心自我，只操心自己的舒适、安逸、得救，表明他们缺乏仁爱，这总让我更觉得恶心。"[①] 他的目光渐渐远离自我，远离追寻自我欲望的满足。他的目光转向大写的"人"，由小我转向大我，人类的解放和幸福成为他优先关注的问题。而建立在家庭、宗教和政体之上的等级制度，容许殖民剥削的资本主义社会体制无疑成为人类获得解放的障碍，它阻滞了人类的进步。人类要摆脱这受剥削和压迫的枷锁，争取精神和物质的极大满足，从过去为生存而活的束缚中走出来，人类的劳动不再成为谋生的手段，而是幸福的需要，人人可以彼此共享共同创造的劳动成果。马克思提出的共产主义正是对这些理想的理论化。俄国十月革命的成功缔造了地上第一个"理想国"——苏联，它是人类第一次进行共产主义的实践。在纪德看来，十月革命是法国大革命的延续，为欧洲开创了理想社会的模型，他为此而欢欣鼓舞。"这绝非苏联和这些美妙时日的小成就，它仍在撼动我们的旧世界。在新的天空下，

----

① Cf, Daniel MOUTOTE, *André GIDE*：*l'engagement*（1926 – 1939），SEDES，1991，p. 149.

伴着新的星星，它解决了至今一些无可置疑的新问题。"① 对纪德来说，苏联乃理想社会的化身，也是人类得以拯救的希望。他所生活的"旧世界"需要新生，需要被改造。当然，改造社会的力量是人，而青年是人类的中坚力量，他们是未来的希望。人的改造，首先需要改造观念。纪德的社会理想就寄托在青年人的身上，因为他觉得自己是无缘等到这一理想实现的那一天。他有着极强的使命感，为此他积极地介入社会政治，尽管这非他所长②。纪德就此开始了与共产主义苏联的亲近，这一时期长达六年之久（1931—1936）。

纪德同苏联的亲近还有另一个重要原因，即 30 年代严峻的国际局势。自美国 1929 年的纽约股市"黑色星期一"起，世界性的经济危机爆发。这次经济危机影响深远，它直接触发了各国的社会和政治危机，将一些国家的右翼极端势力推上权力高峰。为了转嫁国内的危机，上台后的右翼极端势力走上了对外侵略扩张的道路，从而酿出二次世界大战的苦酒。危机对欧洲的影响甚巨，法国的近邻德国和意大利就此走上了法西斯道路。德国利用法、英政府的绥靖政策，悍然撕毁凡尔赛条约，重新军事化。希特勒借助国内高涨的民族主义情绪，组建纳粹党，取得了政权。意大利的墨索里尼政府也毫不示弱，同样走上了德国的法西斯道路。纪德尽管专注于文学创作，但他是少有的几个对局势有着清醒认识的人士之一。他明白法国和欧洲正面临着德国和意大利法西斯好战分子的战争威胁，毅然投入反战行动。1932 年 7 月 7 日他写信给沙莱，表示自己对世界反战大会筹备委员会的支持。不过，

---

① Cf, Daniel MOUTOTE, *André GIDE*：*l'engagement*（1926 – 1939），SEDES，1991，p. 174.

② 纪德讲过多次：政治非他所长。他行动的目标是寻求精神的解放。他希望这在苏联能够实现，但他同时又想置身于政治活动之外。他只想做一个人道主义者。Cf, Daniel MOUTOTE, *André GIDE*：*l'engagement*（1926 – 1939），SEDES，1991，p. 152.

纪德没有参加 1932 年 8 月 27—29 日在阿姆斯特丹的反战大会。这并非他改变了立场，而是在他看来，与其以言语介入，不如以行动介入更实在。对他来说，核心的东西是观念。行动是观念的应用，是对观念进行全面的检验和实践。文学创作反映的是作家对世界和人生的观念。因此，思想的自由和写作的自由在他看来是自由的标尺，最弥足珍贵，也最不能被侵犯。法国大革命所带来的人的权利和尊严必须得到捍卫。大革命不能倒退，也不应该停滞。1933 年他响应革命文艺家协会的号召，抗议发生在德国的一系列破坏自由和人权的事件。希特勒上台后，借国会纵火案，大肆清洗政府内部的左派人士，政府加速右转。他下令逮捕了数千名共产党员、社会党人士、犹太人及知识分子，肆意践踏魏玛宪法所保障的个人自由。纪德的抗议发表在 3 月 6 日的《人道报》上，语气凝重但足显睿智：

> 德国正给我们树立一个可怕的受压迫的榜样，压迫把这个国家注定导向民族主义的偏执，而他们却把拯救的希望寄予这种偏执。它迫不及待地抓住一切借口或挑起借口，抓住所有控制的手段，不管这多么不公正，在它都是好的。这样的政策必然导致战争。①

要制止战争，每一个公民都得行动起来，在各自的国家同这死亡的势力作抗争，反对战争。纪德指出斗争的方向："想要避免战争的人们就得承认只有阶级斗争，我想说的是每个国家同霸权主义的斗争，才能消灭正在酝酿的新冲突，而这一次，是要命的冲突。"② 他在 1933 年 3 月 21 日的革命文艺家协会组织召开的反

---

① Cf, Daniel MOUTOTE, *André GIDE*: *l'engagement* (1926 – 1939)，SEDES, 1991, p. 158.

② Ibid. , p. 158.

纳粹大会上被推为主席，主持会议。纪德致了一个简短的开幕词，其中他再次发出同样的号召：

> 我们知道唯一能"以战止战"的方式，就是每个人，每个民族在他自己的国家向霸权主义开战，因为一切霸权主义必然生出战争。①

纪德自己身体力行，利用自己的影响力积极支持国内和国际上的反战斗争。1933 年 9 月 22—28 在巴黎召开的反战和反纳粹青年世界大会上，他是"五个名誉主席之一"。尽管他没有亲自参加大会，但去信表示支持。因为他认为自己的力量在于笔头，在于写自己该写的东西，如此比他口头的演说更有助于同纳粹的斗争。1934 年他同马尔罗一道到德国，要求见宣传部长戈培尔，抗议继续监禁被指控为国会纵火案的幕后主使季米特洛夫。同时，世界各地也举行了声势浩大的抗议集会。最终，2 月 27 日季米特洛夫被释放，回到了莫斯科。纪德认为国际上为争取释放季米特洛夫的斗争影响巨大，莱比锡审判转变成了针对希特勒纳粹主义的斗争。季米特洛夫的案件远远超越了个人、地域的局限，折射出来的是两大势力的冲突：法西斯和共产主义。

作为声名卓著的作家，纪德的社会介入是基于他个人的原则，维护和捍卫人的价值，促使个体自由发展，推动人类的进步。对一切有利于人的解放和进步的事业他都真诚地欢迎和坚定地支持。他的社会介入没有政治人物常有的考量，只是为反法西斯，反对战争而尽心尽力。作家的力量在于创造作品唤醒民众，从而引起疗救的希望。纪德接近苏联，一度成为党的"同路人"，因为纪德

---

① Cf, Daniel MOUTOTE, *André GIDE：l'engagement* (1926–1939), SEDES, 1991, p. 159.

一直视苏联为一个全新的国家，是他一直在追寻的"地上乐园"的现实样本。它没有阶级，没有家庭，没有不平等，是一个"革命"国家，是能够使"旧世界"焕发青春的国家。面对希特勒好战的纳粹主义，面对被战争阴云所笼罩的法国和欧洲，纪德把希望寄托在新型国家苏联和他的人民身上。他在致莫里尼埃的一封信中，高度称赞苏联人民，把他们放在当时法国人民学习的榜样位置上："苏联人民正给我们树立一个杰出榜样，他们需要我们提供的，并非乔治·奥赖特，我们资产阶级的无上快乐，而是普希金；他们玩的不是波洛特纸牌，而是国际象棋。"[1] 在纪德看来，法国的对外政策应该是联合苏联及一切厌恶战争的人民，共同遏制希特勒的好战纳粹主义。1933 年十月革命胜利纪念日，纪德借此号召各国人民联合起来同法西斯作斗争：

> 在 1933 年的这个秋天，面对高涨的狂妄自大的民族主义，面对过去偶像的丰功伟绩，以他们为榜样引领人民去战斗，因此俄国革命纪念日具有特别重要的意义。我们应该藉此加强我们的联盟。[2]
>
> ……今天在我们心头占有重要分量的事业不再是哪一个国家的事业。无论在法国还是在任何其他地方敌人始终是同一个敌人；我们正是为了对付这个共同的敌人应该联合起来。[3]

纪德看重苏联，认为苏联是拯救欧洲的希望，其实有着更深层的思考。法西斯的兴起和猖獗根源于民族主义至上的传统。民

---

① Cf, Daniel MOUTOTE, *André GIDE*: *l'engagement* (1926 – 1939), SEDES, 1991, p. 174.

② Ibid. , p. 219.

③ Ibid. , p. 170.

族主义的过度宣扬必然走向极端，从而导致极端荒谬的种族优劣论，必然导致灭绝人性的种族清洗和对外的野蛮侵略扩张。疗救的希望在于改造法西斯产生的土壤，即从社会环境和人的观念入手，才能根本扭转欧洲纳粹主义甚嚣尘上的局面。纪德在《影响》中写道：

> 实在说，政治问题我不太感兴趣，而且觉得不如社会问题重要；社会问题又不如道德问题重要。我认为前面的问题会导致后面的问题，如今我们所抱怨的一切问题里面，应该更多关注的是人而不是机构——并且首先，特别是人的变革尤为重要。①

他在 1935 年末的日记中深入分析了拯救的途径：

> ……直到最近的这些日子，我仍然认为首当其冲的是改变人，所有的人，每一个人……
> 我至今相信人本身的改变首先需要社会环境的引导，协助——由此首先需要关注社会环境。
> 但两者不可偏废。②

苏联作为新型国家的典范，"地上的乐园"，法国大革命的继承者，无论从道德上，还是社会环境上，在纪德眼中，都是欧洲学习的榜样。他在《访苏归来》的前言中写道："那里正在进行一场前无古人的尝试，使我们的心中充满了希望。我们期待着那里

---

① Cf, Daniel MOUTOTE, *André GIDE：l'engagement* (1926–1939), SEDES, 1991, p. 224.

② Ibid. , p. 211.

取得巨大的进步，出现能够带领全人类前进的飞跃。"① 带着这份热切的期望，感情易于冲动的纪德觉得有责任向希望的承载者——苏联青年表达自己的敬仰和鼓励。他始终不忘文学的功能在于"促使行动"。

1933年，纪德给苏联青年发去了一封公开信，信中写道："苏联青年们，在你们登上历史舞台前，我的心就同你们在一起！"其实，纪德对苏联青年并不了解，写信的语气显得夸张，富于理想主义色彩，但从纪德的性格来讲，他的话语确实无比真诚。他的信并非针对现实中的苏联青年，而是青年的神话、某种青年的原型、他思想的化身。苏联青年在他眼中是精神和自由重生所依托的希望。他在信中深情赞美这一代表未来希望的群体："我们很多人向你们投去敬重和羡慕的目光：对，羡慕，因为你们所受的苦难，因为你们的英雄气概，及为自由所表现的坚韧。尽管你们自己肯定无缘享受，但后人所享有的自由应该归功于你们。"他以这句充满激情的话语结束："从今往后，目光向着你们，我们前进！"② 在纪德的思想中，哪怕是在和平时期，在平常生活中，为了组织一个更好的社会同样存在牺牲和奉献。那为什么纪德将这一角色交给了青年呢？我们知道，纪德自发表《地粮》号召青年走出家门，接触大地，大胆追求生活的快乐以来，已经成为几代青年的精神导师。加之，他本人又有爱恋童稚的癖好，始终对青年充满热情和好感，认为青年时期是人最富于创造力的阶段，他们承载着未来的秘密和希望。作为长者，有责任帮助和引导他们成长。他在1921年的日记中宣称：

　　　比俊美更吸引我的是青年，它有难以抗拒的魅力。我相

---

　　① 《纪德文集·游记卷》，由权、朱静等译，花城出版社2001年版，第3页。

　　② Cf, Daniel MOUTOTE, *André GIDE: l'engagement* (1926–1939), SEDES, 1991, p. 162.

信真理在他们身上；我相信他们反对我们总是对的。我觉得
作为长辈的我们不是设法去教育他们，相反应该从他们那儿
寻求教益。当然我知道青年会犯错，也知道我们的角色应该
是尽可能地去警醒他们。但我觉得常常在警醒他们时，却在
阻碍他们。我相信每一代新人的到来都负有一个使命，他们
应该传递这一使命。我们的角色就是帮助他们完成这一
使命。①

革命青年是改造旧世界的生力军，对他们纪德当然愿意大力
支持，无论在精神上，还是在物质上。1936 年，共产主义青年团
的代表要在纪德所在的瓦诺街区成立一个第七区青年俱乐部，请
求纪德给予支持。纪德不仅同意做他们的名誉主席，而且还给他
们一张自己的签名留言照片，供他们的杂志《先锋》发表。照片
上写着："赠给第七区的年轻人，他们的同志兼朋友安德烈·
纪德。"

纪德当然知道自己的责任和优势。他觉得有必要创作一部作
品来表达自己对青年的热望和警醒，这便是《地粮》的续篇《新
粮》，这部 1935 年发表的作品是真正写给青年的诗篇。他在访苏
期间给莫斯科大学生作的一次演讲中解释了自己的创作动机：

新俄罗斯的青年们，你们知道我之所以如此欢欣地为你
们写《新粮》，是因为你们身上承载着未来。未来不会从外部
获得，它就在你们自身。绝不仅仅是苏联的未来，因为世界
其他国家的命运取决于苏联的未来。未来，是你们去创造

---

① André GIDE, *Journal I*：1887 - 1925, éd. Eric MARTY, Paris, Gallimard, 1996,
pp. 710 - 711.

的……①

其实,《新粮》并非纪德精心创作的一部作品,尽管从开始构思到最后出版历经 19 年的时间。这一创作计划屡次提起,但都只是开了个头,并未最终完成。纪德第一次提到这个题目,是他 1916 年 2 月 1 日的日记:"我满心渴望写这本关于思考或高尚的书,它是《地粮》的姊妹。……"日记的前几行写道:"我力图每个早上和每个夜晚,留出半个小时去思考、清心、静心和等待……'只是简单地留意上帝的这一存在,沐浴着他神圣的目光'。"②

如果追溯到更早,应该是 1910—1911 年。当时他创作了"四首颂歌",抒发快乐、幸福和欲望的激情。这四首颂歌后来被放进了《新粮》。随后,1917—1918 年,纪德经历了生命中最富激情的时期,他对马克疯狂而痴迷的爱。第一次,在他身上灵与肉的对立被消融,指向了同一个对象。这促使他要创造一部新的作品,承接《地粮》的解放精神,为它画上圆满的句号。《地粮》是他第一次同过去生活决裂的成果。1893 年他到北非旅行,第一次寻求到了肉欲的满足,为庆祝自己的新生,也为了鼓励青年人大胆追寻快乐而创作了这部影响巨大的作品。《新粮》则是第二次同生活决裂的成果。1918 年他同马克在英国度过了一段充满激情的时光,但归家后却遭受玛德莱娜焚信事件的致命打击。由此,他对自己的性倾向再也无所顾忌,让他可以集中实现《新粮》想表达的意图,写了同性恋三部曲:《如果种子不死》、《柯里东》、《伪币制造者》,分别表达了自己对同性恋供认,辩护,表彰的态度。他想传达这样一种思想:生命的意义和中心在于所有人能自由地追寻

① Cf. Daniel MOUTOTE, *André GIDE*: *l'engagement* (1926–1939), SEDES, 1991, p. 164.

② André GIDE, *Journal I*: 1887–1925, éd. Eric MARTY, Paris, Gallimard, 1996, p. 923.

快乐。1921 年，纪德给小妇人讲：

> 继《柯里东》之后，我会……以一种更宽、更广的方式去谈这些事情。……创造幸福的理论！正是在此意义上我想写《地粮》的续篇。要幸福的责任，向自我寻求幸福！我确信幸福在于奉献自我，肯定是这一点将我引向基督。①

由此，可以看出纪德的思想发生了变化，从只关注个人快乐转向创立幸福哲学，从只关注自我转向关注他人，如同福音书所宣扬的，"像爱自己一样爱后来者"（《马太福音》）。《地粮》宣称"不要相信你的真理可以被任何别的人发现"，"将你自己急迫地或缓慢地创造成最不可替代的个体"②，主张个体不受约束，以追寻自我快乐为最高原则，这容易导致人的分裂（灵与肉）；而《新粮》中则主张"在增进别人的幸福中寻找幸福……不要接受任何你能够改变的邪恶，……总是告诉自己，生活可以更好——你自己的和别人的"③，致力于将人统一于同一个存在——自我和世界相融合的世界。

这部作品孕育过程之长在纪德的创作中是很少见的。伴随着作者经历和思想的变化，特别是第一次世界大战时在法比之家的志愿服务，后来的赤道非洲之行及作为同路人跟苏联的亲近，使他为别人奉献的思想得到深化和扩展。1928 年，在经历同殖民大公司和法国的殖民政策的斗争后，纪德极度忧伤，一度相信自己将不久于人世，视《新粮》为自己给后人的遗嘱：

---

① Cf, Alain GOULET, *Vivre pour écrire*, Librairie José Corti, 2002, p.323.
② André GIDE, *Les Nourritures Terrestres in Romans*, *Récits et Soties*, *Oeuvres lyriques*, Paris, Gallimard, "Bibl. de la Pléiade", 1958, p.248.
③ Ibid., pp.299-300.

　　下面这几页是 1922—1928 年写就的。当时我想，我也不知道为什么，自己没有多长时日可活，很乐意把《新粮》，这几页是其中的一部分，看做某种遗嘱。在我的计划中，《新粮》应该是《地粮》迟来的姊妹。……我很担心这本书总处于开始状态。这绝不是我的思想改变了方向，只不过是一些事件让思想有了更确切的指引①。

　　所以，这部遗嘱性的作品必然是作者最高智慧的结晶，它照亮未来，为未来播下希望的种子。

　　1931 年，纪德在给圣茹克佩里的《夜航》序言中写道："我特别感激他阐明了这样一个矛盾的真理，对我来说具有极端重要的心理意义：人的幸福不在于自由，而在于对责任的接受。"② 从这一时期起，纪德不再隐藏自己对共产主义同情的态度，并想尽自己的能力去帮助实现这样一个社会理想，它更公正、更合理、更美好。所以，《新粮》中最初对个人快乐的颂扬转为鼓励人人为增加所有人的快乐而努力。他真正重新开始写《新粮》，最早也要到 1931 年③。语气最坚决，最凝重的篇章也是在 1931—1935 年写成的。最后之所以在 1935 年出版，因为纪德自介入共产主义后，很少有作品问世。他陷入了创作的枯竭期，极力想改变这一尴尬状态。当然，在莫斯科所导演的共产主义大合唱中，他要亮出自己独特的嗓音。最终，纪德集合"分属于不同时期的片断，打算

　　① André GIDE, *Journal II*: 1926 - 1950, éd. Martine SAGAERT, Paris, Gallimard, "Bibl. de la Pléiade", 1997, pp. 103 - 104.

　　② Cf, *Notices*, *Les Nouvelles Nourriture* in *Romans*, *Récits et Soties*, *Oeuvres lyriques*, Paris, Gallimard, p. 1497.

　　③ 纪德在 1931 年 1 月 22 日的日记中写道："太多的计划。不知道该从哪儿落脚，我在犹豫，而时光却溜走了。《俄狄浦斯》完成后，摆在我面前的……最后，首推《新粮》。" *Cf*, *André GIDE*, *Journal II*: 1926 - 1950, éd. Martine SAGAERT, Paris, Gallimard, "Bibl. de la Pléiade", 1997, p. 246.

组成他的《新粮》。他决心如此呈现，尽管不太协调"①。这是纪德的朋友让·施楞贝格尔在《关于文学生活的笔记》中透露的。他还在一封信中更清楚地表达了对于片断变成作品的惊喜：

> 我几乎可以认出《新粮》中许多组合在一起的片断，因为你给它们作的梳理使其动作一致。大家肯定总感觉到作品前四分之一跟其余的部分脉络不同。不知情的读者，在看下一篇时，会有跳跃的感觉，像是电梯一下把你送到了第六层。不过，话说回来，整本书丝毫没有减少它的统一性，只不过思考较《日记的散页》语气不同而已。你希望延伸前期的《地粮》，你完全找对了路。同样的思维方法，同样的幽默感或鲁莽。这本新书会有同样的读者群加入。②

由此可见，这部作品经过了作者精心构架、梳理、编织，将各个不同时期，不同纹理的片断镶接在一起，同时取消了日记体中论说的语气。呈现在读者眼前的是一部具有统一性的文本，富有诗性和激情。这样一部将各个时期的片断糅杂而成的"不太协调"的作品，它的统一性体现在哪儿呢？从对作品的整个孕育过程的梳理过程中，我们可以将其分成五个时期：20 世纪第一个十年即后浪漫主义诗歌时期，专注于对快乐的颂扬；1916 年宗教危机，经历"心灵的黑夜"时期；1917—1918 年同马克关系的初期，体会幸福忘我的时光；1922—1923 年间写几个动人的《会见》，表达对弱者和苦难的同情；1931—1935 年共产主义时期，同苏联的亲近，论证对人类进步的信仰。据此，我们可以看出纪德思想发

---

① Cf, Alain GOULET, *Vivre pour écrire*, Librairie José Corti, 2002, p.327.

② Ibid. , p.327 –328.

展的历程，带有自传的印迹。全书实际由四个篇章（livre）组成，整部作品要传达的是"幸福乃一项使命"①。他把欲望视为生命的本源、快乐、热情和肉欲视为所有人不可让与的权利。文章呈递进式发展，从个人之快乐最后升华到介入支持共产主义事业，因为它被视为所有人幸福的保证。只要我们"相信人类进步的可能性"，人人获得幸福便可期待。

我们可以更近地析读这些文本，品味作品的诗性和激情。作者一开篇就呼唤未来青年，要同他们建立起受和予的关系，表明作品的遗嘱性质。作者进行自我投射，同未来青年同化：

> 将来，当我两耳再也听不见红尘世界的喧嚣，双唇再也啜饮不到大自然露水的时候，你会来的，稍后，你也许还会看到我的手迹。这几页，我是为你而写。因为你对能够活着也许还没感到足够的惊讶，对生命这一奇迹还没给予应有的欣赏。有时我觉得，你之所以喝水是因为我渴了，你俯下身子爱抚另一个人完全是因为我心有所需②。

作者深情赞美活着的美好，感叹生命存在是一伟大奇迹。他醉心于大自然的颂歌：

> 早晨醉了
> 初露的曙光、花瓣
> 都沾满醇酒……
> ……

---

① 勒内·拉鲁认为，"我把自己的幸福视为一种使命"这一句可以作为《新粮》的卷首语。Cf. *Notices*, *Les Nouvelles Nourritures in Romans*, *Récits et Soties*, *Oeuvres lyriques*, Paris, Gallimard, "Bibl. de la Pléiade", 1958, p. 1499.

② 《纪德文集》1，人民文学出版社 2002 年版，第 255 页。

晨曦湿润的爱抚
就这样悄悄地进行
即使最羞涩的灵魂
也大胆地接受爱情①。

　　在纪德眼中，自然是最懂得欢乐的，"骄阳呼唤，大地舒展，弥漫着一片欢欣"。鸟儿的欢乐是歌唱，果实的欢乐是可口宜人，太阳的欢乐是抛下美丽如丝的光束，花儿的欢乐是它的芳香……"我"想将自己融入这洋溢着欢乐的大自然，成为"新的亚当"，掌管这地上的乐园："我心中的爱是啁啾鸟鸣，蜂巢嗡嗡则是我的心声。移动不定的地平线，你就是我的界限……"体会着如此强烈的生存快乐，"我欢乐无涯"，只想在生活这张"闪闪发光白纸"上，如同"重新拿起画笔的画家"，往上"涂抹最飘忽、最鲜艳的油彩"。②

　　纪德把自然等同于上帝，甚至高于上帝。"在这个世界上，一切都使我惊讶。……我不仅在一切里看不到你们的上帝，恰恰相反，我到处可以看到、发现，上帝不可能存在，它根本就不存在。""我打算把上帝也不能改变分毫的一切东西称为神物。"他更愿意倾听自然历史的教训："人类生存的目的是欢乐。"因为"整个大自然都追求感官上的满足。这种追求使小草萌生、叶芽成长、花蕾开放。正是这种希企使花瓣接受阳光的轻吻，万物欣欣向荣、幼虫渴望成蛹、蝴蝶也逸出自做的茧壁。一切都追求最大的享受、更多的感悟和进步……"③

　　因此，欲望成为"我"的向导，在享乐当中"我"获得比书本里更大的教益。

---

①　《纪德文集》1，人民文学出版社2002年版，第255—256页。
②　同上书，第256、259页。
③　同上书，第278、256、286页。

要实现人类生存的目的——快乐，必须突破几重障碍。首先是人类自身，要打破禁忌、传统、道德，敢于追求享乐。再者，他人，必须是人人幸福，才有个人真正的幸福。最后，社会，它必须有一个坚定的信仰，即未来社会必将变得更好，人类必定会进步。

为突破人类自身的禁忌，纪德主张"有时倒有必要扬弃一切道德标准，对欲望不再采取抗拒的态度"，打破禁欲主义。他为年轻时理性抑制了内心的冲动而懊悔、叹息。"折磨我的是'无所作为'的怅惜，叹息少年时能做也该做的事，却因为有悖你们的道德准则而没做。这种道德现在我已不再相信，而从前当其对我百般阻挠的时候，我却欣然服从，并心甘情愿地牺牲肉体上的享受以获得自尊心的满足。"他批判留恋过去的世界观和人生观，认为我们的苦难就是由这些荒谬的观念造成的。在他看来，"只有今天的欢乐让位才能有明天的欢欣，前浪不退，便没有弧度优美的后浪，花儿不谢，便无法结果，没有果熟蒂落，又怎有新的花季，甚至春日的重归亦有赖于寒冬的来临"。固定的道德标准限制了人和人本身的发展，因而"追寻一种道德标准是不智之举"。① "啊！我多愿能够摆脱自我！若然如此，我一定会一跃越过因尊重自我而受到的限制。我会张开鼻孔，吸取四面吹来的风。啊！起锚吧，去作最大的冒险……"②

人突破了为自身设置的藩篱，获得了道德的解放，可以自由追寻快乐。而个人的快乐和幸福若没有他人的幸福的陪伴并非真正的快乐和幸福。特别是面对他人的苦难，处于一个悲惨的世界里，个人的幸福难以得到保证，即使存在，也难以被容忍。纪德为此写了几个带有寓言性质的《相遇》，代表社会的边缘人。他用

① 《纪德文集》1，人民文学出版社 2002 年版，第 283、286－287、293、286 页。
② 同上书，第 264 页。

街上游荡的"穷困黑人"代表悲惨的人，"养鱼人"代表热情的人，"扣子发明人"和"扣眼发明人"代表善良的疯子，投河自尽的小女孩代表对生活绝望的人。纪德对此评论说："地球上充斥着贫困、痛苦、灾难和恐怖的现象，想到这一切，即使身在幸福中的人也不禁为自己的幸福感到脸红。……任何以牺牲别人、剥夺别人所有而获得的幸福，我都觉得可恨。"幸福需要奉献、牺牲，快乐需要分享、示范。"只有赠与才能证明完全的拥有。不懂得给予便会寝食难安。没有牺牲就没有复活。只有通过奉献才能达致繁荣。深藏内心，以为这样能保护的东西反而会萎缩。"① 所以，纪德以自身的经历来启示世人，"似乎我把自私自利的想法一镐刨掉之后，内心便立即涌出了滔滔的欢乐之泉，其他的欢乐接着便源源而来"。他以上帝为模范教导守财奴，"啊！耶稣基督，你安排盛宴，招待八方。你天国的筵席之所以灿烂辉煌，正是因为你来者不拒"②。纪德想作为基督的使者，像先知一样去启发昭示世人："我明白了，教育之道，莫过于示范……""不懂得享受幸福的人对别人的幸福也无能为力"，故而幸福成为一种使命，让"我内心深切感到有成为幸福之人的责任"。于是，"我决定要快乐"，作出榜样。而我通向幸福的道路，便是"能增加别人的幸福"，因为"我需要所有人都幸福，内心才感到快乐"。③ 从此，个人的幸福与他人息息相关，个人的幸福也升华到牺牲、奉献，增加他人幸福的高度。

我与他人生活在同一个蓝天下，共享一个蓝色的星球。他人和我连在一起便构成了社会。个人的幸福，离不开社会的文明和进步。但社会进步的动力来自哪里呢？是上帝，还是人类自身？纪德认为要推动社会的进步，首先要破除对宗教的盲从，要把对

① 《纪德文集》1，人民文学出版社2002年版，第265、273—274页。
② 同上书，第261、273页。
③ 同上书，第261、273—274、275、274页。

上帝的信仰转到对人类自身的信仰上来，即相信人类进步的可能性。在纪德眼中，上帝就是个平易的白胡子老头，他仅是崇拜的产物。他是将人类谨慎、良知、善良等这一切从本身分离出来，抽象成纯粹的状态而塑造出的形象。由于人类可恶的解释才造成福音书对悲哀和痛苦的崇拜和神圣化，实际上，"基督说的第一个字是'快乐'……基督的第一个奇迹是将水变成酒"。因此，上帝这个词变成了一个"无限延展的瓶子"①，个人可以随心所欲放进自己的东西。纪德在《相遇》中同上帝对话，借上帝之口告诫我们："我扩散在我创造的万物之中，藏身其内，但又不断隐现，与万物融为一体。"造物主和所造之物相互依存。因此，"人非常需要上帝，而上帝也非常需要人"。"上帝中有我，我中有上帝，我们同时存在。"② 在此，纪德将上帝请下了神坛，同人融为一体。人就是自己的上帝。将人放到能创造奇迹的上帝的地位，他提升了人的价值高度。大大的人字矗立在每个人的心中，替代了对上帝的信仰。

　　人活着，要知道自己为何而活，要活得有价值，有尊严。纪德一直在追寻"生命的真谛"，探寻"为什么而活着"。既然社会的进步不依赖于上帝的善心和慈悲，那么"人类自身的进步更重要"。所以，人的价值就在于为推动社会的进步而献身，增进他人的幸福。"将信心、富裕和欢乐带到尽可能多的地方，这一愿望很快便成了我对必不可少的幸福提出的要求和希望。似乎我要幸福必须要他人也幸福，我只能通过同情和第三者才能享受到幸福一样……"自然，对于"一切降低人的价值、使人失去智慧、信心或行动迟缓的东西，我都不喜欢"③。

　　纪德对人类的未来充满信心。"人类的现状必然被超越"，"过

①　《纪德文集》1，人民文学出版社 2002 年版，第 274、280 页。
②　同上书，第 279、281 页。
③　同上书，第 298、294—295 页。

去的已然过去，将来绝不会重现"。当然人类美好的未来不是等来
的，需要全体人类的努力和奋斗，特别是代表未来的"新人"。新
人从何而来呢？纪德给出了自己的回答：

> 不是从外部。同志，要懂得在你自己身上发现他，像从
> 矿石中提炼没有杂质的纯金属一样。期待中的人类要从你本
> 身培养，要从你本身获得。你要敢于变成你目前这样。不要
> 轻易放弃。每个人身上都有极大的可能性。你要相信自己年
> 富力强，要懂得不断对自己说："一切只靠我自己。"①

他鼓舞血气方刚的年轻人，要利用自己的满腔豪情，大胆
"异想天开"，去追求进步，不要害怕嘲笑，缩手缩脚。"如果将来
仅仅是过去简单的重复，这种想法会使我觉得生不如死。是的，
脑子里若认为没有任何进步的可能，生命对我便毫无价值……"②
面对殖民剥削，面对有产者的贪欲，面对法西斯势力的战争
叫嚣，1935 年发表《新粮》的纪德，无疑他心目中的新人，便是
"新俄罗斯的年轻人"。文中唯一提到一次"共产主义"，但完全袒
露了他的心迹，"我理性的全部论据都将难以拽住我不向共产主义
的斜坡滑去"③。他告诫人类，苦难源于自身：

> 如果人类不是那么荒唐，未来可以免受战争所带来的灾
> 难。如果对他人不那么凶，便可以免除绝大多数人因穷困而
> 遭受的痛苦。这样说并不是乌托邦而只是观察到，我们大部
> 分的苦难并不是命中注定，非有不可，而只能归罪我们自己。
> 至于我们目前尚未能避免的痛苦，我认为，有病就一定也有

---

① 《纪德文集》1，人民文学出版社 2002 年版，第 298—299 页。
② 同上书，第 294 页。
③ 同上书，第 274 页。

治病的良药。不管怎样我都相信，人类本身会更加强壮、更加健康、因此也更加快乐，一切我们遭受的痛苦其责任几乎都应该由我们自己来负①。

所以，负有改造旧世界、创造新生活重任的新人应该更主动、更勇敢、更清醒，反对偏见、旧习和自私。文末，纪德呼应文首的开场词，对他的受众再次发出号召，号召他们继承他的遗志，勇敢地同一切邪恶势力作斗争，为创造人类美好的明天而努力：

> 啊！这篇文章我是为你写的呀。从前我用来喊你的那个名字那塔奈尔今天看来太伤感了，现在我喊你：同志。别再让任何伤感的事进入你的心了。
> ……
> 我已经生活过了，现在轮到你了。从今以后，我的青春将在你身上继续。我把能力交给你。如果我感到你接替我，我会更加乐意接受死亡。我将我的希望寄托在你身上。
> 如果我感到你勇敢，我便会死而无憾。把我的快乐拿去吧。你要以增加所有人的幸福为幸福。你要去工作，去斗争，凡是你能改变的都不要拒绝。要不断地向自己重复着一句话：一切全靠我自己。容忍人类的邪恶是怯懦的行为。……
> 同志，不要接受别人向你推荐的生活模式。要不断地相信生活可以变得更美好，你的和其他人的生活都如此。……将来，当你终于明白，该对生活中几乎所有痛苦负责任的不是上帝而是人类时，你便不会认为这些痛苦是理所当然的了。
> 不要为了偶像而付出牺牲②。

---

① 《纪德文集》1，人民文学出版社 2002 年版，第 303 页。
② 同上书，第 307 页。

这儿的偶像可能不仅仅指的是上帝，可能也包括他对斯大林及一切极权势力的"警醒"。纪德不愿意接受任何教条和主义，始终同它们保持距离，无论是基督教、唯物主义，还是共产主义。他唯一信奉的教条就是拒绝一切教条。在没有真正辨清苏联的真面目之前，纪德对它充满了期待和景仰，认为苏联的共产主义实践代表了人类社会未来努力的方向。细心阅读，我们发现纪德的称谓发生了改变，用的是富有共产主义色彩的"同志"这个词。这表明他对他的受众充满了同志情谊，属于他们的战友，是"同路人"。

不过，通读《新粮》，我们可以发现这部作品不够委婉，有的地方语气显得生硬、牵强、老套，不如他前期的讽刺作品和叙事作品，更不要说他唯一的那部小说杰作。1943 年，纪德重读《新粮》时，对它作了苛刻的自我批评：

> 这是我所有书中，最不平等、最不好的作品。我从中感觉到做作和装腔作势。……我从中感觉不出真诚的腔调，它无疑是使我所有最佳作品产生最确切价值的东西。①

但是，我们要知道，这是一部写于不同时期，由 72 个独立的片断镶接而成的作品。它展现了纪德思想的多面性和视野的丰富性。它是纪德在特殊时期特殊经历的反映。《新粮》试图给一些迫切的问题找出答案，要从自我的经历和智慧中总结出一套快乐的哲学。所以，作品的核心在于对问题答案的寻求。在此，纪德完成了青年时的夙愿，写一部《解说》，给别人指出道路、方法和目标。克洛德·马丹为纪德写了一部自传，标题为《安德烈·纪德

① André GIDE, *Journal II*: 1926－1950, éd. Martine SAGAERT, Paris, Gallimard, "Bibl. de la Pléiade", pp. 933－934.

或幸福的使命》。这个标题，其实恰如其分地概括了纪德的一生。《新粮》也正是在这一使命感的推动下所完成的给所有人的"幸福教科书"[①]。

第三节　我与思想之自由

纪德一生都在不停地旅行。从 1925 年的非洲之行起，直到他的生命结束，他完全不能在一地长待，它将生活在抵达和出发之间。他在巴黎瓦诺的房子总被手提箱和一些尚未打开的行囊所充塞。他的身影出现在赤道非洲、苏联、马格里布、近东、德国、意大利、英国……直至生命的尽头，他还在计划赴波兰的旅行。他出发去寻找什么呢？克洛德·马丹认为旅行"满足了纪德最大的需求，即与有待认识和爱的另一些事物和另一些人……不断有新的接触"[②]。其实，纪德出发旅行，不一定有非常明确的目的，旅行只是为了满足内心追寻的需要。他也不知道自己要追寻什么，因而每次旅行归来，都是"大失所望"。而失望与对旅行的渴望是共生的。因而每每失望而归，却又再次热望而出。非洲之行是如此，苏联之行也不例外。

1936 年 6 月 17 日纪德踏上了苏联的土地。带着《新粮》的哲学，纪德在莫斯科给布伯诺夫教育学院青年学生的演讲中对他们寄予了无限的希望，演讲词就像一首鼓舞人心的共产主义歌词：

> 注意提防。保持警醒。你们身上有千斤重担。不要停歇在你们前辈已取得的胜利事业上，这是他们慨然用鲜血和奋斗换来的。……不要忘了我们的目光，来自于西方世界深处

---

① Alain GOULET, *Vivre pour écrire*, Librairie José Corti, 2002, p. 341.
② 克洛德·马丹：《纪德》，李建森译，三联书店 2002 年版，第 194 页。

的目光。我们一直在看着你们，目光里充满关爱、期待和无限希冀①。

作为"新人"的俄罗斯青年承载着纪德的社会理想，即改造"旧世界"，创造"没有宗教，没有阶级，没有家庭"的"新社会"。苏联作为革命事业的实践者，在进行伟大的带动全人类飞跃的尝试，纪德对他抱着极大的希望："在我们的头脑里，文化的命运同苏联的命运紧密相连……"因此，纪德觉得"为了领略这种新生"，"我们将捍卫苏联"，应该"贡献一生助其成功"。②

面对法西斯势力在欧洲的猖獗和极右势力在法国的喧嚣，很多左派的知识分子把目光投向东方的新型国家苏联，把他视为拯救欧洲自由的希望。而苏联为了寻求更多的支持和扩大自己的影响力，也通过在欧洲的前沿组织，如"苏联之友"，邀请一些知名的左派知识分子赴苏访问，比如马尔罗、罗曼·罗兰、吕西安·弗吉尔、埃尔巴等。在20世纪30年代初期，赴苏访问在法国已蔚然成风。纪德受此风气感染也多次动议赴苏访问，但每每到最后时刻都因故取消③。不过，当他听闻高尔基的健康状况堪忧时，于是改变先前的决定，匆忙决定赴苏访问。

纪德赴苏访问还有一个隐秘的动机。我们都知道，他是一个

① Cf, Daniel MOUTOTE, *André GIDE: l'engagement* (1926 – 1939), SEDES, 1991, p.167.

② 安德烈·纪德：《访苏归来》，李玉民译，广西师范大学出版社2004年版，第5、4页。

③ 1931年，纪德写信给苏联驻法大使，表达未能赴莫斯科参加十月革命纪念日的遗憾。1932年11月他跟鲁阿尔提到"想去苏联看一看"。1933年1月，他劝说朋友一同赴苏旅行，但最终放弃《瞭望》杂志组织的这次旅行。1934年，他在给苏联出版商的信中提出"希望能很快来苏"，但后来还是无果而终。1935年，他希望10月底赴苏访问，但后来还是放弃了，令苏联作家联盟深感失望。1936年5月，为了同埃尔巴夫妇在苏会合，还有听闻高尔基健康状况告急等因素的推动下，纪德最终决定接受赴苏访问的邀请。不过，就此，他又犹豫了六个星期，于1936年6月17日才踏上苏联的土地。

酷爱旅行和冒险的人，总想寻求异国情调。苏联的旅行在他的意识中是第二次"刚果之行"，他想去人烟稀少的高加索山区和边远寒冷的西伯利亚。当然，作为苏联官方的重要客人，他不会有机会去接受这严酷的考验。观光不是他此行的主要目的，也非苏联邀请他们访问的初衷。纪德的这次旅行其实是一次验证之旅，即验证自己的政治信仰，看苏联是否真的是"改善人性"的希望所在。这正如科学里面的实验，为了验证一个假说，我们通过它来确定真伪。纪德要验证的就是他的观点和意识形态。在此之前，他多是通过文学创作，塑造承载极端观点的人物形象来完成这一验证的（如米歇尔的"非道德主义"，阿莉莎的宗教奉献，牧师的谎言等）。苏联之行可以被看成纪德对"理想国"的实地考察，对过去六年的革命意识形态的验证。

　　因此，他的旅伴是经过精心挑选的，"都是那种制度的积极信徒"。他们分别是：杰夫·拉斯特、希弗兰、欧仁·达比、皮埃尔·埃尔巴、路易·吉尤。其中，两位是入党多年的忠诚党员，可以借此熟悉党的情况；两位会讲俄语，可以通过他们直接对话交流，得到第一手信息；其中一位已是第四次去苏联，可以作为很好的向导；而埃尔巴已经在苏联待了六个多月，在那里主持一份叫《国际文学》的杂志。他消息灵通，洞察力敏锐，可以帮助纪德认清不少他独自一人不明白的事情。纪德在《访苏归来之补充》中指出，"我十分担心一双眼睛根本不够用，就特意找了五位旅伴"，"是的，为了多看看多听听，我想六双眼睛和六双耳朵并不嫌多，势必不同的反应也好相互印证"。①

　　"理想国"的考察之旅从莫斯科开始。九个星期的旅行分别要经过莫斯科、列宁格勒（圣彼得堡）、高加索和黑海，这是一条常

---

　　① 安德烈·纪德：《访苏归来》，李玉民译，广西师范大学出版社2004年版，第121页。

规的旅行线路。一些更深入的探险计划没有被采纳，如在吉尔吉斯斯坦三国作短暂停留，沿伏尔加河顺流而下的计划都未能如愿。但作为苏联作家联盟的贵宾，纪德一行得到了极好的接待。在莫斯科他们下榻的是大都会酒店，纪德住的是有六间房的套间；在黑海边住的是索契宾馆，那里花园美丽，海滩宜人，住着可心。在苏呼米住的是更高级的西诺普饭店，它"比得上国外最好的、最华美又舒适的海滨酒店"①。吃的更是丰盛，"几乎天天宴请"②，冷盘未上人就吃饱了，更不要说还有要吃两个多小时的六道主菜。这些没完没了的宴请把纪德搞得精疲力竭，面对如此奢靡的生活，他更觉得难堪。交通也是最高待遇，汽车是最高级的林肯轿车，火车是带沙龙和卧铺包厢的专列。

苏联的民众和媒体更是热情无比。纪德一行所到之处，总被人群所包围，他们打着欢迎的条幅，欢呼声不绝于耳。作为党的喉舌的媒体更是开足马力，对党的"同路人"展开连篇累牍的报道。纪德面带微笑的照片随处可见，他的声明也被精心编印。几乎每天的行程都有报道和评论，从《真理报》以降，从中央大报到地方报纸，纪德每到一地都会有关于他和他的作品的介绍。哪怕是纪德没有涉足的地区，也会有关于他的报道。他的作品在抵达莫斯科之前就被广为翻译和传播，民众对这位著名的"进步作家"已很了解。

纪德自己也被这东方好客的气氛所感染，声称"……我在那里拍下的照片总是面带笑容，甚至喜笑颜开，而我在法国的照片则少有这种表情"③。他眼中看到的孩子"洋溢着幸福而健康的神采"，"一个个非常快活，目光明亮，充满信心"；成年人脸上是

---

① 安德烈·纪德：《访苏归来》，李玉民译，广西师范大学出版社2004年版，第34页。

② 同上书，第108页。

③ 同上书，第8页。

"幸福开朗的表情",他们"漂亮,身体健壮";众人的眼神中流露出的是"一种感激"。① 纪德在圆柱大厅为高尔基守灵时,看着"自发汇聚的","静默、沉郁而凝思"的队伍,看着他们"创巨痛深"的脸,无比动容:

> ……他们当中多少人,我真想紧紧地搂在胸口。
>
> 此外,世界上无论何处也不像在苏联这样,无论同谁接触,都能一见如故,立刻建立起深挚而亲热的关系。往往一个眼神,就足以沟通,当即建立起相见恨晚的纽带。不错,我认为无论何处也不像在苏联这样,能如此深切、如此强烈地感受到人的情感。尽管语言不通,我还从未在任何地方感受到如此浓厚的同志加兄弟的情谊;为此我可以舍弃世间最美的景物。②

迷恋于异国情调的纪德,随着年龄的增长,对景物的兴致渐减,对人的兴趣渐浓。当然在旅途中,他绝不会放弃欣赏风景。在高加索他为壮美的森林所迷醉:"我没有见识过,也想象不出更美的森林:那些参天大树,树干没有被任何矮树林遮掩,林间空地也给人一种神秘感,未等太阳落山,夜幕便在那里降临,让人想象小普塞在林中迷路的情景。"③ 然而,苏联领导人请纪德他们来苏联访问绝不仅仅是向他们展示其秀美河山,更想展示苏联人民的幸福生活和乐观向上的精神风貌,展示共产主义事业的伟大魅力。通过尽情展示苏联美好光明的一面,借助纪德他们的参观见闻,利用纪德的个人名望来宣传苏联,扩大它在西方的影响。

---

① 安德烈·纪德:《访苏归来》,李玉民译,广西师范大学出版社 2004 年版,第 8、10 页。

② 同上书,第 13 页。

③ 同上书,第 17 页。

不过，这可能只是苏联领导人的一相情愿罢了，他们对纪德缺少必要的了解。纪德骨子里是一个不安分的"人道主义者"，更是一个"个人主义者"，他有自己的"价值准则"，从不遵守既定的主义和规则，是一个典型的，"不可控制的""普罗透斯"。纪德对此也深感遗憾：

> 唉！我若是仅仅以游客的身份来观光，那该有多好！或者作为博物学家，在这里发现许多新植物，在高原上认出自家园子长的那种"高加索山萝卜"，不禁让人欢呼雀跃……然而，我到苏联来绝不是寻找这些东西①。

苏联吸引他的是那里的"新人"，是他们所进行的"改善人性"的伟大事业。"我主要关注的是人，芸芸众生，关注能把人变成什么样子，已经把人变成了什么样子。吸引我到这里来的森林，惊人的茂密，让我辨不清方向，那便是社会问题的森林。在苏联，社会问题从四面八方找上你，催逼你，压得你喘不过气来。"②

8月21日旅伴达比被"猩红热"击倒病逝后，纪德、埃尔巴和拉斯特加快了他们的行程，直接从塞瓦斯托波尔回到莫斯科，没有继续西行到敖德萨，也没有在基辅停留。回到莫斯科，那儿的16人审判正进行得热火朝天，革命群众举行"自发"集会，要求惩治这帮"强盗"和"疯狗"③。在党内斗争正酣的这种氛围下，1936年8月24日纪德一行匆匆结束了他们的苏联之行，乘飞机从莫斯科回国。

---

① 安德烈·纪德：《访苏归来》，李玉民译，广西师范大学出版社2004年版，第17页。

② 同上书，第17—18页。

③ Cf. , Rudolf MAURER, *André GIDE et l'URSS*, Editions Jean TOUZOT, 1983, p. 116–117.

　　纪德在苏联的旅行是悲剧性的，不仅仅是因为他的旅伴和朋友达比在苏联南方旅途中被"猩红热"夺去生命，更因为纪德和苏联领导人彼此错意，最终导致双方由友成敌，彼此都受到伤害。这一切源于纪德回国后发表的引起巨大震荡的《访苏归来》及其《访苏归来之补充》。其实，纪德在离开苏联的飞机上发的告别电报中已经隐隐透露同苏联决裂的信号：

　　　　在我们对胜利的社会主义伟大国家的难忘旅行结束之际，我从边界上向我的了不起的朋友们致以最后的友好敬礼，我很遗憾地离开这些朋友，对他们，对整个苏联说，再见。①

　　对，纪德告别了自己的"理想国"，同对其抱着巨大希望的苏联道"再见"，他乘兴而去，失望而归。不过，正是通过这次旅行检验了他对共产主义和苏联的观点。验证之旅看到的是当初预想的反面，它可能是失败的，但这让纪德获得了认识上的进步，使他看清了苏联的真面目。纪德是一个藏不住秘密的人，也不是一个愿意撒谎的人。回到巴黎，面对"乌托邦"的幻灭，他也很痛苦："每一件事情都显得可怕。每个地方我都感到灾难来临……我们一头进入了没有穷尽的痛苦的地道。"②"……在重申我热爱的同时，我应当隐藏起保留意见，向世人谎称赞赏一切吗？不行。我十分明显地感到，这样做势必损害苏联，也损害他在我们心目中所代表的事业。"③他觉得有义务把自己在苏联的所见所闻真实地公之于众，不过这一冒险计划遭到周遭朋友的反对。因为当时西

————————

　　① 参见艾伦·谢里登《安德烈·纪德——一个现实生活中的伟大人物》下，刘乃银译，群众出版社2003年版，第591页。

　　② 同上书，第592页。

　　③ 安德烈·纪德：《访苏归来》，李玉民译，广西师范大学出版社2004年版，第54页。

班牙内战正酣，为支持政府军，很多国家的工人和进步人士组成国际纵队，投身于同叛军的战斗。苏联也改变以前的不干涉政策，声明保留向西班牙政府提供武器的权利，让他们得到需要的武器同德、意法西斯支持的叛军作战。在这紧要的关头，发表批评苏联的文章，他们担心为敌人所用，是"不合时宜的"。拉斯特在西班牙前线给纪德写信劝阻："我坚信，我们在这个时候有绝对的义务避免可能会在任何方面动摇人们决心，甚至是违心地为法西斯服务的事情。目前，英勇的西班牙人民唯一真正的同盟是苏联，我们必须以一切手段避免会玷污这个同盟的威信的事情。"① 皮埃尔也希望纪德推迟出版他的书。

11月13日，《访苏归来》出现在书店。纪德在书中极力保证对苏联的公正评价，他的原稿和定稿有不少的改动②，刻意避免尖锐的攻击性语言，尽量缓和批评的语气。此时的纪德对苏联和他的人民依然怀有割舍不了的感情。"……我认为毫无顾忌，直言不讳，就是极大地帮助了苏联，帮助了他所代表的事业。我要提出批评，正是由于我钦佩苏联，钦佩他已实现的奇迹，也由于我们对他有所期待，尤其他还会让我们产生希望。"③ 他写作此书的初衷便是引起疗救的希望，不希望苏联的伟大事业误入歧途而沉沦。对苏联及其事业，他仍抱有坚定的必胜信念。正如他在《访苏归来》的前言中指出，"假如我不是坚信不疑，这本书就不会发表，甚至不会写出来：我坚信苏联最终能战胜我指出的特定错误，另一方面则更为重要，即：一个国家的特定错误，不足以抹杀一项国际性的、全人类事业的真理。谎言，哪怕是默认的谎言，看上

---

① 参见艾伦·谢里登《安德烈·纪德——一个现实生活中的伟大人物》下，刘乃银译，群众出版社2003年版，第595页。

② 鲁道尔夫·穆勒在其著作《安德烈·纪德与苏联》中，对原稿和定稿作了对比，列举了不少例证，明显可以看出定稿的批评比原稿要舒缓得多。

③ 安德烈·纪德：《访苏归来》，李玉民译，广西师范大学出版社2004年版，第6页。

去可能倒显得很合时宜，坚持谎言也同样如此；但是，这正中敌人的下怀。而真话，讲出来再怎么令人心痛，刺伤也只能是为了治病。"①

那在纪德眼中，苏联的错误有哪一些呢？归纳起来其实就一点：建立在谎言和恐怖基础上的专制统治。谎言让人民产生虚幻的幸福感和无知的优越感；告密和揭发所形成的恐怖摧残人性，使人与人之间缺少必要的信任，有的只是猜忌和敌意。人人自危，人性变成了兽性，靠告密和揭发消灭他人，以此得到奖赏而谋取更好的生存。少数人的专政，自由的缺失，使人失去了积极性和创造性，有的只是惰性和随大流。这种极权政治所培养的氛围便是谎言流行、思想贫乏、奴性大行其道。最终被摧残的是文化和艺术，社会发展也停滞不前，甚至倒退。

纪德在苏联旅行期间对民众"由希望、信赖和无知构成的"②虚幻幸福感到震惊。其实，从苏联领导人所采取的措施来看，这正是他们想要达到的结果。"每天上午，《真理报》都教导他们应该了解什么，想什么，相信什么。绝不能出格……这种思想塑造从幼儿就开始了……这就有了往往令外国人惊奇的这种异乎寻常的接受力，有了更令人咋舌的可能流露的幸福感。"在那里，"关键是让人相信，已经取得了最大限度的幸福，以后会更好；还让人相信任何地方都不如他们幸福"。在苏联，教育所努力的方向便是让人满足于现状，把苏联当成他们"惟一的希望"。③ 因此，当他们排队等候几小时就为了能买个可怜的坐垫时，竟以为等待是很自然的事；面对质量低劣、价格高昂的面包、蔬菜、水果也不抱怨，欣然接受却不抱怨。

---

① 安德烈·纪德：《访苏归来》，李玉民译，广西师范大学出版社2004年版，第7页。
② 同上书，第28页。
③ 同上书，第27—28页。

要维持这种虚幻的幸福，除了每天的"洗脑"宣传外，还必须防范同国外的一切交流，实行闭关锁国的政策。失去比较的对象，就无从鉴别自我的生活状况，从而将虚假的幸福保护起来。纪德在苏联期间，特别注意到了这一点。火车上，他们的车厢同其他车厢相隔离，阻断了同其他旅客的联系；在莫斯科布哈林想到纪德的酒店谈话，但"他根本做不到"[①]。闭关锁国的政策，造成的后果必然是"苏联公民对国外一无所知"，进而产生"某种优越感"。纪德给我们举了几个典型的例子。当谈到苏联学生外语讲得很糟糕时，一个学生这样回答纪德：

> "几年前，我们还能向德国和美国学点什么，再也没有什么可向外国人学习的了。因此，讲他们的语言还有什么必要呢？"
>
> 那名大学生看到我们掩饰不住的惊愕，又立即补充说："现在我明白了，我们都明白了，这种推论是荒谬的。外语，不再用来向国外学习时，还可以用来对外宣传呀。"[②]

如果他们还关心国外的情况，那他们关心的是国外对他们的看法，对苏联取得的成就是否有足够的了解，对他们是否有足够的赞赏。他们的期望，便是对他们的恭维，而并非从纪德他们那儿了解苏联以外的情况。苏联人提出的问题和质疑往往叫纪德他们瞠目结舌，如怀疑巴黎竟然有地铁；法国是否也有学校，就算有，但那里的孩子在学校要挨打；法国工人生活很不幸，因为他们没有起来"闹革命"；怀疑纪德"俄国电影在法国放映很成功"的说法，认为纪德在开玩笑，因为老师说法国禁止放映所有俄国

---

① 安德烈·纪德：《访苏归来》，李玉民译，广西师范大学出版社2004年版，第124页。

② 同上书，第29页。

电影。当纪德提出苏联人对法国的了解不如法国人对苏联的了解时，引起一片反驳："一切事务，《真理报》都有充分报道。"有人满怀激情高声回应："要介绍在苏联发生的崭新的、美好的事情，全世界的报纸全用上也不够。"① 连小孩子都会给纪德他们如背书般介绍苏联日新月异的巨大变化。纪德评论说："在他们看来，苏联之外漆黑一片。除了几个无耻的资本家，世界上其他所有人都在黑暗中挣扎。"② 纪德引述果戈理的话，提醒苏联人："这种自大狂特别有害：既触怒别人，也损害自身。傲慢张狂，能玷污最美好的行为……就我本人而言，我宁肯歇一阵子气，也不愿骄傲自满。"③

　　闭关锁国，往往让民众产生夜郎自大、目空一切的优越感。然而维持大众的这一虚幻乐观情绪，有一个必然的前提，那就是大众失去了独立思考的能力，即是说他们的思想完全被控制，只会听信别人思考的结果，只会被动接受官方强加的意识形态。要剜去人的独立思考能力，那就要保证人不敢思考，渐渐不会思考，最后自然失去思考的习惯和能力。这首先需要通过恐怖的措施来实现。奖赏告密和揭发的行为，破坏人与人之间基本的信任关系，给社会造成恐怖的氛围，由此造成思想的恐怖，从而让大众不敢独立思考。"在苏联，那种什么也不能干或什么也不能说（我差点要加上：什么也不能想）的情绪跟你形影不离，时刻纠缠着你，因为格别乌马上就会得到消息。"④ 纪德激愤地写道："告密是公民的一种道德规范。从小就抓起，经常'汇报'的孩子就受到表扬。""晋升的一种好途径，就是告发他人。""为免遭揭发，最合

---

　　① 安德烈·纪德：《访苏归来》，李玉民译，广西师范大学出版社2004年版，第31页。

　　② 同上书，第30页。

　　③ 同上书，第32页。

　　④ Cf., Rudolf MAURER, *André GIDE et l'URSS*, Editions Jean TOUZOT, 1983, p.190.

适的办法便是先下手为强。""每个人都监视别人，监视自己，又被别人监视。"因此，"吐露真心就是在出卖自己"①，"大家对任何事、任何人都疑虑重重。小孩子的天真话，也可能把你葬送掉。……再也没有人敢推心置腹，畅所欲言了，也许只有在床上，如果信得过妻子，还能说说体己话"②。纪德为此特别举例，讽刺苏联实行的思想恐怖：

> 在法国，一家党报出于政治原因，要诋毁某个人的名誉，就得找此人的政敌去干这种卑劣的勾当；而在苏联，则要去找此人的最亲密的朋友。他们并不去请求，而是要求。最有力的打击，是由背弃加力量的打击。想要毁掉一个人，让朋友背离他也同样重要，让他朋友提供证据。……如果拒绝卖友，不肯干这种卑鄙的勾当，想救朋友，那他就要成为他朋友的陪葬品③。

党想要的是思想的顺民，要的是"事事拥护"的应声虫，不想要的是有"独立思想"和"自由意志"的人。"既然承认形势一片大好，还有什么必要考虑（还是独立思考！）那么多呢？"不过，对付那种顽固不化的坚持独立思考的人，党有的是办法："一旦独立思考，随即就变成'反革命'。思想成熟了，就该打发到西伯利亚去。"④ 罗曼·罗兰也在《莫斯科日记》中披露，"那些持独特见解又不善于保持缄默的人士失踪了；官方将其意识形态强

---

① 罗曼·罗兰：《莫斯科日记》，袁俊生译，广西师范大学出版社 2003 年版，第 121 页。

② 安德烈·纪德：《访苏归来》，李玉民译，广西师范大学出版社 2004 年版，第 89 页。

③ 同上书，第 88—89 页。

④ 同上书，第 88 页。

加给老百姓"①。纪德对"十月革命"无限景仰，认为它开创了人类历史的新篇章，开启了未来世界的新希望。然而，"革命"被后来者背叛了，成为变味的革命。"今天被视为'反革命'的思想，正是当初那种革命精神，使半腐朽的沙皇旧世界彻底崩溃的那种力量。……然而，革命一旦成功，一旦胜利了，生活安定下来，当初的思想就免谈了，当初激励头一批革命者的那些情感，就变得碍手碍脚，令人厌弃了，就像用过之后再也用不上的东西。……那么还受这种革命冲动激励的人，认为妥协就是步步退让的人，这些人反而成了绊脚石，就要蒙受侮辱，就要被清洗掉。"②

在苏联，路线是一切行动的总纲。那里进行的所谓"自我批评"，完全缺乏批评精神："……除了揭发和指责（诸如食堂的菜汤烧得不好，俱乐部阅览室没有打扫干净）。这种批评只限于弄清楚，这事或那事'符合路线'，还是不符合路线。大家讨论的不是路线本身。他们讨论就是要弄清楚，某部著作、某种行为或某种理论，是否符合这条神圣的路线。谁企图再往前推进一步，谁就要倒霉！在界线之内随便怎么批评。出线的批评可不允许。"在思想者的头上悬着一条高压线，思想只有在规定的范围内是被允许的，即苏联领导人制定的路线。他们想要的是"惟命是从"，是"循规蹈矩"，就是不经思考就去赞同，并且是"发自内心"，"欢欣鼓舞"的赞同。"哪怕表示一丝一毫的异议，提出一丁一点的批评，都要招致最严厉的惩罚，而且当即就镇压下去。"③ 纪德就此提出了尖刻的批评：

———————

① 罗曼·罗兰：《莫斯科日记》，袁俊生译，广西师范大学出版社2003年版，第121页。
② 安德烈·纪德：《访苏归来》，李玉民译，广西师范大学出版社2004年版，第37页。
③ 同上书，第28—29、37页。

　　我不免怀疑，今天，在任何别的国家，哪怕是希特勒统治的德国，思想还会比这里更不自由，更加低三下四，更加战战兢兢（惊恐万状），更加俯首帖耳①。

　　要让人民不去思考，那就要制造一个代人民思考的总是正确的神。这就是常在极权国家出现的造神运动——对领袖的个人崇拜。在苏联，斯大林就是通过个人崇拜造出来的神。"说斯大林永远正确，就等于说斯大林什么都正确。"为了树立斯大林的权威，他们就实行威权统治。一方面，树立斯大林的高大形象，他的肖像无处不在。纪德在访问期间发现，"斯大林的肖像到处可见，斯大林的名字挂在所有人的嘴边，对他的颂扬，也无一遗漏地纳入所有讲话中。尤其在格鲁吉亚，只要走入一户人家，不管房屋多么简陋，多么肮脏，都能见到挂在墙上的斯大林像，也许原来那正是放圣像的地方。是崇拜、爱戴还是惧怕，我不清楚，反正他无时不在，无处不在"②。而且提到斯大林时前面必须冠以"人民的导师"或"劳动者的领袖"等称号。纪德在斯大林的出生地戈里小镇想给其发感谢电报，因为单用"您"来称呼他，邮局以不够尊重为由拒绝发送。一直不愿同苏联决裂的罗曼·罗兰也在日记中披露，面对大众的个人崇拜，斯大林并不反感，甚至有极力推动的嫌疑："……他要是真的感到局促不安，感到难为情，就应当回避，但他却在显示自己。"对斯大林的赞美和称颂"有股官方强制的味道……"③同民众之间的距离拉大了，从而让领导人头上罩上神秘的光环，负有神性，以维持民众对他的忠诚。另一方面，极力镇压和清洗反对派，保证斯大林的绝对权威。对大众的要求

　　①　安德烈·纪德：《访苏归来》，李玉民译，广西师范大学出版社2004年版，第37页。
　　②　同上书，第45、40页。
　　③　同上书，第57、105页。

便是"服从的精神，跟随潮流"，"谁公开表示不满，就要被看成'托洛茨基分子'"①。借"基洛夫"事件，斯大林肃清了自己的政敌，大批革命元勋被清洗。对反对派的清洗延伸到社会各领域，经济、科技、教育和文化概莫能外。"凡是扬起额头的人，一个个不是被削掉脑袋，就是流放了。""所有四十岁以上的男人要么在流放，要么死了。"② 纪德对此评论说："在一个国家消除反对派，哪怕只是阻止反对派表达见解，形成力量，也是极为严重的事情：这要走向恐怖主义。"当然，反对声音的消失大大方便了统治，思想的"贫穷"和"空白"，有利于人的思想塑型。"在苏联，所有事务，不管什么问题，只能有一种观点，这是事先确定了的，永远也不能改变。……因此，每次同一个俄国人谈话，就好像同所有人交谈了似的。倒不是每个人丝毫不差地服从一句口号，而是一切都定了格，谁也不能别出心裁。"无产阶级专政变成了"一个人的专政"，不再是"团结一致的无产者、苏维埃的专政"③。

就此，苏联领导人通过谎言和恐怖最终让人民失去了思考的习惯和能力，思想的自由被剥夺，丧失了。纪德不无讽刺地指出："如果是必须响应某种号令，那么思想至少还能感到不自由。然而这样事先就加工定型了，不待号令就先行响应，思想就连受奴役的意识也丧失了。如果有人对苏联青年说他们思想不自由，我认为他们许多人会感到惊讶，会予以反驳。"④ 人们已经习惯不用自己的脑子来思考，而且已经意识不到独立思考的必要，完全被官方的意识形态所控制。

---

① 安德烈·纪德：《访苏归来》，李玉民译，广西师范大学出版社2004年版，第45页。

② Cf., Rudolf MAURER, *André GIDE et l'URSS*, Editions Jean TOUZOT, 1983, p.188.

③ 安德烈·纪德：《访苏归来》，李玉民译，广西师范大学出版社2004年版，第90—91、45、26—27页。

④ 同上书，第51页。

　　一个靠谎言和恐怖让民众丧失了思想自由和思考能力的极权社会是可怕的，甚至是灾难性的。首先，它不能容忍反对派，哪怕是有见地、正确的意见。到最后，留在领导者身边的只有那些毫无思想、不会纠错的庸才。纪德对专制主义的特点总结得好："簇拥在周围的人没有英才，只有奴才。""这些人越无能，斯大林越能依靠他们俯首帖耳的忠诚：因为，他们的优越地位，完全得之于受宠。"① 他们同统治者结成了利益共同体，成为这种制度的热烈拥护者。靠争宠奉迎而不是靠个人才干来换取优越的地位，充分说明权力的绝对化和领导者的病态，证明社会发展走上了歧路，在迈向腐朽和没落。其次，由此而形成了一个新的特权阶层，产生阶级分化。不同阶层之间展现的不再是同志情谊，而是"冷漠"和隔阂。"那些'高人一等'或者自以为'高人一等'的人，对待'下属'、佣人、重体力劳动者、打短工的男男女女，……对那些穷人，所流露出来的轻蔑，至少是冷漠，叫人看了怎能不反感呢！"这些新的特权阶层，"前脚刚迈出贫困，回头就瞧不起穷人了"。他们靠压低工人的工资，拉大农产品的收购和销售差价，用老百姓弄不明白的手段来剥削他们以维持特权人物享有更高的待遇，而广大人民却缺衣少食。"重新形成的社会阶梯，从上而下，最为得意的，就是那些最驯顺、最怯懦、最屈从、最卑劣的人"，而那些最有价值的人都被清除掉了。② 最后，只有一个必然的结果，那就是社会各方面的倒退，比如经济、教育、建筑、文化和艺术。苏联的生产率低下，产品废品率高，成本居高不下；生产不仅达不到质量要求，连质量低劣的产品在数量上也无法满足公众的需求。教育经费常被挪用，拖欠教师工资；学生的文盲状况十分惊人；教科书匮乏，官方出版社出的课本错误百出，无

---

　　① 　安德烈·纪德：《访苏归来》，李玉民译，广西师范大学出版社 2004 年版，第 113、101 页。

　　② 　同上书，第 36、111、90 页。

法使用。莫斯科的建筑,"除极少例外,都非常丑陋……,相互之间极不协调","不堪入目,粗俗得压抑和削弱人的精神";"人们一味大砍大伐,拆毁清除,再重新建造,一切都好像随心所欲"。[①]

　　其中受伤害最深的就是文化和艺术,因为一切都被"政治化"。判别艺术作品的价值,主要看其是否"符合路线",是否属于"大众的",是否属于"正统的"。他们注重的是艺术的"镜子功能",要求其反映革命群众的生活和斗争,强调树立正面典型,塑造英雄形象。艺术的首要功能在于教育大众。他们通过批判"形式主义",将一切他们"不愿意看或不愿意听",一切对"内容"的兴趣少于对"形式"的兴趣,一切丧失既定方向,因而丧失"意义"的作品指控为形式主义。[②] 美学的判断被视为资产阶级价值,"内容"或者说路线成为文学艺术批评的标准。艺术创作所要遵循的就是路线指引,"合时宜",符合"正统观念"。但在纪德看来,有深层艺术价值的作品之所以得以流传,就是因为其包含"崭新的、潜在的、令人困惑的因素",在于其"提出新的疑问,超前提出疑问,以及超前回答尚未提出的问题"。艺术的价值在于"迫使人思考",在于其独特形式、鲜明个性及思想的自由抒发。[③] 平庸、守旧、迎合大众或领导者口味的作品必将被历史淘汰,不能长久流传。艺术需要呼吸自由的空气,需要宽松、包含多样化养分的土壤,否则绝对结不出壮硕的、健康的果实。纪德认为"没有自由,艺术也就失去意义和价值了"。他不无担忧地警醒苏联:"你们口口声声说,要为文化服务,要发扬光大和捍卫文化,将来肯定要成为文化的耻辱。"[④]

　　纪德对苏联提出了善意而温和的批评,这基于他对苏联及其

---

① 安德烈·纪德:《访苏归来》,李玉民译,广西师范大学出版社 2004 年版,第 18 页。

② 同上书,第 49 页

③ 同上书,第 52—53 页。

④ 同上书,第 52、49 页。

事业的热爱。针刺在于引起疗救的希望，他在《访苏归来》结尾郑重重申：　"苏联并未到此为止，还在给我们教育，令我们惊喜。"① 然而，纪德的想法太天真，他完全没有料到他的批评会在苏联引起如此突然、全面和消极的反应。在当时的形势下，苏联是容不得批评的，哪怕你曾是党的"同路人"，是有影响力的西方大作家。书刚发表时，苏联保持了短暂的沉寂。一俟《真理报》定了调，如同以前对"同路人"的吹捧，所有媒体便集中火力开始对纪德进行大肆攻击和痛骂，纪德被贴上"蠢驴"、"托洛茨基分子"，甚至"法西斯分子"的标签，被看成苏联的"背叛者"，是不折不扣的"犹大"。文艺界的著名人物也被组织起来反对纪德。一些亲苏作家也加入到反纪德的阵营，如流亡作家爱伦堡（Ehrenbourg）、德国的小说家莱恩·弗施特瓦涅（Lion FEUCHT-WANGER）、法国著名作家罗曼·罗兰（Romain ROLLAND）等。爱伦堡骂纪德为"无耻的老家伙"，"心怀歹意的叛变者"②。莱恩·弗施特瓦涅指责纪德是"以自我为中心的巴黎人，贪恋舒适"，认为他攻击苏联是因为私欲没有被满足而发泄私愤；他认为纪德"不合时宜"地出版这本小书，实际上是"襄助敌人"，"打击社会主义及世界进步事业"，因此纪德不配称为"社会主义作家"③。罗曼·罗兰批评纪德耍"两面派"，人在苏联时"滥用敬仰和热爱"，只会吹捧，不敢提出批评，而一旦回到法国就"以真诚为名"开始攻击苏联；他称《访苏归来》只不过是一本"平庸、极度贫乏、浮浅、幼稚而自相矛盾"的糟糕小书，"没有任何价值"④。一些亲苏的左派同样指责纪德作品是"浮浅的见证"，"一

---

① 安德烈·纪德：《访苏归来》，李玉民译，广西师范大学出版社2004年版，第55页。

② *André GIDE* 1（1970），études gidiennes réunies et présentées par Claude MARTIN，Paris，La Revue des Lettres Modernes，1970，p.170.

③ Ibid.，p.169.

④ Ibid.，p.171.

些判断过分绝对","错误解读"苏联的一切,认为纪德的书"只是伤害而未能疗救"。而温和左派却对纪德的"正直和坦诚"表达敬意,称纪德的勇气"还在给我们教育,令我们惊喜",认为纪德这本书"有非凡的价值"①。斯大林的对手托洛茨基在1937年3月8日的一封信中,高度赞扬纪德:

> 安德烈·纪德有绝对独立的性格,他极富睿智和远见,具有知识分子的诚实品格,这促使他以真正的名字来称呼每一件事物。②

面对批评和赞扬,因为过去经常处于舆论的风口浪尖,对此突然而来的意识形态的风暴,纪德处变不惊,镇定自若。在他看来,关于他作品的论战只会让真相更清楚,真理必须接受舆论法庭的审判。对他来说,最重要的是自己的批评能给苏联朋友带去警醒,让苏联的伟大事业重归正路,继续给人类以指引和希望。然而,纪德的希望落空了,他等来的不是对警醒的感激,而是谩骂与人身攻击。他心中理想的苏联及其事业化为了幻影,有的只是痛心和失望。为了回应指责和攻击,他决心写作《访苏归来之补充》。1937年他用了不到三个月的时间就完成了初稿。不过,这一次他再也不用顾忌批评的语气是否过于激烈,是否有过多的负面现象的披露。穆杜特(MOUTOTE)评论说,《访苏归来》是一本"语气温和表示警醒的书",而《补充》是一本"表达论争且严厉控诉的书"③。关于对他前书"浮浅"、"武断"、"片面"等的

---

① Cf., Rudolf MAURER, *André GIDE et l'URSS*, Editions Jean TOUZOT, 1983, p.136,p.137, p.142.

② Ibid., p.140.

③ Daniel MOUTOTE, *André GIDE: l'engagement* (1926 - 1939), SEDES, 1991, p.242.

指责，纪德在《访苏归来之补充》中都一一作了回应。十分有趣的是这完全类似于他第一次发表《刚果之行》的经历，当时他对殖民大公司和法国殖民制度提出批评，也遭到了同样的指责和攻击。为了回应，他写了《乍得归来》，列举了更多详尽的证据，驳斥他们的指责。不过，第一次是 1926 年，是他介入时期的开始；而后者是 1936 年，是他介入时期的终结。

纪德首先批驳了对他"肤浅"的指控。他引用第一次在赤道非洲的经历："……在法属赤道非洲，只要有人'陪同'旅行，我就觉得几乎一切都很美好。我一旦离开总督的轿车，决定独自徒步走遍整个地区，以便同土著人打交道，历时六个月，我才开始看清楚了。""苏联之友"的那些人引用官方未经核实的数据和他们在苏联亲身经历的短暂"安排"旅行，以此指责纪德"浮浅"，相反恰恰显示"他们的声明未免浮浅"。纪德特别提到在他们旅行的第二阶段，"安排比以前松了，假象少了，我们同老百姓接触也更为直接；从第比利斯开始，我们才算真正睁开了眼睛"。他恳切呼吁那些人"要确信，我一定有极大理由，才能抵制这种迷惑，而我并没有像有些人说的那样，'轻率地'下了结论"①。

针对"武断"和"片面"的指责，纪德列举了大量的统计数据和其他在苏联旅行过的人写的回忆文章，有实有据地作了有力回应。他分别评析了那里的知识分子、学校教育、工人阶级、苏共、政治体制、住房、个人崇拜等，无论文化、经济、政治，还是社会都有涉及，几乎涵盖苏联生活的方方面面。他所参考的资料和数据，既有苏联官方报纸，还有其他见证人的材料，如英国工联大会书记西特林（Citrine）的《我在俄罗斯寻求真相》(I search for the Truth in Russia)，托洛茨基（Trotski）的《被背叛

① 安德烈·纪德：《访苏归来》，李玉民译，广西师范大学出版社 2004 年版，第 76—77、125 页。

的革命》（La Révolution trahie），法国雇主联合会代表梅尔西埃（Mercier）的《反思》（Réflexions），在苏待过数十年的技术专家伊万（Yvon）的《俄罗斯革命的现状》（Ce qu'est devenue la révolution russe），塞日尔（Serge）的《革命的命运》（Destin d'une Révolution），还有苏瓦林纳（Souvarine）的《布尔什维克简史》（Aperçu historique du blochévisme）等。他们从不同角度提出了自己对苏联的看法或批评，如伊万批评说："远看，它可能显得很伟大，……近看，却是极其地痛苦。"托洛茨基和塞日尔都认为"苏联没有任何的'社会主义'"①。还有人对苏联的大清洗、对工人遭受的剥削、对社会的不平等、对土地的集体化所造成的饥荒及宗教政策提出批评。其他人的见证和观察印证了纪德的批评并非"片面"和"武断"，而是基于他同其他旅伴"亲眼所见、亲耳所闻"②的情况所作出的全面、客观和公正的评价。

　　而最令纪德感到痛心的批评来自于著名作家罗曼·罗兰，因为这是一位令他敬重的人道主义者。《访苏归来之补充》一开篇就对此表达了自己的失望："我相信《超然于混战之上》的作者，肯定要严厉评价老迈的罗兰。这只老鹰筑好了巢，就在巢中安歇了。"③我们知道，罗曼·罗兰受邀同俄罗斯妻子玛莎一道对苏联作了正式访问，只不过比纪德早了一年。他离开苏联之后，也写了一本旅行日记，同样对苏联提出了批评，但他没有立即发表，而是要求家人自1935年10月1日起封存50年，不能发表这个日记。同样是伟大斗士的罗曼·罗兰为何掩藏真相，不肯发表自己的见证呢？据闻一先生分析，曾经有段时间他也在积极争取发表他的访苏日记，但没有得到斯大林的允许。

---

① Cf. , Rudolf MAURER, *André GIDE et l'URSS*, Editions Jean TOUZOT, 1983, p. 152, p. 153.

② 安德烈·纪德：《访苏归来》，李玉民译，广西师范大学出版社2004年版，第74页。

③ 同上书，第71页。

斯大林的权威和决策令伟大如罗曼·罗兰者"也不能随便讲话"，因为如果不理斯大林，硬性发表日记和他们的谈话记录，他会有"家室生命之虞"。这种被迫的沉默，不仅是"时代的悲剧"，也是"罗曼·罗兰的个人悲剧"，是"他盲目崇信斯大林和苏联的道路正确的悲剧"①。但朱静女士有另一种解释，即罗曼·罗兰"出于对苏联的热爱"，从政治全局出发，"极力否认事实以维护苏联的美好形象"，因为"批评苏联就会对这项事业造成伤害"。② 两位作家迥异的态度根源于他们各自信念的差异，一位认为"刺伤为了疗救"，另一位认为刺伤就是伤害，无从疗救。从1937年1月5日罗曼·罗兰批评纪德的信来看，他还是想极力维护苏联的事业，忠于自己的信念，只不过内心可能有些无奈和凄苦。一位伟大的人道主义者是不会害怕极权者的威吓的，只不过他觉得苏联的事业是人类的事业，需要精心呵护罢了。

纪德同样忠于自己的信念。他首先是一个"个人主义者"，极为重视个体的独特价值。早在《地粮》时期，他就号召青年要把自己变成一个"最不可替代的个体"，他信守"我们每个人都要表演"的格言。他"深信每个人，或者至少上帝的每个选民，都要在世间扮演某种角色，确切地讲就是他自己的角色，与其他任何人的角色是不相同的。……因而使每个人丧失了自己确切的、不可替代的意义，丧失了他那不可复得的'味道'"而服从于某种共同的准则，是"叛逆"，是"一种'十恶不赦'的大逆不道"。"人类特有的使命，就是完全承诺始终给予可能的智力以充分的动力。"③ 因此，他认为，"对共产主义的赞同非但不否定个人化，反而要求个人化。……一个健康的共产主义社会鼓励并要求鲜明的

① 罗曼·罗兰：《莫斯科日记》，袁俊生译，广西师范大学出版社2003年版，第10页。
② 朱静、景春雨：《纪德研究》，上海外语教育出版社2005年版，第288页。
③ 纪德：《如果种子不死》，罗国林译，北京十月文艺出版社2005年版，第179页。

个性"①。这一点，在《共产主义宣言》中也有体现，"每个个体的自由发展是所有人得以自由发展的必要条件"②。而在苏联，领导人所努力的方向是取消个性，限制个体的自由发展。他们通过头脑改造、思想控制、书报审查、路线统领让人变成可以互相替换的"齿轮"，人不再是有思想、有创造力的独特的个体。他们的"住宅每座都可以互换"，"衣着打扮，异乎寻常的清一色，大概头脑也如此"，"每一次同一个俄国人谈话，就好像同所有人交谈了似的"。③ 他愤慨地指出："人类并不单纯……凡是简单化、一体化的企图，凡是从外部挤压成形的企图，无论何时都是可憎的，会造成极大的破坏，会滑稽到令人发指的地步。"④

纪德也是一个人道主义者。他的德国朋友托马斯·曼给人道主义下了一个很好的定义，他说："人道主义……并非学术词汇，也跟渊博的学识没有丝毫的直接关系。人道主义更多是一种精神，一种智慧的展现，一种人的灵魂状态，它包含正义、自由、了解和包容，温和与宁静；也包括质疑，不过质疑不是终极目标，而是寻求真理的手段，是越过掩盖真相者的自大，充满关怀地为找到这一真理而付出的努力。"⑤ 纪德是人的价值守望者，丝毫容不得人的价值和尊严受到侵犯，否则必然挺身而出，仗义执言。纪德借俄狄浦斯之口道出了他的核心价值理念："……我明白了，只有我明白了，要想不被斯芬克斯吞噬，唯一的谜底是：人。毫无疑问，说出这个词是需要点勇气的。不过，尚未听完谜语我就准备好了这个词，我的勇气表现在，不管提什么问

---

① 参见克洛德·马丹《纪德》，李建森译，三联书店 2002 年版，第 201 页。

② http://cpc.people.com.cn/GB/64184/64190/66153/4468853.html.

③ 安德烈·纪德：《访苏归来》，李玉民译，广西师范大学出版社 2004 年版，第 19、26—27 页。

④ 同上书，第 45 页。

⑤ Cf., Daniel MOUTOTE, *André GIDE: l'engagement* (1926 – 1939), SEDES, 1991, p.247.

题，我都这么回答。"① 格诺指责纪德是为了个人的履历的完美而"介入"政治，但我们知道纪德是政治的外行，他深知自己"不擅长政治"。他的"介入"既是"天真"、"易于激动"的性格使然，更是他被自己"改造人"和"改造社会"的理想②所推动。在苏联，他看到仅仅依靠社会状态的变化，不能促使人性的深刻变化。在那里，"'旧人'重新出现，……但每个人的内心并未得到改造"③。可能，纪德对苏联所谓的"新人"不再抱有幻想，但他相信"旧人"可以通过内心改造成为新人。他从未放弃对人、对生活的信心。他一生都在"为使未来人性更美好"而努力，一直致力于推动个体自由和全面的发展。纪德的介入时期恰恰是他最少关注自我的时期，他以良好的心愿去关注他人，关注那些不幸的人、受压迫的人、不公审判的受害者。纪德正是为这些遭受恶打击的人伸张正义，写下了揭露和批评苏联的文字。他写道：

　　　　这些受害者，我看见了，听见他们，感到他们就在我周围。昨天夜里，正是他们窒息的喊声把我唤醒；今天，是他们的沉默授意我写下这些文字。我是想着这些殉难者，才写出遭你们反对的文字，因为在我看来，我的书如能达到他们的视听，得到他们的默认，要比《真理报》的赞扬和诅咒重要④。

---

① André GIDE, *Théatre*, nrf, Editions Gallimard, 1942, p. 283.
② 纪德在日记中写道："……直到最近这些日子我依然相信，头等重要的是改变人，所有的人，每一个人……我如今也确信人本身只有在社会状态的推动和帮助下才会改变——所以首先要关注的是社会状态。两者都要关注。"Cf. Daniel MOUTOTE, *André GIDE : l'engagement*（1926 - 1939），SEDES, 1991, p. 211.
③ 安德烈·纪德：《访苏归来》，李玉民译，广西师范大学出版社 2004 年版，第 110 页。
④ 同上书，第 113 页。

　　纪德更是一个不断变化的"普罗透斯",一个不停追寻真理的自由主义者。他从来不能长久停留于一处,时时总在寻求新的东西。他对固守于一种观念感到恐惧。生活每天都在变,人必须抱着与时俱进的态度不断调适自己与社会的关系。拘泥于一种固定不变的观念或立场,思想僵化,会阻碍、迟滞人的发展。因此,对他来说,"游移不定的态度比选定了立场而无法坚守更可取"①。游移不定的"变"是为了追寻"不变"的真理,为了寻求人的自由和解放。他对谎言极度反感,认为"基于谎言建不起任何牢固的东西","重要的是看清事物本来面目……"纪德在伊万《苏联的真面目》一书的序言中指出:"苏联的谎言不仅欺蒙了太久那些天真的人,有时甚至蒙蔽了我们当中最优秀的人。希望这本书帮助擦亮他们的眼睛。"② 任何东西都阻挡不了他追寻真理的步伐。穆杜特指出,"如果纪德放弃追寻真理,他只是一个理想主义者。他所寻求的真理是关乎人为其生或死的价值或价值的整体。在人类现代城里,不仅生活着当前的青年,所有未来的青年也将在此生活,纪德致力于修正那里人类赖以生存的价值"③。面对苏联优厚待遇的诱惑,他没有被笼络。对他来说,真理先于一切。"没有一个政党能掌握……能阻止我把真理放在党之前。一掺进谎言,我就极不自在;我的作用就是揭穿谎言。我拥抱的是真理,假如党离开真理,我当即就离开党。"④

　　自由是一切价值的根基。没有自由,无所创造,更无从追寻真理。没有自由的保障,个体无法自由发展,人的价值也无从实现。阿兰·古雷指出,"在完人的形象中,对我们最可宝贵的是他

　　① 朱静、景春雨:《纪德研究》,上海外语教育出版社 2005 年版,第 287 页。

　　② Cf., Daniel MOUTOTE, *André GIDE: l'engagement* (1926 – 1939), SEDES, 1991, p.246.

　　③ Ibid., p.249.

　　④ 安德烈·纪德:《访苏归来》,李玉民译,广西师范大学出版社 2004 年版,第 116 页。

发挥主动性和创造性的那一刻。……他不仅有融进世界的可能，更有改变，建设，重新创造的可能。"① 所谓创造就是创造新的、过去未曾有过的有价值的东西。创造者必须具备开放自由的思想，不被任何框框所拘囿；他所创造的有价值的成果能否被接受还需要自由宽松的社会环境。所以，纪德说："没有自由，艺术也就失去意义和价值了。"推而广之，没有自由，一切有价值的皆无从创造。正为此，纪德才极力反对法国在非洲的殖民主义，反对欧洲的法西斯主义，才走近和远离苏联的共产主义。

自由思想是一种对自由的坚定信念，即是说相信自由的可能性和必然性。可能性说明自由需要我们去争取；必然性说明我们努力的价值。但这一信念绝不可等同于一成不变的信仰。当初俄国人民怀着对自由的向往和信念起来革命，推翻了沙皇的极权统治，建立起全新的苏维埃政权。但可悲的是这一信念为歪曲的共产主义信仰所替代。共产主义是美好的人类理想，但现实中的人在走向它时，却把它渐渐变成了禁锢人的发展的"假共产主义"信仰，个人自由在信仰的名义下彻底丧失。纪德指出，"最大的危险性就在于人们对那些思想的坚持和扭曲"②。所以，人应该学会超越自我，超脱信仰，只有这样才能摆脱一切束缚，无论是宗教，还是意识形态，形成独立的自我。自由并非仅仅意味着没有任何约束，而且，还包含着个体对自身弥足珍贵的独特性和人格的意识，这才是真正的自由思想。自由的目的是"回归自我"，"发展自我"③。人无须到外界去寻求任何法则，人是自身法则的制定者，应该向自身寻求。只有超越了"小我"，心怀"大我"，充满"爱"地向美好前行，人才真正得到了彻底的自由和解脱。在纪德

① *André GIDE* 1（1970），études gidiennes réunies et présentées par CLAUDE MAR-TIN, Paris, La Revue des Lettres Modernes, 1970, p. 152.
② 参见朱静、景春雨《纪德研究》，上海外语教育出版社 2005 年版，第 291 页。
③ 参见克洛德·马丹《纪德》，李建森译，三联书店 2002 年版，第 5 页。

心中，还有比他"本人更重要、比苏联更重要的东西，这就是人类，这就是人类的命运、人类的文化"①。因此，怀着误解走到一起的苏联和纪德，在互相认清对方真面目后必然走向决裂。他同苏联美丽而悲剧性的误会，正如他在高加索的一次寻求红花的遭遇。他在《如此这样》中回忆道：

> 这是在高加索的一次奇妙远足。这该是怎样的一朵独一无二的花呢？它扎眼的红色，长在离路边稍远的地方，我穿越田野奔它而去……但这只不过是很普通的丽春花②，跟法国的没什么两样③。

既然它本相不过是一朵普通的红花，不是纪德所希望的"独一无二的花"，必定叫人大失所望，这如同纪德所热望的苏联，它"并不是我们当初希望它的那样，并不是它当初保证要成为的那样，也不是它还竭力装出来的样子：它背叛了我们的所有希望"。"我们"曾经穿越千山万水，热切奔它而去，目睹的却是已经"陷入泥潭"的一场革命，"如果不让我们的希望陨落，那我们就必须另找寄托"。④

---

① 安德烈·纪德：《访苏归来》，李玉民译，广西师范大学出版社 2004 年版，第 5 页。

② 丽春花，也叫虞美人，属罂粟科。译注。

③ André GIDE, *Ainsi soit-il*, *Journal* 1939 – 1949 *Souvenirs*, Paris, Gallimard, "Bibl. de la Pléiade", 1954, p. 1196.

④ 安德烈·纪德：《访苏归来》，李玉民译，广西师范大学出版社 2004 年版，第 117 页。

第四章

追寻自我

立意做一个诗人的人首先必须研究的是对他自身的全面认识。

兰波,《通灵人信札》

　　纪德是一个"令人困惑的"谜一样的存在,是一个"难以捉摸的"普罗透斯,更是 20 世纪"最不可替代的"思想开拓者。他的身上聚集着许多常人难以理解的矛盾。生活中,一方面,他痛恨宗教的清规戒律,称之为"反基督的基督教",决心做一个坚定的反叛者;另一方面,清教教育自幼在他心灵深处留下的苦行主义、禁欲主义,特别是他灵魂里的宗教献身精神,让他不惜自己的名誉和地位,敢于写出在当时堪称惊世骇俗的作品,如为同性恋进行辩护的《柯里东》,对殖民主义进行控诉的《刚果之行》和《乍得归来》,特别是影响巨大的揭露苏联斯大林政权弊端的《访苏归来》及《访苏归来之补充》。一方面,他极力主张个人主义,号召青年成为"最不可替代的个体";另一方面,他又想投身到集体主义事业中,为人类美好的明天献身。一方面,他极为珍视爱情,视柏拉图式的精神恋爱为爱情的最高境界,纯洁无瑕,一生对他的妻子玛德莱娜情意绵绵;另一方面,他又奉行的是米歇尔式的"非道德主义",醉心于肉欲的享受,背着妻子搞同性恋。一方面,他深爱自己的父母和家庭;另一方面,却喊出了"家庭,我恨你!"的极端口号。一方面,他想成为青年的导师、教育者,引导他们的成长;另一方面,他又号召青年不要向外界去寻求法则,应该到"自身中去觅取这法则"。人们对他这种前后矛盾,甚至对立的态度感到困惑、惊异,哪怕是追随他的信徒也会感到莫衷一是,找不着方向。正如他自己所说:

"我每一本书都是对前一本书的爱好者的反叛。"[1]

　　然而，纪德又是一个活生生的、有血有肉的存在。周边跟他亲近的人，觉得他是一个易于相处、始终如一地表现出友善和宽容的人。很难想象一个人格如此分裂的人会得到伟大的友谊和许多人的爱。他一生"始终介乎于理性和非理性之间的挣扎"[2]，是什么神秘的力量让他没有因人格分裂而堕入疯狂？纪德自己一直都在寻求内心分裂和对立力量的统一与和谐。年幼时所阅读的阿米埃尔的《日记》似乎给了他启发，从 1885 年起他就开始了类似的写作，将自己的内心交给日记，在那里展开心灵的对话，从此开启了他的文学创作生涯。其实，他的第一部作品《安德烈·瓦尔特笔记》就是他个人隐秘的日记，反映的就是纠缠他一生的关于宗教信仰、灵肉冲突的问题。文学创作成为他疏解内心冲突的灵丹，他将内心冲突的各方化解成笔下的各色人物形象，将他们推到极端的境地，从而去验证他的观念，让读者同他的试验品一起去体验分裂的苦痛。要调解他独特的内心世界的冲突，需要创新文学表达的方式与主题，"正是他使现代文学脱离了象征主义的窠臼"，将文学创作从"物化主义"中解脱出来，"一切都可以说"[3]，一切都可以成为文学创作的主题。他对文学的形式极为重视，认为"在艺术中，重要的是表达，思想只在一时显得年轻……波德莱尔之所以流传后世，就在于他形式的完美"[4]。从第一部作品起，就显示了独特的文学禀赋，开创了"纹心嵌套结构"来表现现实与虚构的融合，来展现人物复杂的内心世界。可以说，

---

　　① André GIDE, *Journal I*: 1887–1925, éd. Eric MARTY, Paris, Gallimard, "Bibl. De la Pléiade", 1996, p.787.

　　② 参见克洛德·马丹《纪德》，李建森译，三联书店 2002 年版，第 2 页。

　　③ 让－保罗·萨特：《萨特文学论文集》，施康强等译，安徽文艺出版社 1998 年版，第 315 页。

　　④ 《纪德文集·文论卷》，桂裕芳、王文融、李玉民译，花城出版社 2001 年版，第 5—6 页。

这一创造正是为他的自我追寻应运而生，成为他探寻自我最为独特而有效的工具。

纪德一生都在追寻。他的变幻无常、难以捉摸正是人在对自我的探寻中所必然经历的彷徨、反复，甚至对自我的否定。否定自我并不可怕，可怕的是对错误谬见的坚持，因为"对自我的最高肯定寓于对自我的否定中"，"个人的胜利在于个性的放弃中"。① 正是在这些反复和自我否定中体现了他始终不渝的真诚和对真理、对自由不懈的追求。他坚信，"人具有无限的可能性"。所以要尽可能多地尝试人的可能性，无论是通过生活中的身体力行，还是通过他所塑造的人物。他的一生是丰富而有意义的一生，正如忒休斯在他死后留下了雅典城，纪德身后留下的是他的作品所矗立起的丰碑，那上面刻的是萨特对他的评语："纪德是一个不可替代的典范"②。

纪德的一生和他全部的作品，正是人在自我追寻中不间断的一场"对话"。纪德自己声称："现在倘若检讨自己的一生，我发现其主要特点远非前后不一，相反正是始终如一。这深深扎根于心灵和思想中的始终如一，我觉得非常难得。你能告诉我哪些人临死前看到自己一生中打算完成的事情都完成了吗？我肯定是他们之中的一个。"③ 他是"……一个不得不用他的作品证实他的肉体和他的灵魂相一致的人。……他的一生消耗在索取他视为应得的权利和不可能做到的适应的努力上。连他的推理方式都使他看起来像丧失了理性。他越发努力使自己心安理得，他越发激起周围人的敌视……而正是他不能自已的正直本身使他具有这些精神失常和矛盾百出的表情……要评论他，必须处在他自己的中心"④。

①　参见张若名《纪德的态度》，三联书店1996年版，第19页。

②　让-保罗·萨特：《萨特文学论文集》，施康强等译，安徽文艺出版社1998年版，第316页。

③　《纪德文集》1，人民文学出版社2002年版，第251页。

④　摘自几依亚一篇论波德莱尔的文章《新作品》1921年7月号，参见《陈占元晚年文集》，人民文学出版社2006年版，第67页。

第一节　"我"的多重性

纪德是一个综合性的天才，交响乐式的天才。这个天才的特点是把各种分歧、各种矛盾融合在自己身上；把在他之前似乎是不可调和的，或者甚至是相反的模糊认识和思想融合为活的和声。而这个，他非这样做不可，正因为在他身上，在同一和声里面，存在着可以说从来没有结合在一起的音调。正如他对自己的评价："我从来不会放弃什么，我在自身同时庇护着精华和糟粕，我生活在分裂的状态之中。可是，我身上共存的各种极端的东西并没有像某种对存在和生活动人心魄的集中感受那样，给我带来太多的不安和痛苦，这该如何解释呢？截然对立的倾向没能使我成为一个痛苦的人，却使我成为一个令人困惑的存在，——因为，痛苦伴随着某种人们希望摆脱的状态，而我并不想逃避这种使我全部存在的可能得以发挥的状态。这种对许多人几乎是不堪忍受的对话状态，对我来说，却是不可或缺的。"①

他的生活如同他的思想，始终处于一种"不可捉摸"的漂移状态，或者说他是按照他的思想在生活②。"我所需要的，就是变化：我绝不能将就习惯。"③他随时处于一种空乏状态，等着下一个时刻给他带来新的东西。他不能长久停留于一处，无论是身体还是思想。他居无定所，一生在不停的旅行中度过，大部分时间待在旅馆的房间，或者朋友们的房子里，而不是自己的公寓。他

---

①　参见克洛德·马丹《纪德》，李建森译，三联书店 2002 年版，第 142—143 页。

②　纪德在日记中写道："我们可以这样说，我隐约觉得，这可以视为（艺术家的）反向的真诚（la sincérité renversée）：他不应该按照他的生存经历讲述他的生活，而是按照他要讲述的生活去生存。换句话说：他将有的生活履历应同他所希望理想的生活图景一致，更简单地说：他就是他想要的自己。"Cf. Daniel MOUTOTE, *André GIDE*: *Esthétique de la création littéraire*, Paris, Honoré Champion Editeur, 1993, p. 92.

③　Cf. Simon LEYS, *Protée et autres essais*, Paris, Gallimard, 2001, p. 82.

不管在什么地方，都像是暂住的临时住所。据他的好友马丁·杜伽尔的观察，他在居韦维尔居住的房间，不配套的家具四处乱放，随意改变它们的用途。家里的书籍堆在大理石梳妆台上，堵住通往窗口的过道；内衣堆在写字台上；书桌旁的扶手椅只用来挂他的围巾、领带。而在巴黎的蒙莫朗西别墅，四处也是乱糟糟的，家具都蒙着一层尘土，床上凌乱不堪，洗碗槽里堆的满是碗碟……总之，他的生活是一个长长的假期，作为大资产者，他享有绝对的自由，丝毫不必为生计发愁，可以尽情享乐。他既无家庭的负担，也没有职业的羁绊。任何时刻，只要兴之所至，他便可立即上路，朝随便哪一处有异国情调的地方进发。旅行归来，他可以去乡下，去海边或到山里，到他常去的几处至交家暂住，享受着贵宾的待遇。他的旅行决定常常是突发奇想，这全看当时的心情，随性而为。纪德"生活在别处"。

纪德个性乖戾而专横。他生平始终以自我为中心，总为他的一些小事而烦扰，弄得周围的人跟着操心。比如，他有失眠症，中午需要打个盹儿。为此，他需要就近把所有的床和长沙发都试一试，并且要求他的四周寂静无声。大家一起吃饭时，他一个人对每道菜不厌其烦地发表细致而无味的评论。在他看来，每道菜都应该同时既好消化又美味可口。他容易患感冒、喉炎，所以对气温变化极度敏感。他由于害怕着凉而穿得过多，接着又由于害怕出汗去脱衣服。因此他不停地穿上、脱下，又穿上。在电影院里，一场电影中间他经常变换三四次座位，为了离散热器远些，或者相反，要靠近它。坐火车旅行时，他从尾部的货车走到最前面的车厢，又反过来走，来回走了好几遍。他一个一个车厢察看，在旅客最多的车厢停下来，每个车室都试一试。突然又以一个莫名其妙的理由借口离开，然后又后悔不该放弃列车那头的一个车室，马上就去寻找，找不着，就这样继续找下去。他的老朋友杜伽尔是这些事件的见证人，他抱怨说："跟他一起出门，就会变成

惹起众人注目的焦点，活受罪……"① 作为他生活的伴侣，纪德的
妻子面对变化多端、捉摸不定，不断逃开的丈夫如何能找到依靠
的感觉呢？同这种无休止的前后不一致，无休止地任凭无法预知
的念头所左右的人相处必然叫人惶恐不安，心力交瘁。面对性格
如此乖戾多变的纪德，玛德莱娜其实早有疑虑②，也难怪婚后他们
很少生活在同一屋檐下。

纪德的自我多重性源于他对一切充满着孩童式的好奇心。天
真的儿童对一切都觉得新奇，都想去探寻个究竟，都想有个新的
发现。同时，儿童的特点在于开始时好奇心强，注意力集中，但
难以持久，他注意力的转换经常很突兀、直接，丝毫不需要理由。
纪德对世界有着从未枯竭的好奇心，对一切始终抱着有所发现的
热望。凭着猎奇、探险的眼睛，他对大家熟视无睹的事物常能发
现新奇的成分。这份敏锐和独到的眼光可能就是所谓天才作家所
必备的素质吧。他关注一切创造物，不仅仅是人。小妇人记述了
纪德的一个典型画面："吃午饭时，谈话正酣时，他突然停下来去
研究一只苍蝇，它一只脚上有一个小寄生虫；在这方面，没有东
西能逃过他的眼睛。"③ 还有一次，刚刚获得诺贝尔文学奖的他去
瑞士拜访作家艾尔曼·埃斯（Hermann HESSE），他们之前仅有书
信往来。在他们的初次会面中，就出现了极为有趣的一幕：纪德
的魅力完全抓住了埃斯，而埃斯家刚生了小猫的母猫却完全抓住

---

① 参见《陈占元晚年文集》，人民文学出版社 2006 年版，第 96 页。
② 玛德莱娜在 20 岁生日时给纪德的信中写道："要知道，当你那么清楚地向我解
释你怎么能够相继成为路易、A. 瓦尔克纳埃、玛德莱娜等人物，——交替地分享他们
的趣味和偏爱——而这一切出于同样的真诚时，你使我想了很多。这种反映各种色彩的
能力有点太像……变色龙了。——我不清楚，——在永无休止、包罗万象的随声附和
中——你的位置和你自己的趣味在哪里呢？也许你兼收并蓄已经到了无所不收的地
步，——你的赞赏是一个大驿站，每个进来的人都受到同样热情的接待。而我的赞赏则
是一个狭小的殿堂，只有被选中的人才能进入其中。"参阅克洛德·马丹《纪德》，李建
森译，三联书店 2002 年版，第 49 页。
③ Cf. Simon LEYS, *Protée et autres essais*, Paris, Gallimard, 2001, p.84.

了纪德。他的好奇心时刻保持警醒的状态，但它转向另一事物时很突然。他的热忱只能保持片刻的热度，当对话者不再叫他感兴趣时，他很快就转向了他物。他甚至在街上不能认出刚刚同他进行了长时间热烈而交心的谈话的人或者突然停止和那些不久之前曾经乐于和他们往还的人打交道。人们于是责备他健忘、反复无常、忘恩负义。他的老朋友杜伽尔为他打抱不平："我们要公正不倚：这不是由于任性或反复无常，也不是由于腻味或忽略使他疏远了不久前的某些交游。没有比他更亲切、更耐心、更笃实、更忠诚的朋友了！那么？好，他只是做了我们偶尔应该做的事情：'他修改了他的同盟条约……'"① 纪德的如此个性也解释了他为什么只有一部长篇小说问世，而他作品中最优秀的部分，常常是《日记》中一些断片式的思考、几部短篇叙事及一些评论文章②。

　　纪德的自我多重性还源于他独特的思维方式。他的思维方式是曲线型思维，他永远不能直截了当地思想，总是从侧面去接触意念。这是他的独创，他头脑中这种天生的才能让他的创作多有收获。由于这种才能，绕弯的才能让他的作品呈现出新颖的迷惑人的外表，哪怕表达的主题和思想未必新奇。就像我们为抵达目的地，选择了一条没有人走过的道路，不同的只是路径的选择，并没有探测出新的没有人到过的地点。这类似于苏俄形式主义思潮时提出的"陌生化"的创作手段，正如摄影技术，往往只是换了一个拍摄角度，与我们平时脑子里

---

①　参见《陈占元晚年文集》，人民文学出版社 2006 年版，第 101 页。

②　马丁·杜伽尔转述了柯波的分析："安德烈缺少一种真正的小说家不可或缺的天赋：不知厌倦。一个人一旦对他失去了刺激性，他的好奇心就消退了。他对作品中的人物也是这样：一般说，接近一百五十页，他的人物便开始不再引起他的兴趣，于是他便草草收场，像学生赶完一个罚写的作业。"比如，《伪币制造者》的结尾便是如此，他本想再写几章，可是没劲了，于是便有了那个著名的结尾："我很好奇地想认识卡鲁。"这看起来是一个多么耐人寻味的结尾，于是就此打住。他脱了身。Cf. Simon LEYS, *Protée et autres essais*, Paris, Gallimard, 2001, p. 85.

惯有的形象不一致，就足以让我们初次接触时感到惊奇而一时难以辨认。这也解释了纪德为何偏爱陀思妥耶夫斯基，偏爱暗影，因为正是暗影里的世界常人不去关注，但那里隐藏着巨大的秘密，如同人的无意识世界，深不可测。他在同马丁·杜伽尔讨论他们创作手法的差异时用了一个形象的手段：他在一张白纸上画了一根直线，然后用手电筒的光从一头慢慢照到另一头；而为了解释自己的创作方法，他把那张纸翻过来，在上面画一个半圆圈，将手电放在当中，固定在中心点，在原位将它旋转，让光沿着曲线移动。他解释说，杜伽尔是历史学家的创作，按照年代先后对事实进行陈述，展现的是一幅全景图。在杜伽尔的小说里，没有转弯抹角、出人意料、时间颠倒的叙述。一切都在同样的亮光里，直接地、一览无余地呈现。杜伽尔走的是托尔斯泰式的道路，纪德认为托氏的创作探究的只是人们最普遍的、人所共具的东西，他只是让我们看见已经或多或少知道的，只要稍微用心就能自己去发现的东西。他没有给我们带来出乎意料的东西。而纪德自己却偏爱伦勃朗对暗影的运用，认为对照明方式的处理是一种艺术，他走的是陀思妥耶夫斯基的道。陀氏与托氏相反，他的探究不断地带来"惊奇"，总是揭示新的、意想之外的，从来没见过的东西。纪德偏爱的就是间接描写，通过多侧面的刻画展现的是多重的、立体的、丰满的形象。杜伽尔认为这正是纪德文体的独特魅力，称之为"纪德化"的表达，是一种"个人笔致"①。

　　纪德与众不同的观念也为他的自我多重性找到了理据。首先，

---

　　①　马丁·杜伽尔在《记安德烈·纪德》中评述了纪德的文体魅力，他说："然而，不要小看'个人笔致'的重要性……其实，一个'老生常谈'不会穿过纪德敏锐的头脑而没有改变，没有增加他贡献的新颖的东西。把一个或多或少流行的真理'纪德化'，他不仅给它打上他的标志：他用独特的细微差别把它丰富了，这些差别使它失去一部分它的平庸之处，他使它呈现在一个未曾见过的背景里而使它面目一新并且往往改变了它的意义，特别是，他将它凝练成一个隽永的、扣人心弦的词语，可以说，使它成为一个成语。那块在众人手里流通的钱币，在他的手里重铸过，打上了一个徽章的不可磨灭的印纹。"参见《陈占元晚年文集》，人民文学出版社2006年版，第97页。

选择对他来说，"与其说是挑选，不如说是推开我所未选的"①。他抱有包容一切的野心，什么都舍不得放弃，必须作出选择让他不堪忍受，似乎成了某种难以言说的酷刑。他的思维方式并非直线型的非此即彼，而是曲线型的亦此亦彼。对他来说，任何问题都不能直接把握，需要从旁接触。模棱两可让他欢悦，模糊性成了他的生命要素。不定、摇摆、犹豫、矛盾与他形影不离。小妇人对此作了精辟的剖析，"做一个决定对他来说困难令人难以置信。其实绝非选择本身对他来说很困难，而是这个选择给他带来的风险，因为他有可能因此丧失突然出现的更美妙、更意外的东西。"②纪德确信"每个人都有各种不可思议的可能性"③，面对多姿多彩的生活，我们要尽可能多地去体验，放任激情绽放，不必理会善恶、好坏。他打了一个形象的比方："……走进一个买卖乐趣的市场，手中却只有少得可怜的钱……支配这些钱吧！选择就意味着永远放弃剩余的一切，而这些数不胜数的'剩余'也许比任何单一更可取。"④ 因而在《地粮》中，他告诫纳塔埃尔："纳塔埃尔，让你身上的每一种期待甚至不是一种欲望，而仅仅是一种接受的准备吧。"⑤ 这就是纪德一直主张的"空乏"状态，就是说让每一个个体清空自己的灵魂和头脑，如同打扫干净的房间，做好接受的准备；不占有任何别的东西，也不被任何别的东西占有。他讨厌人世间任何形式的占有，因为"害怕一旦占有就只能占有这一

① André GIDE, *Les Nourritures Terrestres* in *Romans*, *Récits et Soties*, *Oeuvres lyriques*, Paris, Gallimard, "Bibl. de la Pléiade", 1958, p. 183.

② Cf. Simon LEYS, *Protée et autres essais*, Paris, Gallimard, 2001, p. 94.

③ André GIDE, *Les Nourritures Terrestres* in *Romans*, *Récits et Soties*, *Oeuvres lyriques*, Paris, Gallimard, "Bibl. de la Pléiade", 1958, p. 158.

④ Ibid., p. 183.

⑤ Ibid., p. 162.

点"①。他把自己的灵魂比为"十字路口大门洞开的客栈"②，接受来自四面八方的激情和欲望，奉行"跟着感觉走"的感觉主义。因此，道德上的这种不偏不倚的态度，让他在生活中可以听任激情的指使，做一个"非道德主义者"，由此觉得"生存与生命更加动人心弦"。其次，由于担心采取行动让他囿于某种观点，他拒绝采取行动。因为"我永远只能要么干这个，要么干那个；干了这个，失去那个，这让我立刻感到遗憾。所以我经常待着什么也不敢干，心烦意乱，似乎总是张开双臂去抓取，又害怕合拢了只抓到一件东西"③。但行动所产生的影响又让他着迷，于是他主张"与其行动不如使人行动"，把自己想象成对立的人物，让他们代替自己去"体验尽可能多的人性"④。他在《与一个德国人的对话中》对此作了阐释："……行动带来的感受，它的后果以及它引起的轰动都使我对行动兴味索然。这就是为什么，如果说行动使我很感兴趣，那么，我认为另一个人的行动会更令我兴趣盎然。我惟恐，请理解我的意思，把自己牵扯进去。我想说的是惟恐由于我的行动限制了我可能作出的行动。想到我做了这个就再不能做那个，我简直受不了。与其行动不如使人行动。"⑤

那对造成纪德人格分裂、乖戾个性和独特思想的根源在哪儿呢？这对纪德的文学创作和美学观念的形成有何影响呢？我们将从三个方面来探究这一根源。

首先在于家庭环境，特别是母亲的角色对纪德性格的养成起了决定性的作用。纪德成长在一个具有浓厚新教氛围的家庭。父亲乃大学法学教授，他快乐宽容，情操高尚，学识渊博，受人敬

---

① André GIDE, *Les Nourritures Terrestres in Romans*, *Récits et Soties*, *Oeuvres lyriques*, Paris, Gallimard, "Bibl. de la Pléiade", 1958, p. 184.

② Ibid., p. 185.

③ Ibid., p. 183.

④ Ibid., p. 158.

⑤ 参见克洛德·马丹《纪德》，李建森译，三联书店 2002 年版，第 162 页。

仰。可惜，他在纪德才 11 岁时便英年早逝，给纪德留下的只是梦
一般的记忆。抚育纪德的责任落到了虔诚而专制的母亲身上。新
教所主张的苦行主义和禁欲主义，纪德的母亲都严格遵行。她极
端克己，对伦理道德顶礼膜拜。她性格中的胆怯和不自信让她倾
向于墨守成规、循规蹈矩，以此得到信心和力量。在《如果种子
不死》中，纪德特别提到父亲死后，同母亲搬到南方住在一个
"狭小、丑陋而寒碜"的套房里，家具"污秽不堪"，吃得也很
"糟糕"①，以致纪德以为父亲的去世让他们家破产了。作为大资产
者，保罗·纪德夫人之所以选择如此凄凉和寒碜的住所，并非真
的是经济上的破产，而是要践行新教的苦行主义，秉持朴素，放
弃舒适，在此氛围下对纪德进行宗教道德教育。这反映出作为寡
妇的纪德夫人灵魂中的恐惧和阴影。丧夫的纪德夫人把全部的爱
和希望都寄托在儿子身上，她的爱将纪德层层包裹，让纪德感到
窒息和厌烦。她的担忧和关切无处不在，无论是他的时间安排、
卫生状况、穿衣打扮、经济开支，她都一一过问，不厌其烦地反
复叮咛。而纪德的童年就是在这样的氛围下度过的。即使纪德成
年了，她都不放心纪德单独旅行。直到 20 岁了，他才获准第一次
单独做短途旅行，但条件是他要每隔两三天与母亲会一次面。

　　其次，母亲的清教主义道德教育，它体现在对肉欲和性的禁
忌上。新教道德认为，肉体是污秽的，灵魂是纯洁的。只有通过
禁绝肉欲来纯洁灵魂。不要说追求肉欲享受，哪怕是想到肉体都
会玷污灵魂。信仰天主教的莫里亚克记述了当时外省资产家庭的
宗教观念："当时关于肉欲的观念跟现今流行的观念背道而
驰。……在那个时期，心灵和肉体的纯洁不仅仅是基督徒的道德
之一，而且是全部的道德。人们所谈的道德，就是圣德，即纯

---

① André GIDE, *Si le granin ne meurt* in *Journal* 1939 – 1949 *Souvenirs*, Paris, Galli-mard, 1954, p. 532.

洁。"他们否认人的本能天性，甚至连思想里的不纯洁也要剔除。莫里亚克详尽谈了这一道德法则："儿童和少年的道德，就是不去了解这些事，不去谈论这些事，当然，甚至不要去想这些事。思想在此停留足以将你驱向深渊。不要去谈论，不要去思考。无视自己的身体。我们必须同一头猛兽共处，但对它我们得保持一无所知。"[1] 家境类似的少年纪德同样有此道德重负，哪怕"在梦中"也要抵制这些诱惑。母亲实行家庭书报审查制度，纪德读的书必须经过她的同意，她的纯化，跟性与肉体有关的书籍是不会出现在他的视野中的。对于在如此宗教氛围中成长的孩子，他们不仅仅是同肉欲作斗争，更是要否定肉欲的存在。他在《伪币制造者》中借阿曼之口对幼年的清教教育进行了控诉："你不知道幼年清教徒的教育对我们所能留下的影响。它使你心中存着一种愤慨，使你一生无法治愈……我自己就是一个例子。"[2]

这种无视人的本能欲求的鸵鸟式的清教教育，成为纪德内心分裂的根源。首先，它造成了纪德夫妻生活的悲剧。禁欲的宗教教育让他把母亲形象圣化，对她有着宗教般的爱。这同样的感情也延伸到表姐玛德莱娜身上[3]，即他未来的妻子。他在回忆录中承认对表姐的爱是以神的范本进行的。[4] 这种爱要能被接受，便意味

---

[1] Cf. Malcolm SCOTT, *MAURIAC et GIDE*, L'Esprit du temps, 2004, p. 65.

[2] 《纪德文集》3，人民文学出版社 2002 年版，第 330 页。

[3] 纪德在 *Et nunc manet in te.* 中表示："我孩童式的爱与最初的宗教热情相混，或至少进入其中。因为她（玛德莱娜），这形成一种竞争关系。同时我也觉得，在走近上帝时，也在走近她。我喜欢这种升华的感觉，感觉到在她和我周围的大地在缩小。" André GIDE, *Et nunc manet in te*, in *Journal* 1939 – 1949 *Souvenirs*, Paris, Gallimard, 1954, p. 1126.

[4] 纪德在《如果种子不死》中提到对宗教的爱和对埃玛的爱的相似情感："可是，福音书……啊！我终于找到了爱的缘由、相思和无尽的消耗。我在这里感受到的情感，使我明白了我对埃玛的情感，并使这种情感得到加强。我在这里感受到的情感与我对埃玛的情感没有差别，可以说它仅仅加深了我对埃玛的情感，使之在我心里占有了真正的位置。"纪德：《如果种子不死》，罗国林译，北京十月文艺出版社 2005 年，第 139 页。

着对性的压抑，或者更准确地说，即对性的取缔，对性产生"犯罪感"，完全是取消了肉体的圣洁之爱。母亲过世后，他娶了类似于母亲的表姐①，隐现了他身上的俄狄浦斯情结。纪德在自己所爱的女人面前没有欲念，因为爱情中强大的精神因素抑制了生理欲求，特别是他所受的视肉体为罪孽渊薮的清教教育。因此，他们的婚姻成为没有被"消费"的有名无实的"白色"婚姻，他们之间的关系仅靠一种精神的爱在维系。其次，它造成了纪德灵、肉分离的观念。围绕他周围的女人都是贞洁的圣女，于是，他把女性都当成圣人，一切性活动只可能发生在没有灵魂参与、家以外的地方。因此，对于纪德来说，巴黎勒阿佛尔巷的那条被母亲称为"正派人不常去的"街道才显得如此可怕，因为这意味着它是一个"伤风败俗"、"如地狱般"的地方；不良的女人在他眼中则是"魔鬼的帮凶"，她们在逡巡"寻找猎物"，是一些"被硫酸毁掉面容的造物"②。这种观念很明显地显示出清教教育善恶二元论及禁欲主义对纪德的影响。女性的肉体引不起他丝毫的好奇心，"女性的全部奥秘，尽管我在伸手之间我便可发现，但我并未伸出手去"③。他在早期的《安德烈·瓦尔特笔记》中，明确地向埃玛告白："我对你没有欲念。你的肉体令我难堪，肉体的占有让我难受。"④ 他在跟莫里亚克的通信中承认："在女人面前我从未感到有

---

① 纪德在晚年写的回忆录《但愿如此》中透露了这一秘密："……在梦中……我妻子的形象往往令人难以觉察地、神秘地取代了母亲的形象，而我对此并不惊诧。他们脸部的轮廓是模糊的，使我可以从一个人转移到另一个人；我始终感到很激动，但引起激动的东西却飘浮不定；更有甚者：两个女人在梦中扮演的角色几乎是一样的，——即起到了生理抑制的作用，这就解释并推动了这种替换。"参阅克洛德·马丹《纪德》，李建森译，三联书店 2002 年版，第107—108 页。

② 纪德：《如果种子不死》，罗国林译，北京十月文艺出版社 2005 年版，第125 页。

③ 同上书，第126 页。

④ André GIDE, *Les cahiers et les poésies d'André Walter*, éd. Par Claude MARTIN, Paris, Gallimard, 1952, p.70.

欲念。我一生最大的悲哀在于我最持久、最投入、最强烈的爱，而这份爱的前面未能伴有常见的东西，相反爱在我身上阻止了欲念。"① 爱与欲在纪德的身上出现彻底的分离，对他所爱的没有欲望，而对他有欲望的却没有爱，这两种感情互相排斥。"灵魂愈是朝着高尚飞翔，肉体愈是使他堕落。"② 肉体和灵魂有不可调和的冲突。要追求高尚的灵魂，必须摒弃堕落的肉体。否则，"追求肉体的享乐肯定带来啜泣和痛苦，或者忧郁或孤僻"③。最后，它造成了纪德的恋童癖。灵肉分离固执了他童年手淫的"恶癖"，成为他恋童癖的根源。生命冲动被弗洛伊德视为一切创造活动的源泉，而性作为人的本能之一，单一的简单否定或漠视它不会真的从人的身体里消失。在他看来，对性的故意压制或扭曲必然造成人的精神失常，或者性的倒错。纪德就是一个典型的病例，他是同性恋中的娈童者。对纪德来说，既然身边的女人要么是圣女或魔鬼，她们都被排除在欲望对象之外，那么剩下的只能是自我或男人。他在写作《如果种子不死》时慨叹：

> 我受的清教教育将肉体的要求视为邪恶。那时，我哪里知道我的本质避开了为一般人所接受的出路，因为我的清教主义拒绝了这一条出路。然而，我不得不承认，贞洁潜伏着危机，这种状况是暂时的。所有其他的解脱途径都将我拒之门外，我又重新坠入童年的罪恶之中。每次我重坠这种罪恶，都会使我感到新的绝望。④

① Cf. Malcolm SCOTT, *MAURIAC et GIDE*, L'Esprit du temps, 2004, p. 46.

② André GIDE, *Les cahiers et les poésies d'André Walter*, éd. Par Claude MARTIN, Paris, Gallimard, 1952, p. 119.

③ André GIDE, *Le retour de l'enfant prodigue précédé de cinq autres traités*, Paris, Gallimard, coll "folio", 1912, p. 35.

④ 纪德：《如果种子不死》，罗国林译，北京十月文艺出版社 2005 年版，第 160 页。

　　纪德一生都未能超脱这一那喀索斯式的自恋期。他欲望的对象始终是那些青少年，他们之间互相实施手淫。这种畸形的肉体享乐，完全脱胎于清教教育。一方面，他避开了女人，同她们没有肉体的接触，这似乎保持了灵魂的纯洁；另一方面，爱恋童稚又让他的肉体得到了满足，肉体的欲望对象同精神的爱恋对象完全分离，他似乎得到了纯洁的爱。他特殊的癖好倒成全了他，让他得到了纯洁的灵魂和爱情。他在结婚25年后跟马丁·杜伽尔郑重地透露他的"最佳丈夫"理论："我对妻子的爱，其他任何的爱都难以相比。我相信只有同性恋者才能给这个造物完整的爱，一份剔除了一切身体欲念、剔除了一切肉体骚动的爱：这份完整的爱展现在毫无保留的纯洁中。如果把我们夫妇跟其他烦扰不安、叫人可怜的夫妇作对比，我倒觉得自己得天独厚，因为我觉得自己已经建立起爱的圣殿。"① 在纪德的意识中，只有他的"爱越纯洁"，他才"配得上她"。欲念似乎是男人的专利，女人不可能有类似的感受，除了那些"不良的"女人。于是，他同自己深爱但对其没有欲念的妻子保持着婚姻关系，同时到别的地方去寻求肉体的满足。在他看来，这丝毫不涉及爱的背叛，反而是爱的一种平衡和最高境界。这种可怕的对性的无知或者无意识的观念，一直要等到妻子过世多年以后，纪德在反思他们的夫妻关系时才意识到，承认他们无性的婚姻对妻子造成了"最隐秘却最致命的伤害"②。

　　令人窒息的母爱和禁欲主义的道德教育让纪德承受着内心分裂的痛苦，这必然激起他的反抗。"你的建议令我难以容忍，因为这些建议与其说是想照亮前进的路径，毋宁说是要改变我的行为。有时，我不禁想到，你理解生活的方式与我大相径庭，听取你的

　　① Cf. Simon LEYS, *Protée et autres essais*, Paris, Gallimard, 2001, p. 129.

　　② André GIDE, *Et nunc manet in te*, in *Journal* 1939 – 1949 *Souvenirs*, Paris, Gallimard, 1954, pp. 1128 – 1129.

建议可以说丝毫无益，恕我不恭，因为我清楚地预料到，在说出你的建议之前，你对最重要的问题太欠考虑：究竟是理性还是激情支配着我们的行动。""一种生活绝非因为它或多或少符合理性就必然或多或少是美好的。假如我按你的'建议'去生活，这种生活对我的思想将永远意味着谎言。再没有什么比你要介入他人的行动的需要更令我激怒的了，你的介入也许使行动更合乎理性，却使行动丧失了全部价值，因为这行动来自于你，而不是来自于另一个人——行动丧失了全部'个性'（请你只从该词的词源意义去理解）①。这一切在我看来是宗教、伦理和哲学中最重要的问题……"②

最后，纪德的宗教观念，他对按照理性循规蹈矩地生活感到厌烦。宗教道德禁绝一切肉欲的享受，无论欲念的对象是同性还是异性，哪怕是求诸于己的手淫，总之，要将欲念从思想里剔除，完全否认它的存在。1895年的北非之行期间，纪德第一次体味到了肉体的解放和快乐，他绝不愿重新受制于这种禁欲主义的道德，但自幼形成的宗教思想已经深入骨髓，他无可逃避。唯一的解放途径，就是在宗教中找到享受激情、追求享乐的依据。他必然要有自己独特的宗教解读方式。首先，纪德通过否认上帝存在的方式消弭潜在的灵肉冲突。"在最开始的时候，我还没有理解对上帝的责任和对自我的责任是同样的。"③上帝和对上帝的责任隐藏在多重的自我里面。上帝并非一成不变，他会随着纪德的思想变化而改换面孔和位置。对纪德来说，上帝绝非最高的、独立于人的存在，只不过是人头脑中观念的投射。他在日记中写道："再说，

---

①　Originalité，该词源出于拉丁文 origo，意为"根源，起源"。译注。

②　André GIDE, *Correspondance avec sa mère* 1880 – 1895, Paris, Gallimard, 1988, p. 626.

③　André GIDE, *Ainsi soit-il*, in *Journal* 1939 – 1949 *Souvenirs*, Paris, Gallimard, 1954, p. 1176.

我们对上帝的观念如此浮泛和个人化，因此无论是否认上帝还是信仰上帝于我都不重要。上帝对我来说就是大嘴洞（le grand bouche-trou）。"抱着这种观念，从而万物成为"上帝的代言人"，风景成为"上帝的嗓音和语调"。① 这种将上帝寓于万物的泛神论，或者称之为自然宗教，是纪德北非体验到新生后，在《新粮》中所发出的逃离一切束缚，奔向自然怀抱，寻求解放的呼声。其次，1916 年密友盖翁改宗引起纪德神秘的宗教危机，灵与肉的冲突让他万分痛苦，他提出"反基督的基督教"的说法，不再否认上帝的存在，重归基督教信仰。"主！我重归你身边，因为我觉得认识不到你的存在，一切都是虚妄。引我到光明的小道。……主啊，让我远离邪恶……""主！……可怜一下我吧，让我摆脱肉体的折磨。……"② 他要把追求肉体的享乐合法化，消除内心宗教禁欲主义的反抗，唯一的途径就是在基督的圣训中找出有别于教会的解读。他讨厌教会的中间角色，相信人可以直接去体会圣意，而不是教会所声称的只有通过它才能接触上帝。他抛弃这种宗教制度中构成教会权威的等级区分，正如生活中的他反对一切等级，蔑视一切权威。基督对他来说，最根本的就是去伪存真，就是这种剔除行动本身，就是同以圣·保罗为化身的传统所发生的纷争的投射。他将基督与保罗相对立，将神与人分开，认为基督教中的一切训诫、禁令和威胁来自于保罗而非基督。他在基督教内部创立了一种对话，这实质是他同保罗对话的回声。纪德在日记中写道："这绝非基督，而是圣·保罗使我抵触；这是在圣·保罗身上，而绝非《福音书》中发现那些推开我的东西。"③ 纪德的基督

① André GIDE, *Journal II*: 1926 – 1950, éd. Martine SAGAERT, Paris, Gallimard, "Bibl. de la Pléiade", 1997, p. 26, p. 192.

② André GIDE, *Journal I*: 1887 – 1925, éd. Eric MARTY, Paris, Gallimard, "Bibl. De la Pléiade", 1996, p. 144, p. 67.

③ Ibid., p. 1002.

是"一位特别温情的圣人，一位温和的非政府主义者，一位对人类无限温厚的智者"。（让·德莱医生语）① 基督的使命在于向世间撒播"幸福的教育"，而保罗却是在传播令"世间变黑暗"的宗教。② 纪德的宗教危机在《田园交响曲》中有充分的反映，是他"反基督的基督教"思想的翻版。他通过牧师之口批判圣·保罗："我愈来愈看清，组成我们基督信仰的许多观念不是出自基督的原话，而是出自圣·保罗的注解"，"我读遍福音书，徒然寻找命令、威吓，禁戒……这一切都只是来自保罗"，"……在把基督同圣·保罗作比较时，我选择了基督"。对纪德来说，基督的圣性体现在从他那里找不到任何的禁绝，有的只是爱和自由，所以"基督的一字一句都体现了独一无二的神意"③。用牧师的话说，圣·保罗和上帝的差异在于："在此，我听的是人，而那里，我听到的是上帝。"④ 他所在的新教，也称加尔文教，尽管废除了宗教的等级制度，但纪德认为加尔文仍是站在圣·保罗一边，而非基督一边。因此，他视加尔文和圣·保罗为基督教的"两块负面的镜子"⑤，他认为自己的基督教思想只归属于基督。

　　这些内心冲突的聚集，需要找到疏解的途径，否则必然导致人格分裂而陷入疯狂。纪德为自己找到了三种疏解的途径，这为他的文学创作提供了新颖的手段和永不枯竭的水源。

　　首先，折向自我的那喀索斯式的自恋。母亲爱的包裹和清教教育，让纪德对纷杂的外界产生恐惧，自我成为唯一可靠的避风

　　① Cf. Malcolm SCOTT, *MAURIAC et GIDE*, L'Esprit du temps, 2004, p. 61.

　　② André GIDE, *Journal II*: 1926 – 1950, éd. Martine SAGAERT, Paris, Gallimard, "Bibl. de la Pléiade", 1997, p. 26, p. 103.

　　③ 纪德：《田园交响曲》，马振聘译，译林出版社 2002 年版，第 871 页。

　　④ André GIDE, *La symphonie pastorale*, Collection folio, Paris, Gallimard, 1925, imprimé 2005, p. 105.

　　⑤ André GIDE, *Journal I*: 1887 – 1925, éd. Eric MARTY, Paris, Gallimard, "Bibl. De la Pléiade", 1996, p. 144, p. 637.

港。一方面体现在他的爱情上，无论是他对表姐玛德莱娜的倾心，迷恋，还是安德烈·瓦尔特对埃玛的爱情，他们爱的都是跟自己相像的副本、相似的灵魂。借此，他来弥合自己内心的分裂，他们的合二为一，隐喻着人的统一，乐园的失而复得。然而，乐园的可贵在于一经失去，永远不可重建。它的意义在于为人类的追寻提供了不可企及的幻影。人类追寻的美丽在于他的过程而不是结果，因为结果只能是泡影和绝望。纪德寻求副本的努力同样是悲剧性的。他同表姐玛德莱娜的爱情最为甜蜜的阶段乃是婚前的恋爱过程，是记录他们爱情甜蜜的那些信件，而他们的结合被事实证明对双方造成了无尽的伤害，他们的婚姻是无可修补的悲剧。而安德烈·瓦尔特同埃玛的爱也没有结果，一死一疯狂，他们只能等在天堂里的灵魂结合。另一方面在于他的享乐方式，他一直保持着幼时的手淫"恶癖"，他的爱恋童稚同样如此，带有明显的那喀索斯式的自恋。这一切，在他的早期创作中有清晰的体现。

其次，转向他人的他恋。置身于他人之中，完全以他人的灵魂去感受世间万物。出于同情，他人的感情能激起他强烈的共鸣。这种特殊的感受能力，纪德自幼便有，伴其一生。他在《如果种子不死》中特别提到了一个细节：一位被他称做小绵羊的小朋友双目失明，提到这令他感伤的童年伙伴的残疾时，他写道："我跑进我的房间放声痛哭，好几天里，我练习长时间地紧闭双眼，走路时也不睁开，竭力感受绵羊可能会有的感觉。"[1] 这看似是小孩爱模仿的天性使然，但展示了纪德自幼就具有同情的禀赋。藏身于他人，将他人的情感自身化，化为己有，完全让位于他人，即让·德莱医生提出的"移情作用（dépersonnalisation）"，借此消解纠缠于自身的矛盾。"'我'是他人"，兰波的心理体验与纪德如出

---

① André GIDE, *Si le grain ne meurt* in *Journal* 1939 – 1949 *Souvenirs*, Paris, Gallimard, 1954, p. 353.

一辙。自我成为他人的躯壳，他人占据了自我的灵魂，将自我完全排挤出去，失去了自我。由此，自我的一切烦扰和矛盾也一并一扫而空。这种与他人情绪同化的独特感受能力成为纪德塑造人物时的利器，极大地开拓了他创作的深度，让他笔下的人物生动，富有个性。正如张若名的判断，"纪德的这种'非个性化'是我们把握其作品的钥匙"。"纪德放弃了自我，而去拥抱人和物的生命，并把他们活脱脱化为己有；他奉献他们以爱心，用自己的力量使他们丰富起来。"① 纪德在《伪币制造者》中借爱德华之口表达了自己对同感的偏爱："我的心只因同感而跳动；我只通过他人而生活；可以说我是通过代理或者与人结合而生存，而我从没有比躲开自己而成为任何一个他人时更感到生命力的充沛。"② 他人成为纪德逃避自我、逃避分裂、追寻和谐统一的镜子。借着他人的目光，审视自我的灵魂。纪德所爱恋的对象都是类己的灵魂，他对自我多重性的认知和追寻，正是通过他所塑造的系列矛盾对立人物体现出来的。

最后，逃向幻梦和文学创作。人人都有爱做梦的天性。对于在现实生活中屡屡碰壁、内心分裂的人，梦幻不啻是暂时的对现实苦痛的逃离，更是主观上所追寻的灵魂避难所。纪德内心分裂的挣扎，他要么折向自我，像那喀索斯一样沉浸在自己的世界里，跟外面的世界隔离；要么将世界本身神秘化，使它变得神秘莫测。活在现实中，对他就像活在梦幻中，生活失去真实的味道。他在《伪币制造者》中借爱德华日记表达了他对自我真实性的疑虑："有时我觉得自己并不存在，而只是我自己想象的存在。在我最难置信的，是我自己的真实性。我不断地逃避自己，而当我看着我自己在做动作，我不很理解何以那

---

① 张若名：《纪德的态度》，三联书店1996年版，第19页。

② André GIDE, *Les faux-monnayeurs* in *Romans*, *Récits et Soties*, *Oeuvres lyriques*, Paris, Gallimard, "Bibl. de la Pléiade", 1958, p. 987.

个在做动作的我就是那个在看他做动作的我。他惊奇地看着那个做动作的我而怀疑他自己可以是做动作者而同时又是旁观者。"① 他通过这种神秘的对应网络寻回自我的统一。在《如果种子不死》中他回忆道："好多年间，我一直懵懵懂懂、莫名其妙地相信，在现实之外，在日常生活之外，在公认的生活之外，存在着自己也说不清的另外什么东西。直到现在我依然不能肯定，我思想上是否还残存着这想法。这类想法与童话故事、鬼怪故事、神圣故事毫无共同之处，……我想这包含着一种笨拙的欲望，即让生活变得更有味道。……我想这里也包含着把一切想得很神秘的癖好。"② 所以他在父亲死后，不相信父亲真的死了，觉得他只不过是在公开的、白昼的生活中消失了，但等夜里他睡着了，父亲会回来偷偷找母亲。还是在《如果种子不死》中，纪德写道："我已经发现了那种用神秘来填充我所不熟悉的时空的幼稚的精神需求。发生在我背后的事情对我纠缠不休，有时我甚至觉得，假如我快点转过身去，就会看到一些我不知道的那些东西。"③ 纪德不仅对现实的神秘化情有独钟，甚至对现实都丧失了感受力。他在日记中对此有深入的阐发："我觉得我缺乏对现实的某种感觉。我可以对外部世界极其敏感，但我永远无法做到完全相信这个世界。……我并不排除事物按其本真的面目出现给我带来的某种惊奇感，而即使它们突然面目全非，我认为也不会使我感到更多的惊讶。真实的世界对我来说永远有点不可思议。……当我阅读叔本华的《作为表象的世界》时，我马上认为：正是如此！……我并担心自己是否相信或不信外部世界，这也并非智力问题：这是我

---

① 《纪德文集》3，人民文学出版社 2002 年版，第 64 页。

② André GIDE, *Si le grain ne meurt* in *Journal* 1939 – 1949 *Souvenirs*, Paris, Gallimard, 1954, p.362.

③ Ibid., 432.

所没有的现实感觉。我似乎觉得我们所有人都在做梦幻般的滑
稽表演，而这被其他人看做现实；外部世界并不比《伪币制造
者》或《蒂博一家》的世界有更多的真实性。"①

　　文学是作家的白日梦。对纪德来说，文学的世界不比现实的
世界缺乏现实性。他相信通过文学创作，可以拥有一个自己想要
的世界和想要的生活。文学是他拯救心灵分裂的良药，也正是多
亏了文学的救赎，他才没有"疯狂"或"自杀"②，他"为创作而
生"③。纪德专家克洛德·马丹认为，"对纪德来说，创造人物形象
不过是对在他身上同时存在的有时甚至是相互矛盾的多种存在的
释放"④。纪德想在自身维持多种对立的品性，在自己的内心保持
"对话状态"。这让他成为一个人格模糊的"令人困惑的存在"。陷
入两难境地的纪德深感分裂的痛苦：要么他否认自我的多重性，
而强加给自己一个和谐统一的存在；要么他保持真诚，做一个不
断分解自身的普罗透斯。纪德所塑造的人物，他们所生活的世界
都在他的头脑中，反映的全是他自己经历过或者想要的生活。这
些人物不过是纪德所挑选的演绎人生的演员。纪德自己曾说过：
"喜剧演员？或许是吧？不过，我演的角色是我自己。"仅靠自己
的表演还不能阐释他丰富的人生，他需要更多的"演员"来帮他
演绎。文学创作一方面帮助纪德更清醒地认识自我，认识内心的
冲突，从而通过笔下的对立人物去化解这份冲突；另一方面将自
己的人生经历和思考化为文字，借助他所独创的"纹心嵌套结

---

　　① André GIDE, *Journal I*: 1887–1925, éd. Eric MARTY, Paris, Gallimard, "Bibl. De la Pléiade", 1996, p. 798–801.

　　② 纪德对保尔·瓦莱里说过："假如我不写作，我就会自杀。"参阅克洛德·马丹《纪德》，李建森译，三联书店2002年版，第50页。

　　③ 阿兰·古雷（Alain GOULET）写了一部专著，专门论述纪德的创作特色，标题为《为创作而生》（*Vivre pour écrire*）。

　　④ 克洛德·马丹：《纪德》，李建森译，三联书店2002年版，第27页。

构"，用文学的反作用来丰富、协调自己的人生。① 纪德在日记中揭示了他心目中作家的形象，也即他自己的形象："他（作者）的丰富性和复杂性，他迥然相异的各种可能性的对立，将使他的创作呈现出多姿多彩的面貌。不过，一切都来自于他。他是他所揭示出来的真实唯一的保证人和审判官。人物的天堂和地狱都在他身上。他描绘的不是他自己，但他有可能成为他所描绘的那种人。不过，他笔下的人物最终没有完全成为他本人。正是因为能写出《哈姆莱特》，莎士比亚才没有让自己成为奥赛罗。"② 我们也可以说，正是因为纪德创造了那么多的对立的人物形象，他才没有成为他们中的任何一个人，他才能够始终保持自我的多重性。通过文学创作，纪德找到了平衡自我的途径。他通过作家的白日梦，不仅逃避了自我分裂的苦痛，而且找到了走向自我和谐统一的路径。这种转向自我，以内心世界为灵感源泉的文学创作，必须创新文学表达的形式，于是就有了纪德划时代意义的小说叙述形式的革新：纹心嵌套结构。

第二节　"我"与"纹心嵌套结构"

纪德继承了象征主义大师马拉美的美学遗产，把形式和风格的追求放在绝对首要的位置。他认为"在艺术中，重要的是表达，

① 纪德在《爱情徒劳》（也有人译作《爱的尝试》）后记中写道："我想指出在《爱情徒劳》中作品对作者的影响。因为作品从我们身上产生出来时，它改变着我们，修改着我们生活的进程……我们的行动对我们具有反作用。乔治·爱略特说过：'我们的行动对我们的影响等同于我们对行动施加的影响。'……能够将……《爱情徒劳》中想说的意思说得更清楚的办法，就是借助纹章学的手法，在第一个故事中再放进一个'en abyme 嵌套'的故事。"参阅克洛德·马丹《纪德》，李建森译，三联书店2002年版，第77页。

② André GIDE, *Journal II*：1926 – 1950，éd. Martine SAGAERT, Paris, Gallimard, "Bibl. de la Pléiade", 1997, p. 26, p. 22.

思想只在一时显得年轻……波德莱尔之所以流传后世，就在于他形式的完美"①。纪德的美学思想在其第一部文学作品《安德烈·瓦尔特笔记》中就得到体现，他首次创造性地运用"纹心嵌套结构"，创造了一个"我"的副本安德烈·瓦尔特，这个人物正在写一本叫《阿兰》的书。于是，在纪德的文学创作中第一次出现了"小说套小说"的结构，这本书也成为关于"小说家的小说"。纪德通过这个副本来表现内心分裂的苦痛，从而间接表达了自己对表姐爱的纯洁和决心。创造"纹心嵌套结构"这一叙事手法，他是为了满足保持自我多重性，平衡自身矛盾和对立力量的需要。因此，"纹心嵌套结构"成为纪德追寻自我最为独特而有效的手段。

　　说到"纹心嵌套结构"，我们的第一个疑问便是"它真正的意涵是什么？"要回答这个问题，我们必须追根溯源，看纪德是如何来说明这个特别的叙事手法的。纪德第一次对纹心表达兴趣是在1891年11月15日给瓦莱里的信中，他写道："我看到了一块这种风格的小牌子，就对上面的纹章开始研究起来！太吸引人了，我从来没有见过这样的牌子。"② 而真正对纹心嵌套结构作仔细说明的，则是大家比较熟悉的1893年纪德写于拉罗克的一段著名日记。正是在这段日记中，他第一次把自己文学实践中常使用的这一叙事手法比拟为"纹心嵌套结构"。许多研究者在引用这则日记时常常断章取义，而我们要弄清"纹心嵌套结构"的真正含义，必须全面理解，因为纪德本人的说明并没有作清晰的界定，而是一种复杂的、犹疑的、曲折的表达，它通过不同性质的类比来试图不断接近心中的目标。这种定义的方法明显带有现象学的痕迹。或者说，这一说明的方式本身，就是"纹心嵌套结构"的一种。这

　　① 《纪德文集·文论卷》，桂裕芳、王文融、李玉民译，花城出版社2001年版，第5—6页。
　　② Gide/Valéry, *Correspondance* 1890–1942, Paris, Gallimard, 1955, p.138.

段著名的日记如下：

> 我倒是相当希望在艺术作品中，我们可以看到作品主题本身如此转移到人物的层次上。没有什么能更好地表现主题了，也没有什么能更牢靠地确定整部作品的各种比例关系了。梅姆灵和昆丁·梅西斯的某些画幅就是这样，一面发暗的凸面镜映出所绘场景的房间的内部场景。同样，委拉士凯兹的画《宫娥》也如此（但是略有差异）。最后，在文学上，《哈姆雷特》中戏中戏的场面，在另一些剧中亦然。在《威廉·迈斯特》中，那些木偶戏的场面，或者古堡舞会的场面。在《厄舍古屋的倒塌》中，为罗德里克所念的东西，等等。这些举例中没有一例是绝对准确的。比这要准确得多的，更好地讲出我在《笔记》中，在《那喀索斯》和《爱的尝试》中所要表达的，就是比之于纹章之法，亦即将第二个嵌入第一个当中的"纹心"之法。①

　　从纪德首次所给出的关于纹心嵌套结构的定义中，我们可以看出作者试图借助其他艺术类型（绘画、戏剧、文学）的实例，运用类比的手段来解释、阐明纹心嵌套结构这一复杂的概念。这些范例相互补充，但任何单一范例都不够圆满，不能全面地说明这一概念的完整内涵。我们有必要一一分析这些实例中所运用的纹心嵌套结构，从而总结出它所包含的一些本质特征。
　　我们首先来看借用于 15 世纪的佛拉芒画家的系列作品。佛拉芒画家的作品特色表现在对镜子的运用。在他们的画作中常常出现一面特别的镜子，他们借助这一工具来丰富画作的内涵，挖掘并映衬

---

① André GIDE, *Journal I*: 1887 – 1925, éd. Eric MARTY, Paris, Gallimard, "Bibl. De la Pléiade", 1996, p. 171.

画作的主题。镜子这个人类发现的精灵不仅让我们可以看到自己的面孔，进而触发人类开始审视和思考自我，而且它还有一特别的功能，可以让我们的眼睛看到背后的东西。几个安放合适的镜子可以映射出无穷的空间。佛拉芒的画家特别擅长玩这类镜子的游戏，他们通过安放巧妙的镜子来吸引我们的目光，并向我们揭示通常隐藏着我们看不见的事物。在扬·范·埃依克《阿尔诺菲尼的婚礼》中，置于画面中央的凸面镜，在夫妻牵着的手和吊灯之间反光，不仅引入了颠倒的夫妻背面的视角，而且它还开启了自观画者眼光出发所看不见的视阈。那些被遮挡的部分，因为镜子对影像的映射关系，变得同样看得见了。从挂在墙上的凸面镜上，我们可以发现在阿尔诺菲尼夫妇中间，有另一对夫妇，一人穿红，一人披蓝，站在房间门口，似乎是新婚的见证人。这是只有新婚夫妻两人的视角才能看见的东西。镜子在画面中央开启了一个颠倒的视阈，一个更宽广、更深邃的视阈。镜子上方那非常出名的题字翻译过来是"扬·范·埃依克在场"——这意味着画面中的人物其中一人可能就是画家本人。这一题字双重突出了画家的在场，从而将画家的视阈和观众的视域融合。镜子的嵌入给画作造成了双重的景深，前景就是整幅画面，后景便是镜子所映射出的场景。签名与镜子在这里等同于真实的祝圣，永远纪念这结合。

　　然后，我们再来看昆丁·梅西斯的画作《放贷人和他的妻子》。同样是在前景中斜放了一面凸面镜。画面表现的是放贷人的妻子眼神离开她翻开的主祷文，却专注于丈夫所称的金币。而在翻开的主祷文中，我们还可以看见抱着圣子的圣母和逾越节待宰的羔羊。这里展现了第一层双重的纹心嵌套结构，即祈祷文中的宗教世界和世俗世界，嵌套在放贷者妻子的宗教世界和金钱世界。斜置的镜子给我们开启了另一片天地，通过镜中的窗户，我们可以看到外面的天空，屋子的外墙，一棵树及教堂的钟楼。同时，在窗户的旁边，桌子隐藏着的一角，我们还可以看到一个神秘的

扬·范·埃依克（Jan van Ey-ck，1390－1441），《阿尔诺菲尼的婚礼》（The Arnolfini Wedding）

《阿尔诺菲尼的婚礼》中的扬·范·埃依克签名

留着红色头饰的人物，他左手拿着书，右手支在窗户上，正沉浸在阅读中。仍然是画面中央的镜子起到了偏离中心和画题的作用，引入另一种视角和视域。我们可以看出，镜中嵌套的老人没有被外物所打扰，沉浸在他的阅读中。老人和远处的钟楼构成了某种超我的境界，让我们意味到除了物质世界外还有另一个精神的世界。老人衣饰的红色同妇人上衣的红色形成了一种平衡，而老人的沉静安宁和妇人的心不在焉构成了反讽。

现在，我们离开凸面镜展示的幽深而柳暗花明的多层世界，走进由其他手段所制造的景深效果。我们在委拉士凯兹的画作《宫娥》中，可以认出油画左边的人物就是画家本人，他站在一个高高的画架前，正在描绘《宫娥》。画面中央的平面镜向我们透露了国王夫妇的在场，形成了第二层的纹心嵌套结构。而画面上前景处的公主、

昆丁·梅西斯（Quentin Metsys，1465－1530），《放贷人和他的妻子》（Le prêteur et sa femme）

委拉士凯兹（Diego Velázquez，1599－1660），《官娥》（Las Meninas）

女傅、侏儒、小男孩和狗，及后景处的侍臣，特别是立于阶梯处注视着整个场景的人物，他们的目光形成了另一面镜子。而墙上的系列画幅形成了又一层的套叠。因为我们只看见画布的背面，所以画面给我们展示的是画中画家所画的作品的倒置，我们看见的是正在作画的画家和他作画时的场景。这样，画面上呈现了三层的主体。第一层，标题指明的公主及其身边的人；第二层，镜中嵌套的隐身的国王夫妇；第三层，画架前正在凝思作画的画家本人，他特别凸显了自己胸前的勋章，画家借这幅画作突出了对自我的展示和反思。这种那喀索斯式的自我注视和凝思将画作变成了画家的自画像，就像纪德在其文学创作中对自我的构建和反思，他所有的创作最终指向的都是自我，即作家本人，从而以作品构筑了"自传空间"。在他所掌控的这一小片天地里，作为作品的主宰者的艺术家像一个布景师，他设计场景，构思情节，以实现自己的计划和意图。观画者的目光被多重交合的目光所指引，既有画家的视角，也有国王夫妇的视角，还有阶梯处黑衣人物的视角。如此构图的画作展示出多层的主题，变化的景深，巧妙的光照和嵌套的技术，画家的高超构思让他不仅仅像一个出色的布景师，更像一个大魔术师，任何元素在他的画笔下一经组合便展示出别样的魅力和深度。这一深度被米歇尔·富科称做"我们所见的深层的不可见"，它出现在再现的画面，并且让这一再现摆脱自身的限制和表象，即是说显现的超出了再现的空间①。总之，这里的纹心嵌套结构展现的是艺术家对自我的投射和追寻。这一独特的追寻方式是艺术家自我身份的标志，也是艺术家生命意义之所在。

以上所有画作都利用了镜子的反射功能，在一个狭小变形的空间里将物件和人物重新组合。此外，镜子让画作脱离了画框的限制，画家还通过它向我们显示他正在注视的人物，邀请我们进入画中的世界。从这些画作中，我们可以总结出佛拉芒画家运用纹心嵌套结构时所表现出的特征：主体和视角的颠覆——多重视角；运用镜子的映射进行内和外的交换；对画幅界限的强调及对界限的突破；主体、发出者和接收者空间的嵌套及他们间保持和谐平衡的方式——对位手法。

在分析了佛拉芒画作之后，我们将目光转向纪德提到的文学作品，探究它们给出了何种不同的视角和功能。纪德在文学作品中，对莎士比亚戏剧中的技巧深表叹服，特别是文学史上著名的《哈姆雷特》中的"戏中戏"的部分。在哈姆雷特看来，戏剧给自然竖起了一面镜子。剧中的贡扎古之死再现了国王的罪行和王后的不忠，给罪人提供一面镜子，让他们看到自己罪恶的原形。这场剧中剧开启了双重的时空，一个再现的是过去老国王如何被毒杀的场景，将过去被隐藏的东西展示出来；另一个表现的是未来

----

① 米歇尔·福柯：《词与物——人文科学考古学》，莫伟民译，上海三联书店2001年版，第3—21页。

哈姆雷特要采取的行动，隐含了他复仇的意图，因为剧中犯罪的是“国王的侄子”。因此，剧中“戏中戏”的嵌套是对两起谋杀的浓缩，一个是过去已经发生的，另一个是主人公的内心投射。同时，这也再现了精神分析中的弑父/国王的主题。

歌德的《威廉·迈斯特》是一本成长小说，纪德所提到的两例纹心嵌套结构反映的是主人公威廉发展的两极。“那些木偶戏的场面”，叙述的是威廉的童年记忆，他着迷于设在他家的木偶戏。人生如戏，戏演人生，人生与戏相互交织，他分不清想象世界和现实生活的界限，这成为他精神错乱的源头。他对女演员玛丽亚娜的爱极具代表性：玛丽亚娜首次出现在灯光闪烁的舞台上时，他对剧中人的初恋同对木偶戏的激情相混，难以分割。另一“古堡舞会的场面”也是一嵌套的叙述。奥蕾莉提到了在一理想古堡中的婚礼，这里一切都遵照和谐的法则行事。这种乌托邦式的幻想成为威廉努力追求的方向。这两处的嵌套叙事起的是铺陈、展示人物性格的作用。

《厄舍古屋的倒塌》是爱德华·坡的魔幻小说，他在作品中运用了一系列的纹心嵌套结构。首先，一幅产生于厄舍想象的画作，展现的是一个地窖或一条无限悠长的地道的内部，它是对主人公厄舍的精神及命运的投射；其次，一些让病人产生幻想的书，跟主人公爱幻想的性格完全契合；最后，“为罗德里克所念的东西”，指的是主人公的最后一夜，这是风雨大作的一夜，也是主人公痛苦翻腾的一夜。为了让主人公宁静下来，叙事者给他读了一本叫《可悲的疯子》的书，它的章节按庄园中对应的声响来安排。这一魔幻小说中断了主人公死去的姐姐玛德琳娜的鬼魂纠缠，她回来找他的弟弟。这本叙事者读的魔幻小说同小说本身形成了嵌套，即“魔幻小说的魔幻小说”。这些纹心嵌套结构通过奇妙的转移，形成了一种平衡。但这些魔幻故事无论是对书中的人物还是读者都带来了不安和恐怖。我们要特别强调一下纪德所指出的这一纹心嵌套结构，因为它通过在叙述内部的叙事，直接以魔幻的行动作用于书中的人物，它凸显了书对人物的"反作用"。而通过这一反作用所表现出的魔幻特色在某种程度上也反映了小说本身可能对作者和读者所产生的非理性和魔幻般的反作用，这又构成了新的一层的嵌套。博尔赫斯似乎找到了这个手法的根源，他写道："从这样的倒置可以看到，如果虚构的人物能够成为读者或观众，那我们，作为他们的读者和观众，就能够成为虚构的人物。"[1]

尽管有这么多的范例，但纪德认为没有一例可以完全说明纹心嵌套结构的含义，一个个例证只是展示了不同的嵌套手段，以及它们所对应的功能和效果。纪德认为能更好地说明纹心嵌套结构概念的是借用"纹章之法"的类比。纹章指的是盾牌正面的，在图案中央再镌刻一个较小的同样图案，它既不触及也不套接任何别的图案；纹心，就是图案的中心。这个缩微的小徽章并不展示整个盾牌，它只是在盾牌的框架里再现一个区域，以表现贵族的联盟或渊源。这样的嵌套结构表现的是部分和整体之间所保持的同质关系，它强调对同一个家族、种族、已经发生的历史的身份认同或者更宽泛的一种适合进行自我确认的参照关系。这种关系在两个层次发生作用：一方面，在历史和人物的层次；另一方面，在作者或写作主体的层次。这样的嵌套形式让他们的作品找到了渊源，取得合法性，产生意义。

我们可以看到，纪德的定义涉及把小说内部的主题转换成缩小的模本，借以阐明作者的意图。这一概念的首要特点在于文本层次的转变：隐性叙事出现在小说中，即是说纹心嵌套结构代表故事要素，它排斥作者元话语性质的思考，这正如处于同一故事层次的行动，不存在层次的脱钩。转移意味着从一个领域转到另

---

① 参见万德化《安德烈·纪德〈伪币制造者〉一书中的纹心结构》，柳效华译，戴声平审校（中文），中央编译出版社2007年版，第106页。

一个领域，内容和形式都会发生变化。所以，缩小的模本绝不是简单的依样画葫芦式的同一复制。文中明确这一转移发生"在人物层次上"，这意味着这些人物是作者或者说作者内心世界的代言人。他们只不过是些试验品，一方面要包含作者个人的要素，另一方面又要保持同作者的距离，即人物设计之妙在于同作者距离感的拿捏上。纹心嵌套结构就像小说内部的一个光源，它集中光线，照亮主题。不过，"比例"的提法却意味着界限的存在和各文本层次间关系的安排。因此，纹心嵌套结构成为作者建立结构、分清功能、阐明意义的宝贵手段。

冯寿农将纹心嵌套结构（他称之为"回状嵌套法"）比之为全息技术，认为纹心嵌套结构"必须具备两个或两个以上信息相同的元素，或者说套体与被套体在某个方面必须存在相同的信息"[1]。套体为整体，被套体为部分。整体是部分的扩大，部分是整体的缩微。正如全息照片，部分包含着整体的全部信息。他认为纹心嵌套结构的基本技巧在于部分嵌套在整体之中，整体与部分在内容和形式上的同构同质。在小说叙事中，他认为纹心嵌套结构可以分为四种类型：第一种为同构同质的嵌套，即整体与部分在内容上相同，形式上也相同；第二种为异构同质的嵌套，即部分与部分在内容上存在相同的义素、形式上存在比例的级差；第三种为同构异质的嵌套，即部分与部分在形式上相同、内容上有差异的嵌套；第四种为抽象的部分与具体的部分存在着暗示性的对应。他认为纹心嵌套结构"增加了小说意义的空间层次，产生含蓄婉约，寓意深刻，内外呼应，浑然一体"的美学效果[2]。

万德化在其专著《安德烈·纪德〈伪币制造者〉一书中的纹心结构》中，认为映射类型根据陈述的纹心嵌套结构和它所映射

---

[1] 冯寿农：《法国现代小说中一种新颖的叙事技巧——回状嵌套法》，《国外文学》1994 年第 1 期，第 34 页。

[2] 同上书，第 35 页。

的对象之间的相似度可以分为三种类型：第一型，映射的是同类型的类似作品；第二型，映射的是同一部模仿的作品；第三型，映射的是同质的作品本身。而专门研究"纹章叙事"的专家勒·达朗巴施将"纹心嵌套结构"也分为三种类型，分别为：简单映射，体现为纹章之中套纹章的方式；无穷映射，体现为对数学无穷数的参照，及平行镜面的无穷反射；反常映射，作者处于镜面之间，享有自由的空间，现实与虚构相融合，难以区分。总之，他认为"纹心结构所造成的美学效果在于给我们一种无限拓宽和无限深入的印象"①。

　　冯寿农、万德化和勒·达朗巴施对纹心嵌套结构的不同分类主要在于他们着眼点的差异。冯氏将它限定在小说叙事这一领域，注重于嵌套的形式分析，非常细致。万氏着眼嵌套和嵌套对象的相似度，这是一种更宽泛的划分，适合于各个领域，无论是绘画、戏剧，还是小说，因此是一种更高层次的划分。达氏更注重于嵌套的映射效果和功能。综合以上三种分类，他们各有侧重和特色，但可以看出他们有一个共同点，即以嵌套体和被嵌套体之间的关系或比例作为划分的依据。据此我们可以糅合他们的分类，即同质同构的简单映射，同质异构的无穷映射，异质同构的反常映射。这种划分刚好对应了纪德追寻自我的三种方式，即折向自我的同质同构的简单追寻；转向他人的同质异构的无穷追寻；逃向梦幻，对现实产生虚幻感的反常追寻。在以下的分析中，我们将据此来探讨纪德的早期作品和成熟期的代表作《伪币制造者》中的纹心嵌套结构，探寻它在文本中的形式、功能和美学效果。当然，这样的划分只是为了分析的方便，而实质上作家对这些嵌套结构的运用却是综合性的。因此，我们仅以其中的一种代表性手段来分

　　① 万德化：《安德烈·纪德〈伪币制造者〉一书中的纹心结构》，柳效华译，戴声平审校（中文），中央编译出版社2007年版，第107页。

析作品，并不意味着文本中没有运用其他的嵌套方式。

同质同构的简单映射

纪德的第一部作品《安德烈·瓦尔特笔记》表现的正是年轻纪德的那喀索斯式的自我投射①。他深爱跟自己灵魂相似的表姐玛德莱娜，想要娶她为妻。但遭到表姐的拒绝和母亲的阻挠。于是，他写了这样一部试验性的作品来表达自己爱的深情和迎娶表姐的决心。主人公安德烈·瓦尔特是另一个作为作者的安德烈的自我投射，他垂危的母亲不让他迎娶自己爱的表姐埃玛纽埃尔。瓦尔特从生活中退隐，在写自己的日记，并计划创作一部小说《阿兰》，即作为人物的他又创造了一个自己的副本——阿兰。这本日记记录了主人公瓦尔特一天天的思考和生活，成为真正意义上的"笔记"，不过当中还包括过去的一些日记片断，附带评论被插进作品中。实际上，纪德把1887—1888年的日记片断也放进了这部作品中，而且之前他曾为写作试验性的作品《阿兰》准备过素材，其主人公阿兰陷入了疯狂，最后死去了。

可见，这里的嵌套存在着双重的维度。其一，生活中的人和作品中的人物的嵌套，如纪德/安德烈·瓦尔特/阿兰，他们都在同疯狂作抗争②。这是第一维度的三层嵌套。其二，写作的嵌套。《安德烈·瓦尔特笔记》中的日记嵌套着以前的日记和小说《阿兰》的创作素材，即日记中套着日记，小说中套着小说。这还不

---

① 玛德莱娜在读到该书时大为恼火："书中所有关于我们和属于我们的东西，……安德烈，你没有权利将它们写出来……这部处女作，——尽管从艺术的角度看大有前途，——在良心面前是一种过失。"参见克洛德·马丹《纪德》，李建森译，三联书店2002年版，第49页。

② 安德烈·瓦尔特在文本的最后两页中写道："阿兰已经疯了——我还没有。" Cf. André GIDE, *Les cahiers et les poésies d'André Walter*, éd. Par Claude MARTIN, Gallimard, 1952, p.160.

包括文中的许多引用，还有两段关于噩梦的叙述，这反映了安德烈·瓦尔特对女性身体的恐惧，从而一方面表明了纪德对女性肉体的拒斥，另一方面表明他对表姐的爱更多的是灵魂之爱。借助纹心嵌套结构，纪德不仅向家人表明了自己对迎娶表姐的态度（如果我不娶表姐，我就会死去），而且特别要借助作品来进行自我疏解，从而避免陷入分裂和自杀[1]。借助创作，他展示了自己内心隐秘的矛盾：对纯洁的灵魂之爱的追求和对性的恐惧。纹心嵌套结构让作者可以委婉地表达自己的追求，及有意识或无意识的创作目标，从而开启了系列的生活同作品的对应、回响和互动。它不仅展示了故事的对应，还有创作过程的揭示，让我们可以看到作者由现实生活走向小说中的理想生活，间接表达了作者纯化生活的梦想，向我们展示了创作对生活的影响，即文学作品对生活的反作用。

纪德在《如果种子不死》中，清楚地表明自己个人生活在《安德烈·瓦尔特笔记》中的投射，声称"把自己的全部疑问，自己内心所进行的全部辩论，自己的全部迷惘和全部困惑，尤其是自己的爱情，统统写进这部书里……"[2]正是在这样的诗意转换中，他开始了第一部作品的创作。他特别看重自己同作品中人物的同质，注重这样的自我投射。因为他认为一部作品给读者的印象深刻与否与作者个人在作品中自我投射的多少有关[3]。因此，他自身所存在的灵与肉的斗争，——"要求肉体享受的魔鬼"碰上了"贞洁的天使"——，完全投射到作品中的人物瓦尔特/阿兰身

①　纪德对保尔·瓦莱里说过："假如我不写作，我就会自杀。"参阅克洛德·马丹《纪德》，李建森译，三联书店2002年版，第50页。

②　纪德：《如果种子不死》，罗国林译，北京十月文艺出版社2005年版，第145页。

③　纪德在日记中写道："可以肯定的是位于其中的生活密度决定了一件事物的价值。特别是这份生活是艺术家，或者是所再现的主体的生活。" Cf. André GIDE, *Journal I*: 1887–1925, éd. Eric MARTY, Paris, Gallimard, "Bibl. De la Pléiade", 1996, p. 169.

上。显然，圣化和纯洁解决不了实际问题。他曾不无担忧地写道："我认为它（《安德烈·瓦尔特笔记》）耗尽了我的全部实体，随后便是死亡、疯狂及我说不出的空虚和害怕，我将同我的人物一起投身其间。很快，我将说不清楚我们中间谁引导着另一个，因为，虽然任何属于他的东西我都预感到了，可以说在我身上试验过了，但是，将这个副本推到我面前之后，我常常会跟着他走上危险的道路，而且，我随时准备沉沦到他的疯狂之中。"① 不过，作者通过创造自己的副本，通过作品对主体的反作用，让作者得到了纯化，摆脱了自己要命的某一面。"通过让另一个人来体验在自己身上只是以潜在的形式存在的东西，譬如某种压抑着的欲念，或者某种正在酝酿之中的疯狂，他得到了解脱……"② 纪德最看重的就是纹心嵌套结构这种独特的净化功能。最终，年轻的纪德并没有让自己的生命"完结"，他在《如果种子不死》中特别提到写作让他摆脱了当时致命的封闭状态：

　　我跳到我的主人公之外，当他陷入疯狂时，而我的灵魂终于摆脱了他，这个很长时间以来就拖在后面的重负，隐约看到了令人目眩的可能性。③

　　人物的同质嵌套在纪德的作品中俯拾皆是，如《窄门》中关于发现阿莉莎母亲行为放荡的情节：热罗姆在返回舅妈吕西尔家时，意外瞥见舅母在卧室同情人调情。而阿莉莎已经洞悉这一切，为了不让父亲知晓，她必须独自一人保守这一难堪的秘密。为此

① André GIDE, *Si le grain ne meurt* in *Journal* 1939 – 1949 *Souvenirs*, Paris, Gallimard, 1954, p. 506.
② 克洛德·马丹：《纪德》，李建森译，三联书店 2002 年版，第 76 页。
③ André GIDE, *Si le grain ne meurt* in *Journal* 1939 – 1949 *Souvenirs*, Paris, Gallimard, 1954, p. 244.

她备受惊吓和痛苦，热罗姆决定一生保护这个柔弱的灵魂，让她不再受"恐惧、恶行和生活的伤害"①。纪德在《回忆录》中也详细地描写了自己发现舅母不忠的过程：为了给舅母一家一个意外，他从家折返回去。在上楼的过程中，他发现舅母的卧室灯火通明，瞥见她懒洋洋地躺在沙发上。玛德莱娜在自己房间里痛哭流泪。她知晓母亲的秘密，但必须瞒着父亲。这个对她造成伤害的秘密她必须藏在心底。纪德由此对她产生无限怜爱，以保护她不再受伤害为"人生的新方向"②。通过对比阅读，我们可以发现这是现实中的人同作品中的人物完全同质的嵌套。类似的例子还出现在《背德者》中米歇尔/马塞琳娜夫妇身上，它是对纪德夫妇婚后非洲之行的同质嵌套；而《伪币制造者》中爱德华/奥利维埃的身上，则是纪德对自己同马克同性恋关系的嵌套。

　　写作的同质嵌套在《伪币制造者》中体现得更充分，它本身就是一本讨论小说美学的小说家的小说。文中三分之一的篇幅由爱德华的日记构成。爱德华是《伪币制造者》中纪德的投射③，他也在写一部叫《伪币制造者》的小说。但我们几乎读不到他写的小说的具体内容，更多的是他对小说创作所提出来的一些新奇的观点，比如"纯小说"的概念，即"剔除小说中一切不专属于小说的元素"，如外在的事件、遇险、重伤属于电影，应该舍弃；甚至连人物的描写他认为也不专属于小说，因为"混合带不来任何的好处"④。关于小说的主题，他声称"我的小说没有主题"，如果说有主题，"其中也没有惟一的主题"。小说要同现实隔离，小

---

　　① 《纪德文集》2，人民文学出版社2002年版，第14页。

　　② 纪德：《如果种子不死》，罗国林译，北京十月文艺出版社2005年版，第77页。

　　③ 纪德在《〈伪币制造者〉日记》中对爱德华作了以下的评论："这个人物因为借用了很多我自己的因子，所以越发难以构建。我需要后退，让他同我保持些距离才能更好地看清他。" Cf. André GIDE, *Le Journal des Faux-Monnayeurs*, Paris, Editions EOS, 1926, p.79.

　　④ Ibid. , 76.

说要反映的是"理想的现实"。所以他所创作的小说主题便是"现实所提供的事实与理想的现实之间的一种斗争",换言之即"小说家如何把眼前的现实用作他小说中的材料时所起的挣扎"①。他的日记记述的是小说在他脑中的演变,这本小册子是他对自己创作的小说或一般小说的评论。纪德在《伪币制造者》发表后,立即推出了"对职业问题感兴趣的人士"②而写的《〈伪犯制造者〉日记》。它记录了纪德构思《伪币制造者》的过程和对小说问题的思考。可见,爱德华的笔记是纪德《〈伪犯制造者〉日记》的变体,它们都与整部小说《伪币制造者》紧密相连,不可分割。作为"反小说"的先驱,纪德在唯一也是最后的一本小说——《伪币制造者》的创作中构思了三层的嵌套,其一,小说家的小说,小说对自身的思考;其二,小说套小说,叙事者爱德华的《伪币制造者》嵌套在作家纪德写的《伪币制造者》中;其三,爱德华的创作笔记对纪德的《〈伪犯币〉日记》的映射。他由此达到了让小说消解自身的目的,同时呈现无限幽深的意境,从而激发读者的想象力,邀请他们参与到作品的创作中来。

类似的嵌套还出现在《帕吕德》中,里面有一位思考写作可能性的作家"我",他为写不出《帕吕德》,为人与人之间的无法沟通而烦恼。从最早的《安德烈·瓦尔特笔记》,到《帕吕德》,直到成熟期的巅峰之作《伪币制造者》,它们都对作品和作家进行了双重的映射,即映射了作品中同名的无法完成的作品和无法完成理想创作的小说家。万德化认为所有纹心嵌套结构有一个共同的渊源,即映射(réflexion)的概念,正如叙述(récit)观念对其自身的状态和行为的回归。叙述把自身作为主题,对叙事本身进行思考,即关于"故事叙述的叙述"。这就要求读者在阅读时进行

① 《纪德文集》3,人民文学出版社 2002 年版,第 168、167 页。
② 这是纪德在《〈伪币制造者〉日记》文首的献词。

双重阅读，即语言的阅读和元语言的阅读，从而诱导读者根据作者所倡导的创作理念自己去续写他未完成的创作。

　　同质异构的无穷映射

　　我们将重点分析《伪币制造者》中纪德对这一叙事技巧的精湛运用。同质异构的无穷映射在《伪币制造者》中有两个维度：其一，同一事件或对同一人物的多重叙述。其二，作者对自我的多重投射。万德化在分析《伪币制造者》的叙述形式时指出："在纪德看来，小说中任何一个人物都会在描述事件的时候加入自己的视点。为了制造多重视角的效果，作者让不同的人物通过独白、对话、通信或日记，分别阐述他们自己的想法。而这样的设想将无所不知的叙述者降格为一个话语的中转站。"① 纪德刻意运用多重叙事手段（独白、对话、信件和日记）打破叙述者无所不在、无所不知的全能视角，刻意从多种渠道提供散漫的信息，给读者制造阅读障碍，促使他们积极参与重构事件，重组人物。他在《〈伪犯制造者〉日记》中警醒读者："懒惰的读者就算了：我想要的是其他的读者。让他们焦急，这是我所扮演的角色。"②

　　对同一事件，纪德希望借助多视角的叙事手法，给读者留下复杂的印象。只有细心的读者，通过组合事件中各色人物的陈述，才能重构事实。纪德在《〈伪币制造者〉日记》中清晰地阐述了自己的叙事理论："我希望事件绝不要直接由作者叙述，而最好由受这些事件影响的人物角度展现（从不同角度，多次展示）。我希望在他们陈述的故事中，这些事件稍稍变形。读者的兴趣来源于对

---

　　① 万德化：《安德烈·纪德〈伪币制造者〉一书中的纹心结构》，柳效华译，戴声平审校（中文），中央编译出版社 2007 年版，第 53—54 页。

　　② André GIDE, *Le Journal des Faux-Monnayeurs*, Paris, Editions EOS, 1926, p. 116 – 117.

这惟一的事件的重建。故事要有他的合作才能更好地显现出来。"①
《伪币制造者》中很多的事件只有小部分是由叙事者直接叙述出来
的，大多数都是通过间接叙述展现出来的。如爱德华的日记，还
有许多人物之间的信件、对话，这些叙事手段都对叙事者的叙述
起到了补充、印证的作用。文中的主要人物之一，劳拉的爱情变
故这一事件就能很好地展示这一嵌套技巧。

樊尚离弃劳拉及他们的私情首先是由贝尔纳和奥利维埃的谈
话中透露出来的；接着莉莉安跟帕萨旺转述樊尚同她的谈话，交
代了劳拉同樊尚相识、相恋的过程及最终怀孕和分离的结果；然
后莉莉安又同樊尚谈起劳拉，让他绝情彻底抛弃劳拉；后来在劳
拉致爱德华的信中，又透露了她早年跟爱德华的情人关系。最后，
在贝尔纳致奥利维埃，亚历山大跟阿曼的信中，分别交代了贝尔
纳对劳拉的爱慕及劳拉的归宿——她重新回到了丈夫杜维哀的身
边。我们看到，"劳拉的爱情变故"这同一个事件是由不同的叙述
者从自身的视角讲述出来的，每个人都带有自我的感情色彩和视
角，对事件有不同的阐释和澄清。在不同的叙述视角下，故事的
内容与基本的情节相比并没有很大的出入。这样多角度的折射，
一点一点地使事件的来龙去脉清晰起来，同时使事件中的人物凸
显出来，具有立体感。读者综合这些视角，通过想象，可以重组
自己对人物和事件的认识。"每一个视角反映的都只是一种主观的
真实，众多的主观真实叠加起来，串联出客观的真实。"② 这正是
纪德的副本爱德华所追求的不同于现实世界的"理想现实"世界。

这一多重视角的叙事反映了劳拉爱情的宿命，她所爱的男人都
是抛弃弱者的强者，他们热衷于求新求异。作为弱者的劳拉难逃遭
弃的命运，她爱情的归宿只能是爱情的坟墓——回到无爱的婚姻。

① André GIDE, *Le Journal des Faux-Monnayeurs*, Paris, Editions EOS, 1926; p. 35.
② 朱静、景春雨：《纪德研究》，上海外语教育出版社 2005 年版，第 262 页。

在《伪币制造者》中的多对夫妻，他们之间存在的只有欺骗和相互的敌意，婚姻的幸福只是一种虚幻的向往。除了他所鼓吹的同性恋之外，异性之间不可能产生真正的爱情。这在某种程度上也反映了纪德对婚姻生活的绝望，对异性恋的不信任。

　　同一人物的映射也是如此，比如文中的人物樊尚，我们对他的了解也是通过奥利维埃同贝尔纳的对话，来得知他的职业，同劳拉相识、相恋、离弃的过程，从格里菲斯夫人致帕萨旺的信中得知樊尚同他的新情人在非洲旅行中爱情不再，相互泄愤。后来，从亚历山大致阿曼的信中，得知樊尚溺毙了情人莉莉安，已经疯狂的结局。

　　从对劳拉的爱情变故和樊尚这个人物的无穷映射中，我们可以看出对话、信件在纪德的叙事中发挥着重要的作用。纪德自身就是一个"对话体"，身体的各种力量在内部争斗、对话。他不偏袒任何一方，维持各种力量的平衡，从而保持自我的多重性。一方面，通过对话的间接叙述，让每个对话者轮流担当叙事者。它不仅描写了对话者，而且展现了说话者自身的性格特点。从贝尔纳和奥利维埃的对话中，我们可以看出前者的主动、积极和大胆，后者的被动和谨小慎微。另一方面，对话还可以推动情节的发展。信件也是纪德钟爱的叙事手段之一，《背德者》就是一封写给议会主席的信，而《窄门》中的信件更是占据了大量的篇幅。信件不仅可以直接陈述事件，成为情节重要的组成部分，还可以成为模拟的对话，如贝尔纳同奥利维埃的通信。有人曾把他们的通信作比较阅读，可以发现它们之间有趣的"平行结构"，往来的信件更像是一次"书面对话"①。这种纸质的对话同样很好地展现他们二人不同的性格特点。

　　纪德非常欣赏佛拉芒画家光线投射的技巧。在小说叙事中，他认

---

　　①　大卫·凯普尔曾对贝尔纳和奥利维埃二人的信件作过细致的比较阅读，万德化在其著作《安德烈·纪德〈伪币制造者〉一书中的纹心结构》中作了完全的呈现。参见万德化《安德烈·纪德〈伪币制造者〉一书中的纹心结构》，柳效华译，戴声平审校（中文），中央编译出版社2007年版，第64—66页。

为同样应该从多个角度向人物投射光线，光源不能是单一的。他在
《〈伪币制造者〉日记》中解释这一技巧时说："我希望光线仅从一侧
射过来。重要的是不要总落在同一个人物身上；在前面章节中轮流出
现的每一个前景中的人物，应该轮着被很好地照射。"① 如果把这一理
念运用到他对自我的投射同样是合适的。他不希望自己完全同他所
塑造的某个人物形象保持同一关系，希望将自我分解到多个人物当
中。通过每一个他所投射的"被很好照射"的人物，我们可以重组
立体的、多面的纪德。《伪币制造者》中三个人物波利、阿曼和爱德
华分别是幼年纪德、青年纪德和中年纪德的投射。

　　小波利像幼年纪德一样父亲早逝，被母爱所包裹，身体虚
弱。他有种种小毛病、怪癖、爱幻想，是"一个神经质的孩
子"。他同纪德一样也从小染有手淫的恶习，以为这是一种可以
让人变得神通广大，得到一切的"魔术"，借此虚幻的感觉来补
偿现实的缺憾。他沉溺于这种虚无的境界，靠想象得到肉欲的快
感。但一天他正在玩"魔术"时，被母亲撞见。可能受到了母
亲的呵斥、责备，加上父亲刚巧不久前过世，所以他以为是自己
暗地的行动受到了惩罚：他应该为父亲的死负责。这是纪德对自
己童年隐秘恶习的变形投射，揭示了他对父亲死的负罪感。波利
的郁郁寡欢，周围同伴对他的蔑视和欺侮跟小时候纪德上学的情
形并无二致。

　　阿曼也是纪德式的人物，他生活在一个有着浓郁宗教气氛的
家庭。他痛恨"德行"，他对幼年清教教育的控诉完全是青年纪德
的心声："你不知道幼年清教徒教育对我们所能留下的影响。它使
你心中存着一种愤慨，使你一生无法治愈……我自己就是一个例
子。"② 由于禁欲主义的教育，他同纪德一样经历着内心分裂的痛

　　① André GIDE, *Le Journal des Faux-Monnayeurs*, Paris, Editions EOS, 1926, p. 118 –119.
　　② 《纪德文集》3，人民文学出版社 2002 年版，第 168、330 页。

苦，自身扮演着双重的角色，既是演员，又是观众。如同纪德宣称的那样①，他清楚地知道自己在演戏："……我不论说一句话或是干一件事，总有一部分的我留在后面，瞧着另一部分的我在那儿受累，观察他，轻蔑他，嘲笑他，或是替他鼓掌。一个人把自己一分为二，你教他怎么再能诚恳？"② 纪德在1892年的日记中也表述了类似的苦恼："我在两难境地里挣扎：合乎道德还是保持真诚。合乎道德就意味着以虚假但讨人喜欢的存在去取代自然的存在（旧人）。但这样就不再是真诚的了，只有旧人才是真诚的人。"③ 失去真诚，便是虚伪。既然道德在社会普遍流传，那么人们便不可能自然地存在，因而"伪币"必然四处流行，人人难逃"伪币制造者"的头衔。

最切近纪德本质的爱德华，同样，甚至是一个最大的"伪币制造者"。作为整部作品的中心人物，爱德华这位目光敏锐、有自知之明的作家，正是作者纪德进行自我批判、自我剖析及那喀索斯式投射的产物。爱德华和纪德一样都喜欢通过日记记录生活，对社会、人生、宗教，特别是对文学创作发表评论。日记成了爱德华须臾不离的镜子，就像那喀索斯离不开映照他的水面。他在《伪币制造者》中写道："这是我随身携带的一面镜子，一切我在现实生活中看到的，除非我从这面镜子里看到它的投影，否则对我是不存在的。"④ 纪德同样离不开日记，他一生最大的鸿篇巨制就是他所作的几乎从未间断的几十本日记。"归根结底，毫不夸张地说，如果没有了日记的写作手法，没有了日记，纪德的作品，

① 纪德在《安德烈·瓦尔特笔记》中写道："喜剧演员？或许是吧，……不过，我演的是我自己。"

② 《纪德文集》3，人民文学出版社2002年版，第168、327页。

③ André GIDE, *Journal I*: 1887–1925, éd. Eric MARTY, Paris, Gallimard, "Bibl. De la Pléiade", 1996, p.151.

④ André GIDE, *Les Faux-Monnayeurs in Romans*, *Récits et Soties*, *Oeuvres lyriques*, Paris, Gallimard, "Bibl. de la Pléiade", 1958, p.1057.

甚至他自己本身，都变得不可想象。"① 日记是一天天的具象化，它将生活化为文字、写作，生活与写作相互渗透、衍射，这也正是爱德华所声称的他作品的"深层主题"："现实世界和我们再现的世界之间的一种竞争"②。日记独特的叙事功能，它糅合了"独白、对话、信件和日记"，为追求文学形式创新的纪德所青睐，几乎在他所有的文学作品中都少不了这一叙事手段。叙事者爱德华通过他的日记进行构思和叙述时，体现着自身的分裂。他既是演员，又是观众，既在操纵人物，又在审视自身。爱德华不管做什么，总是自认为一贯正确；他按照自己的天性行事，他在头脑中逐渐为自己建立起一套体系、道德和伦理，以此来为自己的行为作解释，论证自己的合理性。纪德还是刻意同自己的副本爱德华保持距离，作为叙事者他跳出来指责这一副本："爱德华使我不喜欢的，是他那些自造的理由。为什么如今他还使自己相信他是为波利谋福利呢？对别人撒谎姑且不论，但这是对自己撒谎！"③ 他在《〈伪币制造者〉日记》中特意表达自己同爱德华的差异："我应该特别重视爱德华身上一切让他写不出来自己作品的因素。他懂得很多事情，但他不断地通过一切事和一切人来进行自我追寻。他真正的使命看来是完不成的。这是一个业余作家，一个失败的作家。"④ 作为小说家，纪德成功地写出了自己伟大的作品，而执著于纯小说的爱德华却完不成自己的创作计划。其实，纪德在进行自我投射时，始终注意让人物同自己拉开距离。如小波利

---

① 阿兰·吉拉尔在其著作《私密日记》中对纪德的日记作了如此总结。参见万德化《安德烈·纪德〈伪币制造者〉一书中的纹心结构》，柳效华译，戴声平审校（中文），中央编译出版社 2007 年版，第 76 页。

② André GIDE, *les Faux-Monnayeurs* in *Romans*, *Récits et Soties*, *Oeuvres lyriques*, Paris, Gallimard, "Bibl. de la Pléiade", 1958, p.1096.

③ Ibid. , 1109.

④ André GIDE, *Le Journal des Faux-Monnayeurs*, Paris, Editions EOS, 1926, p.79.

的母亲生活在波兰，且最后被自己周围的那帮小伪币制造者逼死；而阿曼的父亲是一位想让儿子继承父业的牧师，且他有好几位姐姐。这一切的设计都是纪德的障眼法，不想让读者从中看到他的影子。纪德对我们的供述是深深隐藏的，并非直截了当，因为他十分在意他在世人中的形象。克洛德·马丹指出："正如爱德华深刻地向我们揭示的那样，我们自问，纪德不正是一个伪币制造者吗？他'脚踩两条船'：一是在同代人眼里显得真诚和有道德，一是在后人的眼里显得有自知之明。因为，看起来他似乎发现并说出了自己的一切，后人不会认为他现在所做的一切是出于无意识；然而，这些揭示是掩盖着的，只有经过良好训练的眼睛才能发现。"① 对于纪德来说，创造小说人物形象，不过是作者自我审视、自我对话、自我再现、自我解释，自我纯化的一种方式，是对自身同时存在的有时甚至是矛盾的多种存在的一种释放。通过他者的镜像来展现多重的自我。对他者的激情常常让他忘掉了自我，他声称"我的心只为同感而跳动……这是理解我性格和作品的钥匙。……吸引我的不是跟我相似的，而是跟我相异的"②。这充分证明了纪德追寻自我方式的变化，从最初的"转向自我"，走到了"转向他人"。

　　异质同构的反常映射

　　走向梦幻、逃进作家的白日梦、醉心于文学创作是纪德第三种追寻自我的方式。他在《安德烈·瓦尔特》中所表现出来的肉体焦虑并没有得到解决。两年后，在《爱的尝试》中，纪德想尝试夫妻生活的可能性，但是仍刻意保持必要的距离，因为对他来

---

① 克洛德·马丹：《纪德》，李建森译，三联书店 2002 年版，第 188—189 页。
② André GIDE, *Le Journal des Faux-Monnayeurs*, Paris, Editions EOS, 1926, p. 92 - 93.

说，这在现实生活中是不可能过的生活。因此，他在前言中特别强调这只是"一个梦"：

　　我们的书并非是关于我们自己特别真实的故事，而更多是关于我们不满的欲望，及对其他被禁止的生活和一切不可能的举动的向往。这里我写的是一个梦，它过度地侵扰了我的思想，要求它的存在。今春，一种幸福的渴望让我厌烦；我希望自己能有更好的显现。我只是希望幸福，似乎再没有其他的愿望。……
　　每一本书只不过是延迟的欲念[①]。

　　开宗明义，纪德一开始就指出这里所叙述的并非是真实的生活经历，而只是为了摆脱虚妄欲念的纠缠而生造出来的一个梦。他似乎是想对别人，特别是"夫人"（书中路克和拉舍尔爱情故事的首要倾听者），也可能包括他自己表明，这种通常的夫妻生活在他是不可能适应的。这形成文本的第一层。在作者的卷首语之后，便是嵌套在叙事者对"夫人"谈话中的路克和拉舍尔的爱情故事。这构成文本的第二层和第三层。而在路克和拉舍尔的故事中，路克又在跟拉舍尔讲故事。这形成第四层文本。一方面，在第三层文本中，作者穿插了叙事者的评论，强调文本的试验性质，理想色彩，强调虚构人物的替代功能，他可以替作者去体验现实生活中作者不可能体验的生活：

　　路克祈求爱情，却像害怕被伤害的事物一样害怕肉体的占有。我们所受的可悲的教育使我们预感到肉体享乐会带来

　　① André GIDE, *Le retour de l'enfant prodigue précédé de cinq autres traités*, folio, Paris, Gallimard, 1912, p.29.

啜泣和痛苦，或者忧郁和孤僻，可是肉体快乐却是光荣而神圣的。要使我们达到幸福，我们用不着祈求上帝。——后来，不！路克并非如此。因为总是虚构与自己相同的人物是一种可笑的怪癖。——因此，路克占有了这个女人。①

另一方面，第三层爱情叙事的文本中，春、夏、秋季节的变迁同路克和拉舍尔的爱情暗含对应，是一种象征。春天，百花盛开，香气馥郁。在林间采花的路克和拉舍尔相遇，萌生了爱意，他们体验了肉体的享乐。夏天，热气袭人，时日漫长。路克和拉舍尔彼此感到了倦怠和无趣，路克开始沉思，产生了独自上路冒险的欲望。夏天的某一刻是他们相交的一个切点，然后必然顺着各自的惯性分离。秋天，落叶斑斓，止水微寒。他们的爱在彼此的心头再也激不起些许的微澜，爱情的花朵已经枯萎、凋落，只余下爱的残香。路克和拉舍尔平静地、不带哀愁地分手了。而在路克给拉舍尔讲的第四层寓言故事中，同样嵌套着四季变迁的象征。春天，游人在花园里漫步，孩子们在花园里嬉戏。故事里洋溢着生机和活力。夏天，两位骑士上山历险，在岔道各自寻求自己的道路。夕阳西下，徒然的历险让他们归来疲惫不堪，彼此不交一语便下山了。这里充塞的是倦怠和分离的欲望。秋天，猎人和猎狗在林中的水池边追逐野鹿。野鹿逃走了，喧嚣远去了，留下的是林中的沉寂和水池的平静。最后的寓言包含着激情过后，回归安宁的淡然。而叙事者在讲自己同夫人的故事时，也体现了时序的变迁。不过，唯一例外的是在他们的故事中还出现了寒气凛冽、白雪沉积的冬天。他们在田野里感受空气的凛冽，在房间里感受炉火的温暖，这给他们带来了快乐。白雪覆盖了岁月的流

---

① André GIDE, *Le retour de l'enfant prodigue précédé de cinq autres traités*, folio, Paris, Gallimard, 1912, p.32.

痕和爱情的历险,似乎一切都未曾发生。那闪烁的炉火给我们带来了暖意和希望。欲念如同这闪烁的火焰,"它所接触的一切,都只剩下灰烬"。"起来吧,我思想的风——你将吹散这些灰烬。"这一个冬天覆盖了所有嵌套的故事,欲念的灰烬散去,"我们只想那些永远的事情吧!"①

　　从以上的对比分析可以看出,《爱的尝试》中存在着三层同构异质的嵌套,通过时序变迁来象征作者情感的变化。类似的象征在《伪币制造者》中也出现过,比如樊尚关于幼芽的说法:"发育最自然的幼芽往往总是顶芽——也就是与主干距离最远的"②,这是对私生子的象征;他关于海洋生物"狭盐性"和"广盐性"的分类,是对人类社会中弱肉强食的象征。作者通过路克和拉舍尔的爱情体验让自己摆脱了欲念的诱惑和内心的焦虑,最终得以超脱。借助文学的白日梦,他让自己的欲望死心,以迎接"自己更好的显现"。他在日记中写道:

　　　　在这本《爱的尝试》(也即《爱情徒劳》)中,我有意指出书对作者本人的影响,而这种影响在写作过程中就发挥作用。因为,书使我们走出自我,也改变我们,改变我们生活的步伐;正如在物理课上所见,盛满液体的水罐悬空旋转,一旦从反方向受到一种冲力,液体就会洒出来。我们的行为对我们也有反作用。"我们的行动作用于我们,正如我们作用于行动。"乔治·艾略特如是说。

　　　　因此,我忧伤,是因为受一场无法实现的快乐的梦所折磨。我叙述这场梦,就把这种快乐从梦境中夺出来,据为己有;我快乐了,而我的梦则丧失了魅力。

──────────

　　①　André GIDE, *Le retour de l'enfant prodigue précédé de cinq autres traités*, folio, Paris, Gallimard, 1912, p. 28, p. 53, p. 28.

　　②　《纪德文集》3,人民文学出版社 2002 年版,第 135 页。

　　对于一个事物的任何作用，这种事物无不产生对施动体的反作用。我要指出的是一种相互性；这同样不是和其他事物，而是和自身的关系。施动体，就是自身；产生反作用的事物，就是想象出来的一个主题。因此，我在这里提出来的，就是间接作用于自身的一种方法。简言之，也就是一个故事①。

　　虚构作品的创作通过双重的作用改变着作者：一方面，作品是对自我和梦幻的表达，是某种潜意识欲望的投射。《安德烈·瓦尔特笔记》中纪德的自我投射就是一个显例，作者投射的是相似的灵魂，求的是"同"。但是，当他所投射的他者挣脱了自我，拥有了作者所寻求摆脱的要素，如同《爱的尝试》，它就包含着一种反转，反向的作用力。作者身兼双重的身份，既是施动者，也是受动者，他既在作分析，也在被分析。因此，纹心嵌套结构在作者、叙事者和人物之间发挥着作用与反作用。同时，它在投射又在挣脱；在确证又在逃离；在求"同"又要存"异"，最终实现自我的超越。

　　纪德对肉体之爱被禁绝深感焦虑。通过写作，他借助人物去体味肉体的快乐，追随欲望的变化，直至最后对欲望感到倦怠和厌弃。《爱的尝试》中的"夫人"，既像姐姐又像母亲，通过跟"夫人"的对话或讲述，他可以模拟自己爱的欲望和障碍，同时又从中抽身退出，最终将爱的失败归咎于"夫人"："这篇故事是给你讲的：我在其中寻求爱情所给予的东西，如果我只找到了厌倦，那是我的过失：你不曾教我幸福。"② 因此，通过创作，纪德可以

————————

　　①　André GIDE, *Journal I*：1887－1925, éd. Eric MARTY, Paris, Gallimard, "Bibl. De la Pléiade", 1996, p. 171.

　　②　André GIDE, *Le retour de l'enfant prodigue précédé de cinq autres traités*, Paris, Gallimard, coll "folio", 1912, p. 40.

让自己戴着面具体味没有真正过的生活，体味过后，可以清醒地去追寻自己想要的生活。虚构作品中，肉欲的快乐消失了，这让纪德感到快慰，因为这样的试验让他确证了自己对女人没有欲望，从而对正常夫妻生活的幸福彻底死心，这也促使他在随后的非洲之行中坚决地放弃新教道德，放纵肉欲，进行第一次同性恋的体验。

总之，纹心嵌套结构对纪德来说，绝不仅仅是简单的叙事手段，更是他借以保持自我多重性，让多重矛盾在自身和谐共存的生存方式。纹心嵌套结构在纪德的文学创作中发挥着重要的作用，可以称之为纪德文学美学风格的标志。它将虚构故事转变为陈列的徽章，让故事同叙述体进行对话。它是一种曲折的表达，是一面映出阴暗、隐藏和无意识区域的镜子。它对写作主体施加反作用，使其发生转变，让他得以超脱自我。它借助他者对自我发生作用，从而纯化自我，充分发挥文学的情感宣泄功能。这种独特的嵌套手段可以充分表达内心的多重性，给意识一种对话的形式，从而让作者通过不断的转变来摆脱自我，前进和自我构建。

如果要给纹心嵌套结构作一个形象的美学总结，我想，纹心嵌套结构的美，就是卞之琳的诗：

你站在桥上看风景，
看风景的人在看你。
明月装饰了你的窗子，
你却装饰了别人的梦。

第三节　纪德的自我书写

写作是纪德的生存方式。他的生活与创作相互融合，相互影响。他将自己多彩的生活和对生活的思考写进作品，通过作品中自己形象代言人来尝试每一种极端生活的可能性。人物的历险让他在实际生活中可以避免重蹈覆辙，少受打击，文学创作对他起到了丰富和纯化生活的作用。正如蒂博代指出的那样，纪德"以他真实生命中无尽的可能性创作他的人物"[1]，他的作品映照的便是他丰富的人生。纪德对人类一切的戏剧怀有浓厚的兴趣，他绝不愿安于旁观者的角色，他更想自己去充当演员，在戏中去体验生活的百态，同时以观众的眼光来审视自己的表演。他对在生活中固定于某种生活形态感到害怕，这样他势必只能体验一种生活形态而失去进入其他生活的可能，从而导致人生的贫乏。"我惊恐地领悟到时间的狭隘性，领悟到时间只有一维。……我永远只能要么干这个，要么干那个：干了这个就失去干另一个的机会，这令我立刻感到遗憾。"[2]因此，文学创作成了他参与所有生活最有利的方式，而在现实生活中却可以拒斥任何一种固定的生活形态，始终保持空乏状态，成为"洞门大开的客栈"，以迎接一切可能的生活。

为了保持自我的多重性，同时维持生活的鲜活性，纪德创造了他的瞬间文学观。"最短暂的瞬间的生命，也比死亡更强大，是对死亡的否定。死亡只不过是让其他生命得以诞生，使万物不断更新，使任何生命形式对'此生'的据有，都不超过他自我表现所需的时间。"[3]张若名对纪德的"瞬间文学观"有深入而独到的分析。他认为，纪德把生命分成若干个十分短暂的片段，并在每个片段之间插入遗忘。因为每一个片段存在的时间十分有限，各种意识和激情在紧迫感——也就是在死亡——的推动下分

---

① Claude MARTIN, *André Gide ou la vocation du bonheur*, Paris, Fayard, 1998, p. 227.

② André GIDE, *oeuvres complètes*, *VOL II*, Paris, Editions de la N. R. E, 1932, p. 111.

③ 《纪德文集》1，人民文学出版社 2002 年版，第 146 页。

外地活跃。纪德并不介入和偏向某一意识和激情，任他们相互争夺倾覆，最后由最强的那一个占据他全部的意识。插入遗忘，实质上是在两个感觉间制造虚空地带。从而使每一个感觉都聚集了全部的光亮，产生了最强烈的感受力。因此，在这种线性的时间和生命流中，在他意识的舞台上，每次只能有一名角色登场，而全部的意识之光则聚焦在这唯一的角色上。当这种激情因消耗而衰竭的时候，马上就会有另一个已经积蓄得更强健的意识取代它的位置。他每一部作品所定格的便是他生命中某一个瞬间最亮的闪光，他全部作品所展示的便是他五彩斑斓、异彩纷呈的生命长河中的时间流。

瞬间文学观为纪德保持自我的多重性提供了合法性。生命就是由无数的瞬间组合而成，每一个瞬间都有他独特的闪光点，从而都值得书写和保存。因此，纪德在他的美学宣言《那喀索斯解》中特别区分了三个概念：真理（Vérité）、形式（Forme）和观念（Idée）。真理是唯一的，人类只能永恒地寻求、不断地接近，但始终不可企及。她如同人类先祖所居的伊甸园，是人类对逝去的美好的记忆，尽管无尽向往，不断追寻，终究无法回归。追寻的价值在于抱着美好的祈愿，为重回所付出的努力及在追寻中人的成熟——对自我和人生的全面而充分的认识。"决定人的价值的，并非是他掌握的真理或是他自以为掌握的真理：而是他为获得真理付出的真诚的努力。因为并非掌握真理，而是对真理的寻求使人成长而趋完善。"① 形式是包裹真理的外衣和面纱，真理永远被遮蔽在形式的后面。万千世界的纷繁表象皆是真理的象征，人的价值在于透过纷繁的形式来寻求真理。观念也需要外物来展现。现实生活中人的观念千差万别，歧路重重。观念是行

---

① André GIDE, *oeuvres complètes*, *VOL I*, Paris, Editions de la N. R. E, 1932, p. 521.

动的指南，有何观念便会演绎出这种观念所指导的生活。生活的千姿百态正是观念千差万别的呈现。因此，纪德在作品中展示生活，提出问题，即他所说的观念，而不给出结论和解决问题的办法。正如作家在致马塞尔·德鲁安的一封信中所说的："我开始意识到，作为文学，……重要的是清楚地、冷静地、充满激情地展示生活不同的形态，而其结论应该是让读者去直接质疑。"① 任何一种生活方式，任何一种情感，只要纪德经历过，他都同样喜爱，同样投入，都会试图在作品中将其记录下来。而作品一经完成，就意味着一种生存方式被固定下来并作为"我"的一部分而永远地呈现。作家，他期望生活每时每刻都感受到生命的激情，以保证生命与创作的饱满；而作品，它使瞬间的闪光得以永恒，以它的客观存在对抗了主观的遗忘。纪德与他的作品相互推动，互为依存。

要求真，作家自己首先必须真诚，不自欺。纪德认为，"艺术家、科学家，不应该注重自己而不注重他要道出的'真理'：这就是他全盘的道德；不注重字，不注重句，而注重他们要表现出的'观念'：……这就是全盘的美学"②。艺术家只有时刻想着真理，他的作品才可能表现出真诚。如果在创作时只想着自己的个性、人格，纪德认为这是作家的"不幸"，只有"弱者"才不敢真诚审视自我。艺术家的真诚体现在："勇于向自我和他人揭示自身，无论是神秘，还是矛盾，都按其本来面目揭示。正是矛盾让我们对存在感兴趣，他也借此展现自己的真诚。"③ 真诚，对纪德来说，并非只是率真，更多是不向自我隐瞒任何东西，即

---

① Claude MARTIN, *André Gide ou la vocation du bonheur*, Paris, Fayard, 1998, p. 227.

② André GIDE, Le retour de l'enfant prodigue précédé de cinq autres traités, Paris, Gallimard, coll "folio", 2001, p. 21.

③ André GIDE, *Journal I*: 1887 - 1925, éd. Eric MARTY, Paris, Gallimard, "Bibl. De la Pléiade", 1996, 1192.

使有些私密的暴露显得是丑闻。艺术家所关心的只是把握存在的隐秘的深层本质，而无须顾及这是否会给自己带来伤害。要毫不畏惧地揭示人阴暗褶皱中深藏的自我，袒露不受人控制的"魔鬼的那一部分"。在热尔曼·布雷看来，纪德的真诚包含双重的意涵："尽管目标是纯美学的，但对纪德来说也是伦理的要求……这种真诚首先在于绝不回避事实……绝不拒绝深入幕后。然后，它要求作家既不自欺，也不欺人，接受清醒的明确界限，它画出了无从解释部分的轮廓，突出了别人无法掌控的魔鬼的那一部分。"[①] 文学中的美是作家普遍的追求，纪德同样强调美学观对解读他作品的重要性[②]。

所谓伦理即是道德的基本准则。在纪德看来，"艺术家的道德，并不在于他揭示的观念对于大多数的人来说是否是合乎道德的，而在于他能很好地将其揭示。因为一切都应得到揭示，哪怕是最邪恶的事情。'面临罪恶的人是不幸的'，但'罪恶必须降临'。艺术家作为一个地地道道的人，他为某物而生，应先作出牺牲。他的一生只应朝这个目标前进。"[③] 在纪德定义的艺术家的道德中，道德失去了它社会意义范畴中生活和行为规范的评判作用，而成为"每个人寻找应该实现的目标及达到这一目标的方式"。艺术家并不否定普通道德的存在，他所遵循的是艺术家独特的道德。夏尔·杜博认为，纪德最根本的独特性在于："他在作品中制造一些自己关心的道德问题，将之作为艺术创作的素材。其作品素材

① André GIDE, *JOURNAL* extraits choisis et présentés par Lucien Adjadji, Paris, Didier, 1970, p. 30.

② 纪德在 1918 年 4 月 25 日的日记中写道："美学观点应是唯一正确谈论我作品的观点。"他指责批评家不去读他的作品，几乎从不以艺术的眼光来评判他的创作。即使有批评家很罕见地从艺术观点来评判，也很难被读者接受。他在随后的 10 月 13 日依然强调说："总之，这是唯一不应被任何其他观点排除的观点。"

③ André GIDE, Le retour de l'enfant prodigue précédé de cinq autres traités, Paris, Gallimard, coll "folio", 2001, pp. 21 – 22.

选取的原则，不是美学的，在本质上更多是对道德的关注。在这里，道德不仅从属于艺术，而且被艺术所俘获"①。普通道德成为作家实现其美学观的途径，他唯一的道德便是如何更好地展示观念，为实现自己的终极目标——美学理想而努力。道德、生活和一切行为只要有利于实现这一理想，都可以进入作品，成为艺术创作的素材。因此，所有的观念、思想对艺术家来说都是合法的，都有权被再现。纪德并不认为各种生活形态之间有善恶之分，只不过是观念的差异罢了。

纪德自幼就抱有"与众不同"、"被选中"的感觉，加之他对自己独特个性的清醒意识，对自我多重性的关注，特别是新教信仰所塑造的自倾和自省的倾向，让他生而成为②一个作家，一位独特的艺术家。他认为自己必须进行艺术创作，"因为只能通过它，才能实现我身上极为相异的因素的和谐，否则，它们便相互争斗，或者至少在我身上对话"③。因此，艺术创作便成为纪德解决自身冲突的美学途径，成为他自我救赎的忏悔录。正如让·德莱医生的评断，"文学创作，对他，不仅仅是个人的选择，而且带有解放的意义和价值"。"纪德是有着艺术家使命的人。"④《安德列·瓦尔特笔记》的成功，特别是《那喀索斯解》中他所宣示的美学观，让他逐渐明确了未来的使命，确信自己艺术家的身份。"旧人，……是诗人。新人，即人们更欣赏的，是艺术家。应该用艺

① André GIDE, *JOURNAL* extraits choisis et présentés par Lucien Adjadji, Paris, Didier, 1970, p.36.
② 纪德声称："……我倾向于相信自己有一种使命，一种神秘的生命。"克洛德·马丹认为当纪德响应文学使命的召唤时，他所向往的是艺术家的圣性。
③ André GIDE, *JOURNAL* extraits choisis et présentés par Lucien Adjadji, Paris, Didier, 1970, p.14.
④ Ibid.

术家取代诗人。这两者间的斗争就产生了艺术作品。"① "艺术家的一生，他的使命不可抗拒；他不能不写作……"②

　　既然写作的使命不可抗拒，艺术家不得不在命运的指引下进行创作，但该写些什么呢？也就是说写作的素材从何而来，以何为写作的对象？纪德在《那喀索斯解》的篇首引用了维吉尔的一句诗：在水边，我看见自己。篇中那喀索斯临水自照及认识自我的焦虑正是纪德一生致力于自我追寻的形象映照。发现自我，认识自我，书写自我，这构成纪德自我追寻的历程。在溪水中发现自我是那喀索斯自我意识觉醒；以水面为镜，观察和自我欣赏是那喀索斯认识自我的方式和自我意识的深入；对着水面的遐思和欲望是渴望自我的统一。自我意识觉醒，纪德才会去反抗清教教育，挣脱社会规范，寻求自我的解放；以他者为镜，纪德才认识到自我的多重性，自我的多元分裂；而自我书写成为纪德弥合自身矛盾和分裂，保持我的多重性，分而不裂的唯一救赎手段。通过写作，他再造"我"的和谐。在他日后一部部看似前后矛盾的作品中，贯穿的正是这种建立在自我塑造基础上的自我探寻。有的作家是在写作过程中逐渐完成对自己的认识的，每一部作品好似一级台阶，一步一步迈向自己的理想高峰，只有登到最高处，回望走过的历程，才能对自我有一个全面的认识；有的作家一开始就已经在心中为自己的写作和人生勾勒出一幅图画，他的每一部作品、每一种经历都是一个色块，慢慢将理想中的我勾勒成现实的画像。纪德属于后者，他很早就明了自己的使命："在我很年轻的时候，就有这样一种感觉：在我面前摆着一排空白的书卷——我的全集。我按照作品酝酿时间的长短和我写作职业的完

---

　　① André GIDE, *Journal I*: 1887 – 1925, éd. Eric MARTY, Paris, Gallimard, "Bibl. de la Pléiade", 1996, p. 151.

　　② Ibid. , p. 145.

善程度来决定写第七卷或第十二卷。"① 纪德非常清醒、非常明智地用作品和行为来完成他心目中的自画像（autoportrait）。他的全部作品构成他的自传（autobiographie），每一部作品就是构成完整图像的自传素（autobiographème）。

自传，根据菲力普·勒热讷的定义："当某个人主要强调他的个人生活，尤其是他的个性的历史时，我们把这个人用散文写成的回顾性叙事称作自传"，它总是表现为一种以第一人称写的回顾性叙事，强调其中作者、叙述者和主人公三者的同一。他认为自传绝不是一种以取悦自己为目标的愉快叙事，它应试图表达一种生活的深刻统一性，它应表达一种意义。这种对统一性，抑或和谐性的追寻形成生命的意义，成为作者写作的目标。"18 世纪末自传的发展不仅符合人的价值发现，而且符合某种关于人的概念：人是通过他的历史，尤其是通过他的童年和少年时期的成长得以解释的。写自己的自传，就是试图从整体上，在一种对自我进行总结的概括活动中把握自己。"② 卢梭的《忏悔录》成为第一部真正意义上的自传，开启了现代自传写作的先河。它的出版在历史上产生了强烈的震动，因为卢梭在法国树立了自传的品牌形象，把自传与暴露癖、挑衅、厚颜和骄傲联系起来，从而让自传体裁饱受指责，遭到抵制。

纪德的自我书写回应了法国的自传传统。他的《如果种子不死》正是通过叙写自己童年、少年的生活经历，试图寻找自己个性发展的根源，为自己的同性恋辩白。自传的叙述到同玛德莱娜订婚就画上了句号，我们仅能看到早期的纪德，而且并非是完全的。因为任何进入自传的素材都经过了双重的筛选，一方面是记忆的选择，另一方面是写作时作者的选择。它所呈现的是作者试图展示的自我，而非现实中真正的自我。如果我们把文本中出现

---

① Claude MARTIN, *La Maturité d'André GIDE*：*de Palude à L'Immoraliste*（1895 - 1902），Klincksieck，Paris，1977，p.13.

② 菲力浦·勒热讷：《自传契约》，杨国政译，三联书店2001 年版，第3、8 页。

的任何的自传片段，及作者通过这一片段试图达到的目标和这一片段在读者身上所产生的印象，统称之为自传素，那么纪德的所有作品，包括自传、回忆录（mémoires）、私密日记、旅行日记、散布在文本中的自画像，甚至自撰（autofiction）都是构成他完整自我的自传素。我们要全面认识纪德，仅一部狭义上的自传是远远不够的，必须从广义的自传出发，借助他的全部作品，才有可能窥见他的全貌。克里斯蒂娜·丽纪艾（Christine LIGIER）曾撰文指出："谈纪德的自传体裁很快就回到谈，如果不是全部作品，至少也是那些相互召唤、相互呼应、相互抵触的文本织成的重要的网络，它们最终勾勒出了这个变动不居的作家多面的肖像。"①

　　纪德的自我书写有他的深意，他试图通过塑造一个"我"的样本，来探寻人的多个维度。作为艺术家，他时刻没有忘记自幼身上所背负的"被选中"的使命感，以特立独行的背德者身份，担负着构造"典范"的使命。纪德的个人书写，既是自我塑造，也是塑造世界。他试图通过把握个体的特殊性达到掌握全体的普遍性。在纪德看来，从特殊到一般，不仅因为特殊是普遍的反映，而且因为跟自我或他者的差异在本质上是共同真理的基础，无此差异性，无论是自我还是他者都无从存在，我们也失去了生存的基础。人的这种差异性就是人的独特个性。"纪德努力强调个性，不只是要强调个体的特异性，他认为作为整个人类的一分子，个体身上的某些特性可以体现出人类的普遍性，而且当一个作家自己意识到这一点并在自己的创作中身体力行的话，这种个性就越发突出地表现出来了。此时作家的个性就是一种普遍真理的象征，它也能表现出普遍真理的本质。"②

　　这样的使命感可以在追溯自我书写的历史渊源中找到印证。第

① *André GIDE et l'écriture de soi*, textes réunis et présentés par Pierre MASSON et Jean CLAUDE, Presses Universitaires de Lyon, 2002, p. 181.
② 朱静、景春雨：《纪德研究》，上海外语教育出版社 2005 年版，第 342 页。

一个源头来自于编年史和年鉴，它们记述中世纪贵族人物的事功，富有神话性质，是一种回顾过去的谱系史。第二个源头来自于中世纪末现代社会初期的商人和资产者的流水账。如果说他们的记述中也有建立谱系的意愿，这更多是带有一种前瞻性的目的。这时，写作者设想自己便是谱系的创立者，希望能给后人传授一些生意经。从这一历史溯源中，我们可以看出，记述故事，无论是事功，还是流水账，都有一个目的，要么是总结过去，要么是展望未来，甚至同时包含两者。从源头来看，谈论自我并非仅限于自我，除非到了20世纪末以自我为中心的时代。可以看出，在自传中的暴露癖也是自晚近的卢梭《忏悔录》起。在这些源头上，渐渐产生了后来的私密日记、回忆录、自传、自画像，直至自撰。跟自传最近的是回忆录，但二者是有区别的。① 纪德曾称他的《如果种子不死》为"回忆录"，这不是没有缘由的。回忆录一方面，讲述的是大人物的个人生活的事件，但另一面是将个人的事件用来构筑大历史。他不仅仅讲的是个体，更多的是表现个体同历史的关系。这种自传性的书写着眼点不在强调个体个性的形成，更多的是从总体上展现他对大历史的构建所起的作用。因此，纪德在《如果种子不死》中，不仅有卢梭式的自我暴露，但同时包含有为"同性恋"、"恋童癖"辩白，寻求其合法性的隐含目的，试图写一部"典范"的回忆录。

　　《如果种子不死》的标题来自于圣经《新约·约翰福音》，是耶稣死而复生后对众人说过的一段话，"一粒麦子不落在地里死了，仍旧是一粒。若是死了，就结出许多子粒来。爱惜自己生命的，就失丧生命。在这世上恨恶自己生命的，就要保守生命到永生。"纪德似乎从耶稣的

---

　　① 据菲力浦·勒热讷，在回忆录中，作者表现得像是一个证人：他所特有的，是他个人的视角，而话语的对象则大大超出了个人的范围，他是个人所隶属的社会和历史团体的历史。回忆录中，一般不存在作者和被论述主体的同一。在自传中，话语的对象就是个人本身。这不仅仅是一个私人材料和历史材料的比例问题，更应该看两部分的从属问题，看作者想写的是他个人的历史还是他的时代的历史。参阅菲力普·勒热讷《自传契约》，杨国政译，三联书店2001年版，第3、4—5页。

话中得到了某种启示，从"麦子之死"的故事中思索灵魂的重生。纪德在文中化身为乔治桑故事中的人物"格里布伊"①，一方面将自我融于作品，如同格里布伊溶于河水中，是对自我的解构。他将自身的对立和矛盾转化为文字，给内心的矛盾冲突提供表演的舞台，让内心的对话变成了众声喧嚣的吵闹，如同"橡树枝"格里布伊伸展的枝枝蔓蔓，彼此穿插。而自我消失在文字的背后，从而丧失了主体的身份，他溶解到众生之中，没有自己个人的声音②，呈现那塔奈尔所推崇的"空乏状态"。另一方面，格里布伊化为"橡树枝"是为了在岛国挽救众生，他走向河中，实际是从一个自我走向另一个自我，从"旧人"走向"新人"，他是"被选中"的负有使命的人。牺牲自我，将灰烬撒遍人间，换来的是万物的重生和幸福。纪德以"如果种子不死"作为作品的名字，意在表明，他的同性恋的坦白不仅不是一种罪过，而是一种牺牲，是为了更多的他的同类可以享受这份正当的"快乐"。移除了压在他心头多年的这块巨石，第一次以自传契约的形式坦承了自己的性取向，终于可以不再戴着面具过他讨厌的虚伪生活，他的灵魂得以解放，生命和创作焕发出新春，"旧人"变"新人"，他迎来了自己的重生。他将自己的生命溶入了他所在时代的历史洪流，他关于同性恋的文字和生活成为该领域历史的坐标。

　　私密日记是纪德自我形象塑造的重要形式，它同自传相互补

---

　　① 故事讲的是格里布伊在河中游泳，由于力气不济，最终放弃挣扎。而他一旦放弃挣扎，反而在水面浮起来。他觉得自己渐渐变小、变轻，全身长出叶子，河中的水托起他变成的橡树枝。格里布伊之所以变成橡树枝，是为了能在花岛——牧场女王的王国落地生根，因为他被代表善的力量的牧场女王所吸引。她求格里布伊牺牲自我，拯救岛国，让它重新变成善的力量所掌控的乐土。于是，格里布伊投身于火海，以免牧场女王被迫投降。最终，女王将他的灰烬遍洒于王国的土地，那里马上长出花朵、粮食、果木，并恢复了战争中所损失的一切财富。Cf. Georges SAND, *Histoire du véritable Gribouille* (1850), Casternman, 1995.

　　② 纪德在《性格》一文中写道："这一切并非依次而出，而是同时闪现。我感到在我身上聚集着一帮矛盾，有时我想摇铃，穿好衣服，离开会场。我的观点有什么重要性吗？" Cf. *André GIDE et l'écriture de soi*, textes réunis et présentés par Pierre MASSON et Jean CLAUDE, Presses Universitaires de Lyon, 2002, p.196.

充。日记运用第一人称"我"进行叙事和评论，它没有任何固定的程式，是与时间同步的、片断式的私密写作。受阿米埃尔的影响，纪德很早就开始了日记的写作，并且坚持一生，几乎从未间断。他所留下的大量日记是他全集的重要，甚至是"主要的"组成部分，是他进行创作和思考的源泉。如果把他的全集比作一幅画，日记则是这幅画的底色，而那些叙事作品、傻剧、戏剧、小说、散文诗、杂文等则是散布在这底色上的动人图案（motif）；如果说纪德的全部作品是他的自画像，那日记则是他身体的轮廓，而其他作品刻画的则是他丰富的表情和神韵。在日记中，同样少不了呈现自我的多侧面，同样出现前后矛盾、互相抵触的观点，而这些不断的变化，正是纪德思想发展的见证。因此，他的整个日记呈现的是开放式、未定型、未完成的状态，正如我们很难看到定型的、单一面孔的纪德。如此写作的日记也是纪德害怕贫乏、渴望体现尽可能多的人性的美学观的反映。

日记的现时性符合纪德的瞬时文学观。把握现时，珍惜现世，因为过去不可信，将来不可期。现在意味着生命的鲜活性、高密度、瞬间性和绝对性。而回顾过去常常导致失真，是对过往生命经历的想象和扭曲。正如瓦莱里的批评所言，"忏悔的人在说谎，在逃避真正的事实。真实没有出现，或者不全，总之，难以辨认。告白总想着荣耀、丑闻、借口和宣传"[1]。而宗教所宣称的来世，是它无能解脱现世人的痛苦的无奈借口，不可期待。唯有现时可以把握。日记的价值在生活当中、在生命的律动中，把握现时，而不是脱离日常生活去虚构、捏造失真的现在。日记的现时性让人无从把握生命的全貌，它的记录是片断性的，因此具有开放性、无所不包、无所禁忌。纪德也从不预设立场，没有先入之见，准

① Cf. *André GIDE et l'écriture de soi*, textes réunis et présentés par Pierre MASSON et Jean CLAUDE, Presses Universitaires de Lyon, 2002, p. 199.

备迎接一切可能性。日记让他自身的各种存在都得以呈现，哪怕是对立和矛盾的，这保证了自我的丰富性。

如爱德华一样，日记是纪德随身携带的镜子。他常常通过日记来端详、审视自己。在他文学创作的早期，日记成为作品的主要内容，如他的处女作《安德烈·瓦尔特笔记》，四分之三的篇幅就是将以前的日记直接移植而成。日记没有帮他走出自我，进而关注世界和他人，反而促使他更加内倾和自省，更加沉浸在个人的世界里。回归自身，借鉴自照，认识自我。在纪德看来，没有比探测自身迷宫更令人神往的历险。令他着迷的，不是谈论他人，而是自我观照，自我对话。对纪德来说，记日记本身不是目的，而是他塑造"我"的副本的手段。在日记中，他创造了一个类似于我的人物，他将自身的困惑、矛盾、冲突转移到这个"副本"身上，让副本代为承受这一切。借此他得以不离开自身而能解决自身的冲突，实现"我"内心的和谐。创造自己的副本，这成为他以后在文学创作中常用的进行自我书写的手段。

纪德在 1926 年的非洲之行和 1936 年访苏归来后所作的旅途日记呈现了他另一个侧面。他开始从自我中抬起头来，将目光投向他人，投向社会，投向大千世界，不再局限于"小我"的欲求，开始关注政治，关注人类的未来，展现了他对人类的大爱，凸显了纪德身上"大我"的人道情怀。尽管在日记中，不乏对沿途富有异国情调的风光和人物的描画，但他的目光更多地投向了人，无论是饱受法国殖民者压迫和剥削的非洲人民，还是生活在斯大林威权体制下，缺少自由被蒙蔽的苏联人民。为了人类的公平和正义，为了人类的自由和解放，他丝毫不顾忌自己的声誉和地位，坚决地揭露殖民地的黑暗和殖民公司的惨无人道；当他发现苏联领导人背弃了当初的共产主义理想，走向了它的反面，他毅然决然地公开同苏联决裂，以旅行日记的形式将苏联的残酷现实昭告于天下。在苏联解体后的今天看来，我们不仅感佩于他的勇气，更敬仰他的远见和洞察力。他以个人的观察和历险来见证历史，参与大历史的构建。他不仅仅是在构建自我，更想通过他的见证，引起关注，促使思考和行动，推动人类历史的进步和发展。

纪德的日记写作是构建他的"自传空间"的重要材料。菲力普·勒热讷认为，纪德的任何写作事先就知道它将来的位置和在整个文本系统中的角色："一切文本是由其在整个文本框架中的位置和功能决定的，纪德赋予它生产他形象的使命。"① 由所有文本所搭建的大厦中，任何一个文类都不可或缺，一旦缺失大厦就有倾塌的危险，就完成不了自我形象的构建。他在1894年给玛德莱娜的一封信中写道："从我的《那喀索斯解》开始，我已经在写我的《全集》，这篇论文可以视为一首序曲。我希望《全集》的每一部分都是不可删除的，否则会留下一个显而易见的空白。"② 文本之间所形成的互文性如同织就的一张网，少了任何一个结点，都会形成一个大洞。语言中词义的确定依靠的是周边词汇的差异化（différenciation），纪德的自我形象的构建如同编织网格的游戏，各色文本之间的差异化阐释了纪德对人生意义的理解和追寻。任何一个部件的缺失，不仅造成自我形象的不完整，更重要的是少了这一结点，少了其中的平衡点，其他的文本会偏离以前的轨道，以不同的模式运行，结果呈现的完全是另一幅景象。纪德的通信在某种程度上来讲，是他的另类私密日记，这就解释了纪德为何如此看重他同玛德莱娜之间的通

① Philippe LEJEUNE, *Le pacte autobiographique* (Nouvelle édition augmentée), Editions du Seuil, 1996, p.170.

② Cf. Claude MARTIN, *La Maturité d'André GIDE: de Palude à L'Immoraliste* (1895 – 1902), Klincksieck, Paris, 1977, p.12.

信。信件的被焚等于毁掉了他自我形象中最为灵动有神的那一部分①，毁掉了他建构自我大厦的宏伟蓝图。

自我形象的构建尽管有缺失，但作为艺术家的纪德依然怀抱着理想，恪守艺术家的道德，努力去修补和完善"我"的图像。无论是回忆录，是日记，还是信件，都难逃真实性的迷思，较之虚构的文学作品，有更多的限制或忌讳。作者既不敢偏离自我的图像过远，又不敢过于暴露自我，因而在描画自我时总显得束手束脚。莫里亚克认为，"最私密的日记也是一种文学的创作，一种安排，一种谎言"。"……小说表现了我们自身的本质……只有虚构作品才不撒谎。"② 而纪德在写完《如果种子不死》第一部分时也感叹说，"……我始终希望把一切说出来。不过，剖白内心有一个限度，不作人为的处理，不改变自己的模样，就无法超越这个限度。我力求自然。无疑，我思想中的某种需要在引导着我，致使我将一切过分简化，以便简单地勾画出每一根线条。没有选择就无法作画。……我是一个具有内心对话的人，我身上的一切相互格斗，彼此否定。不管多么想做到真实，回忆录从来就只能是半真诚的：一切总是比人们说出来的更复杂。也许，在小说中人们更接近真实"③。罗伯·格里耶也表达了类似的观点，"虚构作品

---

① 信件被焚后，他在 1919 年 1 月 20 日的日记中写道："我的作品从此只能像一首缺少温情和谐的交响曲，像一座没有穹顶的建筑。"Cf. André GIDE, *Journal II*: 1926 - 1950, éd. Martine SAGAERT, Paris, Gallimard, "Bibl. de la Pléiade", 1997, p. 1100. 他在另一则日记中写道："我既然只能留下独眼或没有眼睛的形象，还不如死去。"Cf, André GIDE, *Journal I*: 1887 - 1925, éd. Eric MARTY, Paris, Gallimard, "Bibl. De la Pléiade", 1996, p. 790.

② Cf. Malcolm SCOTT, *Mauriac et Gide la recherche du moi*, l'esprit du temps, 2004, p. 138, p. 139.

③ André GIDE, *Si le grain ne meurt* in *Journal 1939 - 1949 Souvenirs*, Paris, Gallimard, 1954, p. 547.

的迂回，毕竟比所谓真诚的坦白更个人化"①。纪德在勾画自我图像时采取的正是迂回策略，从多个侧面展示自我。他将自我投射到身外的人物，刻意同自我保持距离，戴上面具，以他者的身份来演绎自我。唯有虚构的自撰让他倍感轻松，在舞台上尽情挥洒，肆意表现自我。

任何写作都是在揭示自我。在某种意义上，任何作品都是自白。怀有"自白"情结的纪德②，更是时刻想着在作品中表现自己的疑问、忧虑、思考和观念。萦绕在纪德脑中，总想坦白的便是他的性取向。但在他所处的时代，同性恋还是一种禁忌，公开招认，会遭到社会的唾弃，甚至法律的审判。对于珍视真诚的价值、讨厌虚伪和谎言的纪德，不敢公开自己的同性恋身份对他是一种折磨。他只能通过虚构作品，让自己塑造的人物代自己去大声坦白，宣泄心头的压抑。他曾在《扫罗》中借扫罗之口发出心中隐秘的呼号："我的秘密，在我身上成长，以他全部的力量在我身上号叫！"③ 从最初的《安德烈·瓦尔特笔记》中瓦尔特对女人身体的恐惧，到《爱情尝试》中路克害怕对拉舍尔肉体的占有，到《背德者》中米歇尔公然地追逐同性恋的享乐，《梵蒂冈地窖》中朱利乌斯同拉夫卡迪奥的隐隐的情愫，特别是《伪币制造者》中爱德华和奥利维埃的爱。很明显，后期的作品中，更多表现的是他的恋童癖，即长幼之恋。而同性恋的问题是纠缠纪德一生的中心问题，对欲望的追求和追逐欲望的危险在作品中都有表现，这

---

① Cf. *André Gide et l'écriture de soi*, textes réunis et présentés par Pierre MASSON et Jean CLAUDE, Presses Universitaires de Lyon, 2002, p. 200.
② 纪德在《俄狄浦斯王》剧本手稿中写道："我敢于承认在一切文学作品中，没有任何东西比自白更让我欢喜，尽管自白是无意识的；这好似别样的印记，它可以帮助辨识作者；因为这样可以解释在此我所展示的悲剧，我不想它跟我完全脱离。" Cf. *André Gide et l'écriture de soi*, textes réunis et présentés par Pierre MASSON et Jean CLAUDE, Presses Universitaires de Lyon, 2002, p. 23.
③ André GIDE, *Théatre*, Paris, Gallimard, nrf, 1942, p. 105.

反映了纪德在面对欲望时的矛盾心理，触及纪德最深层的自我。

同样对玛德莱娜形象的塑造也贯穿他的创作，从早期《安德烈·瓦尔特笔记》中的埃玛纽埃尔，到《背德者》中的马塞琳娜，还有《梵蒂冈地窖》中小说家朱利乌斯的怪诞妻子，《田园交响曲》中牧师的夫人也有玛德莱娜的影子。不过，最接近玛德莱娜的是《窄门》中的阿莉莎。但纪德在晚年的回忆录《现在活在你心中》中写道：阿莉莎不是玛德莱娜，他的妻子"远比阿莉莎简单、正常和普通，……我不想叫僵尸般的阿莉莎让她生厌"①。

纪德的提醒给简单地把虚构人物等同于现实人物的倾向踩了刹车。小说素材和人物创造之间小说家需要发挥想象力，将现实与虚构相结合。在纪德眼中，小说的艺术在于对现实的超越，而不是简单的模仿。莫里亚克也说："小说的艺术，首先，是对现实的移植，而不是对现实的复制。"② 同人物保持距离，让人物脱离自我，获得他的独立性。尽管作者欲借人物来阐发他的某些观念和忧虑，但人物仅是部分自我的投射，并非是完全的自我。人物好似跟他没有任何关联，完全外在于他。纪德在同瓦莱里的信中，特别强调他的人物的独立性："我在《安德逊·瓦尔特笔记》、《地粮》和《帕吕德》等中的主观性（subjectisme）已被指责得够多的了，我终于可以为自己感到骄傲，因为我可能创造出一种典型人物，在他那里找不到我的任何痕迹。"③ 这种远离自我的投射制造出非现实化的迷雾，让人物在承载和表达他的观念时更自如和灵活，不必担心来自于现实中的指责。他通过人物的行为来试验自我身上的某种可能性，及面对这种可能性，"我"所采取的立场

① André GIDE, *Et nunc manet in te*, in *Journal 1939 - 1949 Souvenirs*, Paris, Gallimard, 1954, pp. 1123 - 1124.

② Cf. Malcolm SCOTT, *Mauriac et GIDE la recherche du moi*, l'esprit du temps, 2004, p. 138, p. 141.

③ Gide/Valéry, *Correspondance 1890 - 1942*, NRF/Gallimard, 1955, p. 339.

和态度。通常，他会将试验人物推到极端的境地，而在现实生活中他不可能做到。于是，每一部作品便成为一种可能性的检测器，它检测出人在某一特定情况下，面对存在可能采取的态度和行动。以他者代替"我"来行动，来经受考验，纪德常用的这一创作技法对他有着"解毒剂"的作用，可以起到"道德净化"的功效。因此，创作于他是一种解放，一种化解自身矛盾的良药。"以前我可能感到焦虑……我可能仍会如此，如果我不知道在书中释放我的多种可能性，在我之外投射长居我身的矛盾人物。"① 纪德还善于创造我的副本，以双重的自我出现，"纹心嵌套结构"便是他常用的手段。

　　纪德戴着他者的面具前行。在创作中，自我完全让位于他者，以他者来思维和行动，以至成了他者。② 作家放弃了自我，或者一部分的自我，戴着人物的面具来追寻自我。面具让他与人物保持距离，避免与人物的对等，从而可以从容地以观众的眼光来品察自我。纪德看着代表他观念的人物在行动，从人物行动的结果中来吸取经验和教训。他保持着评价的自由，用批判的眼光来审察自己所塑造的人物的言行，俨然一位事不关己的观众角色。他者的面具，不是用来自欺的，而是用来自省的，用来观照自我的。它如同那喀索斯临溪自照的水面，是纪德观赏自我的镜子。通过它，纪德来发现自我、分析自我。他者的面具是纪德自我追寻的最有效的手段之一。纪德投向人物的眼光不仅仅是那喀索斯式的自我欣赏，还带有批判的色彩。"我可以说我并非对自我感兴趣，而是对我身上观念的冲突感兴趣，我的灵魂只是它们表演的舞台，

----

① Cf. *André Gide et l'écriture de soi*, textes réunis et présentés par Pierre MASSON et Jean CLAUDE, Presses Universitaires de Lyon, 2002, p. 28.
② 纪德在日记中写道："一旦人物占据了我，……我就从属于他，不再能自主了。我跟他在一起。我成了他。"Cf. André GIDE, *Journal II*: 1926 - 1950, éd. Martine SAGAERT, Paris, Gallimard, "Bibl. de la Pléiade", 1997, p. 202.

我在此充当的更多是观众,证人而非演员的角色。"① 他所见证的是自我的演变和发展。

纪德的一生"是一种生成,一个历程,一种有无尽起源的运动中的意识,……一种'存在'的意识"②。"行动,在行动中创造自己。"③ 一生他都在实践他的思想,"生成他的真理"④。纪德创造了自我的神话。

我们如果要对纪德的一生作个简洁的概括,那么《忒修斯》最为理想。作为纪德最后的一部叙事作品,《忒修斯》颇有些总结陈词的味道。这部作品声称要讲述"我一生的经历","弄明白自己是什么人",为的是让后人"长些见识","承担义务"。在希腊神话中,忒修斯是杀死了吃人的牛头怪物弥诺陶洛斯和建立了雅典城的英雄。但在纪德笔下所展示的忒修斯,更像他自己,反映的更像他自我的发展历程。起初,忒修斯"天真烂漫","优哉游哉","无忧无虑地成长"。他甚至不管自己是"风",是"浪",还是"植物",抑或"飞鸟"⑤,将生命完全地融入了自然,融入了宇宙。后来,在父亲的教诲和引导下,他才开始了追寻自我的征程。这位近似其笔下人物梅纳尔克的父亲,让他懂得了生命的意义在于"实现我的全部价值","任何伟大的、有价值的、流芳于世的业绩,不付出努力是得不到的"。自此,忒修斯就没有停止进取的步伐,一直在努力"从事高尚的事业,为人类谋福利"⑥。忒修斯不是一个完人,他也有自己的弱点和过错,但他能使自身

---

① André GIDE, *Journal I*: 1887 – 1925, éd. Eric MARTY, Paris, Gallimard, "Bibl. De la Pléiade", 1996, p. 1246.

② 克洛德·马丹:《纪德》,李建森译,三联书店 2002 年版,第 212 页。

③ 勒基埃(Lequier)的箴言,被存在主义者奉为其理论的精髓。

④ 让-保罗·萨特:《萨特文学论文集》,施康强等译,安徽文艺出版社 1998 年版,第 316 页。

⑤ 《纪德文集》3,人民文学出版社 2002 年版,第 525 页。

⑥ 同上书,第 526 页。

内部各种不同的力量保持在一种平衡的状态中，始终不忘自己作为王子的使命，正是这平衡的能力和执著的精神使他取得了成功，缔造了雅典城，完成了他的作品。毫无疑问，纪德在自己所创造的忒修斯身上，寄托了自己的理想。怪物弥诺陶洛斯是魔鬼的象征，是人内心所生出的对异端的偏见。忒修斯在迷宫中见到的弥诺陶洛斯"很美"，"很迷人"。杀死怪物，其实是消灭人内心的恐惧，消除对异端的偏见。正如纪德时代人们对同性恋的态度如同对待牛头怪物弥诺陶洛斯，但纪德如忒修斯一样勇敢地消除了对"怪物"的恐惧，坚决地道出了自己的性取向，并为同性恋辩护。穿越迷宫而不被异香迷醉，不为各种虚幻的幸福止步，正如人生的历险，认定目标，决不回头。代达罗在忒修斯前往迷宫完成伟大功绩前告诫他：

> 你作为胜利者结束了可怕的搏斗之后，不要在迷宫里流连，别贪恋阿莉安娜的怀抱。继续前进吧。把懒惰视为对自己的背叛吧。记住，满足你的命运，仅仅在死亡中寻求安宁。惟有这样，你才能得到人们的承认，超越表面的死亡，在人们的再创造中获得永生。城邦勇敢无畏的统一者，继续前进，一往无前，走自己的路吧①。

代达罗对忒修斯的告诫，既是纪德对自我的鞭策，也是勉励后人的遗嘱。忒修斯作为纪德的代言人，对自己一生作了总结，"与俄狄浦斯相比，我对自己的命运还是满意的。我完成了自己的命运。我将雅典城邦留在身后，我爱城邦甚于爱妻儿，它是我建立的。我走之后，我的思想将在城邦永存。是的，我孤独地走向死亡。我领略了人间的一切美德。由于我，人类将更加幸福、更

---

① André GIDE, *Thésée*,, Gallimard, coll "folio", 1946, p. 70.

加美好、更加自由，想到此我感到欣慰。为了未来人性的更美好，我尽了自己的职责。我生活过了"①。纪德用这部作品作为他精神和文学的遗嘱。

纵观纪德的一生，他像一个"谜"一般的存在，难以对他盖棺定论。如何来总结纪德这个普罗透斯式的人物呢？纪德的传记作家，艾伦·谢里登给出了精彩的答案：

> 纪德是人的一个样本，典型的例外，无法分类。仅仅说他复杂还不符合事实：他以一种最为真实的方式，从出生开始，就在肉体和道德上和矛盾极为复杂地纠缠在一起。他整个一生都用来进行评价，寻找那个内在的迷宫中引路的线。他清楚地看到了他的存在的秘密的统一性；并且，他在很小的时候就懂得，公然的矛盾只是表面的矛盾，根据常规来评判纪德会是一个不公正的大错误。于是，他不停需要辩护，需要证明他做的事情是对的。他开始寻找联系，寻找存在的理由，对他的不一致（对在别人看来的不一致或矫饰）进行心理上的解释；在寻找之中，对整体的，唯一的，勇敢的真诚的期望推动着他，并且到了英勇的程度。这一寻找并没有花力气：渐渐地，一步一步地，常常有暂停、分心和退却（《日记》和他的作品对这些是生动的证据；而那个缓慢的，寻找的过程是他的真诚的最好证明），他协调自己内心所有的相互对立的成分，并且创造了一种奇迹；由于这种朝着真诚耐心而痛苦的努力，他得到的回报是他最后十五年的安详宁静，我是这种宁静的见证人，这种宁静非常真实，一直到最后都没有改变；他临终之时非常清醒，没有恐惧地接受死亡，没有挣

---

① André GIDE, *Thésée*, , Gallimard, coll "folio", 1946, pp. 113 – 114.

扎，没有任何希望的需要，理智地任凭自己归于毁灭，让自己的全部默默地服从自然的法则，这时他的真诚发出了最后的，奇异的光辉。①

可见，在纪德一生中，他始终不渝地宣扬个体的独特价值，始终不渝地讨厌谎言、追求真诚、追寻真理，始终不渝地对陈规旧习、对一切限制人的自由和发展的东西进行谴责，始终不渝地求新、求变、求更美好的人性，始终不渝地在探求自我，追寻人的无限可能性。他通过独创的"纹心嵌套结构"来挖掘自我的多重性，从而以他卓越的文学创作矗立起个人的丰碑，创造了我的"自传空间"。这一切其实都是纪德反抗童年被母爱包裹，被禁欲教育所窒息的结果。只不过，他的反抗顺应了时代的潮流，反映了当时青年的心声，从而得以成为几代人的精神导师，成为20世纪法国的"时代巨人"，成为人的形象"不可替代的典范"。

① 参见艾伦·谢里登《安德烈·纪德——一个现实生活中的伟大人物》下，刘乃银译，群众出版社2003年版，第742—743页。

结　语

> 人是一种对自己不满，并且有能力超越自己的存在物。
>
> 别尔嘉耶夫，《论人的使命》，第 63—64 页

　　纪德在生活和作品中表现出浓厚的那喀索斯情结。早期的自恋、中期的他恋和晚期的普恋，这三者其实是互相关联的、统一的，呈现的是纪德思想的螺旋上升的过程。自恋是我对我的幻象的欲望；他恋是我对他者镜像的迷恋；普恋是我寻求和他人的诗意共在。自恋是从个体存在出发对自我生命的肯定、欣赏、热爱。那喀索斯在对自我的映像欣赏中产生爱意、欲望和迷恋，产生占有的冲动。然而镜花水月都是虚幻的空影，只有静静地赏玩时才能悦目。凡心一动，水中的镜像变成了破碎的影。我对我的幻象的欲望注定是无望的守望，表现在纪德的作品中，便是作为纪德镜像他者的主人公对爱的绝望，对欲的逃避。他（她）难以走出自我，伸出的触须一经触碰外界，便马上缩回自身。我的幻象成为囚禁"我"的牢笼，他者"谋杀"了自我。自恋是对作为"他者"的我的镜像的迷恋，也是一种他恋。他恋是对异己生命的欣赏、热爱和激情。他恋是对自我的开放，是对异己的接纳。他者成为映照自我的镜子。一个人只能在他人身上认出自己，在此，他者只是个象征性语言介体，个人只有通过这个介体才能成为人。换句话说，"人在看自己的时候也是以他者的眼睛来看自己，因为如果没有作为他者的形象，他不能看到自己"。为了理解自己，丰富自己，也必须借助于他者，"透过理解他者来扩大对自身的理

解"①。纪德笔下的他恋，由异性恋、同性恋，最终发展到娈童之恋。从他为异性恋安排的悲剧结局、对同性恋的辩白和对娈童之恋的褒扬中，我们可以看出纪德的落脚点在同性恋，仍是对自我的欲望和迷恋，仍是对童年的自我镜像的迷恋。普恋是对自恋和他恋的超越，是对包括我与他在内的一切人的爱。他的欲望便是类己的同类的幸福、自由和解放，人的全面而自由的发展，此处的爱是大爱，此处的恋是对普天之下一切——人和人赖以生存的世界的迷恋。纪德对非洲的关注，同苏联的接近和决裂，这介入的十年是他思考我与"他人"关系，展现大爱、大胸怀和人道主义的十年。我与他人是共在的。"只有当别人觉察到我或我觉察到他人的时候，我才是我自身。"② 真正的存在不是囿于自身的，真正的价值在于接受他人，承认他人，欣赏他人。拉康所谓他者的目光带有否定的意义，主体似乎被他者所奴役，但人类的互为他者保证了生存的意义。"人类的历史是共同体的历史，文化是共同体的文化，个体在历史和文化中有其独特地位，但绝不能以孤独的方式存在，他处于与他人的关系中。进而言之，我与他人共同生活在一个'地球家园'中，我们并不是超然地面对它，外在地作用于它，自利地攫取它，而是与它处于一种共生的、交织的关系中。与自然的共生为人类的共在奠定了存在论的基础。"③ 普恋体现的是纪德对他人存在的关切，是纪德自我的升华，展现的是他对理想自我的追寻。

　　追寻自我，那首先得问"自我"为何？有没有一成不变，确定的"我"之存在。到底是"本我"、"自我"，还是"超我"呢？追寻便是寻找，是动作的过程，有始无终。倘若真的找到了所寻，

①　杨大春：《语言 身体 他者——当代法国哲学三大主题》，三联书店2007年版，第262页。
②　同上。
③　同上书，第264页。

但同时也失去了找寻的意义。追寻的快乐，不在于确定结果的获得，而在于找寻的漫漫路程，找寻过程中的对"我"的丰富性的发现。其实，"我"是三者兼而有之，最初的"自恋"，着意于灵与肉的冲突，着意于欲的满足，明显符合"本我"的唯乐原则。"他恋"偏重于"自我"，主人公同社会现存规则所作的种种抗争，无论是道德的、宗教的，还是伦理上的，最终都有妥协的倾向，反映了"自我"的唯实原则。而"普恋"明显着笔于"超我"。他对非洲殖民当局进行控诉，对非洲人民不吝赞美，对苏联共产主义抹灭个体价值和剥夺个体的自由进行无情的揭露和批判，无惧自己被误解、被孤立。唯有强烈的社会责任感和对人类的热爱，才使他坚持到底，不放弃对崇高理想的追求。对他者的关注超过了对自我的关注，追寻的是理想中的"超我"。

　　追寻呈现的是动态的过程，不驻留于一时一地，不醉心于暂时的满足。永不知足，时刻追寻。这并非纪德为人诟病的"变色龙"性格使然，在于他对真理的执著和热爱。似乎，纪德的追寻如"镜中花，水中月"，空幻而无意义。然而，在后现代的今天，意义本身不也在"漂浮"，被"悬置"，甚至"缺失"，"不在场"吗？没有中心，没有确定意义的追寻，就像是掰百合，寻找百合心一般。一层层地剥离，最后手中有的只是一瓣瓣的百合，没有心的存在。这一瓣瓣的百合，便是纪德所追寻到的一个个"可能的我"。倘若把所有的瓣瓣百合拼在一起，便可得到一个实在的、完整的百合。同理，一个个"可能的我"聚在一起，也可以看到一个真实的纪德。他不只有一面，纪德是多面的；他不止一个，有多个纪德同时活在他心中。他的身体只是这些"纪德"聚会、对话的场所而已。

　　从神话那喀索斯的传说来讲，对水中的另一个自我的爱恋和欲望，也只能永远停留在"望"的阶段，尽管"爱"、"欲"如此强烈。看似触手可及，却远在天边。这原本是两个世界，一个活在"现实世界",另一个活在"虚幻世界"。此岸,彼岸。那喀索斯想拥抱水中的影像,"虚幻的我"——触手而及,实则不及。宁静的镜面被打破了,完整成了碎片,水中的"我"摇摇晃晃地隐去了,消失了。"欲"属动,"望"求静,它们本身就是一对悖论。因而,这"欲"只能在静静的"望"中得到满足,却永远也不能相拥,结合成一体。一瞬间触及"我",同时我也在一瞬间消失。得到便是失去。从一开始,爱上自己的倒影、幻象,便是永远的错,致命的错。两者要得合一,必须破除这二元的世界。而唯一的途径便是消灭肉体的障碍——死亡,用它来拯救"欲"和"望"的结合。在同一个虚幻的世界中,所有现世的障碍均告消失,彼世的灵魂可以自由地飞翔,不用再对镜相望,相思,相叹。

　　纪德通过写作观照自我,在观照自我中完成写作。这样,写作中的"这一个自我"与生活中的"那一个自我"难以分开,他在文字世界里将他本人的生活和内心世界混为一体。纪德一生致力于写作,而他自己的生活和思想成为他创作的源泉。他的全部作品可以看做一种宏观上的自传体小说,目的便是构筑一幅完美的自我形象。因此,他的自我书写明显带有自恋的倾向。自恋在克里斯特瓦看来是"永不枯竭的激情之源,是文学创作的原动力"。创作过程在荣格看来是"扎根在人心中的有生命的东西"①,不管是自觉还是不自觉,它都形成了巨大的心理能量,并在创作过程中释放出强有力的统摄作用。纪德自我书写的素材一般基于他的生活经历和心理体验,他的愿望、价值取向、艺术追求大都体现在作品及其人物身上。在创作中的自恋情结召唤下,表现自我成为一种不可扼制的激情,自我的一切(身体、欲望、思想等)成为表达的中心。以自我书写为中心的作品就像一面镜子,创作

---

　　① 荣格:《荣格文集:让我们重返精神的家园》,冯川、苏克译,改革出版社1997年版,第219页。

主体将自我投射于镜中，又从镜中观照自我、欣赏自我、评判自我。纪德的那喀索斯（自恋）情结，通过"自传性书写"，表现自我、追寻自我、塑造自我，在对自我的倾情描画中，塑造了一个完美的理想的自我形象，在表现自我的层面上升华了"自恋"，获得了对自我的超越。

附录一 纪德研究中文资料汇编

一、1949 年纪德在中国的译介和研究

20 世纪 20 年代

1. 沈雁冰（茅盾）：《法国文坛杂讯》，《小说月报》1923 年第 14 卷第 1 期，纪德首度在中国文坛被提及，茅盾说他"颇为一般人所喜"。

2. 赵景深：《康拉德的后继者纪德》，《小说月报》"现代文坛杂讯"，1925 年第 20 卷第 9 期。赵认为，纪德《刚果旅行记》(*Voyage au Congo*)"应该放在康拉德异国情调小说的一起"。

3. 穆木天译：《窄门》 (*La Porte étroite*)，上海北新书局，1928 年 11 月。

30 年代

1. 王了一（王力）译：《一个少女的梦》 (*L'Ecole des femmes*)，上海开明书店，1931 年。

2. 方光焘：《纪德自传的一页——童年时代的回忆》，《文学》第 2 卷第 3 期，1933 年。

3. 乐雯（鲁迅，自日文译）：《描写自己》、《说述自己的纪德》（东京大学教授石川涌关于纪德的评论文章），《译文》第 1 卷第 2 期，1934 年 10 月。

4. 盛澄华：《安德烈·纪德》，1934 年 12 月 5 日。

5. 张若名：《纪德的态度》（*L 'Attitude D'André GIDE*）（博士论文），1930 年秋。

6. 中法大学丛书，法国书店，1931 年。同年第 1 卷第 1 号的《中法大学月刊》对此书作了专门介绍。1940 年 9 月张雁深编译了此书，发表于《法文研究》"纪德专号"第 1 卷第 9 期。1997 年周家树将全文译出，三联书店出版。

7. 《关于安德烈·纪德》（*Sur André GIDE*），《法兰西水星》（*Le Mercure de France*），1935 年 4、5 月合刊。

8. 沈起予：《纪德的一生》，《文学》第 5 卷，1936 年。

9. KF：《纪德谈俄国文学》，《文学》第 6 卷第 2 期，1936 年。

10. 《田园交响乐》（*La Symphonie Pastorale*），丽尼（郭仁安）译：《小说半月刊》（首载），后编入"文化生活丛书"，文化生活出版社 1935 年 6 月。在《后记》里，他说在这部杰作里，"纪德底个人主义的虚无主义达到了极致。"1935 年，上海美术出版社出版了丽尼（郭仁安）翻译的《田园交响乐》。

11. 木天（穆木天）译，《牧歌交响曲》（*La Symphonie Pastorale*）（译于 1920 年和 1930 年之交），上海北新书局，1936 年。

12. 卞之琳译：《浪子回家》（*Le Retour de l'enfant prodigue*），收入《西窗集》，上海商务印书馆，1936 年 3 月。《浪子回家集》包括《纳蕤思解说》（*Le Traité du Narcisse*）、《恋爱经验》（*La Tentative amoureuse*），《爱尔·阿虔》（*El Hadj*）、《菲勒克但德》（*Philoctète*）、《白莎佩》（*Bethsabé*）、《浪子回家》，文化生活出版社 1936 年。此书于 1947 年 6 月由文化生活出版社重印。

13. 《赝币制造者》（*Les Faux-Monnayeurs*）第一部第一章，卞之琳译，《国闻周报》第 13 卷第 16 期，1936 年 4 月 27 日。同年 10 月他回家奔母丧后回到青岛，继续翻译。两个月后，毕其译事，但整部译稿抗战时在香港丢失。

14 《赝币制造者写作日记》（*Le Journal des Faux-Monnayeurs*）

和《窄门》，1937 年 6 月至 8 月译。同年，卞之琳还译出了《新的食粮》（*Les Nouvelles nourritures*）。1938 年，在文艺半月刊《工作》连载，分 8 期出完。此书的第四卷第一、第二章还曾在 1942 年 12 月桂林出版的《创作月刊》第 2 卷第 1 期上发表过。后来全书于 1943 年十月由桂林明日出版社印出。

15. 沈宝基：《纪德》，《中法大学月刊》，1936 年 4 月。

16. 允怀：《纪德的生平及著作》。

17. 王林译：《浪子回家集》，上海文化生活出版社 1936 年 5 月。

18. 邢桐华译：《文化拥护》，东京质文社，1936 年。

19. 刘莹：《法国象征派小说家》，《文艺月刊》第 9 卷第 4 期，1936 年。

20. 杨哲文：《纪德的〈从苏联回来〉所引起的反响》，《光明》第 2 卷第 7 期，1937 年 3 月。

21. 林伊文（郑超麟）译：《从苏联归来》（*Le Retour de l'U. R. S. S.*）。

22. 《我的〈从苏联归来〉答客难》（*Les* Retouches à mon Retour de l'U. R. S. S.），上海亚东图书馆，1937 年。1998 年，辽宁教育出版社将它们合成一册，作为《万象书坊》之一种而再版。

23. 无名氏（据说为戴望舒）译：《从苏联回来》，引玉书屋，1937 年 5 月。

24. 黎烈文译：《田园交响曲》片段，《文学》杂志。

25. 《论古典主义》、《一件调查的材料》、《"邂逅草"三则》（实际上是《新的食粮》的一些片断）收录于其译文集《邂逅草》，及爱伦堡的《纪德之路》及玛尔洛（即莫洛亚）关于纪德的论文《纪德的〈新的粮食〉》，上海生活书店，1937 年 5 月。

26. 施宣华译：《田园交响乐》，上海启明书局，1939 年。

27. 杨秋帆：《纪德所成就的》，《鲁迅风》第 19 期，1939 年。

28. 除以上译作外，在《文学》、《译文》、《世界日报》、《光明·文坛情报》、《小说半月刊》等刊物上刊登了纪德许多作品的短篇翻译以及外国研究者对纪德的研究文章。如黎烈文译纪德的《论古典主义》、《诗》、《今年不曾有过春天》（《译文》1934 年第 1 卷第 3 期）等；乐雯（鲁迅）译纪德的《描写自己》以及日本人石川涌著的《说述自己的纪德》；陈占元译纪德的《哥德论》（《译文》1934 年第 1 卷第 6 期）、《论文学上的影响》（《译文》1934 年第 2 卷第 4 期）、《艺术的界限》（《译文》1934 年第 2 卷第 6 期）、《裴利普之死》（《译文》1936 年第 1 卷第 5 期）、《戏剧的进化》（《译文》1936 年第 2 卷第 1 期）；徐懋庸译纪德的《王尔德》、《随笔一则》；沈起予译纪德的《我所喜欢的十种法国小说》；卞之琳译纪德的《菲洛克但德》；王然译的《纪德论普式庚》（《译文》1936 年第 2 卷第 1 期）、《纪德与小说技巧》等。

40 年代

1. 绮纹译：《刚果旅行》（*Le Voyage au Congo*），上海长风书店，1940 年。

2. 卞之琳译：《浪子回家集》再版，1941 年。

3. 卞之琳译：《新的粮食》，桂林明日出版社 1943 年。

4. 卞之琳译：《窄门》，桂林文汇书店，1943 年；后来 1947 年 9 月由文化生活出版社出版。

5. 卞之琳：《纪德的〈窄门〉》、《纪德和他的〈新的粮食〉》，《明日文艺》第 1 期，1943 年。

6. 冰凌（路翎）：《纪德底姿态》，《希望》第 1 集第 4 期，1945 年 12 月。

7. 陈占元译：《妇人学校》，（*L'Ecole des Femmes*），桂林明日出版社 1944 年。

8. 陈占元译：《纪德日记钞》。

9. 金满城译:《女性的风格》(*L'Ecole des Femmes*),1944 年,重庆作家书屋。后来 1947 年 7 月由上海作家书屋出版。

10. 汪铭竹:《纪德与蝶》,诗文学出版社,1945 年。

11. 王锐:《安德烈·纪德——本年度诺贝尔文学奖金获得者》,《东方杂志》上第 43 卷第 18 号,1947 年,说纪德具有"不畏艰难努力进取"的精神。

12. 赵景深:《纪德五十年来的日记》,《人世间》第 2 卷第 1 号,1947 年,称纪德是"我们时代的主要代言人"。

13. 盛澄华译:《地粮》(*Les Nourritures Terrestres*),新生文具公司,1943 年。其后在 1945 年、1948(文化生活出版社)和 1949 年再版。

14. 盛澄华译:《伪币制造者》,重庆生活出版社 1945 年。

15. 盛澄华译:《日尼薇》(*Geneviève*),文化生活出版社 1948 年 4 月。

16. 盛澄华译:《幻航》、《答客问》、《意想访问》、《萨加斯海上——幻航之一章》。

17. 盛澄华:《纪德研究》,这实际上是一个从 1934 年到 1949 年 15 年间所写的关于纪德的文字论文集,包括(《安德烈·纪德》)(原载 1934 年《清华周刊》"现代文学"专号,是盛澄华学生时代的旧作),《地粮译序》(原载 1942 年重庆《时与潮文艺》创刊号),《试论纪德》(为《伪币制造者》译序,曾载于 1945 年《时与潮文艺》第 4 卷 5、6 两期),(《新法兰西评论》与法国现代文学原载 1947 年上海《文艺复兴》第 3 卷第 3 期),《普劳及其〈往事追踪录〉》(原载于 1947 年《上海大公报》星期文艺第 2 期),《纪德艺术与思想的演进》(系复旦大学外文学会主办"现代作家研究会"讲稿,后来发表于《文学杂志》第 2 卷第 8 期,除另加组织,内容实系"试论纪德"一文的缩略),《纪德的文艺观》(系三十六年 12 月 21 日北京大学"文艺社"讲稿,之后同时发表于北平《华北日报》文学第6、7期与上海《人世间》第2卷第4期),《介绍1937年诺贝尔文学奖金得主纪德》(冬夜赶写的一篇介绍文,曾由上海中国作家第2期与北平《益世报》文学周刊第68期同时发表),《纪德在中国》(随笔,原载北平《现代知识》第6期)。在这些文章后面还有一个附录,其中包括纪德作品年表、纪德书简(十四封纪德致盛澄华的信)、纪德近影及其签名和纪德手记这几项内容,上海森林出版社1948年12月。

18. 李广田:《说纪德的〈浪子回家〉》。

19. 张若名:《纪德的介绍》、《小说家的创作心理——根据司汤达(*Stendhal*)、福楼拜(*Flaubert*)、纪德(*GIDE*)三位作家》,《新思潮》第1卷第2号,1946年。

20. 施蛰存译:《拟客座谈录》。

21. 灵珠:《论纪德》,《大众文艺丛刊》第3辑,1948年7月。

22. 丽尼译:《田园交响乐》1948年和1949年重印。

二、1949年后至80年代初的译介和研究

《揭穿纪德的'真诚'》,《译文》第9期,1957年,其中心主旨是从根本上对纪德进行否定。

三、1981年至今的译介和研究

译介

1. 华榕桂译:《地粮·新粮》,志文出版社1981年版。

2. 葛雷译:《浪子回头》,《国外文学》,1982年第1期。

3. 盛澄华译:《伪币制造者》(原译重印),上海译文出版社1983年版。

4. 廖练迪译:《浪子回头》,收入《法国二十世纪中短篇小说选》,陕西人民出版社1985年版。

5. 胡承伟译：《纪德日记选》，《世界文学》第 4 期，1986 年。

6. 刘煜、徐小业：《刚果之行》，湖南人民出版社 1986 年版。

7. 唐祖论译《地上的粮食》和《新的地上的粮食》，桂裕芳译《窄门》，钱志克译：《田园交响曲》，华迎译《藐视道德的人》（*L'Immoraliste*），郑永慧译《梵蒂冈的地窖》（*Les Caves du Vatican*），收入《藐视道德的人——纪德作品选》，陈占元为之作了题为《纪德和他的小说》的序言，湖南人民出版社，1986 年版。

8. 老高放译《窄门》，李玉民译《背德者》（*L'Immoraliste*），收入《背德者·窄门》，柳鸣九为之作了题为《人性的沉沦与人性的窒息》的序言，漓江出版社，1987 年版。

9. 刘锡珍译：《浪子还乡》，《当代外国文学》1988 年第 1 期。

10. 惠泉译：《书信、日记及其他》，收入莱辛、赫尔德、劳伦斯等多位欧美作家的文字，属于纪德的有 "1940 年日记选"、《论戴高乐》和《论马尔罗》，湖南人民出版社 1988 年版。

11. 冯寿农、张弛译：《人间的食粮》，工人出版社 1989 年版。

12. 庄慧君译：《田园交响乐》，安徽人民出版社 1992 年版，后收入 1996 年四川文艺出版社出版的《世界中篇名著金库》。

13. 葛雷译：《家庭三部曲》，收录《太太学堂》、《丈夫学堂》、《没有讲完的悄悄话》，安徽文艺出版 1994 年版，收入法国 20 世纪文学丛书中一种。

14. 郑超麟译：《从苏联归来》及《为我的〈从苏联归来〉答客难》（郑超麟作新序，再版），辽宁教育出版社 1998 年版。

15. 戴望舒翻译、石定乐整理：《从苏联归来》，《芙蓉》1999 年第 1 期。

16. 石定乐译：《从苏联归来续篇》，《芙蓉》1999 年第 2 期。

17. 朱静译《访苏联归来》、《访苏联归来之补充》，黄蓓译《刚果之行》，收入以贾植芳作序的《访苏联归来》，花城出版社 1999 年版。

18. 李玉民译《人间食粮》、《新食粮》、《日记选》、《放弃旅行》、《书信选》、《普洛塞耳皮耶——四幕》、《展秋漫步》、《文学回忆和现实问题》，由权译《刚果之行》、《乍得归来》、《如果种子不死》，收入《纪德散文精选》，人民日报出版社1999年版。

19. 卞之琳译《赝币币制造者》第一部第二章、《浪子回家集》附译者序、《窄门》附新版译者序及初版译者序，收入《卞之琳译文集》，安徽教育出版社2000年版。

20. 李玉民译《背德者》、《窄门》、《田园交响曲》、《帕吕德》、《忒修斯》，收入《背德者·窄门》，北京燕山出版社2000年版。

21. 徐和瑾译《伪币制造者》、《梵蒂冈地窖》，马振骋译《违背道德的人》、《窄门》和《田园交响曲》，由权译《苏联归来》，收入马振骋作序的《纪德文集》，译林出版社2001年版。

22. 《纪德文集》（五卷本，分日记、散文、传记、文论、游记五卷，收入纪德的重要散文和杂文，李玉民总序），收入朱静译《访苏联归来》，黄蓓译《刚果之行》（旧译），李玉民译《人间食粮》和《新食粮》以及部分日记（重译），李玉民译《放弃旅行》、《漫游土耳其》、《布列塔尼游记》，一部分文论，大部分日记，由权译《乍得归来》（ *Le Retour du Tchad* ），罗国林译《如果种子不死》（ *Si le grain ne meurt* ），陈占元译《安德烈·纪德谈话录》，桂裕芳和王文融译的大部分文论（新译），花城出版社2001年版。

23. 吴康茹、郭莲译：《嚼着玫瑰花瓣的夜晚——瓦雷里与纪德通信选》，《经济日报》出版社2002年版。

24. 《纪德文集》（三卷本，收入纪德大部分叙事作品，罗芃总序），收入卞之琳译《浪子回家》，盛澄华译《伪币犯》，桂裕芳译《窄门》和李玉民译《背德者》（旧译），桂裕芳译《梵蒂冈地窖》，李玉民译《田园交响曲》，赵克非译《太太学堂》，罗国林译《地粮》和张冠尧译《地粮》（续篇）（重译），施康强译《乌里安游记》（*Le Voyage d'Urien*）、《热纳维埃芙》，李玉民译《帕吕德》（*Paludes*）和《忒修斯》（*Thésée*）（新译），人民文学出版社 2002 年版。

25. 李玉民译：《访苏归来》，收入"苏俄札记丛书"（此丛书包括四本书：除纪德的《访苏归来》外，还包括瞿秋白的《赤都心史》、泰戈尔的《俄罗斯书简》、罗曼·罗兰的《莫斯科日记》），广西师范大学出版社 2004 年版。

26. 罗国林译《如果种子不死》，收入十月外国经典传记丛书，北京十月文艺出版社 2005 年版。

研究

1. 朱静编：《纪德传》，业强出版社 1997 年版。

2. 张若名：《纪德的态度》，周家树译，三联书店 1997 年版。

3. 克洛德·马丹：《纪德》，李建森译，三联书店 1998 年初版，2002 年再版。

4. 钱林森：《心智时代的象征》，《法国作家与中国》，介绍 1995 年之前纪德作品在中国被翻译、研究的一些状况，福建教育出版社 1995 年版。

5. 皮埃尔·勒巴普：《纪德传》，苏文平等译，上海东方出版中心 2001 年版。

6. 艾伦·谢里登：《安德烈·纪德——一个现实生活中的伟大人物》，刘乃银译，群众出版社 2003 年版。

7. 埃里克·德肖：《纪德评传》，罗湉译，广州花城出版社 2004 年出版。

8. 朱静、景春雨：《纪德研究》，上海外语教育出版社，2005 年版。

9. 景春雨：《纪德的现代性研究》（2005 年 5 月答辩博士论

文），复旦大学比较文学与世界文学专业。

10. 米歇尔·维诺克:《法国知识分子的世纪》，孙桂荣、逸风译，其中有专论纪德时代的章节，江苏教育出版社 2006 年版。

11. 万德化:《安德烈·纪德〈伪币制造者〉一书中的纹心结构》，柳效华译、戴声平审校（中文），中央编译出版社 2007 年版。

12. 许钧，宋学智:《纪德与心灵的呼应》，《20 世纪法国文学在中国的译介与接受》，湖北教育出版社 2007 年版。

附录二　纪德研究国外资料汇编

据笔者所搜集的资料（主要是法语），国外的纪德研究主要是从他晚年开始的，经过几十年不间断的努力，规模宏大，成果喜人。1968 年，以"捍卫纪德的作品和记忆"，推动与纪德相关研究为宗旨的"纪德之友协会"（L'AAAG）成立，以协会的名义办有纪德研究的季刊。协会下属的网站 www. gidiana. net 于 1997 年开通，为纪德研究专家和爱好者提供作家生平、珍贵文本、作家作品的批评研究、最新的研究动态等资料信息。另一个纪德研究的专门网站为 www. andre-GIDE. fr，它以学术性为主，专注于发生学批评。最后一个网站 www. andreGIDE. org，是美国宾夕法尼亚州匹兹堡的一位纪德狂热爱好者托德·桑德斯（Todd Sanders）创建，号称纪德研究中心的在线版（Online Center for Gidian Studies），为英文网站，提供纪德研究的相关信息。而真正的"纪德研究中心"（Le Centre d'études gidiennes）设在法国的南特大学和里昂二大，它负责编辑、整理、出版纪德的作品，组织相关的纪念活动以及进行学术研究。

参考以上网站的信息，笔者发现国外的纪德研究从各个方面深入展开，专著多达几百部，仅从 1999 年起至今已有十部博士论文（英、法文）答辩完成。这些研究既有整体的作家作品研究，也有针对某部作品的专门研究，还有横向的作家间的关系影响研究，涉及作家的生平、宗教思想、道德思想、文艺思想、创作、文化比较等领域。

Documentation sur les études gidiennes

Travaux universitaires
Thèses:

1. ——Sandra de FAULTRIER, *Le Nom de l'auteur: une mise à l'épreuve du droit*. Université de Caen. Direction: Alain GOULET. Soutenance: le 22 janvier 1999.

2. ——SCOTT S. FISH, *Coming Out of the Text: Discovering Sexual Identity in André GIDE's espace autobiographique*. University of Wisconsin-Madison (USA). Direction: Elaine Marks, Germaine Brée. Soutenance: le 7 mai 1999.

3. ——Satima SAFI, *La mise en forme romanesque de la libération dans l'oeuvre d'André GIDE* (1902 – 1925). Faculté de Lettres de Fès (Maroc). Direction: Michel Dyé (Université d'Avignon). Soutenance: le 30 septembre 1999.

4. —— Emma KEMP, *La notion de genre littéraire dans les fictions gidiennes*. University of Sheffield (Royaume-Uni). Direction: David Walker. Soutenance: juin 2001.

5. —— Thomas REISEN, *L'Immoraliste*, édition génétique. Université de Caen. Direction: Alain GOULET. Soutenance: 10 novembre 2001.

6. —— Richard McLEAN, *Sententiousness in André GIDE's Les Faux-Monnayeurs*. University of Sheffield (Royaume-Uni). Direction: David Walker. Soutenance: 24 novembre 2001.

7. —— Thomas CAZENTRE, *La lecture gidienne et l'idée de littérature*. Université Paris-IV. Direction: Henri Godard. Soutenance: 11 décembre 2001.

8. —— Clara DEBARD, *OEdipe*, édition critique. Université de Nancy. Direction: Jean Claude. Soutenance: 17 décembre 2001.

9. —— Cyril MOULARD, *L'image dérobée chez André GIDE: une esthétique de la division*. Université de Nantes. Direction: Pierre Masson. Soutenance: 27 septembre 2002.

10. On peut lire ce travail dans son format électronique en ligne à l'adresse: http://polycarpe. homeip. net/doctorat/.

11. —— Nathalie FORTIN, *L'éloge du vivant. De l'influence des sciences naturelles dans la formation de la pensée du jeune André GIDE*. Université de Montpellier. Direction: Pierre Citti. Soutenance: 9 novembre 2005.

Biographies:

1. Pierre de BOISDEFFRE, *Vie d'André GIDE*, t. I (seul paru): *Avant la fondation de la "Nouvelle Revue Française"* (1869 – 1909). Paris: Hachette, 1970, p. 573(Inachevée).

2. Jean-Jacques THIERRY, *André GIDE*. Paris: Hachette, 1986, p. 211 (Succinte et disproportionnée dans son traitement des différentes périodes).

3. éric DESCHODT, *GIDE, le "contemporain capital"*. Paris: Perrin, 1991, p. 338(Due à un journaliste hatif, peu informé et manifestant une étonnante antipathie pour son objet).

4. Pierre LEPAPE, *André GIDE, le messager*. Paris: Seuil, (octobre) 1997, p. 511, avec bibliographie et index. 139 F.

5. Claude MARTIN, *André GIDE ou la vocation au bonheur*. Tome I: 1869 – 1911. Paris: Fayard, (septembre) 1998, 699 p. 180 F. [Avec illustrations, bibliographie (pp. 641 – 657), index des oeuvres de GIDE, index nominum, et tableaux généalogiques].

6. Alan SHERIDAN, *André GIDE. A Life in the Present.* London: Hamish Hamilton, (septembre) 1998, p. 709, £ 25.

7. On dispose en outre, pour les quarante-cinq premières années de la vie de GIDE, de trois ouvrages très fouillés, reposant sur une ample information de première main, et dont deux sont des maîtres livres de la critique contemporaine:

8. Jean DELAY, *La Jeunesse d'André GIDE*, t. I: André GIDE avant André Walter (1869 - 1890), et t. II: D'André Walter à André GIDE (1890 - 1895). Paris: Gallimard, 1956 - 1957, 605 et p. 683.

9. *Index des noms et des titres cités dans " La Jeunesse d'André GIDE" de Jean Delay*, établi et préfacé par Pierre Masson, Lyon: Centre d'études gidiennes, 1997, p. 48.

10. Claude MARTIN, *La Maturité d'André GIDE*, t. I: De "Paludes" à "L'Immoraliste" (1895 - 1902). Paris: Klincksieck, 1977, p. 687 [T. II: De "L'Immoraliste" à "La Nouvelle Revue Française" (1902 - 1909), en préparation.].

11. Auguste ANGLèS, *André GIDE et le premier groupe de "La Nouvelle Revue Française"*, t. I: La formation du groupe et les années d'apprentissage (1890 - 1910), t. II: L'age critique (1911 - 1912), et t. III: Une inquiète maturité (1913 - 1914). Paris: Gallimard, 1978 - 1986, p. 479, 623 et 579.

12. Pour "compléter" et nuancer les analyses de J. Delay, un ouvrage intéressant.

13. Marianne MERCIER-CAMPICHE, *Retouches au portrait d'André GIDE jeune.* Lausanne: L'Age d'Homme, 1994, p. 322.

14. Il faut faire une place particulière à une oeuvre unique en son genre: les notes prises au jour le jour par l'amie la plus proche de GIDE et qui constituent, de 1918 à la mort de l'écrivain, une chronique extraor-

dinairement détaillée.

15. Maria VAN RYSSELBERGHE, *Les Cahiers de la petite Dame*. éd. établie, présentée et annotée par Claude Martin. Préface d'André Malraux. Paris: Gallimard, 1973 – 1977, 4 vol. , XXXII-464, 672, 407 et 325 p. Sur la vie conjugale de GIDE, on pourra, avec profit, négliger les deux livres qui lui ont été consacrés, le premier nourri d'une hostilité bornée pour GIDE, le second farcissant d'erreurs grossières une niaise hagiographie.

16. Max MARCHAND, *L'Irremplaçable mari*. Oran: Impr. Fouque, 1955, p. 214.

17. Sarah AUSSEIL, *Madeleine GIDE ou De quel amour blessée*. Paris: Robert Laffont, 1993, p. 324.

18. D'innombrables témoignages et souvenirs ont été publiés. Parmi les plus importants.

19. Roger MARTIN du GARD, *Notes sur André GIDE* (1913 – 1951). Paris: Gallimard, 1951, p. 155 (aussi, son Journal complet, 3 vol. , Gallimard, 1992 – 1993).

20. Claude MAURIAC, *Conversations avec André GIDE. Extraits d'un journal*. Paris: Albin Michel, 1951, p. 287(Rééd. augm. , Paris: Albin Michel, 1990, p. 311).

21. Pierre HERBART, *à la recherche d'André GIDE*. Paris: Gallimard, 1952, p. 81.

22. Maurice LIME, *GIDE, tel je l'ai connu*. Paris: Julliard, 1952, p. 183.

23. Jean SCHLUMBERGER, *Madeleine et André GIDE*. Paris: Gallimard, 1956, p. 255.

24. Jean LAMBERT, *GIDE familier*. Paris: Julliard, 1958, p. 205.

25. Jef LAST, *Mijn Vriend André GIDE*. Amsterdam: Van Ditmar,

1966, p. 256.

　　26. Jacques COPEAU, *Journal*. Paris: Seghers, 1991 (2 vol.).

Etudes critiques générales:

　　1. Brèves monographies d'initiation à l'homme et à l'oeuvre.

　　2. ALBéRèS, René-Marill: *L'Odyssée d'André GIDE*. Paris: La Nouvelle édition, 1951, p. 283.

　　3. AURéGAN, Pierre: *GIDE*. Paris: Nathan, coll. "Balises", 1994, p. 128.

　　4. BEIGBEDER, Marc: *André GIDE*. Paris: éd. Universitaires, coll. "Classiques du XXe siècle", 1954, p. 130.

　　5. BETTINSON, Christopher: *A Student's Guide to GIDE*. Londres: Heinemann Educational Books, 1977, p. 104.

　　6. BUZZI, Giancarlo: *André GIDE*. Firenze: La Nuova Italia, coll. "Il Castoro", 1981, p. 107.

　　7. CORDLE, Thomas: *André GIDE*. New York: Twayne Publishers, 1969, p. 183.

　　8. FONVIEILLE-ALQUIER, François: *André GIDE*. Paris: éd. Pierre-Charron, coll. "Les Géants", 1972, p. 136.

　　9. IRELAND, G. W.: *GIDE*. édimbourg-Londres: Oliver & Boyd, coll. "Writers and Critics", 1963, p. 128.

　　10. MARTIN, Claude: *André GIDE par lui-même*. Paris: Seuil, coll. "écrivains de toujours", 1963, p. 192; nouv. éd. revue et augm., 1995, p. 224(Trad. allemande, Rowohlt, 1963, p. 180; trad. chinoise, San Lian Shu Dian, 1992, p. 237).

　　11. MARTY, éric: *André GIDE, qui êtes-vous?*. (Suivi du texte des entretiens radiophoniques de GIDE avec Amrouche.) Lyon: La Manufacture, coll. "Qui êtes-vous?", 1987, p. 345.

12. MAUCUER, Maurice: *GIDE, l'indécision passionnée*. Paris: Le Centurion, coll. "Œuvres et pensée", 1969, p. 175.

13. MOSSETTO CAMPRA, Anna Paola: *Invito alla lettura di André GIDE*. Milan: Mursia, 1976, p. 152.

14. PAINTER, George D. : *André GIDE*. Paris: Mercure de France, 1968, p. 225(trad. de l'éd. anglaise, Londres) .

15. A. Barker, 1951, p. 192, rééd. revue et augm. , Londres: Weidenfeld & Nicolson, 1968, p. 160.

16. ROSSI, Vini: *André GIDE*. New York: Columbia University Press, coll. "Columbia Essays on Modern Writers", 1968, p. 48.

17. SOUDAY, Paul: *André GIDE*. Paris: Simon Kra, "Les Documentaires", 1927, p. 129.

18. THEIS, Raimund: *André GIDE*. Darmstadt: Wissenschaftliche Buchgesellschaft, coll. "Erträge der Forschung", 1974, p. 164.

19. THIERRY, Jean-Jacques: *GIDE*. Paris: Gallimard, coll. "La Bibliothèque idéale", 1962, p. 319(Rééd. abrégée, Paris: Gallimard, coll. "Pour une bibliothèque idéale", 1968, p. 255) .

Ouvrages d'ensemble importants:

1. ARCHAMBAULT, Paul: *Humanité d'André GIDE. Essai de biographie et de critique psychologiques*. Paris: Bloud & Gay, 1946, p. 355 .

2. BRéE, Germaine: *André GIDE, l'insaisissable Protée*. Paris: Les Belles Lettres, 1953, p. 373 (Version anglaise, revue et augm. , New Brunswick: Rutgers University Press, 1963, p. 314) .

3. DU BOS, Charles: *Le Dialogue avec André GIDE*. Paris: Au Sans Pareil, 1929, p. 368(Rééd. Paris: Corrêa, 1947, p. 367) .

4. FERNANDEZ, Ramon: *André GIDE*. Paris: Corrêa, 1931, p. 269 (Rééd. sous le titre *GIDE ou le courage de s'engager*, augm. de textes

inédits, Paris: Klincksieck, 1985, p. 172).

　　5. FOWLIE, Wallace: *André GIDE: his life and art*. New York: Macmillan, 1965, p. 223.

　　6. IRELAND, G. W. : *André GIDE. A Study of his creative writings*. Oxford: Clarendon Press, 1970, p. 462.

　　7. O'BRIEN, Justin: *Portrait of André GIDE. A Critical Biography*. Londres: Secker & Warburg, 1953, p. 418.

　　8. PIERRE-QUINT, Léon: *André GIDE*. (Stock, 1932.) Rééd. revue et augm. , Paris: Stock, 1952, p. 569.

　　9. SCHWOB, René: *Le vrai drame d'André GIDE*. Paris: Grasset, 1932, p. 349.

Problèmes ou points de vue particuliers:

　　1. AHLSTEDT Eva: *André GIDE et le débat sur l'homosexualité (de L'Immoraliste à Si le grain ne meurt)*. Göteborg: Acta Universitatis Gothoburgensis, 1994, p. 292.

　　2. ANGELET, Christian: *Symbolisme et invention formelle dans les premiers écrits d'André GIDE* ("Le Traité du Narcisse", "Le Voyage d'Urien", "Paludes"). Gand (BEL): Romanica Gandensia, 1982, p. 152.

　　3. APTER Emily: *André GIDE and the Codes of Homotextuality*. Saratoga, CA: ANMA Libri, 1987, p. 174.

　　4. AUSSEIL Sarah et DROUIN Jacques: *Madeleine GIDE, ou De quel amour blessée*. Paris: Robert Laffont, 1993, p. 324.

　　5. BABCOCK, Arthur E: *Portraits of Artists: Reflexivity in GIDEan Fiction*, 1902 – 1946. York, SC (USA): French Literature Publications Company, 1982, p. 135.

　　6. BASTIDE, Roger: *Anatomie d'André GIDE*. Paris: Presses Universitaires de France, 1972, p. 176.

7. BERTALOT, Enrico U. : *André GIDE et l'attente de Dieu*. Paris: Lettres Modernes, 1967, p. 261.

8. BORRáS DUNAND, Josette: *El Tiempo en André GIDE*. Salamanca: Ed. Universitad de Salamanca, 1984, p. 402.

9. BRACHFELD, Georges I. : *André GIDE and the Communist Temptation*. Genève: Droz, 1959, p. 149.

10. CAHN, Roger: *Der diegetische Romancier im Werk von André GIDE*. Zürich: Juris Druck Verlag, 1979, p. 184.

11. CANCALON Elaine D. : *Techniques et personnages dans les récits d'André GIDE*. Paris: Lettres Modernes, 1970, p. 96.

12. CHADOURNE, Jacqueline M. : *André GIDE et l'Afrique. Le rôle de l'Afrique dans la vie et l'œuvre de l'écrivain*. Paris: Nizet, 1968, p. 215.

13. CLAUDE Jean: *André GIDE et le Théatre*. Paris: Gallimard (coll. Cahiers André GIDE) , 1992, 2 vol. , pp. 592 – 544.

14. EMEIS, Harald: *Présence d'André GIDE dans* Les Thibault *de Roger Martin du Gard: essai de décryptage*. Essen: Die blaue Eule, 2006. 2 vol. , p. 1357.

15. FILLAUDEAU, Bertrand: *L'Univers ludique d'André GIDE. Les soties*. Paris: José Corti, 1985, p. 329.

16. FOUCART Claude: *André GIDE et l'Allemagne: A la recherche de la complémentarité* (1889 – 1932) . Bonn: Romanistischer Verlag, 1997, p. 309.

17. FOUCART Claude: *Le temps de la "gadouille" ou le dernier rendez-vous d'André GIDE avec l'Allemagne* (1933 – 1951) . Bern, Berlin, Frankfurt: Peter Lang, 1997, pp. XIV – 220.

18. FREYBURGER, Henri: *L'évolution de la disponibilité gidienne*. Paris: Nizet, 1970, p. 221.

19. GAGNEBIN, Laurent: *André GIDE nous interroge. Essai critique*

sur sa pensée religieuse et morale. Lausanne: Cahiers de la Renaissance Vaudoise, 1961, p. 174.

20. GAVILLET, Marcel: *étude sur la morale d'André GIDE.* (1939.) Lausanne: éd. du Revenandray, 1977, p. 127.

21. GENOVA, Pamela Antonia: *André GIDE dans le labyrinthe de la mythotextualité.* West Lafayette, IN: Purdue University Press, 1995, p. 212.

22. GOULET, Alain: *Fiction et vie sociale dans l'oeuvre d'André GIDE.* Paris: Lettres Modernes, 1986, p. 686.

23. GOULET, Alain: *André GIDE: écrire pour vivre.* Paris: José Corti, "Les essais", 2002, p. 355.

24. HEIECK, Andreas: *Selbstversöhnung. Eine Untersuchung zur religiösen Unruhe im Denken von André GIDE.* St. Ingbert (DEU): Röhrig Universitätsverlag, 1996, p. 476.

25. HOLDHEIM Wolfgang: *Theory and Practice of the Novel. A Study on André GIDE.* Genève: Droz, 1968, p. 271.

26. JADIN, Jean-Marie: *André GIDE et sa perversion.* Paris: Arcanes, 1995, p. 240.

27. JEAN-AUBRY, G.: *André GIDE et la musique.* Paris: éd. de la Revue Musicale, 1945, p. 39.

28. KAPLAN, Carol L.: *Narcissistic Optics in André GIDE's "Récits": Configurations of Imagery and the Reception of the Text.* Ann Arbor: University Microfilms International, 1985, p. 250.

29. KHéLIL Hédi: *Sens / Jouissance. Tourisme, érotisme, argent dans deux fictions coloniales d'André GIDE.* Tunis: La Nef, 1988, p. 174.

30. KREBBER, Günter: *Untersuchungen zur Ästhetik und Kritik André GIDEs.* Genève: Droz, 1959, p. 171.

31. LAFILLE, Pierre: *André GIDE romancier.* Paris: Hachette, 1954,

p. 615.

32. LANG, Renée: *André GIDE et la pensée allemande*. Paris: L. U. F. Egloff, 1949, p. 223.

33. LINDEGGER, Max: *L'Hésitation chez André GIDE*. Zurich: Juris Druck Verlag, 1972, p. 123.

34. MAEDER, Lilian: *Les premières apparitions du thème de la libération dans l'œuvre d'André GIDE*. Zürich: Juris Druck Verlag, 1972, p. 132.

35. MAISANI-LéONARD, Martine: *André GIDE ou l'ironie de l'écriture*. Montréal: Les Presses de l'Université de Montréal, 1976, p. 276.

36. MARCHAND, Max: *Le Complexe pédagogique et didactique d'André GIDE*. Oran: Fouque, 1954, p. 319.

37. MARTINET, édouard: *André GIDE. L'Amour et la divinité*. Paris-Neuchatel: éd. Victor Attinger, 1931, p. 224.

38. MASSIS, Henri: *André GIDE*. Lyon: Lardanchet, 1948, p. 284.

39. MASSON, Pierre: *André GIDE. Voyage et écriture*. Lyon: Presses Universitaires de Lyon, 1983, p. 434.

40. MAURER, Rudolf: *André GIDE et l'URSS*. Bern: éd. Tillier, 1983, p. 253.

41. MCLAREN, James C.: *The Theatre of André GIDE. Evolution of a Moral Philosopher*. Baltimore: The Johns Hopkins Press, 1953, p. 127.

42. MERCIER-CAMPICHE Marianne: *Retouches au portrait d'André GIDE jeune*. Lausanne: L'Âge d'Homme, 1994, p. 322.

43. MICHAUD, Gabriel: *GIDE et l'Afrique*. Paris: éd. du Scorpion, 1961, p. 192.

44. MOUTOTE Daniel: *André GIDE: Esthétique de la création littéraire*. Paris: H. Champion, 1993, p. 205.

45. MOUTOTE Daniel: *André GIDE: l'engagement* (1926 – 1939).
Paris: S. E. D. E. S. , 1991, p. 304.

46. MOUTOTE, Daniel: *Les Images végétales dans l'Ouvre d'André
GIDE*. Paris: Presses Universitaires de France, 1970, p. 222.

47. NEMER, Monique: *Corydon citoyen: essai sur André GIDE et
l'homosexualité*. Paris: NRF-Gallimard, 2006, p. 298.

48. NERSOYAN, H. J. : *André GIDE. The Theism of an Atheist*. Syracuse, NY: Syracuse University Press, 1969, p. 222.

49. O'NEILL, Kevin: *André GIDE and the "Roman d' Aventure"*. The
History of a Literary Idea in France. Sydney: Sydney University Press,
1969, p. 75.

50. POLLARD Patrick: *André GIDE, Homosexual Moralist*. New Haven-Londres: Yale University Press, 1991, p. 520.

51. RIVALIN-PADIOU, Sidonie. *André GIDE: à corps défendu*.
Paris: L'Harmattan, 2002, p. 363.

52. ROSSI, Vinio: *André GIDE: the Evolution of an Aesthetic*. New
Brunswick (N. J.) : Rutgers University Press, 1967, p. 208.

53. RUBINO, Gianfranco: *GIDE. Il movimento e l'immobilità*. Roma:
Lucarini, 1979, p. 224.

54. SAVAGE, Catharine H. : *André GIDE. L'évolution de sa pensée
religieuse*. Paris: Nizet, 1962, p. 295.

55. SCHNEIDER-BALLOUHEY, Marie-José: *L'Ironie dans les Ouvres
romanesques d'André GIDE*. Frankfurt: Peter Lang, 1977, p. 118.

56. SCHNYDER Peter: *Pré-textes. André GIDE et la tentation de la
critique*. Paris: Intertextes, 1988, p. 207.

57. SCHVEITZER, Marcelle: *GIDE aux Oasis. Récit*. Nivelles: éd. de
la Francité, 1971, p. 156.

58. SIEPE Hans T. & THEIS Raimund: *André GIDE et l'Allemagne*.

Collectif, sous la dir. de Hans T. Siepe & Raimund Theis). Düsseldorf: Droste Verlag, 1992, p. 313.

59. SISTIG Joachim: *André GIDE. Die Rolle der Musik in Leben und Werk*. Essen: Die Blau Eule, 1994, p. 456.

60. STOLTZFUS, Ben: *GIDE's Eagles*. Carbondale, IL: Southern Illinois University Press, 1969, p. 201.

61. STRAUSS, George: *La Part du Diable dans l'Oeuvre d'André GIDE*. Paris: Lettres Modernes, 1985, p. 160.

62. TAHHAN, Raymond: *André GIDE et l'Orient*. Paris: Abécé, 1963, p. 457.

63. VIER, Jacques: *GIDE*. Paris: Desclée de Brouwer, coll. "Les écrivains devant Dieu", 1970, p. 141.

64. WALD-LASOWSKI Patrick et Roman: *André GIDE, vendredi* 16 *octobre* 1908. Paris: Lattès, 1992, p. 155.

65. WATSON-WILLIAMS, Helen: *André GIDE and the Greek Myth. A Critical Study*. Oxford: Clarendon Press, 1967, p. 214.

66. WOLFMAN, Yaffa: *Engagement et écriture chez André GIDE*. Paris: Nizet, 1996, p. 410.

67. Parmi les recueils d'articles divers (auxquels il faudrait ajouter les numéros spéciaux "GIDE" de nombreuses revues, à commencer par celui de La NRF, de novembre 1951, Hommage à André GIDE, rééd. par Gallimard en 1990).

68. André GIDE. Paris: éd. du Capitole, coll. "Les Contemporains", 1928, p. 331.

69. Entretiens sur André GIDE, dir. Marcel Arland et Jean Mouton, Paris-La Haye: Mouton & Co., 1967, p. 303.

70. Lectures d'André GIDE, hommage à Claude Martin, prés. par J. -Y. Debreuille et P. Masson, Lyon: Presses Universitaires de Lyon,

1994, p. 311.

71. Actes du colloque de Sheffield (20 – 22 mars 1997), Retour aux Nourritures terrestres. Textes réunis par David A. Walker et Catharine S. Brosman, Amsterdam/Atlanta: éditions Rodopi B. V., 1998, p. XX – 263.

72. Actes du Colloque L'écriture d'André GIDE (sous la dir. d'Alain GOULET et Pierre Masson, Cersiy-la-Salle, août 1996), à paraître.

Etudes critiques sur les oeuvres particulières:

1. sur *Les Cahiers d'André Walter*.

2. Walter GEERTS, *Le Silence sonore. La Poétique du premier GIDE*. Namur: Presses Universitaires de Namur, 1992, p. 280.

sur *Paludes*:

1. Monique YAARI, *Ironie paradoxale et ironie poétique. Vers une théorie de l'ironie moderne sur les traces de GIDE dans "Paludes"*. Birmingham (Ala.): Summa Publications, 1988, p. 291.

2. Pierre ALBOUY, "Paludes et le mythe de l'écrivain", *Cahiers André GIDE* 3, Gallimard, 1972, pp. 241 – 251.

3. Béatrix BECK, "Une signification cryptique de *Paludes*", *Etudes littéraires*, vol. 2, n° 3, déc. 1969, pp. 305 – 311.

4. George STRAUSS, "*Paludes* ou la chasse au canard", *André GIDE* 5, 1975, pp. 107 – 116.

5. "*Paludes*, 1982", *BAAG*, n° 54, avril 1982, et notamment: Alain GOULET, "De la Contingence et de la Rhétorique dans *Paludes*", pp. 191 – 206.

6. "Retour à *Paludes*", *BAAG*, n° 77, janvier 1988, Alain GOULET,

"Jeux de miroirs paludéens: l'inversion généralisée", pp. 23 – 51.

7. Daniel DESORMEAUX, "Une nomenclature fictive: *Paludes* et l'histoire naturelle", *BAAG*, n° 117, janvier 1998, pp. 43 – 62.

8. Pascal DETHURENS, "L'ironi (qu) e mise en abyme dans *Paludes*, ou le réapprentissage de la respiration". *BAAG*, n° 96, octobre 1992, pp. 411 – 424.

9. David H. WALKER, "L'écriture et le réel dans les fictions d'André GIDE", dans *Roman, réalités, réalismes*, études réunies par Jean Bessière, Université de Picardie, Centre d'études du Roman et du Romanesque, Presses Universitaires de France, 1989, pp. 121 – 136.

10. sur *Les Nourritures terrestres*.

11. Yvonne DAVET, *Autour des "Nourritures terrestres"*. *Histoire d'un livre*. Paris: Gallimard, 1948, p. 256.

12. Marie-Thérèse VEYRENC, *Genèse d'un style. La phrase d'André GIDE dans "Les Nourritures terrestres"*. Paris: Nizet, 1976, p. 432.

13. David H. WALKER, GIDE, *"Les Nourritures terrestres" and "La Symphonie pastorale"*. Londres: Grant & Cutler, 1990, p. 87.

14. *Sur "Les Nourritures terrestres"*, n° 2 de la série *André GIDE* (Lettres Modernes).

15. Actes du colloque de Sheffield (20 – 22 mars 1997) , *Retour aux Nourritures terrestres*. Textes réunis par David A. Walker et Catharine S. Brosman, Amsterdam/Atlanta: éditions Rodopi B. V. , 1998, pp. XX – 263.

sur *Saül*:

1. Anne Lapidus LERNER, *Passing the Love of Women. A Study of GIDE's "Saül" and its Biblical Roots*. Lanham: University Press of America, 1980, p. 140.

sur _Le Prométhée mal enchaîné_:

3. Kurt WEINBERG, _On GIDE's "Prométhée". Private Myth and Public Mystification._ Princeton: Princeton University Press, 1972, p. 159.

4. "Le Prométhée mal enchaîné", n° 49 (janvier 1981) du _BAAG._

sur _L'Immoraliste_:

1. Henri MAILLET, _"L'Immoraliste" d'André GIDE._ Paris: Hachette, coll. "Lire aujourd'hui", 1972, p. 96.

2. Andrew OLIVER, _Michel, Job, Pierre, Paul. Intertextualité de la lecture dans "L'Immoraliste" de GIDE._ Paris: Lettres Modernes, 1979, p. 71.

3. Paul A. FORTIER, _Décor et dualisme. "L'Immoraliste" d'André GIDE._ Saratoga (Calif.): ANMA Libri, 1988, p. 227.

sur _La Porte étroite_:

1. Pierre TRAHARD, _"La Porte étroite" d'André GIDE._ Paris: La Pensée Moderne, 1968, p. 222.

2. Zvi H. LEVY, _Jérôme "agonistes". Les structures dramatiques et les procédures narratives de "La Porte étroite"._ Paris: Nizet, 1984, p. 155.

3. Claude-Alain CHEVALLIER, _"La Porte étroite" d'André GIDE._ Paris: Nathan, 1993, p. 128.

4. Marie A. WéGIMONT, _Regard et Parole dans "La Porte étroite" d'André GIDE._ Lyon: Centre d'études Gidiennes, 1994, p. 168.

sur _Isabelle_:

1. Pierre-Jean PéNAULT, _à propos d'"Isabelle"._ Blainville-sur-Mer: L'Amitié par le Livre, 1964, p. 127.

2. Jean LEFEBVRE, _"Isabelle" von André GIDE oder Die überwindung_

des verräumlichten Lebens. Essen: Die Blaue Eule, 1987, p. 274.

3. "Isabelle, " réussite "ignorée", n° 86 – 87 (avril-juillet 1990) du *BAAG*.

sur *Les Caves du Vatican*:

1. Alain GOULET, "*Les Caves du Vatican*" *d'André GIDE. étude méthodologique*. Paris: Larousse, 1972, p. 288.

2. Alain GOULET, *Les Caves du Vatican*, éd. génétique sur CD-Rom. Paris: Gallimard, 2001.

sur *La Symphonie pastorale*:

1. Francis PRUNER, "*La Symphonie pastorale*" *de GIDE. De la tragédie vécue à la tragédie écrite*. Paris: Lettres modernes, 1964, p. 32.

2. Henri MAILLET, "*La Symphonie pastorale*" *d'André GIDE*. Paris: Hachette, coll. "Lire aujourd'hui", 1975, p. 96.

3. Joyce I. CUNNINGHAM & W. D. WILSON, *A Concordance of André GIDE's "La Symphonie pastorale"*. New York: Garland, 1978, p. 330.

4. David H. WALKER(v. supra, "*Les Nourritures terrestres*") , 1990.

5. Marc DAMBRE, "*La Symphonie pastorale*" *d'André GIDE*. Paris: Gallimard, 1991, p. 221.

6. Maurice GOT, "*La Symphonie pastorale*" *d'André GIDE*. Paris: Nathan, 1993, p. 96.

sur *Corydon*:

1. Patrick POLLARD, *André GIDE, homosexual moralist*. New Haven-Londres: Yale University Press, 1991, p. 520.

sur *Si le grain ne meurt*:

1. Philippe LEJEUNE, *Exercices d'ambiguïté: lectures de "Si le grain,*

ne meurt" *d'André GIDE*. Paris: Lettres Modernes, 1974, p. 108.

2. C. D. E. TOLTON, *André GIDE and the Art of Autobiography. A Study of "Si le grain ne meurt"*. Toronto: Macmillan, 1975, p. 128.

sur *Les Faux-Monnayeurs*:

1. Geneviève IDT, *André GIDE*, "*Les Faux-Monnayeurs*". *Analyse critique*. Paris: Hatier, 1970, p. 80.

2. Karin Nordenhaug CIHOLAS, *GIDE's Art of the Fugue. A Thematic Study of "Les Faux-Monnayeurs"*. Chapell Hill (N. Car.) : University of North Carolina, 1974, p. 125.

3. N. David KEYPOUR, *André GIDE. écriture et réversibilité dans "Les Faux-Monnayeurs"*. Montréal: Les Presses de l'Université de Montréal / Paris: Didier, 1980, p. 261.

4. Michael TILBY, *GIDE: "Les Faux-Monnayeurs"*. Londres: Grant & Cutler, 1981, p. 105.

5. Daniel MOUTOTE, *Réflexions sur "Les Faux-Monnayeurs"*. Paris: Champion, 1990, p. 229.

6. Pierre MASSON, *Lire "Les Faux-Monnayeurs"*. Lyon: Presses Universitaires de Lyon, 1990, p. 168.

7. Marie-Denise BOROS AZZI, *Problématique de l'écriture dans "Les Faux-Monnayeurs" d'André GIDE"*. Paris: Lettres Modernes, 1990, p. 140.

8. Pierre CHARTIER, "*Les Faux-Monnayeurs*" *d'André GIDE*. Paris: Gallimard, 1991, p. 255.

9. Maurice GOT, "*Les Faux-Monnayeurs*" *d'André GIDE*. Paris: Nathan, 1991, p. 144.

10. Alain GOULET, *André GIDE*, "*Les Faux-Monnayeurs*". *Mode d'emploi*. Paris: S. E. D. E. S. , 1991, p. 290.

11. Alain GOULET, *Lire "Les Faux-Monnayeurs"*. Paris: Dunod, 1994, p. 160.

12. *"Sur Les Faux-Monnayeurs"*, nos 5 (1975) et 8 (1987) de la série *André GIDE* (Lettres Modernes).

13. *"Les Faux-Monnayeurs: Nouvelles directions"*, n° 88 (octobre 1990) du *BAAG*.

14. *"Dossier critique: Les Faux-Monnayeurs d'André GIDE"*, n° 11 (mai 1991) de la revue *Roman 20 – 50*.

sur *Voyage au Congo* et *Le Retour du Tchad*:

1. Marc ALLéGRET, *Carnets du Congo. Voyage avec GIDE*, éd. Daniel DUROSAY, Paris: Presses du CNRS, 1987, p. 299.

2. "Voyage au Congo", n° 80 (octobre 1988) du *BAAG*.

sur *Thésée*:

1. "Pour le cinquantenaire de *Thésée*", n° 106 (avril 1995) du *BAAG*, avec articles de Daniel DUROSAY et Pierre LACHASSE.

2. Céline DHéRIN et Claude MARTIN, *Pour l'histoire du "Thésée" d'André GIDE*, Lyon: Centre d'études Gidiennes, 1997, p. 200.

sur le *Journal*:

1. François DERAIS et Henri RAMBAUD, *L'Envers du Journal de GIDE*. Paris: Le Nouveau Portique, 1951, p. 264 (Rééd. augm. , même éd. , 1952, p. 303).

2. Daniel MOUTOTE, *Le Journal de GIDE et les problèmes du moi* (1889 – 1925). Paris: Presses Universitaires de France, 1968, p. 700.

3. Daniel MOUTOTE, *Index des idées, images et formules du "Journal 1889 – 1939" d'André GIDE*. Lyon: Centre d'études Gidiennes, 1985,

p. 79.

    4. éric MARTY, *L'écriture du jour. Le Journal d'André GIDE*. Paris: Seuil, 1986, p. 272.

    5. Anton ALBLAS, *Le Journal de GIDE: le chemin qui mène à la Pléiade*. Lyon: Centre d'études Gidiennes, 1996, p. 96.

    6. "Le Centenaire du Journal", n° 82 – 83 (avril-juillet 1989) du *BAAG*.

Relations avec d'autres écrivains

    Sur les relations de GIDE avec d'autres écrivains ou amis, des ouvrages dont la plupart contiennent tout ou partie de la correspondance échangée entre les deux hommes considérés:

Jean COCTEAU	Arthur K. PETERS, *Jean Cocteau and André GIDE: an Abrasive Friendship*. New Brunswick (N. J.) : Rutgers University Press, 1973, p. 443
Joseph CONRAD	Walter C. PUTNAM, *L'Aventure littéraire de Joseph Conrad et d'André GIDE*. Saratoga, Ca. : Anma Libri, 1990, p. 265
JOSEPH CONRAD	Russell WEST, *Conrad and GIDE. Translation, Transference and Intertextuality*. Amsterdam: Rodopi, 1996, p. 190
Charles DU BOS	Raimund THEIS, *Auf der Suche nach dem besten Frankreich. Zum Briefwechsel von Ernst Robert Curtius mit André GIDE und Charles Du Bos*. Francfort: Vittorio Klostermann, 1984, p. 101
Charles Du BOS	Béatrice DIDIER, *Un dialogue à distance: GIDE et Du Bos*. Paris: Desclée de Brouwer, 1976, p. 256
Jean GENET	Catherine MILLOT, *GIDE Genet Mishima. Intelligence de la perversion*. Paris: Gallimard, 1996, p. 176
Ernest HEMINGWAY	Ben STOLTZFUS, *GIDE and Hemingway. Rebels Against God*. Port Washington (N. Y.) : Kennikat Press, 1978, p. 107
Pierre LOUYS	Paul ISELER, *Les Débuts d'André GIDE vus par Pierre Louÿs*. Paris: éd. du Sagittaire, 1937, p. 139
Klaus MANN	Axel PLATHE, *Klaus Mann und André GIDE. Zur Wirkungsgeschichte französischer Literatur in Deutschland*. Bonn: Bouvier Verlag, 1987, p. 234
Sérgio MILLIET	Regina S. CAMPOS, *Ceticismo e Responsabilidade. GIDE e Montaigne na obra crítica de Sérgio Milliet*. São Paulo: Annablume Editora, 1996, p. 377
Giovanni PAPINI	Alain GOULET, *Giovanni Papini juge d'André GIDE*. Lyon: Centre d'études Gidiennes, 1982, p. 116
Roman ROLLAND	Frederick J. HARRIS, *André GIDE and Romain Rolland: Two Men divided*. New Brunswick (N. J.) : Rutgers University Press, 1973, p. 295

参 考 文 献

外文作品

Les oeuvres gidiennes en français

1. André GIDE, *Corydon*, édition augmentée, Paris, Gallimard, 1924.

2. André GIDE, *Le Journal des Faux-Monnayeurs*, Paris, Editions EOS, 1926.

3. André GIDE, *oeuvres complètes*, *VOL I*, Paris, Editions de la N. R. E, 1932.

4. André GIDE, *oeuvres complètes*, *VOL II*, Paris, Editions de la N. R. E, 1932.

5. André GIDE, *Théatre*(*Saül*, *Le roi Candaule*, *OEdipe*, *Perséphone*, *Le Treizième Arbre*) , Paris, Gallimard, nrf, 1942.

6. André GIDE, *Thésée*, Paris, Gallimard, coll "folio", 1946.

7. André GIDE, *Les cahiers et les poésies d'André Walter*, *éd. Par Claude Martin*, Paris, Gallimard, 1952.

8. André GIDE, *Si le granin ne meurt*, in *Journal* 1939 – 1949 *Souvenirs*, Paris, Gallimard, 1954.

9. André GIDE, *Ainsi soit-il*, in *Journal* 1939 – 1949 *Souvenirs*, Paris, Gallimard, 1954.

10. GIDE/Valéry, *Correspondance* 1890 – 1942, NRF/Gallimard, 1955.

11. André GIDE, *Romans*, *Récits et Soties*, *Oeuvres lyriques*, Paris, Gallimard, "Bibl. de la Pléiade", 1958.

12. André GIDE, *JOURNAL* extraits choisis et présentés par Lucien Adjadji, Paris, Didier, 1970.

13. André GIDE, *Pages Choisies*, Paris, Boulevard Saint-Germain, 1979.

14. André GIDE, *Correspondance avec sa mère* 1880 – 1895, Paris, Gallimard, 1988.

15. André GIDE, *Journal I*: 1887 – 1925, éd. Eric MARTY, Paris, Gallimard, "Bibl. De la Pléiade", 1996.

16. André GIDE, *Journal II*: 1926 – 1950, éd. Martine Sagaert, Paris, Gallimard, "Bibl. de la Pléiade", 1997.

17. André GIDE, *Le retour de l'enfant prodigue précédé de cinq autres traités*, Paris, coll "folio", Gallimard, 2001.

18. André GIDE, *Et nunc manet te.*, in *Souvenirs et voyages*, Paris, Gallimard, "Bibl. de la Pléiade", 2001.

19. André GIDE, *La symphonie pastorale*, Paris, Gallimard, coll "folio", 2005.

Les ouvrages sur André GIDE

1. Alain GOULET, *André Gide: écrire pour vivre*, Paris, José Corti, 2002.

2. *André GIDE* 1, études gidiennes réunies et présentées par Claude MARTIN, Paris, Revue des Lettres Modernes, 1970.

3. *André GIDE* 4, études gidiennes réunies et présentées par Claude Martin, Paris, La Revue des Lettres Modernes, 1973.

4. *André GIDE et l'écriture de soi*, Actes du colloque organisé à Paris les 2 et 3 mars 2001 par l'Association des Amis d'André GIDE, textes réunis et présentés par Pierre Masson et Jean Claude, Presse Universitaire de Lyon, 2002.

5. Claude MARTIN, *André Gide ou la vocation du bonheur*, Paris, Fayard, 1998.

6. Claude MARTIN, *La Maturité d'André Gide: de Palude à L'Immoraliste* (1895 – 1902) , Paris, Klincksieck, 1977.

7. Daniel MOUTOTE, *André Gide: Esthétique de la création littéraire*, Paris, Honoré Champion Editeur, 1993.

8. Daniel MOUTOTE, *André Gide: l'engagement* (1926 – 1939) , SEDES, 1991.

9. Henri MAILLET, *L'immoraliste d'André Gide*, Librairie HACHETTE, 1972.

10. Henri MAILLET, *La Symphonie pastorale d'André Gide*, Librairie Hachette, 1975.

11. Malcolm SCOTT, *MAURIAC et GIDE*, L'Esprit du temps, 2004.

12. Pierre LAFILLE, *André Gide romancier*, Hachette, 1954.

13. R. Martin DU GARD, *Journal II*: 1919 – 1936, Paris, Gallimard, 1993.

14. Ramon FERNANDEZ, *Gide ou le courage de s'engager*, Paris,

Klincksieck, 1985.

15. Schneider-BALLOUHEY, Marie-JOSE: *L'Ironie dans les oeuvres romanesques d'André Gide*, Frankfurt, Peter Lang, 1977.

16. Rudolf MAURER, *André GIDE et l'URSS*, Editions Jean TOUZOT, 1983.

17. Simon LEYS, *Protée et autres essais*, Paris, Gallimard, 2001.

18. *The Correspondence of André GIDE and Edmund Gosse*, New York University Press, 1959.

纪德作品中译

1. 《卞之琳译文集》上收录《赝币制造者》第一部第二章、《浪子回家集》、《窄门》、《新的食粮》，安徽教育出版社 2000 年版。

2. 《纪德文集》，马振聘等译，译林出版社 2001 年版。

3. 《纪德文集 文论卷》，桂裕芳、王文融、李玉民译，花城出版社 2001 年版。

4. 《纪德文集 游记卷》，由权、朱静等译，花城出版社 2001 年版。

5. 《纪德文集 日记卷》，李玉民译，花城出版社 2001 年版。

6. 《纪德文集 散文卷》，李玉民、罗国林等译，花城出版社 2001 年版。

7. 《纪德文集 传记卷》，罗国林、陈占元等译，花城出版社 2001 年版。

8. 《嚼着玫瑰花瓣的夜晚——瓦雷里与纪德通信选》，吴康茹、郭莲译，经济日报出版社 2002 年版。

9. 《纪德文集》1—3，人民文学出版社 2002 年版。

10. 纪德：《访苏归来》，李玉民译，广西师范大学出版社 2004 年版。

11. 纪德：《如果种子不死》，罗国林译，北京十月文艺出版社 2005 年版。

12. 纪德：《关于陀思妥耶夫斯基的六次讲座》，余中先译，广西师范大学出版社 2006 年版。

纪德研究论文

20 世纪 80 年代

1. 陈占元：《纪德和他的小说》，《法国研究》1984 年第 1 期。

2. 徐知免：《纪德和他的〈刚果之行〉》，《读书》1986 年第 11 期。

3. 渡边一民：《纪德一充满矛盾的大作家》，沈力编译，《世界文化》1986 年 12 月。

4. 李旭：《平淡真切文体下热非洲的急难现实——纪德〈刚果之行〉小札》，《外国文学研究》1987 年第 1 期。

5. 葛雷：《意味无穷的〈沼泽〉——读纪德的小说〈沼泽〉》，《国外文学》1989 年第 2 期。

20 世纪 90 年代

1. 何满子：《回答·纪德的诘问》，《文学自由谈》1993 年第 4 期。

2. 冯寿农：《法国现代小说一种新颖的叙述技巧——回状嵌套法》，《国外文学》1994 年第 1 期。

3. 冯寿农：《〈伪币制造者〉的象征意蕴》，《外国文学研究》1994 年第 3 期。

4. 冯寿农：《论〈伪币制造者〉的叙事美学》，《外国文学评论》1994 年第 4 期。

5. 饶道庆：《天堂与地狱之间——论纪德和他的宗教、道德三部曲》，《温州师范学院学报》1995 年第 1 期。

6. 邵燕祥：《纪德的知音》，《读书》1995 年第 3 期。

7. 郑克鲁：《社会的批判者——纪德小说的思想内容》，《外国文学评论》1996 年第 4 期。

8. 劳柯：《模糊的记忆》，《读书》1996 年第 5 期。

9. 郑克鲁：《纪德小说的艺术特色》，《外国文学研究》1997 年第 1 期。

10. 毛峰：《永无尽头的生活——重读〈伪币制造者〉》，《读书》1997 年 6 期。

11. 张新木：《论〈田园交响曲〉的结构》，《外国文学评论》1998 年第 2 期。

12. 余凤高：《纪德写〈窄门〉浸入心灵的心理历程》，《名作欣赏》1999 年第 2 期。

13. 范智红：《现代小说的象征化尝试》，《文学评论》1999 年第 5 期。

14. 李冰封：《纪德的真话与斯大林的悲剧》，《同舟共进》，1999 年 07 期及《书屋》2000 年第 1 期。

2000 年以后

1. 冯寿农：《交响乐＝感同＋和谐——解读纪德〈田园交响乐〉题目之谜》，《法国研究》2000 年第 2 期。

2. 由权：《〈伪币制造者〉的叙述技巧》，《外国文学研究》2000 年第 4 期。

3. 闻一：《奥斯特洛夫斯基和纪德的恩怨》，《读书》2001 年第 2 期。

4. 李晓娜：《三本访苏日记引发的思考——论本雅明、罗兰和纪德的分歧》，《当代世界与社会主义》2003 年第 1 期。

5. 王文彬：《戴望舒与纪德的文学因缘》，《新文学史料》2003 年第 2 期。

6. 北塔：《纪德在中国》，《中国比较文学》2004 年第 2 期。

7. 邵颖波：《访苏归来》，经济观察报 2004 年 11 月 15 日。

8. 由权：《陀思妥耶夫斯基对纪德的影响》，《国外文学》2004 年第 4 期。

9. 马继明：《论纪德叙事作品中人物的独特内蕴》，《曲靖师范学院学报》2005 年第 5 期。

10. 刘景兰：《与道德拔河——读纪德的〈背德者〉》，《名作欣赏》2005 年第 23 期。

11. 朱庆芳：《拂去历史的沉沙——纪德的〈访苏归来〉与中国》，《重庆交通学院学报》（社科版）2006 年第 2 期。

12. 秦燕：《〈田园交响曲〉叙述的空间形式》，《齐齐哈尔大学学报》（哲学社会科学版）2006 第 3 期。

13. 刘珂：《从〈窄门〉到〈梵蒂冈地窖〉看纪德对基督教问题的批判性思考》，《国外文学》2006 年第 3 期。

14. 段美乔：《论 1940 年代中国文坛的"纪德热"与知识分子的精神境遇》，《徐州师范大学学报》2006 年第 3 期。

15. 李春林、高翔：《20 世纪 30 年代：鲁迅、纪德与苏联和共产主义——纪念鲁迅诞辰 125 周年、逝世 70 周年》，《鲁迅研究月刊》2006 年

11 期。

16. 宋敏生：《析〈田园交响曲〉的失乐园原型》，《法国研究》2007 年第 4 期。

17. 刘东：《当纪德进入中国》，《读书》2008 年第 3 期。

18. 赵艳丽：《从宗教人本主义角度看陀思妥耶夫斯基对纪德的影响》，黑龙江教育学院学报 2008 年第 3 期。

纪德研究著作

1. 盛澄华：《纪德研究》，上海森林出版社 1948 年版。

2. 莫洛亚：《从普鲁斯特到萨特》，袁树仁译，漓江出版社 1987 年版。

3. 张若名：《纪德的态度》，周家树译，三联书店 1997 年版。

4. 克洛德·马丹：《纪德》，李建森译，三联书店 2002 年版。

5. 皮埃尔·勒巴：《纪德传》，苏文平、黄贤福、高艳春译，东方出版中心 2001 年版。

6. 艾伦·谢里登：《安德烈·纪德：一个现实生活中的伟大人物》，刘乃银译，群众出版社 2003 年版。

7. 埃里克·德肖：《纪德评传》，罗湉译，花城出版社 2004 年版。

8. 朱静、景春雨：《纪德研究》，上海外语教育出版社 2005 年版。

9. 万德化：《安德烈·纪德〈伪币制造者〉一书中的纹心结构》，柳效华译，戴声平审校（中文），中央编译出版社 2007 年版。

10. 《陈占元晚年文集》，人民文学出版社 2006 年版。

11. 米歇尔·维诺克：《法国知识分子的世纪之纪德时代》，孙桂荣、逸风译，江苏教育出版社 2006 年版。

12. 许钧、宋学智："纪德与心灵的呼应"，《20 世纪法国文学在中国的译介与接受》，湖北教育出版社 2007 年版。

其他论文

1. 户思社：《法国象征主义诗歌的思与辩》，《外语教学》2007 年第 3 期。

2. 蒋虹：《从比喻功能到心理描写：论英国文学中的"那喀索斯"主题衍变》，《解放军外国语学院学报》2005 年第 2 期。

3. 刘海琳：《论九十年代女性自传体小说创作的自恋倾向》，当代文坛2001 年第 3 期。

4. 罗婷：《里克斯特瓦的纳克索斯/自恋新诠释及文学隐喻》，《国外文学》2005 年第 1 期。

5. 尚晓进：《跨越真实与虚构的边界：论后现代自传体小说》，《外国文学研究》2004 年第 6 期。

6. 隋竹丽：《希腊神话那耳喀苏斯自爱的美学内涵》，《广西社会科学》2005 年第 8 期。

7. 孙维林：《致命的自恋人格——从自体心理学角度看〈厄舍古屋的倒塌〉主人公之性格》，《徐州师范大学学报》（哲学社会科学版）2005 年第1 期。

8. 张光芒：《自恋情结与当前的中国文学》，《文学艺术评论》2007 年 9月号。

9. 张一兵：《从自恋到畸镜之恋——拉康镜像理论解读》，《天津社会科学》2004 年第 6 期。

10. 张一兵：《魔鬼他者：谁让你疯狂？——拉康哲学解读》，《人文杂志》2004 年第 5 期。

11. 郑宗荣：《自恋与自卑的转移——论玛格丽特·杜拉斯的"自传性书写"》，《重庆三峡学院学报》2006 年第 5 期。

著作

1. *Dictionnaire encyclopédique des sciences du language de O. Ducrot et T. Todorov*, Seuil, 1972.

2. Georges Sand, *Histoire du véritable Gribouille* (1850), Casternman, 1995.

3. Le Petit Robert, Dictionnaires LE ROBERT, Paris, 2001.

4. Lieve SPAAS (ed.), *Echoes of Narcissus*, Oxford/New York, Berghahn Books, 2000.

5. Michel FOUCAULT, *L'Ordre du discours*, Paris, Gallimard, 1971.

6. Philippe LEJEUNE, *Le pacte autobiographique* (nouvelle édition augmentée), Seuil, 1996.

7. 《拉鲁斯法汉汉法双解词典》，外语教学与研究出版社 2000 年版。

8. J. 贝尔曼·诺埃尔：《文学文本的精神分析——弗洛伊德影响下的文学批评解析导论》，李树红译，天津人民出版社 2004 年版。

9. 霭理士：《性心理学》，潘光旦译，商务印书馆 2006 年版。

10. 安东尼·吉登斯：《现代性与自我认同》，赵旭东、方文译，三联书店 1998 年版。

11. 巴什拉：《水与梦——论物质的想象》，顾嘉琛译，岳麓书社 2005 年版。

12. 菲利浦·勒热讷：《自传契约》，杨国政译，三联书店 2001 年版。

13. 费蒂纳·萨莫瓦约：《互文性研究》，邵炜译，天津人民出版社 2003 年版。

14. 冯象：《创世纪传说与译注》，江苏人民出版社 2004 年版。

15. 弗莱著：《现代百年》，盛宁译，辽宁教育出版社 1998 年版。

16. 弗洛伊德：《精神分析引论》，高觉敷译，商务印书馆 2005 年版。

17. 弗洛伊德：《精神分析引论新编》，高觉敷译，商务印书馆 2005 年版。

18. 弗洛伊德：《爱情心理学》，林克民译，作家出版社 1986 年版。

19. 弗洛伊德：《弗洛伊德论美文选》，张唤民、陈伟奇译，知识出版社 1987 年版。

20. 福原泰平：《拉康：镜像阶段》，王小峰、李濯平译，河北教育出版社 2002 年版。

21. 库恩编：《希腊神话》，朱志顺译，上海译文出版社 2006 年版。

22. 李银河：《同性恋亚文化》，中国友谊出版公司 2002 年版。

23. 梁宗岱：《诗与真》，中央编译出版社 2006 年版。

24. 刘再复：《红楼梦悟》，三联书店 2006 年版。

25. 柳鸣九主编：《法国文学史》（修订本，全三册），人民文学出版社 2007 年版。

26. 罗曼·罗兰：《莫斯科日记》，袁俊生译，广西师范大学出版社 2003 年版。

27. 米兰·昆德拉：《小说的艺术》，董强译，上海译文出版社 2004 年版。

28. 米歇尔·福柯：《词与物——人文科学考古学》，莫伟民译，上海三联书店 2001 年版。

29. 朋霍费尔：《第一亚当与第二亚当》，朱雁冰、王彤译，华夏出版社 2004 年版。

30. 钱钟书：《七缀集》，三联书店 2002 年版。

31. 乔治·布莱：《批评意识》，郭宏安译，广西师范大学出版社 2002 年版。

32. 《萨特文学论文集》，施康强等译，安徽文艺出版社 1998 年版。

33. 荣格：《荣格文集：让我们重返精神的家园》，冯川、苏克译，改革出版社 1997 年版。

34. 荣格：《人，艺术和文学中的精神》，孔长安、丁刚译，华夏出版社 1989 年版。

35. 王瑾：《互文性》，广西师范大学出版社 2005 年版。

36. 吴岳添：《法国小说发展史》，浙江大学出版社 2004 年版。

37. 徐葆耕：《西方文学之旅》，河北教育出版社 2003 年版。

38. 徐真华、黄建华编：《宗岱的世界》，广东人民出版社 2003 年版。

39. 杨大春：《语言　身体　他者——当代法国哲学三大主题》，三联书店 2007 年版。

40. 张一兵：《不可能的存在之真——拉康哲学映像》，商务印书馆 2006 年版。

网络资料

1. http：//www. ambafrance-se. org/IMG/Le_ Prix_ Nobel. pdf.

2. http：//www. s18. cn/XingZuo/TianXieZuo. asp.

3. http：//www. s18. cn/XingZuo/SheShouZuo. asp.

4. http：//cpc. people. com. cn/GB/64184/64190/66153/4468853. html.

后　记

　　这本书是在我的博士论文基础上修订而成的。

　　我与纪德相遇的机缘还得追溯到硕士研究生期间法语文学课上读过的《田园交响曲》。我们当时读的是法语文本，前面有一个长长的英文序言，书的装帧是绿底散着小红碎花，素雅淡定，如同路边散着幽香的小植物，不是有心人是难以发现它的存在的，进而去关注它的美的。我们当时通读了全文，我被纪德舒缓笔调所掩盖的激情而震动。文字节制、典雅，有大家风范。当时想，这么美的文字和爱情我应该把它翻译出来。后来在书店见过一个译本，似乎译得中规中矩，印象不深。故而一直没有放弃当初的梦想。后来才知道，早在20世纪的30年代已有功力深厚的译家将它译出了，心里只能怅怅然。

　　在南大，我有幸得张新木教授不弃，收入门下，跟从学习符号学。我专注于语言教学多年，加之先前的方向是翻译，自知基础薄弱，须狠补猛追才不至于跟同门落后太远。张老师对我关爱有加，对我专业上的浅陋从来没有假以颜色，有的只是对哪怕很微小的进步的鼓励。我曾经也热衷于米兰·昆德拉，把纪德忘在一边。直到我写了一篇关于《田园交响曲》的文章时，才发现纪德的丰富性，才又记起早前的梦。捡起了遗忘的纪德，再也放不下。于是我放弃了昆德拉，而先生丝毫没有怪罪我起初的草率。在博士论文的撰写过程中，他也从来没有催促过，为的是让我有宽松的心境去思考和写作。尽管现在的成品可能也还称不上是慢功磨出的"细活"，但我可以自豪地说我的写作是从容的，心境是平和的，没有"赶作"。这和先生对我的影响分不开，他严谨的治学态度和宽厚待人的胸怀是最好的身教，这将让我一生受用不尽。

完成博士阶段的学业，我回到了母校西安外国语大学，回到了我熟悉的师长身边。而校园却焕然一新，它依终南山而建，远离市区的喧嚣。每当夕阳西下，尽管没有东篱之菊可采，我眼中所见，心中所思均是悠然的南山。我的步履变得轻松、缓慢，踏着斜阳的余晖，走进书房，走近纪德的世界。这样闲适的环境和心境跟纪德的文学世界很契合。

能有这样轻松的心态，离不了家人背后的默默支持。在此，我要着重感谢我的妻子李莹。她为了让我能安心学习，先是放弃国外的工作机会，毅然回国跟我到南京陪读；后回到西安，她不辞辛劳，努力工作，承担起我本该担负的养家重任。为了我，她奉献得太多，我得郑重地道谢。我还要感谢我的父母、姐弟，他们能够忍受生活的清苦，一路支持我学业的进步。

最后要感谢一直关心和鼓励我的朋友，他们的陪伴，让我的学习和生活多彩而不孤寂。

宋敏生

于古城西安

2010 年 9 月 16 日夜